Franzius

Freiheit und Mut

FRANK BERGMANN

Freiheit und Mut

Roman

Ein Buch aus dem FRANZIUS VERLAG

Cover: Jacqueline Spieweg
Korrektorat/Lektorat: Petra Liermann
Verantwortlich für den Inhalt des Textes
ist der Autor Frank Bergmann
Satz, Herstellung und Verlag: Franzius Verlag GmbH
Druck und Bindung: SDL, Berlin

ISBN 978-3-96050-116-9

Alle Rechte liegen bei der Franzius Verlag GmbH
Hollerallee 8, 28209 Bremen

Copyright © 2017 Franzius Verlag GmbH, Bremen
www.franzius-verlag.de

Die Deutsche Nationalbibliothek verzeichnet diese Publikation in der Deutschen
Nationalbibliografie; detaillierte bibliografische Daten sind im Internet über
http://dnb.dnb.de abrufbar.

Inhaltsverzeichnis

Ich danke dir für deine Geduld.
Ich danke euch für eure Unterstützung.
Ich danke meinen Leserinnen und Lesern für ihr
Vertrauen.

Vorwort

»Freiheit und Mut« ist die Fortsetzung des biografischen Romans
»Stärke und Mut«.

Als Baby einer ledigen Mutter Anfang der sechziger Jahre ins
Kinderheim gegeben, weiß Michael nicht, was Eltern sind. Er hat
eine alles andere als behütete Kindheit: Im Alter von fünf Jahren
wird er von Inge und Joachim als Pflegekind aufgenommen.
Glücklich, endlich eine Familie zu haben, ahnt Michael nicht,
dass er vor einem Martyrium steht. Überfordert mit dem Heim-
kind und wütend auf ihr eigenes Versagen als Mutter, richtet Inge all ihre Wut gegen Michael. Sie misshandelt ihn körperlich
und psychisch.

Während ihre Übergriffe immer heftiger werden, entwickelt Michael eigene Strategien, um seine Würde zu schützen, zu überleben und zu leben. Erst spät beginnt er, die Beweggründe seiner leiblichen Eltern zu hinterfragen, zu verstehen und die schicksalhafte Verbindung zu ihnen zu erkennen.

Vor dem Hintergrund der düsteren und emotional kalten Zeit des späten Nachkriegsdeutschlands der sechziger Jahre ist dieses Buch das spannend und lebendig erzählte Psychogramm eines jungen Mannes, seiner Eltern und der Suche nach Geborgenheit und Selbstbestimmung.

Seine Kindheit hat Michael überlebt, doch Gewalt und Demütigungen haben ihre Spuren hinterlassen. Dies ist sein weiterer Weg …

Zum Glück brauchst du Freiheit, zur Freiheit brauchst du Mut.

(Perikles, um 500 bis 429 v. Chr.)

Prolog

1983

»Mir raucht der Schädel. Und Lust habe ich auch keine mehr.«
Michael schlug das Buch zu und warf es auf sein Bett.
Jasmin sah ihn über ihre Unterlagen hinweg vorwurfsvoll an.
»Schatz, ich muss noch lernen. Es sind nur noch acht Wochen
bis zum Physikum.«

Sie hatten sich vor zwei Jahren auf einer Studentenfete kennengelernt und wohnten inzwischen mit zwei weiteren Studenten in
einer WG in Hamburg-Altona. So konnten sie gemeinsam lernen,
was insbesondere für Michael eine Herausforderung darstellte,
denn er war, im Gegensatz zu Jasmin, nicht der Fleißigste und
musste immer wieder zum Lernen angetrieben werden. Zu seinem Leidwesen war Jasmin eine sehr hartnäckige Antreiberin.
Hinzu kam, dass sie ihm bei seinem Jurastudium eine größere
Hilfe war als er für sie bei ihrem Medizinstudium.

»Herrgott, es ist Sonntag und strahlender Sonnenschein. Lass
uns doch wenigstens mal vor die Tür gehen.«
  »Später.«
  »Wir können ja rausgehen, wenn es draußen stürmt und
schneit«, maulte er.
  »Es ist Sommer.«
  »Bis du von deinen Büchern lässt, ist es Winter … oder wieder
Sommer.«

»Du übertreibst mal wieder schamlos«, lachte sie.

Michael streckte sich lang auf seinem Bett aus.

»Kommen Sie mal her, Frau Doktor. Ich glaube, ich bin krank. Sie müssen mich untersuchen.«

»Sie leiden an Faulfieber, Herr Anwalt.«

»Ist das heilbar?«

»Ich fürchte, in Ihrem Fall nicht, aber ich kann ja mal schauen, was ich tun kann.« Sie legte sich zu ihm auf das Bett und kuschelte sich an ihn.

»Eigentlich weiß ich gar nicht, warum ich Jura studiere«, sagte er nach einer Weile.

Sie hob den Kopf und sah ihn an. »Wieso? Du wirst bestimmt mal ein sehr guter Anwalt.«

»Ich weiß nicht. Eigentlich wollte ich Biologie studieren.«

»Und dann?«

»Ich habe früher von Expeditionen geträumt, wollte Tiere beobachten – irgendwo in der Wildnis oder im Meer. Aber irgendwie habe ich mich dann doch für Jura entschieden. Keine Ahnung, wieso.«

»Du kannst doch noch umsatteln.«

»Ach nee«, meinte er und winkte ab. »Was ich angefangen habe, bringe ich auch zu Ende.«

»Na, dann beschwer dich nicht.« Sie legte ihren Kopf wieder auf seine Schulter. »Ich wollte schon als Kind Ärztin werden«, flüsterte sie.

»Wenn ich meinen Kindheitstraum erfüllt hätte, wäre ich Müllmann geworden«, grinste er. »Die arbeiten nur montags.«

»Du bist bescheuert«, lachte sie.

»Habe ich dir eigentlich erzählt, dass ich kurz vor dem Abi schon eine Ausbildungsstelle sicher hatte?«

»Nein. Das hast du mir verheimlicht. Was war das für eine?«

»Öffentlicher Dienst, Sozialversicherung. Dann wäre ich jetzt Beamter.«

Sie lachte laut auf. »Du und Beamter. Das kann ich mir kaum vorstellen.«

»Wieso? Ich wäre ein toller Beamter geworden«, spielte er den Entrüsteten.

»Stell dir mal vor: ich mit Schirmmütze, Ärmelschonern und bürokratischem Blick.«

»Oh ja«, frotzelte sie. »Von so einem Mann habe ich immer schon geträumt.«

»Wenn ich das gemacht hätte, wäre alles ganz anders gekommen«, sinnierte Michael.

»Was meinst du?«

»Na ja«, sagte er. »Ich wäre nicht sechs Monate zur See gefahren, hätte mich nicht an der Uni eingeschrieben und würde stattdessen Tag für Tag ins Büro fahren. Aber was das Schlimmste wäre ...«

Er strich ihr liebevoll über die Haare. »Wir beide wären uns wahrscheinlich nie begegnet.«

Sie sah ihn fragend an.

»Überleg doch mal: Du Studentin gehst auf die Studentenfete und kein Michael da, der sich gerade für Jura eingeschrieben hatte.«

»Das wäre aber doof.«

»Schon, aber wir wüssten ja auch nichts voneinander, also auch nicht, was wir verpasst hätten.«

Sie dachte nach. »Stimmt. Eine Entscheidung, die mindestens zwei Leben in ganz andere Bahnen gelenkt hätte.«

»Ja, genau. Es wäre doch bestimmt mal spannend, in eine Parallelwelt zu schauen, wie sich dieses Leben mit einer klitzekleinen anderen Entscheidung entwickelt hätte, meinst du nicht?«

»Ich will es eigentlich gar nicht wissen«, sagte Jasmin. »Aber du wärst bestimmt ein Beamter geworden, der in seinem Beruf aufgeht, hättest geheiratet und Kinder in die Welt gesetzt, ein

Haus mit Garten, einen Hund und eines Tages über dein Leben ein Buch geschrieben.«

»Ich und Bücher schreiben«, lachte er. »Kannst du dir das vorstellen?«

»Nein, eigentlich nicht. So faul, wie du bist. Aber wer weiß, was passiert wäre, wenn ...«

Kapitel 1 – Der Traum

1993

Die Sonne ging über dem See auf und spiegelte sich im Wasser. Es war kühl an diesem Morgen Ende Mai in der nordamerikanischen Wildnis im Bundesstaat Montana und der Mann sehnte sich nach einem heißen Kaffee. Das Feuer, das er am Abend entfacht hatte, war inzwischen ausgegangen und auch die Glut war erloschen. Er hatte deshalb einige Holzscheite neu aufgeschichtet und trockenes Laub darunter geschoben, das er mit seinem Sturmfeuerzeug anzündete. Er pustete in die Glut, bis kleine Flammen aufstiegen und gierig das Holz attackierten. Als das Feuer brannte, stellte er eine verbeulte Blechkanne mit Wasser hinein und rieb sich seine kalten Hände. Der Hund, der ihn seit einigen Wochen begleitete, lag ruhig neben ihm und beobachtete jede seiner Bewegungen. Er hatte die Größe eines Schäferhundes, war aber ein Mischling, und der Mann fragte sich, welche Rassen dieser Welt das Tier wohl vereinen könnte, war aber zu keinem Ergebnis gekommen.

Der Hund hatte keinen Namen gehabt und so hatte er ihn anfangs nur »Hund« gerufen. Da das Tier aber etwas Wildes, Natürliches und Eigenwilliges hatte, nannte er ihn schließlich »Dakota« nach einem Indianerstamm, der ursprünglich am Missouri in Minnesota lebte. Zu seiner Überraschung hörte der Hund sofort auf diesen Namen.

Der Mann blickte verträumt über den See in die noch tief stehende Sonne und verfolgte mit seinen Augen die letzten Nebelschwaden, die darüber hinwegzogen. Er betrachtete das ruhige, glatte Wasser und die sich darin spiegelnde Sonne sowie den Mischwald am anderen Ende des Sees. Das Schnauben seines alten braunen Pferdes weckte ihn kurz aus seinen Gedanken, aber als er sich umdrehte und sah, dass es ruhig das noch feuchte Gras abzupfte, richtete er seinen Blick wieder auf den See. Seine fast schulterlangen, mittelblonden Haare rahmten sein Gesicht ein und der Vollbart, den er seit einigen Wochen trug, verlieh ihm ein wildes Aussehen, aber seine grün-blauen Augen verrieten etwas Sanftes, Trauriges, Suchendes.

Er holte ein zerknittertes Foto aus seiner Jackentasche und betrachtete es. Es zeigte eine lachende junge Frau mit langen, braunen Locken. Sie sah glücklich aus. Er steckte das Foto nach einer Weile in seine Jackentasche und blickte wieder gedankenverloren auf den See, bis das Brodeln des Wassers in der Blechkanne seine Aufmerksamkeit weckte. Er schüttete das Wasser in eine Blechtasse, füllte zwei Löffel Instantkaffee hinein und rührte um. Er mochte diese Brühe nicht, aber in der Wildnis genoss er sie wie eine Tasse echten Cappuccino beim Italiener um die Ecke.

Seit er in der Einsamkeit unterwegs war, hatte er in einem Schlafsack unter freiem Himmel geschlafen und sich inzwischen an die für ihn fremden nächtlichen Geräusche gewöhnt. Doch die letzte Nacht war anders:

Ein langes, wehklagendes Wolfsgeheul hatte ihn geweckt. Erst war er aufgeschreckt und hatte sich umgesehen, ob Gefahr drohte. Doch nachdem es wieder still geworden war und sich auch Dakota ruhig hingelegt hatte, war er wieder eingeschlafen, nur um beim nächsten Heulen erneut aufzuschrecken. Er hatte in die Nacht gelauscht und zu ergründen versucht, ob sich das Heulen näherte. Dakota hatte seine Ohren aufgestellt und konstant nach Norden geblickt, sich aber schließlich wieder hingelegt und auch dann nicht mehr bewegt, wenn weiteres Heulen die Nacht

20

durchdrang. Nur seine Ohren blieben aufgestellt und in ständiger Bewegung. Entfernung und Richtung des Heulens schienen sich nicht zu verändern und vermutlich handelte es sich nur um einen einzelnen Wolf.

Der sich im See spiegelnde Vollmond und das Geheule hatten der Nacht eine gespenstische Atmosphäre verliehen, doch in Begleitung des wachsamen Dakota fühlte er sich sicher, wenn er auch nicht mehr schlafen konnte. Er hatte den Schlafsack um seine Schultern gelegt und in die Nacht gelauscht.

Als die Sonne über dem See aufgegangen war und vom Morgen Besitz ergriffen hatte, war das Heulen längst verstummt, doch er spürte noch immer die Einsamkeit des Wolfes.

Er schlürfte seinen dampfenden Kaffee und versuchte zu ergründen, was das Heulen ihm sagen wollte. Lang und klagend war es in seine Ohren gedrungen.

»Es hörte sich an, als hättest du ein Lied gesungen«, dachte er. *»Ein trauriges Lied. Das Lied eines alten, einsamen Wolfes, verlassen oder verstoßen von seinem Rudel.«*

Er atmete tief durch. Es war Zeit weiterzuziehen. Er löschte mit dem Rest Kaffee und dem Wasser aus der Blechkanne das Feuer, belud das Pferd, füllte seine Wasserflaschen auf und ritt am Ufer des Sees entlang in Richtung Norden auf eine Bergkette zu. Dort war sein Ziel und er wollte es in spätestens zwei Tagen erreicht haben, doch die Landschaft wurde hügeliger und waldiger, sodass er nur langsam vorwärtskam. Die Bäume standen teilweise so dicht, dass er absteigen und das Pferd am Zügel führen musste. Er klopfte ihm auf den Hals.

»Wenn wir weiter so trödeln, werden wir hier wohl noch den Winter verbringen müssen.«

Er versuchte sich nach dem Stand der Sonne zu orientieren.

»Nach Norden, hat Jack gesagt«, sagte er.

Er sprach viel mit sich selbst, Dakota oder dem Pferd, vermisste jedoch Antworten.

»Sehr gesprächig bist du ja nicht gerade, ›Alter Zossen‹« stellte er fest. »Wenigstens tut Dakota so, als würde er mir zuhören.«

Er wusste nicht, wie lange er noch brauchen würde und so gönnte er sich nur kurze Pausen, in denen er Kekse und Pökelfleisch aß und etwas Wasser trank.

Die allmählich immer tiefer stehende Sonne kündigte bereits die Dämmerung an.

»Nicht mehr lange und wir suchen einen Platz für die Nacht, ›Alter Zossen‹«, sagte er. »Ich bin auch ziemlich müde.«

Er führte das Pferd an Bäumen vorbei, als plötzlich ein Schuss durch den Wald hallte. Und noch ein Schuss. Das Pferd wieherte und wollte durchgehen, doch der Mann zog fest am Zügel.

»Ruhig, ›Alter Zossen‹, ganz ruhig.«

Tatsächlich beruhigte sich das Pferd schnell wieder und der Mann lauschte. Dakota war stehen geblieben und blickte in die Richtung, aus der die Schüsse gekommen waren.

»*Wilderer*«, dachte der Mann. »*So ein Mist.*«

Bevor er sich auf den Weg gemacht hatte, war er vor Wilderern gewarnt worden, die auch für Alleinreisende gefährlich werden konnten. Deshalb nahm er sein Gewehr aus der Halterung am Sattel und hielt es bereit, auch wenn er gar nicht wusste, ob er damit umgehen konnte und wie die Waffe funktionierte. Eigentlich wollte er es gar nicht mitnehmen, doch er hatte es sich von diesem alten Kauz aufschwatzen lassen. Er blieb stehen und lauschte.

»Pst«, machte er, als er das leise Knurren Dakotas hörte. Als es ruhig blieb, ging er langsam weiter und zog das Pferd hinter sich her. Dakota blieb an seiner Seite. Nach wenigen Minuten kamen sie an eine Lichtung, die in ein weitläufiges Tal mündete. Als er in einiger Entfernung zwei Reiter sah, die ihre Gewehre auf den

Boden gerichtet hatten, blieb er stehen und versteckte sich hinter den Bäumen.

»Dakota, hierher und Platz«, zischte er, als er sah, dass der Hund zu den Reitern laufen wollte. Sofort legte sich Dakota hin, ohne die Reiter aus den Augen zu lassen. Sie schienen um etwas herum zu reiten und zu umkreisen, aber der Mann konnte nicht erkennen, was es war, obwohl das Gras nicht sehr hoch war. Die Reiter riefen sich etwas zu und lachten, als sie plötzlich in die Luft schossen und im Galopp davonritten. Der Mann sah ihnen hinterher und wartete, bis sie verschwunden waren, schwang sich in den Sattel und ritt den Hügel hinunter. Dakota lief vorweg und blieb plötzlich stehen, als er die Stelle erreichte, die die Reiter umkreist hatten. Der Mann verlangsamte sein Tempo und starrte auf das, was er plötzlich sah: Im Gras lag ein Wolf.

Dakota hob die Lefzen und knurrte leise, blieb aber in angemessener Entfernung zu dem Wolf stehen.

»Ist gut«, sagte der Mann und der Hund verstummte.

Er steckte das Gewehr in die Halterung, stieg vom Pferd und ging langsam auf den reglos daliegenden Wolf zu. Über dem Vorderlauf klaffte ein großes Loch, aus dem langsam Blut sickerte. Der Mann ging neben dem Tier in die Hocke und betrachtete es. Es war ein alter, großer, grauer Wolf.

»Wer tut so etwas bloß?«, fragte er leise und bemerkte plötzlich, wie sich die Ohren des Tieres aufrichteten.

»Mein Gott, du lebst noch«, rief er und sprang auf.

Er lief zu dem Pferd, holte eine Wasserflasche und träufelte etwas Wasser über das Maul des Wolfes, der es gierig mit seiner Zunge aufnahm, ohne den Kopf dabei zu heben, und den Mann ansah. Der kniete sich neben den Wolf, streckte seine Hand aus und strich ihm über den Kopf. Als seine Hand über das Tier glitt, spürte er die kräftigen Muskeln unter dem drahtigen Fell.

»Ich habe heute Nacht dein Lied gehört, mein Freund«, flüsterte er. »Mir war, als hättest du mein Lied gesungen.«

Der Wolf hob seinen Kopf und sah den Mann an. Ihre Blicke trafen sich und der Mann blickte in das tiefe Gelb der Wolfsaugen. Er glaubte, in diesen Augen zu versinken, hatte das Gefühl, dass sich alle Farben der Welt miteinander vermischten und das Tier ihm einen tiefen Blick in seine Seele erlaubte. Das Rauschen des Windes, das Schnauben des Pferdes und Dakotas leises Knurren hörte er nicht. Mensch und Tier schienen in diesem einen Moment, in dem Raum und Zeit keine Rolle spielten, ein Bündnis einzugehen und der Mann empfand eine tiefe Verbundenheit zu dem Wolf, die er sich nicht erklären konnte. Langsam schloss das Tier die Augen und legte den Kopf ins Gras.

Plötzlich zuckte der Mann zusammen, als erwachte er aus einer Lethargie oder einem Tagtraum. Erst jetzt spürte er den frischen Abendwind und fröstelte, sah sich irritiert um und erkannte, dass es längst angefangen hatte zu dämmern. Er bemerkte Dakota, der seine Schnauze auf sein Bein gelegt hatte, betrachtete den leblosen Körper, der vor ihm lag und strich dem Wolf noch einmal über den Kopf, als hoffte er, dass er noch einmal seinen Kopf heben würde, um ihn anzusehen. Aber er rührte sich nicht und dem Mann stiegen Tränen in die Augen.

»*Wieso flenne ich wegen eines toten Wolfes?*«, dachte er. »*Ich bin doch sonst nicht so nah am Wasser gebaut.*«

Doch die Tränen liefen unkontrolliert weiter.

»Kannst du dir das vorstellen, Dakota?«

Der Hund spitzte seine Ohren und ließ seine Zunge heraushängen.

»Es fühlt sich an, als hätte ich einen Freund verloren. Das war dann wohl die kürzeste Freundschaft meines Lebens.«

Er strich Dakota über seinen Kopf, atmete tief durch und stand auf.

»Ich kann ihn hier nicht so liegen lassen«, sagte er. »Ich werde ihn hier an dieser Stelle begraben.«

Zwei Jahre zuvor

Die Sozietät Beckstein und Partner war eine renommierte Rechtsanwaltskanzlei in der Hamburger Innenstadt mit fünf erfahrenen und zwei unerfahrenen Anwälten. Weshalb die Kanzlei den Zusatz »und Partner« trug, war Michael nie so ganz klar geworden, denn Walter Beckstein war der unumstrittene Patriarch. Michael arbeitete dort seit seinem Referendariat und dem Staatsexamen und gehörte zu den unerfahrenen Anwälten. Offensichtlich hatte er Walter Beckstein so sehr von seinen Fähigkeiten überzeugt, dass dieser ihn trotz mäßigem Studienabschluss sofort eingestellt hatte. Michael konnte überhaupt nicht verstehen, welche Fähigkeiten er in ihm gesehen haben könnte, zumal alle anderen Juristen in dieser Kanzlei promoviert und ihre Doktorarbeiten mit sehr guten Ergebnissen abgeschlossen hatten. Er dagegen war davon weit entfernt.

Er saß am Schreibtisch und diktierte seinen Bericht über die Gerichtsverhandlung vom Vortag. Zwar verschickte das Gericht ein Sitzungsprotokoll, aber bis das vorlag, konnten einige Wochen vergehen. Michael hatte die Verhandlung verloren, allerdings war die Sachlage so eindeutig gewesen, dass er keine realistische Chance gehabt hatte, das Verfahren zu gewinnen, das war ihm auch von Anfang an klar gewesen.

»Herr Kowalczyk?«, hörte er die mädchenhafte Stimme von Becksteins Sekretärin und sah auf. An der Bürotür stand eine große schlanke, junge Frau mit langen blonden Haaren, dunkelrot geschminkten Lippen, einer bis zum Brustansatz offenen weißen Bluse, durch die ein roter Spitzen-BH schimmerte, einem kurzen schwarzen Rock und schwarzen Stöckelschuhen. Michael konnte sich noch an diese junge Frau erinnern, die vor nur wenigen Wochen hoch verschlossen, mit hochgesteckten Haaren und schüchternem Blick zum Vorstellungsgespräch gekommen war, und fragte sich des Öfteren, was der alte Beckstein ihr wohl als Grundvoraussetzung für eine Einstellung mitgegeben haben könnte – und wollte es dann doch wieder nicht wissen.

»Ja?«, antwortete er.

»Herr Beckstein bittet Sie für zehn Uhr zu einem Gespräch.«

»Danke.«

Michael sah auf die Uhr: halb zehn. Dann konnte er den Bericht ja noch schnell zu Ende diktieren.

Er ließ seine Uhr nicht aus den Augen, denn Beckstein mochte keine Verspätungen. Punkt zehn Uhr klopfte Michael an seiner Tür.

»Herein«, erklang eine mürrische Stimme.

Michael öffnete die Tür und trat in das Büro.

»Sie wollten mich sprechen?«

»Setzen Sie sich. Ich bin gleich so weit.«

Michael setzte sich in einen schwarzen Sessel, der vor einem Besprechungstisch stand und hatte das Gefühl, tief in ihn hinein zu sinken. Nach kurzer Zeit kam Beckstein dazu, setzte sich Michael gegenüber und schlug seine Beine übereinander.

»Wie war die Verhandlung gestern?«

»Wir haben verloren.«

Beckstein sah ihn prüfen an. »Das weiß ich schon. Wie ist die Verhandlung gelaufen?«

»Na ja«, sagte Michael. »Das Ergebnis stand im Grunde von Anfang an fest. Das Verfahren konnten wir nicht gewinnen.«

»Warum nicht?«

»Bei der Sach- und Rechtslage konnte es nur dieses Ergebnis geben.«

»Haben Sie denn versucht, die Verhandlung zu gewinnen?«

Michael verstand nicht, worauf Beckstein hinaus wollte.

»Ich verstehe nicht, was Sie meinen. Es gibt Verfahren, die man nicht gewinnen kann.«

»Ein guter Anwalt kann jedes Verfahren gewinnen.«

Michael hob die Augenbrauen hoch. »Soll das heißen, ich bin kein guter Anwalt?«

»Sie haben Fähigkeiten, ja. Und Sie sind durchaus ein guter Jurist, auch das. Aber ein guter Anwalt sind Sie beileibe nicht.«

Michael presste die Lippen aufeinander.

»Und was hätte ich Ihrer Meinung nach tun sollen?«, fragte er.

»Ein guter Anwalt hätte gewusst, was zu tun ist.«

Michael sah Beckstein schweigend an. Er hatte in seiner kurzen Zeit als Rechtsanwalt schon verstanden, dass es vor Gericht nicht um Gerechtigkeit ging. Es ging darum, Verfahren für die Mandanten zu gewinnen. Kein Rechtsanwalt verlor gerne eine Verhandlung und für viele war ein verlorenes Verfahren wie eine persönliche Niederlage, gleichgültig, ob der Ausgang eines Verfahrens nun gerecht war oder nicht.

Michael war anders: Zwar ärgerte auch er sich über Niederlagen, aber in erster Linie wollte er Rechtsanwalt sein, um Menschen zu helfen und zu unterstützen. In diesem Moment bezweifelte er einmal mehr, ob er die richtige Berufswahl getroffen hatte.

»Also gut«, sagte er und versuchte selbstsicher zu wirken. »Ich bin also kein guter Anwalt. War es das, was Sie mir sagen wollten?«

»Wenn es dem Zweck dient«, sagte Beckstein grinsend, »dann ja. Aber ich sagte auch, dass Sie ein guter Jurist sind und andere Fähigkeiten haben.«

»Die da wären?«

»Ich sage es mal so«, sagte Beckstein und sah Michael gönnerhaft an. »Ich werde Anfang nächsten Jahres ein Büro in Schwerin eröffnen. Und ich möchte, dass Sie dorthin gehen.«

»Sie wollen eine Kanzlei in Schwerin aufmachen?«

»Nein, keine Rechtsanwaltskanzlei. Das regeln wir wie bisher von Hamburg aus. Es geht um ein Versicherungsbüro.«

»Ein Versicherungsbüro?«, fragte Michael. »Um was soll es denn da gehen und warum ausgerechnet Schwerin?«

»Sie können mit Menschen umgehen. Sie sind jemand, dem die Menschen schnell vertrauen. Sie sollen Versicherungen verkaufen. Die Ossis sind so herrlich naiv. Denen kann man alles andrehen.« Beckstein lachte schallend. »Wissen Sie, mein Sohn hat einem Ossi einen uralten Passat für 3000 Mark verkauft, der keinen TÜV mehr hatte und auch nie mehr bekommen wird.« Er klopfte sich auf die Schenkel und schüttelte sich vor Lachen. »Die sind so dämlich.«

Michael sah ihn schweigend an. Er wusste, dass Beckstein recht hatte. Seit der Grenzöffnung im November 1989 und dem Einigungsvertrag, der den Beitritt der DDR zur Bundesrepublik Deutschland und die Auflösung der DDR ab 3. Oktober 1990 vorgesehen hatte, waren zahlreiche Unternehmen in die Beitrittsgebiete gegangen und hatten versucht, teilweise dubiose Geschäfte zu machen.

»Aber«, fuhr Beckstein fort und hob den Zeigefinger, »es soll nicht nur um Versicherungen gehen, sondern auch um Immobilien. Ich habe ein paar Wohnungen in Schwerin gekauft, die jetzt umgebaut und renoviert werden. Jede Wohnung hat dann so um die einhundertzwanzig Quadratmeter und soll, sobald sie fertig ist, für zwanzig Mark den Quadratmeter vermietet werden.«

»Zwanzig Mark bei hundertzwanzig Quadratmetern? Wer soll denn 2400 Mark bezahlen? Das kann sich doch niemand leisten, und wenn doch: So blöd kann doch keiner sein, oder?«

»Doch«, antwortete Beckstein. »Die Behörden können und werden das bezahlen. Sie schicken spätestens Anfang des Jahres Beamte rüber, die Aufbauhilfe im Osten leisten sollen. Und die müssen irgendwo wohnen. Bund und Länder werden viel Geld für die Aufbauhilfe ausgeben. Die Politik will das so und ich will es dann auch.«

Michael sah Beckstein versteinert an. Das war es also: Beckstein wollte sich eine große Scheibe vom Kuchen für die Aufbauhilfe in den Beitrittsgebieten abschneiden und er sollte ihm dabei helfen.

»Es geht also um Versicherungen und Immobilien und ich soll alles vor Ort regeln?«, fragte Michael.

»So ist es.«

»Darf ich mir das überlegen?«

»Ich mache Ihnen ein Angebot und Sie wollen überlegen?«

Beckstein war es nicht gewohnt, auf Antworten zu warten.

»Aber im Grunde ist es kein Angebot«, schob er hinterher, »sondern ein Auftrag.«

Michael starrte ihn an. »Und wenn ich nicht will?«

»Bis Morgen habe ich Ihre Antwort«, sagte Beckstein. »Und ich dulde nur eine Antwort.«

Die U-Bahn ratterte durch den Tunnel. Michael blickte gedankenverloren durch das Fenster in die Dunkelheit und beobachtete dort das Spiegelbild der älteren Dame, die ihm gegenüber saß. Er war lange im Büro geblieben, ohne wirklich etwas zu schaffen, und hatte über das Gespräch mit Beckstein nachgedacht. Er fühlte sich neben den ganzen juristischen Koryphäen in der Kanzlei ohnehin schon klein, aber dass Beckstein ihm das auch noch so deutlich gesagt hatte, traf ihn schwer.

»Was bitte soll ich in Schwerin?«, dachte er. *»Da liegt doch der Hund begraben. Und Versicherungen und Immobilien sind schon gar nicht mein Ding.«*

Auf der anderen Seite war ihm aber auch klar, dass das Angebot von Beckstein kein Angebot war. Seine Aussagen waren mehr als deutlich. Weigerte er sich, nach Schwerin zu gehen, waren seine Tage in der Kanzlei gezählt.

Er musste heute Abend unbedingt mit jemandem reden und er beschloss, Ulli, seinen besten Freund aus Kindertagen, anzurufen. Vielleicht könnten sie spontan ein Bier trinken gehen, wenn der Abend auch schon fortgeschritten war. Die U-Bahn hatte den Tunnel verlassen und Michael blickte in die späte September-sonne. Er war so tief in Gedanken versunken, dass er gar nicht bemerkte, dass die alte Dame inzwischen ausgestiegen war und ihm stattdessen ein junger Punker gegenüber saß.

»Ich habe keine Ahnung, was ich machen soll«, dachte er.

Als Michael zuhause angekommen war, rief er Ulli an und informierte ihn in kurzen Sätzen über das Gespräch mit Beckstein.

»Oh, Mann«, sagte Ulli. »Ohne ein Bierchen habe ich auch keine Idee dazu.«

Sie lachten kurz und dreißig Minuten später saßen sie sich in einem Irish Pub bei einem Kilkenny gegenüber.

»Ich habe schon damals nicht verstanden, weshalb ausgerechnet du Jura studieren musstest«, sagte Ulli und nippte an seinem Bier. »Du bist nun mal kein Anwalt.«

»Vielen Dank für die Blumen«, sagte Michael. »Das habe ich heute schon einmal gehört und von dir hätte ich das jetzt nicht auch noch gebraucht.«

»Du bist nicht abgebrüht und schmierig genug. Das passt einfach nicht. Betrachte das lieber als ein Kompliment, statt die beleidigte Leberwurst zu spielen.«

»Hau nur weiter drauf. Das tut richtig gut. Wenigstens schmeckt das Bier. Prost.«

Michael grinste schief und sie nahmen einen tiefen Schluck.

»Und jetzt will mich der Alte zu seinem Handlanger für seine Versicherungs- und Immobiliengeschäfte machen. Das gefällt mir nicht. Abgesehen davon, dass ich keinerlei Lust auf Schwerin habe.«

»Das kann ich verstehen«, meinte Ulli. »Aber was für Alternativen hast du?«

»Wenn ich ehrlich bin, keine.«

»Vielleicht täte dir ein Tapetenwechsel aber auch ganz gut«, sinnierte Ulli. »Und so weit weg ist Schwerin ja nun auch wieder nicht. Wenn es unbedingt sein muss, komme ich dich auch mal besuchen.«

Ulli grinste. Michael kannte dieses Grinsen schon seit seiner Kindheit und irgendwie hatte er das Gefühl, dass sie in diesen Momenten wieder die Kinder waren, die viel aussheckten und Spaß miteinander hatten.

»Pass mal auf, Michael, du bist jetzt einunddreißig. Auch wenn du nicht so aussiehst, aber das ist noch ziemlich jung«, sagte Ulli grinsend.

»Bei deinem Charme wundert es mich nicht, dass du noch keine Frau hast«, konterte Michael.

»Im Ernst«, fuhr Ulli fort. »Du solltest nach Schwerin gehen, dort deine Erfahrungen sammeln und dir dann in aller Ruhe darüber klarwerden, was du überhaupt machen willst. Lehnst du dieses Angebot von deinem Chef ab, sitzt du womöglich schneller auf der Straße, als du gucken kannst, und das wäre echt uncool.«

Michael dachte nach.

»Außerdem hast du dann endlich mal etwas Abstand zu Jasmin«, schob Ulli hinterher.

»Was hat denn Jasmin damit zu tun?«, fragte Michael. »Wir sind getrennt. Sie muss ich also nicht fragen.«

Ulli sah Michael prüfend an und nickte. »Stimmt, ihr seid getrennt. Aber drüber weg bist du noch lange nicht.«

Michael und Jasmin waren seit ihrem Studium, also seit fast neun Jahren zusammen und davon vier Jahre verheiratet, doch vor drei Monaten war sie bei ihm ausgezogen.

»Ich habe nicht verstanden, warum sie ausgezogen ist«, sagte Michael leise. »Es hat einfach alles zwischen uns gepasst.«

»Na ja, alles offensichtlich nicht. Sie will Kinder und du nicht. Das ist nun weiß Gott nicht ›Alles‹.«

»Ach Mensch, Ulli, ich kann mit Kindern nichts anfangen. Ich wäre kein guter Vater.«

»Soso«, machte Ulli. »Ich sehe das durchaus anders, aber es geht um dich.«

»Eben, und ich kann nicht mit Kindern umgehen«, bekräftigte Michael. »Es geht einfach nicht.«

»Es ist, wie es ist«, sagte Ulli und prostete ihm zu. »Aber jetzt ist sie weg. Wollt ihr euch eigentlich scheiden lassen?«

»Ich denke schon. Zumindest Jasmin will das. Das macht ja auch Sinn, wenn sie Kinder will. Sie wird das Trennungsjahr wohl abwarten und dann die Scheidung einreichen. Ich glaube, ich werde wahnsinnig, wenn sie einen anderen Kerl hat.«

Michael trank sein Glas leer. »Glaubst du mir, dass sie mir fehlt?«

»Ich glaube es nicht nur. Ich weiß es.«

Sie bestellten zwei neue Kilkenny und hingen ihren Gedanken nach.

»Vielleicht hast du recht«, sagte Michael, als sein neues Kilkenny schon wieder fast leer war. »Vielleicht täte mir ein Tapetenwechsel tatsächlich ganz gut.«

Ulli nickte. »Ja, ich denke auch.«

»Und wer weiß: Vielleicht mache ich irgendwann etwas ganz anderes, etwas ganz Neues.«

»Tja, alter Junge: Wer weiß das schon?«

Am nächsten Morgen informierte Michael Beckstein über seine Entscheidung.

»Ich habe nichts anderes erwartet«, war die lapidare Antwort. »Dann haben Sie jetzt noch einiges zu tun. Ab Januar sind die Büros bezugsfertig.«

***

In den letzten drei Monaten des Jahres hatte Michael alle Hände voll zu tun und pendelte zwischen Hamburg und Schwerin hin und her. Er überwachte für Beckstein die Umbaumaßnahmen der Mietshäuser sowie der Büroräume. Da die Büros nicht mit Telefonanschlüssen, geschweige denn Computern ausgestattet waren, mussten entsprechende Leitungen verlegt und eine Vernetzung mit der Anwaltssozietät in Hamburg sichergestellt werden, was mit einem hohen Aufwand verbunden war. Ab November wurde Michael von Angelika Baumann unterstützt, einer jungen Immobilienmaklerin und Versicherungskauffrau. Sie kümmerte sich überwiegend um Becksteins Mietwohnungen und Michael um die Büroräume.

Beckstein schien von einem Erfolg seines Geschäftsvorhabens dermaßen überzeugt, dass er Michael und Angelika jeweils eine seiner inzwischen fertiggestellten Wohnungen kostenlos zur Verfügung stellte und die Heimfahrten für jedes Wochenende bezahlte. Wichtig war ihm nur, dass die Büros Anfang Januar bezogen und die Arbeiten aufgenommen werden konnten. Dafür verlangte er vollen Einsatz und Angelika und Michael enttäuschten ihn nicht. Am zweiten Januar wurde die gesamte Belegschaft nach Schwerin eingeladen und die Büroräume feierlich eingeweiht und am nächsten Tag nahmen Michael und Angelika ihre Arbeit auf.

Zahlreiche Kunden kamen zu ihm ins Büro und trugen ihre Anliegen vor, aber um neue Kunden zu gewinnen, musste er viele Dienstreisen unternehmen. Während seiner Abwesenheiten betreute Angelika das Büro. Die Terminvereinbarungen waren ein sehr schwieriges Unterfangen, da die meisten Menschen in den neuen Bundesländern noch kein Telefon besaßen und deshalb schwer zu erreichen waren. Die Außendienste selbst wurden durch die schlechten Straßenverhältnisse erschwert. Die meisten Straßen waren marode und bestanden entweder aus Kopfsteinpflaster oder waren einfach nur Sandwege und mussten ausgebessert werden. Häufig waren sie komplett gesperrt und die Autofahrer wurden umgeleitet, wobei nahezu täglich neue Umleitungen eingerichtet und bestehende verändert wurden. Michael hatte bei seinen zahlreichen Dienstreisen durch Mecklenburg-Vorpommern, aber auch in Schwerin selbst das Gefühl, dass die Landschaft und die Städte nur noch aus Umleitungsschildern bestanden. Landkarten oder Stadtpläne konnten deshalb nur dazu dienen, die Ziele ungefähr anzuzeigen. Welche Route tatsächlich gefahren werden konnte und wie lange eine Fahrt dauern würde, war durch die vielen Umwege kaum planbar. Aber nicht nur die Straßen waren eine einzige Baustelle. Auch zahlreiche sanierungsbedürftige Häuser waren von Gerüsten eingerahmt.

Als er erstmals Becksteins Wohnungen aufsuchte, stockte ihm der Atem. Die Häuser sahen von außen aus, als würden sie jeden Moment einstürzen. Das gleiche Bild bot sich ihm, als er in die Treppenhäuser ging, in denen es teilweise kein Licht gab und die Stufen in einem erbärmlichen Zustand waren. Sobald er allerdings das Treppenhaus verlassen und die Wohnungen betreten hatte, offenbarte sich ihm ein völlig anderes Bild. Die Wohnungen waren kernsaniert und boten alles, was das Herz begehrte. Sie waren groß, häufig hell und mit Parkett ausgelegt, die Badezimmer komplett gefliest und mit Dusche und Badewanne ausgestattet.

Michael hatte sich gewundert, dass die Häuser nicht komplett saniert worden waren, wobei es viel sinnvoller gewesen wäre, sie abzureißen und neu aufzubauen, statt die Wohnungen mit einem so hohen Aufwand zu renovieren. Das Problem jedoch war, dass es innerhalb eines Mietshauses mehrere Eigentümer gab, die an dem Objekt selbst überhaupt kein Interesse hatten, sondern lediglich die Wohnungen schnell und gewinnbringend vermieten wollten. Und der Erfolg gab diesen Spekulanten recht: Angelika hatte zum ersten Februar alle Wohnungen vermietet, zumeist an

Krankenkassen und andere Sozialversicherungsträger, aber auch an Privatfirmen aus Westdeutschland, die sich in Schwerin und Umgebung etablieren wollten.

Michael hatte gehört, dass gerade die Träger der Öffentlichen Hand viel Geld an ihre Mitarbeiter zahlten, die bereit waren, sich in die neuen Bundesländer vorübergehend abordnen zu lassen. Diese Mitarbeiter bekamen neben ihren normalen Gehältern eine monatliche Aufwandsentschädigung von wenigstens 1600 D-Mark sowie Familienheimfahrten, Tagegeld und Übernachtungen bezahlt. Mit diesen Zahlungen sollte eine niedere Lebensqualität in den neuen Bundesländern ausgeglichen werden. Die Mitarbeiter dagegen, die direkt in Schwerin eingestellt wurden – und das waren in der Regel Menschen aus der ehemaligen DDR – hatten diese Sonderkonditionen nicht und bekamen darüber hinaus nur circa fünfundachtzig Prozent der normalen Vergütung. Wenn Michael abends in ein Lokal ging, um eine Kleinigkeit zu essen und ein Bier oder ein Glas Wein zu trinken, kam er ab und an mit Mitarbeitern aus dem Westen ins Gespräch. Sie erzählten freimütig von der »Buschzulage«, wie sie die Aufwandsentschädigung nannten, und einige von ihnen lachten über ihre Ostkollegen.

»Wie geht es euch damit, dass ihr das Geld hinterhergeworfen bekommt und eure Ostkollegen für die gleiche Arbeit so viel weniger verdienen als ihr?«, hatte er einmal eine Gruppe gefragt. »Das kann doch nur Unfrieden geben, oder?«

Die Reaktionen waren sehr unterschiedlich: Einige lachten über ihre Kollegen, andere gaben Michael durchaus recht und wieder andere schwiegen. Doch in einem waren sie sich alle einig: »Wenn sich der Gesetzgeber das so ausdenkt, werden wir uns dafür nicht entschuldigen und nehmen die Kohle mit.«

Michael aber sah darin eine große Ungerechtigkeit.

»Das treibt eine große Kluft zwischen Ost und West«, sagte er. »Das ist alles andere als eine gute Idee. Aber wenn ihr euch die

Kohle schon reinzieht, dann nutzt das auch und helft den Leuten.«

Mittlerweile war es Anfang März und Angelika hatte jetzt genug Zeit, Michael im Büro der Versicherungsagentur zu unterstützen. Ihre Erfahrungen als Versicherungskauffrau waren für sie ein Vorteil und Michael ließ sich die ganzen möglichen Versicherungen von ihr zeigen und erklären. Er war über die Vielzahl der verschiedenen Versicherungen überrascht und fand, dass viele davon völlig unnötig waren. Ihm fiel auf, dass Angelika bereits zahlreiche solcher Versicherungen verkauft hatte.

»Mein Gott«, sagte er, »diese ganzen Verträge braucht doch kein Mensch.«

»Aber es gibt sie und Beckstein sagt, wir sollen Versicherungen verkaufen«, antwortete sie. »Also verkaufen wir sie auch.«

»Und was nützen uns die ganzen Verkäufe, wenn die Menschen sie eines Tages nicht mehr bezahlen können?«, warf er ein. »Sie haben keine Ahnung davon und wir könnten Versicherungen gegen Schlechtwetter verkaufen.«

»Der Kunde ist König und wenn er so eine Versicherung will, dann bekommt er sie auch.«

»Angelika, mal im Ernst. Wir müssen diese Leute beraten und ihnen ein Versicherungspaket zusammenstellen, das für sie passt.«

»Ich bin Versicherungskauffrau und deshalb verkaufe ich auch Versicherungen. Ich weiß gar nicht, was du willst. Dafür hat Herr Beckstein uns doch hergeschickt, oder?«

»Aber wenn wir die Naivität dieser Menschen, die unsere Hilfe brauchen, jetzt zu unserem Vorteil ausnutzen, wird das eines Tages nach hinten losgehen. Versicherungen werden gekündigt, rückabgewickelt und was weiß ich«, beharrte er. »Und wenn der Gesetzgeber irgendwann festlegt, dass diese Versicherungen unwirksam sind, müssen wir die ganzen Provisionen, die wir jetzt auf die Schnelle kassieren, zurückzahlen. Willst du das? Ich nicht.«

»Warum sollte der Gesetzgeber das tun?«, fragte sie achselzuckend.

»Weil ich glaube, dass wir Wessis es hier übertreiben und er reagieren muss. Vielleicht tut er das in einem, in zwei oder in drei Jahren, aber ich glaube, er wird es tun, wenn wir so weitermachen. Und es gibt nichts Schlimmeres als ein Geschäft, das rückwirkend für nichtig erklärt wird. Ich bin Jurist und weiß, dass das richtig teuer wird.«

»Du hörst die Flöhe husten«, entgegnete sie. »Herr Beckstein hat mich gelobt, weil ich so viele Versicherungen verkauft habe und …«

»Ja, Beckstein hat jetzt die Dollarzeichen in den Augen«, unterbrach Michael. »Und wenn er dich jetzt hofiert und auf den Schultern durchs Büro trägt, dann lässt er dich auch genauso schnell wieder fallen. Mensch, Angelika, Beckstein ist auch Jurist und er weiß, dass der Gesetzgeber unberechenbar ist. Was heute legal ist, kann morgen illegal sein. Und wenn es ganz schlecht läuft, wird es auch rückwirkend für sittenwidrig erklärt. Dann bekommen die Leute ihre Beiträge zurück und Beckstein die Provisionen von uns. Er wird nicht den Schaden haben, sondern wir.«

Angelika sah ihn nachdenklich an.

»Abgesehen davon«, fuhr er fort. »Was haben wir davon, wenn wir eine Kapitallebensversicherung an einen Achtzigjährigen verkaufen? Nichts! Also bitte, lass uns die Leute vernünftig beraten und ihnen das verkaufen, was sie auch wirklich brauchen. Davon profitieren wir langfristig, zumal sich auch herumspricht, dass sie hier vernünftig beraten und nicht über den Tisch gezogen werden. Wir schließen hier auch so ein Vielfaches mehr an Versicherungen ab als in Hamburg oder Was-weiß-ich-wo. Wir müssen die Leute hier nicht ausziehen, um gut zu verdienen.

Und wir können sicher sein, dass wir unsere Provisionen auch behalten werden, wenn wir es nicht übertreiben.«

Angelika war zunächst skeptisch, ließ sich dann aber doch von Michael überzeugen und begann, nicht nur Versicherungen zu verkaufen, sondern die Menschen auch richtig und gut zu beraten. Erst jetzt zeigte sich, dass sie eine sehr gute Versicherungskauffrau war, die ihr Handwerk verstand. Die Kunden begannen ihr zu vertrauen und empfahlen die Versicherungsagentur weiter. Angelika und Michael hatten so viel Arbeit, dass sie früh morgens begannen und erst spät abends das Büro verließen. Den einen oder anderen Abend gingen sie etwas Essen oder Trinken, besprachen dann aber die nächsten Termine und Arbeitsabläufe. Über private Dinge redeten sie nur selten und sie wussten voneinander nur, dass Michael in Trennung lebte und Angelika Single war. Meistens ging es um die Arbeit und sie bemerkten kaum, dass es allmählich Frühling war und die Tage immer länger wurden.

»Lass uns was trinken gehen«, schlug Michael an einem schönen Märzabend vor. »Morgen ist Samstag und ich möchte mal etwas anderes machen, als nur im Büro sitzen.«

Angelika blickte über ihre Akten zu Michael und sah ihn nachdenklich an.

»Ich hätte schon noch was zu tun«, entgegnete sie.

»Ach komm, wir haben so viel gearbeitet und Beckstein die Türklinken vergoldet. Da ist auch mal was anderes erlaubt.«

»Hm.«

»Spüre ich da zarten Widerstand?«

Sie lachte. »Aber ganz zart. Ich muss noch eine Kleinigkeit erledigen, okay?«

»Wie lange?«

»Hmmmmm.«

»Okay, in zehn Minuten gehen wir zum Italiener«, beschloss Michael. »Ich lade dich ein und du zahlst.«

Angelika prustete. »Wenn du mich andauernd ablenkst, dauert es nur noch länger.«

»Das ist allerdings entwaffnend«, meinte er. »Aber ich lasse dich nur unter einer Bedingung deine Sache erledigen.«

»Die da wäre?«

»Wir reden heute Abend mal nicht über die Arbeit.«

»Können wir denn so was?«, fragte sie schmunzelnd.

»Lass es uns einfach mal probieren, ja?«

Angelika nickte ihm lächelnd zu. »In Ordnung. In zehn Minuten sollte ich fertig sein.«

Michael sah auf seine Uhr. »Na gut, ich stoppe die Zeit.«

Angelika ließ sich jetzt nicht mehr von Michael ablenken. Inzwischen kannte er ihren Arbeitseifer und wusste, dass sie nichts von ihrer Arbeit abhalten würde. Er lehnte sich in seinem Schreibtischstuhl zurück und beobachtete sie. Ihre schulterlangen blonden Haare fielen auf die Akten, über die sie sich gebeugt hatte. Sie trug über einer weißen Bluse einen schwarzen Blazer, der ihre schlanke Taille betonte. Als sie aufstand, um sich einen Ordner zu holen, sah er ihr hinterher und bemerkte, dass der enge und kurze rote Rock ihre Rundungen aufreizend zur Schau stellte und atmete tief durch. Sie setzte sich wieder an den Schreibtisch und Michael sah ihr zu, wie sie Versicherungsverträge sortierte und abheftete. Als sie fertig war, klappte sie den Ordner zu, reckte ihre Arme hoch und streckte ihre müden Glieder. Als dabei ihr Blazer zur Seite rutschte, starrte er auf ihre Brüste und seufzte tief.

»So, fertig«, sagte sie plötzlich und weckte Michael aus seinen Fantasien. »Wir können los.«

Zwanzig Minuten später waren sie beim Italiener, bestellten sich Pizzen und Chianti und saßen sich schweigend gegenüber.

Als die Pizzen kamen, prosteten sie sich kurz zu und aßen wortlos.

»Noch einen Espresso?«, fragte Michael, als sie gegessen hatten. Angelika nickte.

»Und noch einen Chianti?«, fragte er und schenkte ihr den letzten Rest ein. Angelika nickte erneut und Michael bestellte. Er sah sie eine Weile an und unterbrach dann die Stille.

»Es ist gar nicht so einfach zu reden, wenn die Arbeit tabu ist, oder?«

»Worüber sollten wir denn reden?«

»Erzähl was von dir. Hast du Geschwister? Bist du schon als Versicherungskauffrau geboren oder gibt es noch ein anderes Leben? Von welchem Planeten kommst du? Irgend so etwas.«

Sie lachte und schüttelte dabei ihre Haare. »Oh Gott, mein Leben ist so langweilig. Du würdest einschlafen.«

»Ist okay, solange du mich nicht hier schlafen lässt.«

»Tja«, machte sie. »Ich habe eine kleine Schwester, die ist jetzt zweiundzwanzig, und einen großen Bruder, der so alt ist wie du. Also ein alter Mann. Ich bin sechsundzwanzig, habe vor sieben Jahren mein Abitur gemacht, ein Studium zur Archäologin abgebrochen und dann die Ausbildung zur Versicherungskauffrau gemacht. Und jetzt bin ich hier. Das war es schon.«

»Aha«, machte Michael. »Ein sehr bewegtes Leben. Und wie sieht es mit der Liebe aus?«

»Das geht dich gar nichts an.«

»Ich will nur ein Gespräch in Gang bringen. Also: Gibt oder gab es da jemanden?«

»Wo denken Sie hin, Sie Flegel? Selbstverständlich bin ich noch Jungfrau.«

»Das dachte ich mir schon«, sagte Michael lachend.

»Und wie sieht es mit Ihnen aus, Herr Kowalczyk?«

»Bei mir?«

»Ja klar, du bist dran.«

»Also, ich habe mein Abitur vor gut zwölf Jahren gemacht, bin sechs Monate zur See gefahren und habe dann Jura studiert. Und jetzt verscheuere ich Versicherungen. Das ist meine Erfolgsstory.«

Der Kellner brachte den Chianti und Michael schenkte Angelika und sich ein.

»Du bist zur See gefahren? Wie war das? Das muss doch toll gewesen sein.«

»Na ja, toll ist anders. Wir haben viel an Bord geschuftet und in den großen Häfen der Welt vielleicht ein, manchmal auch zwei Tage Landgang gehabt. Viel zu sehen haben wir da nicht bekommen. Das meiste war Wasser um uns herum.«

»Warum bist du zur See gefahren? Abenteuerlust? Den Duft der großen weiten Welt schnuppern?« Sie kicherte.

Michael nahm einen großen Schluck aus seinem Weinglas, das halb leer war, als er es abstellte, und zuckte mit den Schultern.

»Keine Ahnung, was das war«, sagte er leise. »Nein, Abenteuerlust war es wohl eher nicht.«

Sie sah ihn ernst an. Michael hob erneut sein Glas, trank es leer und schenkte sich das Glas wieder voll.

»Du wolltest doch reden«, sagte sie. »Also reden wir. Was war es?«

Michael spürte, wie ihm der Rotwein zu Kopf stieg.

»Ich wollte weg, einfach nur weg. Weg von dieser Familie, weg von Allem.«

»Du bist geflüchtet?«

»Nenn es, wie du willst.«

Sie nahm seine Hand. »Jetzt will ich es wissen. Was ist passiert?«

Michael trank das nächste Glas in einem Zug aus. Angelika hatte noch ihr volles Glas vor sich stehen und sah ihn an. Sie fühlte seine Trauer und erkannte eine tief verletzte Seele, die der standhafte Jurist und Versicherungsfachmann, der er inzwischen geworden war, bisher so gut verborgen hatte.

»Das willst du gar nicht wissen«, sagte er.

»Doch, aber nur, wenn du es erzählen willst.«

Und Michael begann zu erzählen: Er erzählte ihr, dass seine Mutter ihn als Säugling in ein Kinderheim gegeben und sich nie wieder um ihn gekümmert hatte, dass er sie erst mit zweiundzwanzig Jahren kennengelernt und ein paar Mal getroffen hatte. Er erzählte, dass sein Vater in Sri Lanka ums Leben gekommen war und er erzählte, dass er von seiner Pflegemutter über Jahre hinweg misshandelt worden war.

Angelika strich mit ihrem Daumen über seine Hand, während er ihr sein Herz ausschüttete.

»Deshalb bin ich zur See gefahren«, schloss er schließlich. »Nur um dieser Familie zu entkommen. Ich habe es einfach nicht mehr ausgehalten.«

Sie betrachtete ihn schweigend, wie er gedankenverloren auf den Tisch starrte.

»Ist doch eigentlich toll«, sagte er leise mit einem süffisanten Grinsen, ohne sie anzusehen. »Ich hatte zwei Mütter und zwei Väter – und doch hatte ich keine Eltern. Abgesehen davon sind sie alle tot. Und jetzt ist Jasmin auch noch weg.«

»Deine Frau?«

»Ja, meine Frau. Sie wollte Kinder und ich nicht. Deshalb hat sie mich sitzen lassen. Ich habe seit Monaten nichts mehr von ihr gehört.«

»Fehlt sie dir?«

»In jedem Moment, in dem ich an sie denke. Ich versuche es zu vermeiden, aber es gelingt mir kaum.«

»Bist du deshalb nach Schwerin gegangen?«

»Auch. Abgesehen davon, dass Beckstein mich schon fast dazu genötigt hat. Aber ja, auch wegen ihr.« Michael seufzte. »Ich hätte sie mal anrufen sollen. Sie hat viel für mich getan, weißt du? Aber das ist eine andere Geschichte.«

»Es tut mir leid«, sagte Angelika leise nach einem Moment des Schweigens. »Ich hätte dich nicht ausfragen sollen.«

»Hast du nicht«, antwortete Michael. »Ich habe doch angefangen damit.«

»Noch einen Chianti?«, fragte sie lächelnd.

»Ja, unbedingt«, sagte Michael. »Genug der Trübsal. Wir sollten jetzt zum gemütlichen Teil des Abends übergehen.«

**

Michael lag in seinem Bett und schlug langsam die Augen auf, schloss sie aber sofort wieder, als ihn die Sonnenstrahlen blendeten, die durch das Schlafzimmerfenster fielen.

»*Mein Gott, habe ich einen Schädel*«, dachte er, als er einen tiefen, stechenden Kopfschmerz spürte. »*Das war gestern wohl ein Chianti zu viel.*«

Er zog sich seine Bettdecke über die Schultern und genoss den warmen, weichen Stoff auf seiner nackten Haut. Normalerweise schlief er nicht nackt, aber offensichtlich war er gestern froh gewesen, dass er den Weg in sein Bett überhaupt noch gefunden hatte. Seine Nase war verstopft, sein Mund ausgetrocknet wie eine Wüstenlandschaft und die Zunge fühlte sich pelzig an.

»*Ich muss geschnarcht haben, wie ein Waldarbeiter*«, dachte er. »*Gut, dass ich alleine schlafe.*«

Er dachte an den gestrigen Abend, aber seine Erinnerungen endeten irgendwo beim Italiener. Ihm fiel wieder ein, dass er sich anfangs mit Angelika gar nicht, dann sehr ernst unterhalten hatte. Irgendwann hatte sich das geändert und sie hatten viel gescherzt und gelacht, aber wann sie sich verabschiedet hatten und wie er nach Hause gekommen war, wusste er nicht mehr. Er wusste nicht einmal mehr, ob er seine Rechnung beim Italiener bezahlt hatte, was er aber später mit einem Blick in sein Portemonnaie überprüfen wollte. Auf der einen oder anderen Sauftour mit Ulli war es ihm schon ab und zu passiert, dass er vergessen hatte, seine Rechnung zu bezahlen, was ihm immer einen unangenehmen Gang zur jeweiligen Kneipe beschert hatte, um das nachzuholen.

»Ich muss was trinken, aber wie komme ich aus dem Bett raus?«, fragte er sich und drehte sich auf den Rücken. Er reckte seine Arme und streckte seinen müden Körper und gähnte aus Leibeskräften.

»Na du, bist du auch schon wach, Langschläfer«, hörte er eine Frauenstimme neben sich.

Erschrocken warf er seinen Kopf in die Richtung, aus der die Stimme kam, was ihm einen erneuten stechenden Kopfschmerz einbrachte, und sah in die blauen Augen von Angelika, die ihn anlächelte.

»Du hier?«, fragte er.

»Sieht ganz so aus.«

»Ich bin nackt.«

»Echt? Lass mal sehen.«

»Was machst du hier?«

»Wonach sieht´s denn aus? Ich habe neben dir geschlafen, wenn du mich mal gelassen hast.«

»Wie, wenn ich dich gelassen habe? Was haben wir denn gemacht?«

»Ich nichts, aber du hast geschnarcht, als wolltest du alle Wälder der Erde abholzen.«

Sie gluckste, aber Michael sah sie an, als würde er einen Geist vor sich sehen und ließ sich in sein Kissen fallen.

»Sag nicht, du bist auch nackt«, sagte er.

»Lass mal sehen.«

Sie hob ihre Bettdecke hoch und sah an ihrem Körper hinunter.

»Doch, ja. Sieht ziemlich nackt aus«, kicherte sie.

Er fuhr sich mit der Hand über sein Gesicht. »Haben wir was gemacht, was ich wissen sollte?«

Sie lachte laut auf. »Das sieht mir aber nach einem klassischen Filmriss aus.«

»Ich glaube, ich hatte etwas getrunken.«

»Etwas ist gut. Du warst voll wie eine Haubitze.«

»Und du gehst mit einem total besoffenen Kerl mit?«

»Du bist so süß, wenn du betrunken bist.«

»Das habe ich schon öfter gehört«, sagte er. »Da muss wohl was dran sein.«

Er drehte sich zu ihr um und sah sie an.

»Okay, du hast mich in der Hand. Aber bitte sag mir ehrlich, was ich verpasst habe.«

»Also«, begann sie. »Wir hatten nach einigen Anlaufschwierigkeiten viel Spaß beim Italiener und je mehr du dir den Chianti reingeschüttet hast, umso mehr bist du aufgetaut. Ich vertrage nicht viel und bin deshalb bald auf Cola und Wasser umgestiegen. Dann wolltest du noch unbedingt mit mir zum Schweriner See. Weißt du, es war eine sternenklare Nacht und fast schon mild. Wir haben uns auf eine Bank gesetzt und du hast deinen Arm um mich gelegt. Und dann hast du mir den Sternenhimmel erklärt.«

»Ich habe keine Ahnung vom Sternenhimmel.«

»Das habe ich gemerkt, aber es war einfach nur lustig und schön.«

»Was war denn daran lustig, wenn ich romantisch werde?«

»Du hast gesagt, dass die Polen versucht haben am Großen Wagen die Räder zu klauen,« sagte sie lachend.

»Na gut, sehr witzig. Und dann?«

»Eigentlich wollte ich nach Hause gehen, aber das hast du nicht zugelassen.«

»Mein Gott«, stöhnte Michael. »Das wird ja immer peinlicher.«

»Ich bin ja noch nicht fertig. Du wolltest eine so schöne junge Frau auf keinen Fall alleine nach Hause gehen lassen und hast darauf bestanden, dass ich mit zu dir komme. Wir sind in deine Wohnung gegangen und dann hast du mich ganz lieb in die Arme genommen und mir gesagt, was ich für eine wunderschöne Frau bin. Dass ich jung und schön bin, hast du übrigens öfter erwähnt.«

»Und was hast du gesagt?«

»Nichts. Ich habe dir zugehört und fand, dass du recht hast. Jaaaa, und dann hast du mir meinen Blazer ausgezogen, ganz langsam meine Bluse aufgeknöpft und sie mir über meine Schultern gestreift.«

Michael starrte sie entgeistert an.

»Aber da wollte ich ja nicht nachstehen«, fuhr sie fort, »habe dir dein Sakko ausgezogen, deine Krawatte abgebunden und ganz langsam dein Hemd aufgeknöpft. Ich bin mit meinen Fingernägeln über deine Brust und deinem Bauch rauf und runter geglitten. Du bist ganz schön kitzelig. Wusstest du das?« Sie lachte laut auf und ging dann in ein Kichern über. »Du hast ganz sinnlich deine Hände unter meinen Rock geschoben und meinen Po gestreichelt. Dann hast du dich hingekniet, meinen Bauchnabel geküsst und den Rock herunter geschoben. Du bist aufgestanden und einen Schritt zurückgegangen.« Sie kicherte erneut. »Du hast mich betrachtet, wie ich da so in Slip und BH vor dir stehe.«

»Ich habe dich angegafft?«

»Nein, ganz und gar nicht. Du hattest so ein verschmitztes Lächeln. Dein ganzes Gesicht hat gelächelt, als du mich so angesehen hast. Erst war mir das etwas unangenehm, aber dann auch wieder sehr schön. Du bist mit deinen Fingerspitzen ganz sanft von meinem Hals über mein Dekolleté an den Spitzen meines BHs entlang geglitten. Das war so sinnlich, dass ich mich gar nicht dagegen wehren konnte, geschweige denn wollte. Deine

Finger gingen so sanft zwischen meine Brüste, dass ich sie kaum gespürt habe, und doch hatte ich eine Gänsehaut. Dann hast du mich in deine Arme genommen und ich habe meinen Kopf auf deine Schulter gelegt. Deine Hände haben meinen Rücken gestreichelt. Mal mit der ganzen Hand und dann wieder nur mit den Fingerspitzen. Dann hast du eine Hand in meinen Slip geschoben und wieder meinen Po gestreichelt und massiert. Der scheint es dir ja angetan zu haben. Ja, und mit der anderen Hand hast du meinen BH aufgemacht.«

»Ich bin beeindruckt von mir«, grinste Michael. »Bei dem Part stelle ich mich immer ziemlich dämlich an.«

Angelika lachte. »Diesmal war das absolut fachmännisch. Du hast mich leicht von dir weggeschoben und mein BH ist über meine Schultern gerutscht. Du hast ganz sanft meine Brüste massiert, meinen Hals geküsst und mit deiner Zunge meine Brüste liebkost. Das war schön. Weißt du eigentlich, dass du sehr zärtlich bist?« Sie holte tief Luft und schloss die Augen. »Dann hast du mir meinen Slip ausgezogen und alles ging so schön langsam«, hauchte sie.

»So langsam, wie das ging, muss es doch inzwischen hell geworden sein«, warf Michael ein.

»Na, so langsam nun auch wieder nicht«, sagte sie lachend. »Aber es war schon sehr erotisch. Ja, und wie ich dann so splitterfasernackt vor dir stand, hast du mich ganz lieb in deine Arme genommen und geküsst. Du küsst übrigens richtig gut. Du hast mich zu deinem Bett geschoben, ohne mit dem Küssen aufzuhören. Und dann hast du dich auf mich gelegt.« Sie seufzte tief und sah ihn an. »Machst du uns einen Kaffee?«

Michael grinste verschmitzt. »Ich kann jetzt unmöglich aufstehen. Sag mir lieber, wie es weiterging.«

»Na gut, dann eben später Kaffee. Also, wir haben uns immer intensiver geküsst und du hast mich überall gestreichelt. Du musst in diesem Moment tausend Hände gehabt haben. Tja, und dann haben wir gevögelt wie die Stiere. Machst du jetzt einen Kaffee?«

»Wir haben was?«, fragte Michael und sah sie mit weit aufgerissenen Augen an. Angelika lachte laut auf und warf sich in ihr Kissen. »Nein, so war es nicht. Du bist beim Küssen eingeschlafen.«

»Nee, näh?«, machte Michael. »Das glaube ich dir nicht.«

»Ich schwöre es, so ist es gewesen. Aber glaube mir: Es war wunderschön. Bis auf das Einschlafen, aber wer weiß, wofür es gut war.«

»Mir fällt da gerade noch was ein«, sagte er. »Wenn ich jetzt alles mitbekommen habe, was du so erzählt hast, dann hatte ich meine Jeans und mein Hemd noch an. Und jetzt bin ich nackt. Was war da also noch?«

»Ach das«, machte Angelika und grinste verlegen wie ein kleines Mädchen. »Das Hemd hast du irgendwann selbst ausgezogen.«

»Soso. Bliebe da noch die Jeans.« Er sah prüfend unter seine Bettdecke. »Und meine Socken habe ich auch nicht an.«

»Na ja, ich habe versucht, dich wiederzubeleben. Oder zumindest einen Teil von dir. Und normalerweise bin ich darin ziemlich gut.«

Michael warf sich laut lachend auf den Rücken.

»Offensichtlich warst du diesmal nicht so erfolgreich«, prustete er.

»Nee«, machte sie. »Diesmal irgendwie nicht so ganz.«

»Ich glaube, jetzt kann ich es riskieren und uns einen Kaffee machen. Ich brauche jedenfalls einen. Schwarz, Milch, Zucker?«

»Viel Milch und viel Zucker.«

Michael schwang sich aus dem Bett und lief in die Küche. Nach einer Weile kam er mit zwei Kaffeetassen zurück, stellte sie auf den Nachtschrank und stieg wieder ins Bett. Er rückte zu

Angelika, nahm sie in die Arme und wollte sie küssen, doch sie wich zurück.

»Was ist?«

»Nichts. Ich bin jetzt nicht in Stimmung. Es war schön gestern und ich habe das Gefühl, wir würden jetzt alles kaputtmachen.«

Michael nickte enttäuscht. »Okay, dann aber kuscheln?«

»Ja, kuscheln wäre schön.«

Sie schmiegten sich aneinander und er spürte ihren warmen, weichen Körper und ihre nackten Rundungen.

»Mist«, dachte er. »Jetzt würde ich garantiert nicht einschlafen.«

***

Jasmin lief in ihrer kleinen Zweizimmerwohnung in Hamburg-Eidelstedt auf und ab. Sie mochte die Wohnung nicht, doch eine größere und schönere konnte sie sich nicht leisten. Wenigstens gefiel ihr die Gegend. Als Michael seine Anstellung in der Rechtsanwaltskanzlei Beckstein bekommen hatte, hatte sie schon als Assistenzärztin in der Uni-Klinik Hamburg-Eppendorf gearbeitet. Mit den beiden Gehältern zusammen hatten sie sich eine große Dreizimmerwohnung in Hamburg-Barmbek leisten können. Sie wollte ihren Facharzt für Kinder- und Jugendpsychiatrie machen und träumte davon, später eine eigene Praxis aufzumachen, auch wenn sie wusste, dass es schwierig werden würde, eine Zulassung zu bekommen. Sie liebte Kinder über alles und wollte schon immer mit Kindern arbeiten. Und sie wollte eigene Kinder.

Sie dachte immer wieder an ihre Zeit mit Michael. Es war schön mit ihm gewesen, eine lange, aber auch eine schwierige Zeit.

Sie stand am Fenster und sah dem Regen zu, der unaufhörlich gegen ihre Scheiben prasselte und Schlieren bildete, betrachtete

die Bäume, die die ersten Blätter trugen und den Frühling an-
kündigten.

Nachdem sie sich von ihm getrennt hatte, hatten sie sich ab
und zu in einem Café getroffen und miteinander geredet, doch
seit fünf Monaten hatte sie nichts mehr von ihm gehört. Sie
wusste von Ulli, dass er die meiste Zeit in Schwerin und kaum in
seiner Wohnung in Hamburg war. Dort hatte er jedoch kein Telefon und im Büro wollte sie ihn nicht anrufen.

»Ich muss mit ihm reden«, dachte sie. *»Ich muss es ihm sagen.«* Sie
ging in ihren kleinen Flur, wo das Telefon stand, hob den Hörer
ab und wählte seine Nummer.

»Heute ist Samstag, vielleicht ist er ja mal in Hamburg.«

Sie hörte das Freizeichen und zählte das Schnarren mit, das das
Klingeln bei Michael verriet. Zwanzig Mal hatte es geschnarrt,
als sie den Hörer wieder auf die Gabel legte.

»Ich habe jemanden kennengelernt«, wollte sie ihm sagen.
»Und ich bin schwanger.«

Sie ließ sich auf die Couch fallen, vergrub ihr Gesicht in die
Hände und weinte. Immer heftiger weinte sie und schüttelte
sich. Sie weinte selten, aber wenn, dann flossen die Tränen und
sie hatte keine Möglichkeit, sie zu stoppen. Sie atmete tief durch.

»Ich habe dich geliebt«, sagte sie leise zu sich. »Und ich tue es
immer noch. Weiß der Teufel, warum.«

Sie erinnerte sich an ihre erste Begegnung damals in der U-
Bahn:

*Michael war sturzbetrunken mit einer Horde wilder Jugendlicher in die
U-Bahn eingefallen, die die Leute anpöbelten. Nur Michael war anders.
Er pöbelte nicht, sondern scherzte und lachte mit seinem Freund, den er
Blacky nannte. Immer wieder suchte er Jasmins Spiegelbild, nur um sie
nicht direkt anzusehen.*

»Ich habe dich damals schon gesehen«, sagte sie lächelnd zu sich. »Mein Gott, warst du betrunken und dennoch hast du mir gefallen.«

Sie lehnte sich in der Couch zurück und schloss die Augen.

»Du warst ein großer Junge«, flüsterte sie. »Auf der einen Seite erwachsen, auf der anderen Seite noch ein Kind und völlig verunsichert. Du musstest dir schon reichlich Mut antrinken, um mich anzusprechen. Was für ein Gespräch damals.«

Sie betrachtete die Szene von damals noch einmal:

»Sie bewundern dich«, sagte sie.

»Wer?«

»Deine Leute da.«

»Wie kommst´n da drauf?«

»Sie sehen immer wieder zu dir. Vor allen Dingen diese Wilde da.«

Sie deutete auf das junge zierliche Mädchen mit den glatten Haaren.

»Die? Die guckt dursch misch dursch.«

»Nein, tut sie nicht. Sie sieht immer wieder zu dir rüber. Und die anderen tun es auch.«

»Wieso sollten se dasch´n tun? ´Sch bin einer von ihnen, jawohl. Sie sind meine beschten Freunde.«

»Nein, sie sehen mehr in dir.«

»Wie kommst´n da drauf?«

»Du bist anders als sie. Ganz anders.«

»Verstehe kein Wort.«

»Du hast Einfluss auf sie.«

»Was? Isch ´schab se doch gar nich im Griff. Die machen, wasche woll´n.«

»Wenn es drauf ankommt, hören sie auf dich. Du weißt es nur noch nicht.«

»Quatsch.«, sagte er.

»So, ist das so? Du gehörst da nicht hin.«

»Se sin meine beschten Freunde.«

»Ja, das sagtest du schon.«

»Ja, loggisch. Sin se auch.«

»Du brauchst sie doch nur, damit du jemanden hast, der zu dir auf-schaut.«

»Wasch?«

»Du bist etwas Besonderes für sie. Mein Gott, wie klein musst du dich fühlen, dass du das nicht merkst.«

Michael sah sie mit glasigem Blick verständnislos an.

»Wie heißt du?«, fragte sie schließlich.

»Mischael. Un´ du?«

»Jasmin.«

»Danke, dasch du mit mir sprischst. Tut mir escht leid, dasch isch disch so blöd angequatscht hab.«

Es berührte sie noch immer, dass diesem jungen Mann, so sturz-betrunken er auch gewesen war, dennoch sehr wohl bewusst gewesen sein musste, dass er sich ihr gegenüber daneben be-nommen hatte.

»Siehst du? Das hätten die anderen nie gesagt. Merkst du jetzt, dass du anders bist?«

»Ja, vielleischt.«

»Irgendetwas ist passiert, dass du dich so klein fühlst«, sagte sie milde.

»Mein Gott, in was für eine tief verletzte Seele habe ich damals gese-hen?«, dachte sie. »Du hast mit aller Macht versucht, deine Verlet-zungen zu verbergen und niemandem zu offenbaren. Wie muss das da-mals für dich gewesen sein, als ich, die dich noch nie vorher gesehen hatte, dir das so an den Kopf geworfen habe? Du musst dich doch voll-kommen nackt gefühlt haben.«

Er hatte sie nach ihrer Telefonnummer gefragt, aber sie hatte sie ihm nicht gegeben.

»*Was hätte ich mit dir anfangen sollen?*«, dachte sie. »*Du wusstest doch gar nicht, wer du bist. Im Grunde genommen weißt du es auch heute noch nicht.*«

Später hatte sie noch oft an diese merkwürdige Begegnung gedacht, aber dann auch wieder vergessen. Zwei Jahre danach hatten sie sich auf einer Studentenfete wiedergetroffen. Sie sah den großen jungen Mann wieder vor sich, den sie zunächst nicht erkannt hatte, zu dem sie sich aber dennoch sofort hingezogen fühlte. Sie dachte an die gemeinsame Studienzeit, die zahlreichen Gespräche mit ihm, an die vielen Spaziergänge, die sie Hand in Hand durch Hamburg unternommen hatten, an die vielen gemütlichen Abende, die sie vor dem Fernseher oder mit musikhören verbracht hatten.

Aber dann dachte sie auch an die vielen Streits:

»*Ich will eine Familie*«, sagte sie.

»*Wir sind doch eine Familie*«, war seine Antwort. »*Was willst du noch?*«

»*Zu einer Familie gehören Kinder.*«

»*Ich will keine Kinder. Ich mag Kinder nicht.*«

»*Das stimmt nicht. Du hast nur Angst.*«

Er wurde wütend. »*Woher willst du wissen, was ich fühle? Woher willst du wissen, wovor ich Angst habe?*«

»*Ich weiß es nicht, aber ich spüre es.*«

»*Du und deine Gefühle. Ihr Frauen mit eurer Gefühlsduselei. Wieso sind die euch so wichtig?*«

»*Sie sagen uns, wer wir sind.*«

»*Ich weiß sehr wohl, wer ich bin.*«

»*So?*«, fragte sie. »*Und wer ist der Mann, der sich hinter Schlips und Kragen versteckt? Was fühlst du, wenn du mich in den Arm nimmst? Was fühlst du, wenn du mit mir schläfst? Was fühlst du überhaupt?*«

»*Schlips und Kragen trage ich, weil ich es muss, und was ich fühle, geht niemanden etwas an.*«

»Nein, du präsentierst dich wie ein Eisklotz. Also: Was fühlst du, wenn du mich in den Arm nimmst und wenn du mit mir schläfst?«

»Was soll ich da denn schon fühlen?«, war seine Gegenfrage. »Einen schönen, warmen und weichen Körper. Was soll ich denn sonst spüren?«

»Hast du das wirklich gerade gesagt?« Jasmin war fassungslos bei dieser Aussage. Und tief verletzt. »Ist das wirklich alles, was du spürst?«

Sie bemerkte sein Zögern, sah, dass er noch etwas anderes sagen wollte, es aber nicht konnte. Und plötzlich hatte sie Mitgefühl mit ihm.

»Was ... Was soll ich denn noch spüren?«

»Geborgenheit, Nähe, Liebe.«

Sie sah seine hilflosen Augen erneut vor sich und spürte wieder Tränen aufsteigen, die an ihren Wangen herunter liefen, und sie fühlte, dass er Geborgenheit, Nähe und Liebe nicht empfinden, geschweige denn zeigen konnte. All das kannte er nicht.

»Ich muss ihn anrufen und es ihm sagen«, dachte sie wieder. »Er muss doch irgendwann auch mal Zuhause sein.«

Sie nahm den Hörer in die Hand und wählte zum wiederholten Male seine Nummer.

***

Der April zeigte sich von seiner regnerischen und kühlen Seite. Michael musste langsam fahren, weil sein Auto in den Wassermassen immer wieder ins Rutschen geriet. Die Scheibenwischer ließ er auf höchster Stufe laufen und konnte trotzdem die Straße kaum erkennen. Angelika neben ihm blickte ebenfalls angestrengt auf die Straße, als müsste sie selbst fahren. Sie hätten sich beide einen besseren Tag vorstellen können, als an diesem Samstagmorgen nach Hamburg in die Rechtsanwaltskanzlei zu fahren, aber Beckstein wollte die ersten Quartalszahlen mit ihnen besprechen, die sie ihm zugeschickt hatten. Es war überhaupt das erste Mal, dass sie gemeinsam zu einem Meeting fuhren, aber Beckstein hatte auf ihrer beider Erscheinen bestanden.

»Hast du eine Ahnung, was der Alte von uns will?«, fragte Michael, doch Angelika zuckte nur mit den Achseln.

»Ich weiß es auch nicht«, war ihre Antwort. »Die Zahlen sind doch sehr gut. Vielleicht will er uns feiern dafür.«

»Das kann ich mir, offen gestanden, nicht vorstellen«, murmelte Michael. »Für den können die Zahlen gar nicht gut genug sein.«

»Wir werden es ja sehen.«

Michael nickte und konzentrierte sich weiter auf die Straße. Allmählich ließ der Regen etwas nach und er stellte den Scheibenwischer eine Stufe niedriger. Er fuhr auf die Autobahn. Ein Blick auf die Uhr sagte ihm, dass sie sehr gut im Zeitplan lagen und er die Fahrt ruhig angehen lassen konnte.

»Ich würde gern den Abend bei mir in der Wohnung verbringen«, unterbrach er das Schweigen. »Ich weiß schon gar nicht mehr, wie die aussieht.«

»Ja, ich müsste auch mal wieder bei mir vorbeischauen«, sagte Angelika. »Ich war schon länger nicht mehr da.«

Michael nickte. »Sehen wir uns denn heute Abend?«

»Mal sehen. Ich könnte etwas Ruhe gebrauchen.«

Michael nickte wieder und sah schweigend auf die Straße. Er legte seine Hand auf den Schaltknüppel und fuhr einem Lkw hinterher. Es hatte aufgehört zu regnen und er schaltete den Scheibenwischer aus. Aus seinem Augenwinkel sah er zu Angelika, die wortlos auf die Straße schaute. Sein Blick wechselte von der Straße zu ihr und wieder auf die Straße und wieder zu ihr. Er betrachtete seine Hand auf dem Schaltknüppel, als wollte er ihr sagen »Junge, tu doch was«, aber er ließ sie da, wo sie war. Er betrachtete ihre blonden Haare, die ihr auf ihre Schultern fielen, ihre Rundungen, die ihre enge Bluse hervorhob, ihre Beine, die von einem knielangen Rock umschmeichelt wurden. Dann sah er wieder auf die Straße und holte tief Luft. Er klopfte mit seinen Fingern nervös auf den Schaltknüppel und ließ dann seine Hand langsam auf ihren Oberschenkel gleiten, fuhr zu ihren Knien und schob langsam ihren Rock zurück. Als er die raue Oberfläche ihrer Nylonstrumpfhose spürte, glitt seine Hand höher. Mit einem raschen Seitenblick registrierte er, dass sie weiter auf die Straße sah. Er spürte seine Erregung, als er weiter über ihren Oberschenkel strich. Sein Blick wich nicht mehr von der Straße, während seine Hand auf Erkundung ging. Immer langsamer schob er seine Hand unter ihrem Rock über die Innenseite ihrer Schenkel und sie ließ ihre Oberschenkel leicht auseinandergleiten, als wolle sie seiner Hand Platz geben.

»Was hast du eigentlich vor?«, fragte sie, als er den Blinker setzte, um auf einen leeren Parkplatz zu fahren.

»Na, was meinst du wohl? Wonach sieht´s denn aus?«

»Michael, du kriegst wohl nie genug«, sagte sie lachend. »Wir hatten in den letzten zwei Wochen fast jeden Abend Sex.«

»Ja und? Müssen wir deshalb jetzt damit aufhören?«, grinste er.

»Ja, manchmal ist es ganz gut aufzuhören« sagte sie, nahm seine Hand von ihrem Bein und legte sie auf den Schaltknüppel zurück.

»Ich will jetzt nicht, und hier schon gar nicht. Außerdem solltest du deine Gedanken auf das Meeting lenken.«

»Dann lass mich wenigstens eine Zigarette rauchen. Wir haben alle Zeit der Welt.«

Sie nickte und er steuerte den Wagen auf den Parkplatz, stieg aus und zündete sich eine Zigarette an. Er blickte gedankenverloren über die Landschaft und zählte die Farben eines Regenbogens, der sich gebildet hatte. Angelika stellte sich neben ihn und betrachtete ihn.

»Bist du sauer?«, fragte sie.

»Was? Nein, warum?«

»Ach komm schon. Du weißt genau, was ich meine.«

»Ach quatsch, du hast ja recht. Nein, ich bin gerade im Geiste noch mal die Zahlen für das Meeting durchgegangen.«

Sie sah in sein gequältes Lächeln und spürte, dass er nicht an das Meeting gedacht hatte, aber sie ahnte nicht, dass seine Gedanken bei Jasmin waren. Wie mochte es ihr gehen? Was machte ihre Facharztweiterbildung? Gab es einen neuen Mann in ihrem Leben? Selbst wenn er mit Angelika zusammen war: Sogar beim Sex waren seine Gedanken bei Jasmin. Er verglich die beiden Frauen miteinander und vermisste bei Angelika die Eigenschaften, die er an Jasmin so liebte. Er hatte lange nichts mehr von sich hören lassen und nahm sich vor, sie nach dem Meeting anzurufen. Er warf die Zigarette in eine Pfütze.

»Komm, lass uns weiterfahren und noch mal über die Zahlen sprechen. Wir sollten gut vorbereitet sein.«

Angelika nickte und sie stiegen wieder ins Auto und fuhren weiter.

Sie waren früh in Hamburg, sodass sie die Quartalszahlen nochmals in einem Café durchgehen und besprechen konnten.

»Ich muss nicht unbedingt früher als nötig in der Kanzlei sein«, hatte Michael gesagt und Angelika ihm zugestimmt. Jetzt saßen sie in Becksteins Büro auf einer schwarzen Ledercouch und sahen ihm zu, wie er kritisch die Zahlen betrachtete und zwischendurch ein »Mhm« und »Aha« von sich gab. Sie sahen sich an und spürten jeder bei dem anderen ein ungutes Gefühl.

Michael nahm Angelikas Hand und drückte sie kurz, als wollte er sagen: »Bleib ganz ruhig, wir bekommen das schon hin.«

Schließlich warf Beckstein die Blätter auf den Besprechungstisch und sah sie abwechselnd an. Sein Blick blieb an Angelika hängen, wobei seine Augen ungeniert über ihre Brüste, ihre Beine und schließlich wieder zu ihren Augen wanderten.

»Also«, begann er schließlich. »Die Wohnungen haben Sie ja sehr gut an die Leute gebracht, Frau Baumann. Damit können wir sehr zufrieden sein. Mehr und schneller war kaum möglich. Wirklich gute Arbeit.«

Sie nickte ihm kurz zu und lächelte. Dann sah er Michael streng an.

»Herr Kowalczyk, die Versicherungszahlen im Januar waren noch ganz ordentlich, im Februar sogar sehr gut, aber im März sind sie um die Hälfte gesunken. Da bin ich mal auf Ihre Erklärung gespannt.«

Michael sah seinem Blick an, dass sich Beckstein mit seiner Antwort in keinem Fall zufriedengeben würde, egal wie schlüssig sie auch wären, und musste jetzt feststellen, dass er darauf sehr schlecht vorbereitet war.

»Na ja«, begann er und kratzte sich am Kinn. »Im Januar musste erst einmal alles anlaufen und ich war viel unterwegs. Außerdem war Frau Baumann noch mit Ihren Wohnungen beschäftigt und ...«

»Ich will keine Ausflüchte, ich will Antworten. Ich sagte ja, dass der Januar ganz ordentlich und der Februar sogar sehr gut war. Was war im März los?«

»Die meisten Kunden hatten bereits zahlreiche Versicherungen abgeschlossen. Es ist doch normal, dass die Lage dann etwas ruhiger wird.«

»Im März wurden viele Versicherungen rückabgewickelt. Warum?«

Michael setzte sich aufrecht in den Sessel und sah Beckstein fest an.

»Die Kunden hatten Versicherungen abgeschlossen, die sie nicht brauchten und auf längere Sicht auch nicht bezahlen konnten. Also haben wir sie beraten, einige Versicherungen rückabgewickelt und ihren jeweiligen Situationen und ihren Bedürfnissen angepasst.«

»Und ihren Bedürfnissen angepasst?«, wiederholte Beckstein.

»Um die Bedürfnisse der Kunden geht es mir aber nicht.«

»Eine Win-win-Situation«, antwortete Michael. »Die Kunden fühlen sich nicht übervorteilt, können die Versicherungen langfristig bezahlen und bleiben uns als Kunden erhalten. Außerdem machen sie über Mundpropaganda kostenlos Werbung für uns, wenn sie zufrieden sind.«

Beckstein fixierte ihn. Michael versuchte seinem Blick standzuhalten und souveräner zu wirken, als er sich fühlte.

»So haben Sie sich das gedacht?«, fragte Beckstein.

Michael spürte einen gefährlichen Unterton in seiner Stimme und sah Angelika hilfesuchend an.

»Und wie sehen Sie das, Frau Baumann?«, fragte Beckstein. »Sie sind doch vom Fach.«

Sie schlug die Beine übereinander und räusperte sich.

»Also«, sagte sie und warf Michael einen kurzen Blick zu. »Der Kunde ist König und was er möchte, sollte er auch bekommen.«

»Oh«, machte Beckstein und hob die Augenbrauen hoch. »Nicht, was er braucht, sondern was er möchte?«

»Ähm, ich sehe das etwas anders als Herr Kowalczyk. Ja.«

Michael sah Angelika von der Seite an und kniff die Augen zusammen.

»Du kleines Luder«, dachte er. *»Da lässt du mich ins offene Messer laufen.«*

Beckstein beugte sich nach vorne, stützte die Arme auf seine Beine und faltete die Hände.

»Herr Kowalczyk, ich habe es Ihnen im Herbst schon gesagt: Sie haben zu tun, was ich Ihnen sage. Es ist nicht Ihre Aufgabe, für mich zu denken. Sie haben nicht das Zeug dazu. Ihre Aufgabe ist es, Versicherungen zu verkaufen.«

Michael presste die Lippen aufeinander.

»Frau Baumann, Sie werden ab sofort die Leitung der Agentur übernehmen. Und Sie, Herr Kowalczyk, setzen um, was sie Ihnen sagt.«

Er lächelte selbstzufrieden. Michael schoss das Blut in den Kopf, seine Adern traten hervor und er presste seine Hände zusammen. Er spürte, wie sein Blut kochte, wollte diesem arroganten Schnösel und eiskalten Menschen am Kragen packen, zu Boden werfen und auf ihn einprügeln, ihn seine ganze Wut spüren lassen. Er starrte Beckstein an, doch dieser schien seine Wut überhaupt nicht zu bemerken.

»Gut«, sagte er schließlich und schlug die Hände zusammen. »Dann haben wir ja soweit alles geklärt und Sie können jetzt gehen.«

Angelika und Michael standen auf und wandten sich zum Gehen.

»Sie nicht, Frau Baumann. Ich habe noch etwas mit Ihnen zu besprechen. Herr Kowalczyk, Sie brauche ich nicht mehr.«

Michael sah Beckstein an und nickte. »Ist schon klar, das habe ich verstanden.«

Und zu Angelika gewandt sagte er: »Morgen sechzehn Uhr fahre ich nach Schwerin. Wenn du mit willst: Du weißt ja, wie du mich erreichst.«

Er warf Beckstein einen kurzen Blick zu und verließ das Büro, ohne sich zu verabschieden. Beckstein sah ihm schmunzelnd hinterher und wandte sich Angelika zu, nachdem Michael das Büro verlassen hatte.

***

Michael betrat seine Wohnung, ließ die Tür ins Schloss knallen und ging in die Küche, um sich eine Kanne Kaffee aufzusetzen. Dem Haufen Prospekte und der Post, die ein Nachbar für ihn aus dem Briefkasten genommen und säuberlich auf dem Küchentisch gestapelt hatte, warf er nur einen kurzen Blick zu. Er hatte vorgehabt, viel öfter nach Hamburg zu kommen und seine Post zu sichten, aber die viele Arbeit in Schwerin ließ das kaum zu. Und jetzt musste er Post von mehreren Monaten abarbeiten. Die Kaffeemaschine gurgelte und verkündete ihm, dass die Kanne bald voll sein würde. Er ging in das Wohn- und das Schlafzimmer, ohne zu wissen, was er dort eigentlich wollte, registrierte, dass der Staub dick auf den Schränken lag, und ging wieder in die Küche. Mit einer Tasse schwarzem Kaffee setzte er sich an den Küchentisch und sortierte die Briefumschläge, ohne sie zu öffnen. Was ihm wie Werbung aussah, legte er ungeöffnet auf den Stapel Prospekte und Wochenblätter. Die noch übrig gebliebene Post wollte er sich später ansehen. Jetzt hatte er keinen Kopf dafür. Viel zu sehr hatte ihm das Gespräch bei Beckstein zugesetzt. Seine Wut war Enttäuschung gewichen und er fühlte sich von Beckstein degradiert und von Angelika hintergangen. Er stützte den Kopf auf seine Hände, starrte Löcher in die Wand und spürte eine tiefe, gähnende Leere, versuchte seine Gedanken zu sortieren, die kreuz und quer durch seinen Kopf geisterten. Das Telefon schellte aufdringlich aus dem Flur und er schreckte zusammen, doch er wollte mit niemandem reden und ließ es schellen.

»Wahrscheinlich Angelika«, dachte er, »aber die kann mir gestohlen bleiben.«

Er nippte am Kaffee und bemerkte, dass er kalt geworden war, und sah auf die Küchenuhr. Es war inzwischen früher Nachmittag. Sein Blick fiel auf ein Bild von Jasmin, das auf dem Kühlschrank stand. Er stand auf, nahm es in die Hand und betrachtete es. Es zeigte eine fröhlich lachende Jasmin. Mit dem Bild in der Hand setzte er sich wieder an den Küchentisch.

»Na, altes Mädchen, lange nichts mehr voneinander gehört«, dachte er.

Er erinnerte sich an ihre erste Begegnung in der U-Bahn, wie er danach vergeblich nach ihr gesucht und sie zwei Jahre später wiedergetroffen hatte. Michael hatte sich damals an der Uni Hamburg eingeschrieben und war zu Michaela, Frauke und Carlos in eine WG gezogen.

Es war Anfang November 1981 und es stand eine Studentenfete an, zu der sich zwanzig Gäste angekündigt hatten. Sie hatten Sofa und Sessel aus dem Wohnzimmer weggeräumt und Matratzen ausgelegt, damit alle sitzen konnten. Michael löffelte eine Gulaschsuppe, als er dieses Mädchen mit ihren langen braunen Locken, einer schrillen Weste über ihrem T-Shirt und einem langen, bunten Rock bemerkte, das in ein angeregtes Gespräch vertieft war. Einen kurzen Moment hatte er geglaubt, dass sie ihn angesehen hatte, aber dann beachtete sie ihn doch nicht mehr.

Er hatte sich mit seinem Sitznachbarn Robert, einem dicken Jurastudenten, unterhalten und dieses Mädchen schon fast vergessen, als er in die Küche ging, um Robert und sich neues Bier zu holen. Und da stand sie mit dem Rücken zu ihm und schmierte sich gerade ein Brot mit Hüttenkäse. Als sie sich langsam umdrehte und in ihr Brot biss, bemerkte sie den wie angewurzelt vor ihr stehenden Michael.

Diese Erinnerungen zauberten ihm ein Lächeln ins Gesicht:

»Stehst du schon lange da?«, fragte sie schmunzelnd.

»Nee … Ja, keine Ahnung.«

»Keine Ahnung? Aber hoffentlich weißt du wenigstens, wie du heißt.«

»So gerade noch. Ich heiße Michael.«

»Angenehm. Ich heiße …«

»Warte …«

»Was?«

»Lass mich raten …«

Michael erinnerte sich an ihr irritiertes und dann erstauntes Gesicht, als er sagte:

»Du bist … Jasmin?«

»Kennen wir uns? Ich habe dich hier echt noch nie gesehen.«

»Nein. Hier nicht, aber in der U-Bahn. Vor ungefähr zwei Jahren, glaube ich.«

»In der U-Bahn? Vor zwei Jahren? Und das weißt du noch? Ich habe keinen Schimmer, wer du bist.«

»Na ja, ich war damals auch nicht ganz nüchtern – um es vorsichtig auszudrücken.«

»Das erlebe ich öfter in der U-Bahn.«

»Wie oft wäschst du denn in der U-Bahn Betrunkenen den Kopf? Mir hast du ihn jedenfalls ganz schön gewaschen.«

Sie holte ganz tief Luft. »Aaaaaaach, jetzt schwant mir so langsam was.«

Michael kratzte sich am Hinterkopf.

»Du warst doch mit diesen Randalierern da, oder? Und angegraben hast du mich in deinem besoffenen Kopf. Genau, jetzt fällt der Groschen.«

»Ja, sorry.«

»Und du wolltest meine Telefonnummer. Jetzt fällt es mir wieder ein.«

Michael hörte wieder ihr lautes Lachen und lächelte das Foto an.

»Ich hätte dich im Leben nicht wiedererkannt. Du siehst ganz anders aus«, stellte sie fest.

»Ist das gut oder schlecht?«

»Schlecht … Besoffen hast du mir richtig gut gefallen.«

Wieder sah er ihr schelmisches Lächeln vor seinen Augen.

»Wie geht's dir und was machst du hier?«, fragte sie.

»Och, ich wohne seit ein paar Wochen hier.«

»Du studierst? Was denn?«

»Jura, und du?«

»Medizin, ich will Psychiaterin werden.«

»Na, das erklärt ja einiges.«

»Wieso?«

»*Na, weil du mich so gut durchschaut hattest.*«

»*Oh, das war nicht schwer.*«

»*Ach so? Die Geschichte hatte damals übrigens noch eine Fortsetzung.*«

»*Oha. Da bin ich aber gespannt.*«

»*Sollen wir reingehen? Ich erzähl es dir gern. Ich muss Robert nur eben sein Bier bringen, bevor es handwarm wird.*«

Michael hatte ihr erzählt, dass er und sein Freund Blacky fast in Polizeigewahrsam genommen worden waren, weil ihre Kumpels randaliert hatten, dass er später zur Polizei wollte, aber abgelehnt worden und er sechs Monate zur See gefahren war. Sie hatten sich den ganzen Abend unterhalten und kaum gemerkt, dass schon fast alle Gäste verschwunden waren.

Vor seinem geistigen Auge sah er das Wiedersehen mit ihr, als wäre es gerade eben erst passiert, und lächelte das Foto liebevoll an.

»Ich vermisse dich«, sagte er dem Bild, als ihn das erneute laute Klingeln des Telefons aus seinen Gedanken riss.

***

Jasmin zählte das schnarrende Geräusch im Telefonhörer, das ihr sagte, dass das Telefon bei Michael läuten musste. Fünf, sechs, sieben, acht …

»*Mein Gott, du musst doch mal nach Hause kommen*«, dachte sie.

Dreizehn, vierzehn, fünfzehn …

Enttäuscht senkte sie den Hörer, als sie plötzlich seine Stimme aus dem Hörer hörte: »Kowalczyk, hallo?«

Langsam hob sie den Hörer wieder an ihr Ohr.

»Hallo?«, sagte er erneut, als er keine Antwort bekam.

»Hallo, Michael. Hier ist Jasmin.«

Ihre Hand zitterte und sie glaubte, dass auch ihre Stimme zitterte.

»Hallo«, antwortete Michael leise. »Ich habe gerade an dich gedacht.«

»Ja?«

»Ja ... Ich ... Ähm, wie geht´s dir?«

»Ganz gut soweit, und dir? Wie läuft es in Schwerin?«

»Super, ja ... Nee, doch, super. Wir hatten gerade heute ein Meeting und haben die ersten Quartalszahlen besprochen. Beckstein hat mich über den grünen Klee gelobt und ... Na ja.«

»Das ist doch schön«, sagte sie. »Tja, bei mir ist es gerade sehr anstrengend. Der Klinikalltag verlangt mir ganz schön was ab.« Sie holte tief Luft. »Du hast ja lange nichts von dir hören lassen. Ich habe ewig versucht dich zu erreichen.«

»Ja, weißt du, wir hatten sehr viel zu tun und ich war kaum in Hamburg. Eigentlich gar nicht.«

»Wer sind denn ›Wir‹?«

»Meine Kollegin und ich. Sie ist Versicherungskauffrau. Warum fragst du?«

»Ach Gott, nur so.«

Sie schwiegen eine Weile.

»Und was macht die Liebe?«, fragte Michael schließlich. Sie hörte ein leichtes Zittern in seiner Stimme. »Habe ich schon einen Nachfolger?«

Sie biss sich auf die Unterlippe. »Ja, es gab jemanden, aber – ach, egal, ist nicht so wichtig.«

»War wohl auch nichts, oder?«

»Michael, ich muss dir was sagen. Ich ...«

»Ich hatte auch jemanden«, unterbrach er sie. »War echt toll.«

Sie hörte, wie seine Stimme vibrierte.

»Eine tolle Frau«, bekräftigte er, »wirklich toll. Weißt du, alles ist gerade ganz toll.«

Plötzlich hörte sie ein Klicken in der Leitung. Das Gespräch war unterbrochen. Langsam legte sie den Hörer auf die Gabel und starrte das Telefon an.

»*Was ist da denn los?*«, fragte sie sich. »*Da scheint ja gar nichts in Ordnung zu sein.*«

Sie wollte gerade in die Küche gehen, um sich einen Kaffee zu machen, als plötzlich ihr Telefon läutete. Sie hob den Hörer ab.

»Ja?«

»Michael hier, tut mir leid, dass ich einfach aufgelegt habe. Aber es geht mir gar nicht gut. Der Alte hat mich abgekanzelt, degradiert und meine Kollegin hat mich verarscht. Ich könnte um mich schlagen. Es ist total ätzend gerade und ich könnte kotzen.«

»Michael, ich hatte dir von der Rechtsanwaltskanzlei abgeraten. Ich habe dir gesagt, dass er ein ekelhafter Mensch ist, aber du hast da ja deine Zukunft gesehen.«

»Ja, klar … Hau noch drauf«, rief er. »Ich bin kein Rechtsanwalt. Du hast mir das gesagt, Ulli hat mir das gesagt und Beckstein auch. Und ein Versicherungskaufmann bin ich auch nicht. Ich bin kein Ehemann, Kinder kann und will ich nicht, Gefühle habe ich keine. Was kann ich denn überhaupt?« Sie hörte ihn schlucken. »Ich habe keinen Bock mehr, Jasmin. Ich will diese ganze Scheiße nicht mehr. Ich möchte am liebsten alles hinschmeißen.«

Sie spürte seine Verzweiflung, seine Wut gegen die ganze Welt. Er holte tief Luft.

»Ich würde dich gerne sehen«, sagte er leise. »Können wir einen Kaffee trinken oder eine Kleinigkeit essen gehen?«

Sie zögerte. »Ich kann nicht. Ich muss gleich zum Dienst. Ich habe sechsunddreißig-Stundenbereitschaft und …«

»Ist schon klar«, unterbrach er sie. »Ich fahre morgen Nachmittag wieder nach Schwerin. Vielleicht beim nächsten Mal.«

»Ja, klar … Sehr gern.«

»Was wolltest du mir eigentlich sagen? Ich hatte dich unterbrochen.«

»Es ist nichts«, flüsterte sie. »Es ist nicht so wichtig.«

»Mhm, okay«, sagte er. »Na dann …«

»Wann kommst du denn wieder nach Hamburg?«

»Ich denke, ich werde jetzt wohl jedes Wochenende kommen. Was soll ich in Schwerin? Auf der anderen Seite: Was soll ich in Hamburg?«

»Michael, ich habe übernächstes Wochenende frei und dann eine Woche Urlaub.«

»Ja gut. Vielleicht muss ich sowieso zum Alten. Dann wäre ich ohnehin hier und wir könnten uns am Samstag sehen. Würde das bei dir passen?«

»Ja, nachmittags wäre gut. Pass auf dich auf und lass dich nicht unterkriegen, ja?«

»Ich mich unterkriegen lassen?« Sein Lachen klang gequält. »Ich falle nur um, um wieder aufzustehen. Das weißt du doch. Das war schon immer so.«

»Ja, das war schon immer so. Mach es gut. Und wenn was ist, ruf an.«

»Mach ich, bis dann.«

Klick. Michael hatte aufgelegt. Sie legte den Hörer auf die Gabel und ihre Hand auf den Bauch.

»Ich konnte es ihm unmöglich sagen«, dachte sie. *»Heute nicht.«*

***

Angelika und Michael sprachen in den folgenden Tagen und Wochen nur das Nötigste miteinander. Sie verlangte alle Vertragsunterlagen von ihm zur Prüfung und er lieferte sie ihr. In den seltensten Fällen allerdings legte er sie ihr auf den Tisch, sondern warf sie ihr hin. Er war wütend auf sie, fühlte sich verletzt, gedemütigt, verraten und hintergangen. Sie nahm morgens seine Alkoholfahne wahr, die verriet, dass er sich abends betrunken hatte, auch wenn er versuchte, sie mit viel Pfefferminz zu kaschieren. Aber er machte seine Arbeit gewissenhaft, als wollte er sich nichts nachsagen lassen, und so ließ sie sich nichts anmerken.

»*Der kriegt sich schon wieder ein*«, dachte sie.

Aber als er ihr in der letzten Aprilwoche die ersten Aufhebungs- und Änderungsverträge vorlegte, stellte sie ihn zur Rede.

»Du weißt genau, was Herr Beckstein zu dir gesagt hat«, fauchte sie ihn an. »Du sollst Versicherungen verkaufen und nicht rückabwickeln. Was bezweckst du damit?«

»Ich tue, was ich für richtig halte«, sagte er. »Und Beckstein hat keine Ahnung, der ist nur Rechtsverdreher.«

»Er ist dein Chef und du hast zu tun, was er von dir verlangt. Und ich verlange es auch von dir.«

»Ich soll tun, was du verlangst?«, rief er. »Ich soll tun, was der Alte sagt? Ihr könnt den Laden in einem Jahr dichtmachen, wenn ihr so weiter macht. Dann kommt keine Sau mehr. Willst du das?«

»Du bist ein arrogantes Arschloch«, schrie sie. »Du bist ein schlechter Jurist und miserabler Kaufmann. Und nenn Herrn Beckstein nicht immer ›der Alte‹. Das ist respektlos.«

»Der verdient meinen Respekt doch gar nicht. Und du redest schon genauso wie er. Der kann mir doch gar nichts.«

»Oh, doch. Er kann und er wird, wenn du so weiter machst.«

Michael wollte gerade drohend den Zeigefinger heben und weitertoben, als er innehielt und sie prüfend ansah. Auch sie sah ihn an. Ihre Unterlippe zitterte leicht.

»Gibt es etwas, das ich wissen sollte?«, fragte er. »Habt ihr letztens irgendetwas besprochen, was mich betrifft?«

Sie senkte den Blick und schüttelte den Kopf. »Nein, nichts.«

»Wieso glaube ich dir das nicht?«

»Keine Ahnung. Weil du niemandem glaubst?«

»Was wollte der Alte nach dem Meeting noch von dir?«

»Nenn ihn nicht …«

»Ich nenne ihn, wie ich will«, zischte er. »Also: Was wollte er noch von dir?«

»Er hat mir einige Instruktionen für die Weiterführung der Agentur gegeben, sonst nichts.«

»Und da durfte ich nicht dabei sein? Was war denn daran so geheimnisvoll?«

Sie sah ihm jetzt fest in die Augen. »Michael, er will dich loswerden.«

Er sah sie mit großen Augen an. »Aber … Er kann mich doch gar nicht rausschmeißen. Und das weiß er auch.«

»Sei nicht so naiv. Herr Beckstein findet Mittel und Wege, glaube mir.«

»Warum will er das? Weil ich ein so schlechter Jurist und Versicherungskaufmann bin? Wenn er das versucht, werde ich ihm zeigen, was für ein schlechter Jurist ich bin.«

»Er wird dafür sorgen, dass du kündigst.«

Michael lachte laut auf. »Für wie blöd hält der mich? Das werde ich niemals tun. Zumindest nicht, solange ich nichts anderes habe.«

»Michael, bei aller Freundschaft: Dieser Mann geht über Leichen. Der ist nicht umsonst so groß geworden und du bist ihm nicht gewachsen. Also hör endlich auf, dein eigenes Ding zu machen.«

Michael schüttelte den Kopf. »Ich verstehe das nicht. Ich habe gute Arbeit geleistet. Daran kann es nicht liegen. Also noch einmal: Warum will er mich loswerden?«

Angelika sah schweigend auf den Boden.

»Hallo«, sagte Michael und winkte vor ihren Augen. »Hier bin ich und warte auf eine Antwort.«

»Es ist wegen uns«, sagte sie leise. »Es ist, weil wir etwas miteinander hatten. Das verträgt er nicht.«

Michael richtete sich auf und sah sie fest an. »Jetzt sag bloß, der hat Ansprüche an dich angemeldet.«

Sie sah ihn an. »Ja, hat er.«

Michael lachte laut auf.

»Dieser Lustgreis!«, johlte er. »Und du warst mit dem in der Kiste? Ich fasse es nicht.«

»Was hätte ich denn tun sollen?«, rief sie. »Ich brauche den Job und verdiene gutes Geld und …«

»Ja, so wie alle Nutten.«

Michaels Kopf flog zur Seite, als sie ihm eine schallende Ohrfeige verpasste, doch er grinste sie an.

»Du hast wirklich keine Ahnung«, zischte sie. »Lauf du nur mit aller Wucht gegen die Wand.«

Michael nickte. »Das werde ich. Und ich werde mein Gesicht nicht verlieren, so wie du. Das schwöre ich dir.«

»Wir werden es ja sehen. Vielleicht kannst du mir nächste Woche noch berichten, wie du das angestellt hast. Du fährst am Samstag zum Meeting und legst die Aprilzahlen vor.«

»Samstag? Die Meetings sind doch sonst immer freitags.«

»Weil Herr Beckstein mit dir alleine reden will. Und sorge dafür, dass du ausnahmsweise mal keine Fahne hast. Vielleicht rettet dich das ja.«

»Wie du befiehlst«, sagte Michael und verneigte sich grinsend.

***

Am Samstagmorgen fuhr Michael gedankenverloren nach Hamburg. Das Gespräch mit Angelika ging ihm nicht mehr aus dem Kopf und er hatte ihre Warnungen sehr wohl verstanden. Beckstein wollte ihn loswerden, weil er mit seiner Kollegin ein Techtelmechtel angefangen hatte und ihn dies ganz offensichtlich kränkte. Er wollte sich ohnehin nach einer anderen Rechtsanwaltskanzlei umsehen, aber zum jetzigen Zeitpunkt konnte er unmöglich kündigen. Wer eine so renommierte Rechtsanwaltskanzlei verließ, musste schon Referenzen vorweisen können, die er nicht hatte. Michael fragte sich, wie Beckstein ihn dennoch dazu bringen sollte, den Vertrag aufzuheben oder gar zu kündigen. Die Zahlen vom April hatte er zwar alle parat, aber er hatte das Gefühl, dass ihm das nichts nützen würde. Bei allem schlechten Gefühl, das er hatte, nahm er sich eines vor: Sich so teuer wie möglich zu verkaufen.

Er war fünfzehn Minuten zu früh in der Kanzlei und Beckstein ließ ihn noch weitere fünfzehn Minuten warten, bis er hineingebeten wurde. Er deutete mit einer Handbewegung auf einen Sessel, in den sich Michael fallen ließ. Beckstein legte einen Schnellhefter auf den Besprechungstisch und setzte sich Michael gegenüber. Er faltete seine Hände und musterte ihn. Michael versuchte sein bestmögliches Pokerface aufzusetzen und sah Beckstein ebenfalls schweigend an.

»Sie wissen, warum Sie hier sind?«, fragte Beckstein schließlich.

»Vermutlich nicht wegen der Aprilzahlen«, antwortete Michael.

»Nein, um die geht es nicht. Herr Kowalczyk, ich will ehrlich zu Ihnen sein. Ich bin sehr enttäuscht von Ihnen und Ihren Leistungen. Ich hatte mir offen gestanden mehr von Ihnen erhofft und auch erwartet.«

»Ich dachte, es geht nicht um die Zahlen. Worum geht es also?«

»Ich will, dass Sie den Arbeitsvertrag zum Ablauf Mai kündigen und die Kanzlei sofort verlassen. Ich brauche loyale Mitarbeiter und keine Querdenker, wie Sie einer sind.«

»Das werde ich nicht tun«, sagte Michael. »Warum sollte ich das auch?«

»Weil ich es Ihnen sage, Herr Kowalczyk. Und im Allgemeinen tut man, was ich sage.«

»Und wenn ich es nicht tue? Sie können mir nicht kündigen und das wissen Sie auch.«

Beckstein grinste. »Deshalb fordere ich ja auch Sie auf. Wenn Sie das nicht tun, wird das sehr, sehr unangenehm für alle Beteiligten. Und das möchte ich gerne im Sinne des Betriebsfriedens vermeiden.«

Michael kniff die Augen zu schmalen Schlitzen zusammen. Sein Blick fiel auf den Schnellhefter auf dem Besprechungstisch.

»Was glauben Sie, gegen mich in der Hand zu haben?«, fragte er.

»Nun, Sie erinnern sich ja sicherlich, dass ich mir von allen Mitarbeitern eine allgemeine Prozessvollmacht unterzeichnen lasse, damit ich sie im Streitfall vertreten kann.«

»Ja, ich erinnere mich. Wollen Sie mich denn vor dem Arbeitsgericht vertreten?«

Beckstein lachte und schüttelte den Kopf. »Humor haben Sie ja. Das muss man Ihnen lassen.«

Er nahm den Schnellhefter, schlug ihn auf und las schweigend. Ab und an sah er Michael an und grinste. Michael war nervös und seine Hände wurden feucht.

»*Was will er von mir?*«, fragte er sich.

Beckstein schlug den Schnellhefter wieder zu und warf ihn auf den Besprechungstisch.

»Da, lesen Sie«, forderte er Michael auf. »Dieses Schreiben geht am Montag raus, wenn Sie nicht kündigen.«

Michael las ein an die Staatsanwaltschaft Hamburg gerichtetes Schreiben: »In Sachen Angelika Baumann gegen Michael Kowalczyk.« Er las wie in Trance, die Buchstaben verschwammen vor seinen Augen. Fassungslos starrte er Beckstein an.

»Das ist nicht Ihr Ernst, oder? Eine Anzeige wegen sexueller Belästigung und Nötigung am Arbeitsplatz? Und das hat Frau Baumann Ihnen so erzählt?«

»So steht es da. Und sie hat es unterschrieben.«

Michael starrte in das siegessichere Gesicht Becksteins, das ihn hämisch angrinste. Er lehnte sich in den Sessel zurück und dachte nach, versuchte seine Gedanken zu sortieren, ruhig zu bleiben. Er atmete langsam ein und aus.

»Sie wissen aber, dass das, was da drin steht, nicht stimmt?«, fragte er schließlich.

»Ja.«

»Und Sie wissen auch, dass das Erpressung und üble Nachrede ist?«

»Ja.«

»Und Sie wissen auch, dass sich dieser Vorwurf nie beweisen lassen würde, selbst dann nicht, wenn es stimmen würde?«

»Ja, ja, ja – das alles weiß ich. Aber ich weiß auch, dass ein solches Verfahren einen schweren Makel in Ihrer Vita hinterließe und dass Sie nirgendwo mehr eine Anstellung als Jurist und Rechtsanwalt finden würden. Strafrechtlich würde man Sie sicherlich freisprechen. In dubio pro reo – Im Zweifel für den Angeklagten. Also nicht, weil Sie unschuldig sind, sondern weil sich Ihre Schuld nicht beweisen lässt. Aber dieser Makel eines solchen Verfahrens käme bei Ihrer Stellensuche einer Verurteilung gleich.«

Beckstein grinste.

»Nur mal interessenhalber«, sagte Michael. »Haben Sie eigentlich alle Kolleginnen selbst eingearbeitet?«

Beckmann beugte sich nach vorne und hob drohend den Zeigefinger.

»Vorsicht, junger Mann. Ich bin durchaus in der Lage, die Anklageschrift noch zu erweitern.«

»Bei so viel krimineller Energie glaube ich Ihnen das sofort«, zischte Michael und beugte sich ebenfalls nach vorne. »Also gut: Keine Kündigung von mir, sondern ein Auflösungsvertrag mit Fortzahlung der vollen Bezüge für drei Monate. Wir haben jetzt Anfang Mai, also bis Ende August, sowie sofortige Freistellung. Ich will diese Kanzlei nie wieder betreten.«

»Na, dann wollen wir ja schon mal das Gleiche. Ich will Sie hier auch nicht wieder sehen. Aber das sind mehr als drei Monate, wenn ich richtig rechne.«

»Der Mai hat schon angefangen und zählt nicht.«

Sie musterten sich einen Moment.

»Offen gestanden bin ich verblüfft, dass Sie in Ihrer Situation überhaupt noch mit mir verhandeln wollen«, sagte Beckstein schließlich.

»Wenn Sie meine Kündigung verlangen und einem Auflösungsvertrag nicht zustimmen, werde ich Zeuginnen finden, die Sie an den Pranger stellen. Und dann werden Sie ein Problem haben. Das verspreche ich Ihnen.«

Beckstein musterte Michael, aber dieser sah ihm fest in die Augen.

»Und Sie glauben allen Ernstes, mich damit beeindrucken zu können?«, fragte er.

»Vielleicht nicht, aber ich weiß auch, dass ein solches Verfahren einen schweren Makel in *Ihrer* Vita hinterließe, selbst wenn man Sie freisprechen würde. Und dieser Makel eines solchen Verfahrens käme für Ihre Kanzlei einer Verurteilung gleich.«

Beckstein stutzte einen Moment und lachte dann laut auf.

»Mut haben Sie, das muss ich Ihnen lassen«, sagte er. »Also gut, ich stimme einem Auflösungsvertrag zu. Montag liegt er zur Unterschrift vor.«

»Ich bin überrascht, wie schnell Sie zustimmen.«

»Mir war klar, dass Sie nicht kündigen würden«, prustete Beckstein. »Ich habe offen gestanden damit gerechnet, dass Sie versuchen, noch mehr herauszuschlagen.«

»Oh«, sagte Michael. »Wir können die Verhandlungen gerne noch einmal aufnehmen.«

»Kowalczyk, ich mag Sie nicht«, sagte Beckstein, jetzt wieder ernst. »Aber ich weiß auch, dass Sie ein Mann sind, der sich seinem Wort verpflichtet fühlt.« Wieder musterten sie sich eine Weile. »Und deshalb kann ich Sie auch nicht gebrauchen.«

Michael sah ihn angewidert an. »Vielleicht haben Sie sogar recht. Ich teile Ihre Wertvorstellungen sicherlich nicht.«

Beckstein grinste ihn an.

»Gut«, sagte Michael schließlich und stand auf, um zu gehen. An der Tür drehte er sich noch einmal um und sah den selbstzufriedenen Beckstein an.

»Ach ja, und ein Zeugnis wäre nett. Und zwar ein vernünftiges Zeugnis. Eines, das geeignet ist, um mich als Präsident für den Bundesgerichtshof zu bewerben.«

»Von mir aus auch das«, lachte Beckstein.

Michael verließ das Büro und ließ die Tür ins Schloss knallen, sodass die Sekretärin erschreckt hochfuhr und ihn entsetzt ansah. Sie blickte in sein wutverzerrtes Gesicht und starrte ihn mit offenem Mund an. Er ging zu ihr und beugte sich zu ihr herunter.

»Nicht, dass es mich etwas anginge, schönes Kind«, flüsterte er ihr ins Ohr, »aber wie oft haben Sie sich von diesem Schmierlappen vögeln lassen, hm?«

»Wie bitte?«

»Tun Sie nicht so unschuldig. Ihr Weiber seid doch alle gleich.«

Sie sah ihm noch immer mit offenem Mund und weit aufgerissenen Augen hinterher, als er die Tür krachend ins Schloss fallen ließ.

Zuhause angekommen, ließ sich Michael auf die Couch fallen und sah auf seine Armbanduhr: vierzehn Uhr. In zwei Stunden war er mit Jasmin verabredet, aber er verspürte überhaupt keine Lust. Er wollte niemanden sehen, mit niemandem reden, einfach nur mit sich allein sein und sich am liebsten sinnlos betrinken. Er ging zum Wohnzimmerschrank, öffnete das Barfach und holte eine Flasche zwölf Jahre alten Scotch heraus. Als er die Flasche öffnete und daran roch, stach ihm der Whiskeygeruch in die Nase.

»*Nein, jetzt nicht*«, dachte er und stellte die Flasche wieder in das Barfach. »*Nicht um diese Uhrzeit. Das fangen wir gar nicht erst an.*«

Ein Blick auf seine Uhr verriet ihm, dass gerade mal zehn Minuten vergangen waren. Verwundert stellte er fest, dass er weder wütend noch enttäuscht oder traurig war. Er fühlte nur diese tiefe, gähnende Leere in sich, als er in den Flur ging, den Telefonhörer abhob und Jasmins Telefonnummer wählte.

»*Ich sag ihr einfach, dass ich krank bin und sie nicht treffen kann*«, nahm er sich vor. »*Heute kann ich wirklich niemanden ertragen.*«

»Hey, ich bin's«, sagte er, als Jasmin sich gemeldet hatte. »Wir können uns heute nicht …«

»Michael, bitte sag nicht ab. Ich muss unbedingt mit dir reden«, unterbrach sie ihn. »Es ist mir sehr wichtig.«

»Was ist denn so wichtig, dass es nicht warten kann?«, stöhnte er. »Mir ist heute wirklich nicht nach einem Treffen oder tiefschürfenden Gesprächen. Mir geht's einfach nicht gut.«

»Das kann und will ich dir nicht am Telefon sagen«, antwortete sie. »Was hast du denn? Was ist los mit dir?«

»Ich bin krank. Das sagte ich doch schon.«

»Ja, aber was hast du denn? Ich bin Ärztin und …«

»Herrgott, ich will niemanden sehen heute«, rief er. »Es geht mir scheiße. War das jetzt deutlich genug?«

»Ja, das war deutlich«, sagte sie leise. »Michael, ich mache mir Sorgen um dich.«

»Auf einmal? Auf einmal machst du dir Sorgen um mich? Du bist doch abgehauen und wolltest einen auf Familie machen. Du hast mich doch sitzen lassen. Und jetzt plötzlich machst du dir Sorgen?«

»Ich habe das Gefühl, dass es bei dir um etwas anderes geht. Was ist los mit dir?«

Er holte tief Luft. »Beckstein hat mich auf die Straße gesetzt.«

»Was? Wann?«

»Heute Morgen.«

Sie schwiegen.

»Ich komme zu dir«, unterbrach Jasmin die Stille. »In einer halben Stunde bin ich bei dir.«

Klick. Michael ließ den Hörer langsam auf die Gabel sinken und fuhr sich mit der Hand über das Gesicht.

»Na super«, dachte er. *»Das hat ja hervorragend geklappt.«*

Er sah sich in seiner Wohnung um. Dicker Staub zierte die Schränke und überall lagen Papiere und Klamotten herum.

»Aufräumen wäre ja mal ein Gedanke. So kann ich Jasmin ja kaum in die Wohnung lassen.«

Er stopfte die Sachen in die Schränke und die Papiere in eine Schublade, wischte im Schnelldurchgang den gröbsten Staub weg, als Jasmin auch schon vor der Tür stand. Er betrachtete sie, wie sie da so stand. Ihre langen Locken hatte sie abgeschnitten und trug die Haare jetzt nur noch schulterlang. Ihre Augen waren dezent geschminkt und betonten ihr leuchtendes Braun.

Er lächelte sie an. »Du siehst gut aus.«

»Danke, das kann man von dir leider nicht gerade behaupten. Darf ich reinkommen oder sollen wir uns hier unterhalten?«

»Ja … Nein … Klar. Komm rein.«

Sie ging in die Wohnung und zog ihren Mantel aus.

»Kaffee?«, fragte er.

»Gern.«

»Geh schon mal ins Wohnzimmer, ich komme gleich.«

Sie ließ sich auf die Couch fallen und sah sich um.

»Bei dir könnte auch mal wieder geputzt werden«, rief sie Michael zu.

»Ach was«, rief er zurück. »Das wird doch sowieso wieder dreckig.«

»Du änderst dich wohl nie«, lachte sie.

Michael stellte die Kaffeekanne auf den Wohnzimmertisch und ließ sich neben Jasmin auf die Couch fallen. Schweigend sah er sie an.

»*Sie ist immer noch sehr hübsch*«, dachte er.

»Also«, unterbrach sie einen Moment des Schweigens, »was ist passiert?«

»Tja«, sagte Michael und kratzte sich am Hinterkopf. »Beckstein hat mich erst nach Schwerin für seine Immobilien versetzt und mir die Leitung für eine Versicherungsagentur übertragen. Dann hat er mir eine Kollegin vor die Nase gesetzt und mich jetzt rausgeschmissen. Das war es auch schon.«

Er nippte am Kaffee.

»Das mit der Versicherungsagentur und deiner Degradierung hast du mir ja schon am Telefon erzählt, aber warum hat er dir gekündigt?«

»Gekündigt hat er mir nicht. Ich werde Montag einen Auflösungsvertrag unterschreiben.«

»Du unterschreibst einen Auflösungsvertrag? Warum lässt du es nicht auf eine Kündigung ankommen und handelst eine Abfindung raus? Das müsste doch gehen, oder?«

Michael nickte. »Theoretisch schon, aber er erpresst mich.«

Michael erzählte ihr die ganze Geschichte. Es sprudelte aus ihm heraus und er redete so schnell, dass Jasmin ihm kaum folgen konnte. Er stand auf und ging hin und her, wurde lauter, als er wild gestikulierend von seiner Affäre mit Angelika und dann der drohenden Anklage erzählte.

»Diese Schlampe«, rief er. »Diese Hure geht mit mir in die Kiste und will mir dann eine Klage an den Hals hängen, versaut mir meine Karriere und jetzt stehe ich mit nichts da. Kannst du dir das vorstellen?«

Jasmin sah ihn an und schüttelte den Kopf. »Das hast du nicht verdient, das tut mir so leid.«

»Genau«, rief er. »Das habe ich nicht verdient.« Er holte tief Luft. »Was soll ich denn jetzt machen?«

»Du hast doch drei Monate Zeit, dir etwas zu überlegen. Nutze sie und vielleicht machst du dann etwas ganz anderes.«

»Ja, vielleicht hast du recht. Mal sehen, was passiert.«

Er setzte sich wieder auf die Couch.

»Aber jetzt mal zu dir«, sagte er und legte seinen Arm um sie. »Von dir haben wir noch gar nicht geredet. Wie ist es dir denn so ergangen?«

Sie legte ihren Kopf auf seine Schulter.

»Viel Arbeit in der Klinik«, sagte sie matt.

»Und sonst nichts? Gibt es jemanden an deiner Seite?«

Sie richtete sich wieder auf und nahm die Kaffeetasse in die Hand. »Das habe ich dir doch schon erzählt. Es gab jemanden, aber das war nichts.«

»Wieso nicht?«, forschte Michael.

»Er hat mich sitzen lassen. Das war ziemlich hässlich.«, sagte sie und stellte die Kaffeetasse wieder auf den Tisch.

»So ein Trottel. Ich hätte dich nie verlassen. Komm her.«

Er zog sie wieder sachte zu sich heran und sie lehnte ihren Kopf an seine Schulter. So saßen sie schweigend und hingen ihren Gedanken nach.

Sie hatte sich nach ihrer Trennung von Michael in diesen anderen Mann verliebt und von einer Familie mit Kindern geträumt. Er hatte ihr Hoffnungen gemacht, doch als sie tatsächlich schwanger geworden war, hatte er sich plötzlich verändert und ihr vorgeworfen, dass sie es auf die Schwangerschaft angelegt hätte.

»Ich lasse mich doch nicht von dir linken«, hatte er geschimpfte. »Außerdem bist du ja noch verheiratet. Du kannst wieder mit deinem Mann anbandeln und ihm das Kind unterjubeln.«

Dann war er weg und hatte sich nicht mehr bei ihr gemeldet.

»Nein, Michael hätte mich nicht verlassen, auch wenn ich schwanger geworden wäre«, dachte sie. *»Und das, obwohl er keine Kinder will.«*

Sie wollte ihm sagen, dass sie im dritten Monat schwanger war, aber sie wusste nicht wie. Nicht in diesem Moment, in dem sie sich an ihn lehnte, sich beschützt und geborgen fühlte und seine Nähe genoss.

»Jasmin?«, unterbrach Michael leise das Schweigen.

»Ja?«

»Ich habe dich vermisst, an jedem einzelnen Tag.«

»Auch, als du mit dieser Frau zusammen warst?«

»In diesen Momenten am meisten.«

Sie sah ihn prüfend an und vergrub beschämt ihr Gesicht in seiner Schulter, als sie in seinen Augen die Wahrheit seiner Worte erkannte.

»Jasmin, ich brauche dich. Ich schaffe das alles nicht alleine. Du hast meinen Kopf zurechtgerückt, wenn es erforderlich war, du hast mir Kraft gegeben, du hast mir den Weg gewiesen. Du bist immer mein Weg gewesen.«

»Michael, ich …«

»Nein, warte und hör mir zu. Ohne dich bin ich nichts, ein Versager. Ich weiß einfach nicht, wer ich bin ohne dich. So war es schon bei unserer ersten Begegnung und so ist es immer noch.«

»Mein Gott«, dachte sie. *»Was soll ich nur tun?«*

»Mein Schatz«, flüsterte er, »wenn du Kinder willst, werde ich lernen, damit umzugehen und ihnen ein guter Vater sein. Das verspreche ich dir.«

»Michael«, schluchzte sie, »da ist etwas, dass du wissen musst …«

»Nein, muss ich nicht. Ich weiß schon alles.«

Sie schreckte auf und sah ihn entsetzt an. »Was?«

»Ich weiß, dass ich dich über alles liebe und dass ich dich immer lieben werde. Mehr muss ich nicht wissen.«

Tränen verschleierten ihre Augen und ihre Unterlippe zitterte. Sie wollte etwas sagen, brachte aber kein Wort über ihre Lippen, die er zärtlich zu küssen begann.

»Ich liebe dich«, wiederholte er. »Ich muss und ich will nicht wissen, was in den letzten Monaten passiert ist, hörst du? Ich will es nicht wissen. Ich will nur, dass du zurückkommst und bei mir bleibst.«

»Ich muss jetzt gehen«, flüsterte sie und hauchte ihm einen Kuss auf die Wange. »Bitte lass mir etwas Zeit. Michael, ich liebe dich auch, aber es geht alles so schnell, dass ich kaum hinterherkomme.«

»Alle Zeit, die du willst und brauchst. Hauptsache, du kommst zurück.«

»Wann bist du bei Beckstein?«

»Montag früh. Ich will das so schnell wie möglich hinter mich bringen.«

»Gut, ich melde mich Montagnachmittag, ja? Ich habe nächste Woche Urlaub und dann können wir uns sehen und reden.«

Michael nickte. »Wie schon gesagt: Alle Zeit, die du brauchst.«

Sie löste sich von ihm und verließ weinend die Wohnung.

Am darauffolgenden Montag ging Michael zu Beckstein und fand alle Papiere vor, wie es vereinbart war. Er unterschrieb den Auflösungsvertrag, las das Zeugnis und nickte zufrieden, während Beckstein die Anklageschrift vor seinen Augen in kleine Stücke zerriss. Dann verließ er das Gebäude, ohne sich von irgendjemandem zu verabschieden. Er wollte einfach nur noch weg.

Kapitel 2 – Das Erwachen

Der Mann saß vor einer Hütte, die sich auf einer kleinen Lichtung befand. In der Nähe lebte kein Mensch und zur nächsten kleineren Siedlung benötigte er mit dem alten Pferd gut und gerne ein bis zwei Tage. Er dachte an den merkwürdigen alten Kauz, dem die Hütte gehörte und der ihn vor einigen Wochen in dieser Spelunke in einem kleinen Kaff in Montana angesprochen hatte.

Der Mann hatte am Tresen gesessen und einige Biere getrunken, als sich der Alte neben ihn setzte. Seine grauen Haare hingen wirr herunter und sein Bart war ungepflegt. Überhaupt wirkte er sehr ungepflegt und dem Mann brannte der strenge Geruch des Alten in seiner Nase. Begleitet wurde er von einem großen zotteligen Hund, der sich zwischen ihm und dem Alten hinlegte. Schweigend saßen sie nebeneinander und tranken ihr Bier.

»Ich bräuchte ein Zimmer für ein paar Tage«, sagte der Mann, als ihm der Wirt ein neues Bier hinstellte. »Gibt es hier irgendwo ein billiges Hotel?«

»Du kannst bei mir bleiben«, warf der Alte ein.

Der Mann musterte ihn: »So? Unter welcher Brücke wohnen Sie denn?«

»Beurteile einen Menschen nie nach seinem Äußeren«, antwortete der Alte. »Du könntest dich sehr irren. Also, willst du eine Bleibe oder nicht?«

»Wie viel wollen Sie dafür?«

»Du brauchst nichts zu bezahlen. Ich habe eine kleine Farm hier in der Nähe und, wie du sicherlich bemerkt hast, bin ich nicht mehr der Neuste und könnte eine helfende Hand gut gebrauchen. Du arbeitest für mich und bekommst dafür ein Dach über den Kopf und etwas zu essen.«

»Und wie lange?«

»Solange du willst. Wenn du bleiben willst, dann bleibst du. Und wenn es dich weiter zieht, dann ziehst du weiter.«

»Aber Sie kennen mich doch gar nicht.«

»Ich beobachte dich schon eine ganze Weile. Natürlich könntest du mir deinen Namen sagen. Mich nennt man den ›Alten Jack‹, aber für dich genügt auch einfach nur Jack.«

»Mein Name ist bedeutungslos.«

»Warum?«

»Da ist niemand, der sich für mich interessiert. Niemand, der auf mich wartet. Niemand, der mich vermisst. Die Menschen, die mir wichtig waren und sind, haben sich von mir losgesagt. Also habe ich soeben beschlossen, meinen Namen zu verdrängen.«

»Wie du meinst. Auf der anderen Seite siehst du mir nicht wie jemand aus, der alte Männer meuchelt. Und wenn ich mich irren sollte, dann ist er ja auch noch da.«

Jack warf einen Blick auf den schlafenden Hund.

»So wie der pennt, bekommt der doch gar nichts mit«, lachte der Mann.

»Geh mir an die Gurgel und du bist tot.«

»Okay. Bevor ich es erfahre, glaube ich Ihnen lieber.«

»Ein guter Gedanke, komm mit.«

Sie bezahlten ihre Biere und verließen die Kneipe. Jack fuhr mit seinem alten Dogde Coronet aus dem Ort und nach einer halben Stunde Fahrt erreichten sie Jacks kleine Farm. Er wies dem Mann ein kleines Zimmer zu, in dem ein alter Schrank und ein noch älteres Bett standen.

»Oh, mein Gott«, schmunzelte der Mann. »Hoffentlich bricht das Bett nicht über Nacht zusammen.«

»Solange du nicht darauf herumspringst, wird das schon halten. Geh schlafen. Morgen zeige ich dir alles.«

Der Raum war kühl, aber die dicke Bettdecke wärmte ihn und er fiel in einen tiefen Schlaf.

Am nächsten Tag zeigte ihm Jack die Farm. Sie war so sehr heruntergekommen, dass der Mann bis zum Winter genug Arbeit gehabt hätte. Auf Anweisung des Alten richtete er Zäune, verdichtete offene Stellen im Dach, baute Boxen in der Scheune. Abends saßen sie am Kamin oder auf der Terrasse, lasen oder erzählten. Der Hund machte es sich vor dem Feuer bequem und mit der Zeit wurde er ein ständiger Begleiter des Mannes.

»Er mag dich«, stellte Jack eines Abends fest.

»Ich mag Hunde und das scheint er zu spüren«, antwortete der Mann. »Ich hatte als Kind selbst einen Hund. Wie heißt er eigentlich?«

»Oh, er hat keinen Namen. Das habt ihr beide wohl gemeinsam.« Jack lachte und klopfte sich auf die Schenkel. »Außerdem ist mir nie einer eingefallen, also habe ich ihm auch keinen gegeben. Vor ein paar Jahren ist er mir in Dakota zugelaufen.«

Der Mann lachte: »Na, vielleicht fällt mir ja noch ein Name ein, auf den er hört.«

»Wo kommst du eigentlich her, Jungchen?«

»Europa, Deutschland.«

»Und was hat dich in diese Provinz verschlagen?«

»Ich bin schon eine ganze Weile unterwegs. Mal hier, mal dort.«

Jack musterte den Mann.

»Du bist ein intelligentes Bürschlein«, sinnierte er. »Vielleicht sogar ein Akademiker. Hast du studiert?«

Der Mann nickte und Jack lächelte. »Ich wusste es. Ich habe für so etwas ein Auge.«

»So? Was haben Sie denn in Ihrem früheren Leben gemacht.«

»Ich war Banker in New York. Habe richtig viel Geld verdient, hatte ein großes Appartement, ein schönes Boot und teure Autos. Ich habe mal zu den Schönen und Reichen gehört. Na ja, zu den Schönen eher nicht, aber zu den Reichen.« Er lachte. »Aber irgendwann hat mir das alles nichts mehr bedeutet.«

»Was ist passiert?«

»Nichts ist passiert. Das ist es ja gewesen. Ich hatte alles, was ich wollte, aber plötzlich war mir all das nicht mehr wichtig. Nichts war wirklich wichtig. Nichts war echt. Alles war bestimmt durch das Geld. Und dann kam die Angst vor dem freien Fall. Wer hoch kommt, kann tief fallen, und das wollte ich nicht. Also bin ich ausgestiegen, habe mir diese Farm gekauft und war raus aus Allem.«

»Sie haben alles aufgegeben? Alles, was Sie hatten?«

Jack nickte und lächelte. »Und weißt du was? Ich habe es nicht bereut, nicht einen Tag.«

»Ein Aussteiger also?«

Jack nickte. »So ist es. Ich bin ein Aussteiger.« Er musterte den Mann. »Und wovor läufst du davon?«

»Wer sagt denn, dass ich vor etwas davonlaufe?«

»Ich sage das, weil ich es sehe und höre. Warum sollte jemand seinen Namen verdrängen? Du bist wie auf der Flucht.«

Der Mann zuckte mit den Schultern. »Keine Ahnung. Ich habe nur das Gefühl, immer weiter zu müssen. Ich weiß noch nicht einmal, wohin es mich zieht.«

»Ich glaube, du läufst vor dir selber davon«, sagte Jack. »So scheint es jedenfalls.«

»Wie meinen Sie das denn?«

»Du reist um die halbe Welt, nur um dir selber nicht zuzuhören. Du hast Fragen, aber du hast Angst vor den Antworten. Also läufst du vor ihnen davon und hoffst, dass sie dich nicht einholen. Ich glaube, du weißt gar nicht, wer du wirklich bist.«

Der Mann sah ihn an. »Ich verstehe kein Wort.«

»Oh doch. Ich glaube, du verstehst mich sehr gut.«

Sie hingen eine Weile ihren Gedanken nach.

»Weißt du, Jungchen, als ich damals ausgestiegen bin, wusste ich auch nicht, wer ich war. Ich habe meine Antworten in der Wildnis gesucht. Monatelang bin ich durch die Wälder gestreift. Dort habe ich meine Antworten gefunden.«

»In der Wildnis?«

Jack nickte. »Anfangs hatte ich Angst. Ich kannte die Tiere nicht, kannte die nächtlichen Geräusche nicht, aber mit der Zeit habe ich sie deuten können. Und je länger ich alleine war, umso mehr habe ich meine eigene Stimme gehört. Weißt du was? Nach und nach kamen die Antworten auf alle meine Fragen wie von selbst.« Er lächelte den Mann an. »Verstehst du das, Jungchen. Du reist um die halbe Welt auf der Suche nach Antworten und dabei stecken sie in dir. Du musst sie nur hören und je länger du mit dir alleine bist, umso deutlicher wirst du sie hören.«

»Sie meinen also tatsächlich, ich trage all die Antworten auf meine Fragen die ganze Zeit spazieren und habe es nicht gemerkt? Ich hätte im Grunde genommen auch zuhause bleiben können?«

»Eigentlich schon, ja.«

Der Mann holte tief Luft. »So wirklich verstehen tue ich es ja nicht. Ich glaube, ich würde wahnsinnig werden, wenn ich allein irgendwo in der Wildnis herumlaufen müsste.«

»Ja, das habe ich auch gedacht, aber es war dann doch ganz anders.«

»Ich bin schon eine ganze Weile unterwegs, aber Antworten habe ich keine gefunden. Im Gegenteil, ich glaube, ich habe noch mehr Fragen.«

»Vielleicht weil du nie danach gesucht hast und nirgendwo lange genug geblieben bist. Ich sagte ja schon: Du wirkst wie ein Mann auf der Flucht vor sich selbst.«

Der Mann dachte nach. Tatsächlich war er durchaus bodenständig, aber dennoch musste er dem Alten recht geben.

»Du bist ein hübscher Junge«, sagte Jack nach einer Weile. »Wartet nicht ein Mädchen auf dich?«

Der Mann schüttelte den Kopf. »Das war wohl mal so, aber jetzt nicht mehr. Und ich will es auch nicht, zumindest für den Moment.«

Jack nickte. »Soso.«

»Was soll das heißen? Ihr ›Soso‹?«

»›Soso‹ soll heißen, dass du ihnen die Schuld gibst.«

Der Mann sah ihn fragend an. »Wem gebe ich die Schuld und für was?«

»Den Frauen. Keine Ahnung wofür. Vielleicht für dein Versagen.«

»Sie sind ganz schön anmaßend. Hat Ihnen das schon mal jemand gesagt?«

Jack lachte. »Das höre ich andauernd.«

»Hören Sie auf, mich auszufragen und zu interpretieren. Im Grunde geht Sie das auch nichts an.«

»Da hast du recht. Und doch solltest du irgendwann aufhören wegzulaufen.«

»Ja, vielleicht. Irgendwann.«

»Ja ja, vielleicht morgen oder übermorgen, aber nicht heute.«

Der Mann betrachtete den grinsenden Alten. »Was wollen Sie eigentlich von mir?«

»Ich habe damals in der Wildnis eine Hütte gebaut. Nun war ich eine ganze Weile nicht mehr dort und ich könnte eine helfende Hand gebrauchen.« Er musterte den Mann. »Wie wäre es, wenn du dort hingehst, die Hütte wieder auf Vordermann bringst und dort einige Wochen alleine verbringst? Ich komme später dazu und bis dahin kannst du gucken, was mit dir passiert. Aber du kannst mir eines glauben: Wahnsinniger als du jetzt schon bist, wirst du nicht werden.« Er lachte.

»Und wenn es mir zu viel wird?«, fragte der Mann.

»Was soll dann sein, Jungchen? Dann kommst du eben wieder zurück. Aber du solltest nicht zu schnell aufgeben. Nimm dir die Zeit, die du für deine Antworten brauchst. Ich bin sicher: Sie werden kommen.«

Der Mann nickte. »In Ordnung. Ich überlege es mir.«

Er wusste ohnehin nicht, wo er hin sollte und entschloss sich, den Schritt in die Einsamkeit zu wagen. Es gab nicht viel zu tun, weil die Hütte in einem weit besseren Zustand war, als Jack ihm gesagt hatte.

»Nun bin ich hier und habe keine Ahnung, was ich hier soll«, dachte er schmunzelnd. *»Das hat Jack geschickt eingefädelt. Na ja, mal sehen, was passiert ...«*

***

Michael war froh, als der Auflösungsvertrag unterschrieben und die Anklageschrift zerrissen war, und verließ fluchtartig die Kanzlei. Das Gespräch mit Beckstein hatte keine halbe Stunde gedauert, aber ihm war es wie eine Ewigkeit vorgekommen. Seine Armbanduhr zeigte ihm zehn Uhr an. Jasmin wollte sich am Nachmittag melden, also hatte er noch genügend Zeit, um Angelika anzurufen und sie zur Rede zu stellen, denn schließlich hatte er ihr den ganzen Schlamassel zu verdanken. Er wollte wissen, was sie zu dieser Anklageschrift getrieben hatte, und ging, Zuhause angekommen, als erstes zum Telefon und wählte ihre Telefonnummer.

»Versicherungsagentur Beckstein, Sie sprechen mit Angelika Baumann. Was kann ich für Sie tun?«

»Hier ist Michael. Hast du mich vermisst?«

»Herr Beckstein hat mich schon angerufen und mir alles erzählt.«

»So, hat er das? Was hat er denn gesagt?«

»Dass ihr einen Auflösungsvertrag geschlossen habt und du freigestellt bist. Was soll er denn sonst noch gesagt haben?«

»Du könntest mir Antworten geben.«

Ihre Stimme zitterte. »Was für Antworten?«

»Stell dich nicht dumm«, rief er. »Was sollte diese Anklage gegen mich?«

»Ich habe dich vor Herrn Beckstein gewarnt und …«

»Du hättest mich vor dir warnen sollen. Wie kommst du dazu, mich wegen sexueller Belästigung und Nötigung am Arbeitsplatz anzuzeigen? Du bist mehr als freiwillig mit mir in die Kiste gestiegen.«

»Du hättest doch nie locker gelassen«, schimpfte sie. »Nur weil ich einmal mit dir mitgegangen bin, hast du geglaubt, mich die ganze Zeit anbaggern zu können. Du hast ja sogar im Büro die Finger nicht bei dir behalten können.«

»Wie bitte?«, fragte Michael. Ein gefährlicher Unterton klang in seiner Stimme. »Das musst du mir erklären.«

»Was hätte ich denn tun sollen? Du hast ja einfach nicht aufgehört. Du hast mich behandelt wie Freiwild.«

»Ich höre, was du sagst, aber ich glaube es einfach nicht. Du tust gerade so, als wüsste ich nicht, was ein ›Nein‹ bedeutet.«

»Das habe ich doch gesagt, aber du hast immer weiter gemacht.«

»Weil du dabei gekichert hast wie eine Fünfzehnjährige«, rief er. »Weil du dich mir an die Brust geworfen und weil du jeden Kuss von mir erwidert hast. Verleihst du so einem ›Nein‹ Nachdruck?«

»Michael, lass es gut sein«, sagte sie. »Du bist doch ganz gut aus der Sache rausgekommen.«

»Oh ja, ganz toll. Angelika, ich wollte Antworten. Jetzt habe ich mehr Fragen als vorher. Wieso hast du mich über die Klinge springen lassen?«

»Du hast doch selber schuld«, schrie sie in den Hörer. »Du bist ein Weltverbesserer, ein Klugscheißer, wie er im Buche steht. Du meinst, nur du hast recht, nur du machst alles richtig. Hättest du auf Herrn Beckstein und mich gehört, wärst du jetzt noch hier.«

»Weil das nicht meins ist. So bin ich nun mal nicht«, rief er. »Ich kann die Menschen nicht bis auf die Unterwäsche ausziehen, wie ihr es tut, und ihnen dann noch geradeaus ins Gesicht gucken.«

»Dann trag auch die Konsequenzen.«

»Dank dir tue ich das auch. Beckstein schuldet dir was für deine Loyalität.«

Sie atmete tief durch. »Michael, was willst du von mir?«

»Wie ich schon sagte: Eigentlich wollte ich Antworten, aber die werde ich wohl nie bekommen.«

»Ich weiß nicht, was du erwartet hast.«

»Egal, ich komme die Tage vorbei und hole meine Sachen ab.«

»Dann komm bitte abends, wenn ich weg bin. Du hast ja einen Schlüssel.«

»Abends kann ich kommen, aber einen Schlüssel habe ich nicht mehr. Meinst du, Beckstein hätte mir den noch gelassen? Du wirst mich schon empfangen müssen.«

»Wenn es nicht anders geht.«

»Mach dir keine Sorgen, Angelika, ich werde mich nicht lange aufhalten. Ich bin froh, wenn ich dich nicht länger als nötig ertragen muss.«

Er knallte den Hörer auf die Gabel, ging ins Wohnzimmer und warf sich auf die Couch. Die Worte von Inge, seiner Pflegemutter, gingen ihm wieder und wieder durch den Kopf: ›Du bist wertlos, das Produkt von Pollacken, du bringst es nie zu etwas, du kommst aus der Gosse und wirst in der Gosse landen.‹«

Er verschränkte seine Arme unter seinem Kopf und starrte an die Decke.

»*Am Ende hast du vielleicht doch recht gehabt*«, dachte er. »*Vielleicht bin ich doch ein Versager.*«

Langsam schloss er die Augen und schlief ein, sah Bilder einer längst vergangenen Zeit, erst schemenhaft und verzerrt, dann immer klarer. Es war eine Wohnküche und am Küchentisch saß ein sechsjähriger Junge, der Cornflakes mit viel Zucker und Milch aß. Michael kannte diesen Jungen: Es war er selbst. Im Traum wunderte er sich, dass er nicht mit den Augen des kleinen Michael sah, sondern wie ein Beobachter. Mal sah er ihn von oben, dann wieder schien er neben oder gegenüber von ihm zu sitzen. Es wirkte, als würde er immer wieder die Perspektive wechseln. Nur mit den Augen des Jungen sah er diese Szenerie nicht. Er sah Inge in der Küche hantieren.

»*Mutti, gehst du heute mit mir baden?*«, *fragte der kleine Michael.*

Immer wieder lag er ihr damit in den Ohren.

»*Du kannst doch gar nicht schwimmen*«, *erklärte Inge.* »*Außerdem ist es viel zu kalt und es wird sicher bald regnen.*«

Sie hatte recht. Es war ein kalter und verregneter Sommer, aber der Kleine wollte unbedingt ins Schwimmbad.

»*Ich kann tauchen*«, *erklärte er altklug.* »*Damit komme ich immer wieder zurück. Ich kann gar nicht ertrinken.*«

Der Beobachter musste über den naiven Jungen schmunzeln, doch seine Miene verfinsterte sich, als er Inge lachen hörte.

Sie lachte den Jungen aus, der sich nicht vorstellen konnte, dass er ertrinken könnte.

»*Wie lange kannst du denn tauchen?*«, *fragte sie.*

»*Weiß nicht. Lange.*«

»*Na also. Lern erst mal schwimmen und dann können wir auch baden gehen.*«

»*Kannst du denn schwimmen?*«

»Natürlich kann ich schwimmen.«

»Dann kannst du es mir doch beibringen.«

Inge sah ihn verärgert an, als wolle sie sagen, dass er endlich Ruhe geben solle.

»Bitte, bitte.«

»Mein Gott, Inge, dann geh doch mit ihm ins Schwimmbad«, mischte sich Joachim ein, Michaels Pflegevater, der müde aus dem Schlafzimmer schlich, herzhaft gähnte und sich an seiner Flanke kratzte.

Der Beobachter wich zur Seite, um ihm Platz zu machen, auch wenn es gar nicht nötig war.

»Geh du doch mit ihm«, herrschte Inge ihn an. »Oder komm wenigstens mit.«

Michael bekam einen Glanz in den Augen. Vielleicht gingen ja Inge und Joachim gemeinsam mit ihm ins Schwimmbad. Sie hatten schon lange nichts mehr zusammen unternommen.

»Du weißt doch, dass ich nicht ins Schwimmbad geh«, sagte Joachim unbeeindruckt von Inges aggressivem Tonfall und setzte sich an den Küchentisch. »Ist Kaffee fertig?«

Inge hatte bereits Wasser gekocht und schüttete es in den Kaffeefilter. Michael liebte den Duft von frisch gekochtem Kaffee, auch wenn er keinen Kaffee trinken durfte.

»Vati, gehst du mit mir baden?«, bettelte Michael.

Joachim schüttelte den Kopf. »Nee, ist mir zu kalt.«

Michael senkte enttäuscht den Kopf.

»Aber ich soll mit ihm gehen, ja?«, schimpfte Inge und goss wieder Wasser in den Kaffeefilter. »Für mich ist es nicht zu kalt, wie?«

»Stell dich nicht so an«, gähnte Joachim. »Du hast doch Zeit genug.«

»Das war ja wieder klar«, schrie sie Joachim an, sodass Michael zusammenzuckte und versuchte, sich ganz kleinzumachen.

»Der ganze Haushalt macht ja keine Arbeit. Wäsche waschen, bügeln, kochen, putzen, den Jungen erziehen. Und der hohe Herr hält sich aus allem raus.«

»Nun hör aber auf«, polterte Joachim zurück. »Wer bringt denn das Geld nach Hause, hä?«

Michael wollte nicht, dass Inge und Joachim sich stritten, und er hatte das Gefühl, dass es wegen ihm passierte.

»Du kannst nichts dafür«, rief ihm der Beobachter zu, doch Michael konnte ihn nicht hören.

Inge schnitt das Brot und stellte Butter und Wurst auf den Küchentisch. Als alles zubereitet war, setzte sie sich ebenfalls. Schweigend aßen sie.

Nach dem Frühstück räumte Inge den Tisch ab und verschwand, als sie damit fertig war, aus der Küche. Nach einer Weile kam sie mit einer vollgepackten Tasche zurück und stellte sie auf den Boden.

»Komm jetzt«, forderte sie.

Waldi kroch schwanzwedelnd unter der Eckbank hervor und sprang an Inges Beinen hoch.

»Nicht du«, sagte sie zu ihm und streichelte ihn. »Hundi bleibt bei Vati Zuhause.«

Waldi setzte sich auf sein Hinterteil, legte den Kopf schief und schien Inge fragend anzugucken.

»Komm her, Michael«, sagte sie. »Zieh deine Jacke und deine Schuhe an.«

»Wo gehen wir denn hin?«

»Du wolltest doch ins Schwimmbad, also komm jetzt.«

»Nein«, schrie der Beobachter. »Geh nicht mit. Sag einfach, dass du keine Lust mehr hast.«

Doch Michael strahlte und rutschte von der Küchenbank, lief in den Flur und zog sich seine Jacke und Schuhe an. Da er sie noch nicht zubinden konnte, hockte sich Inge vor ihn und schnürte ihm die Schuhe zu.

»Wird Zeit, dass du endlich lernst, dir die Schuhe selber zuzubinden«, sagte sie.

Auf dem Weg zum Schwimmbad sprang Michael vergnügt neben Inge her und plapperte in einer Tour. Inge war noch gereizt von dem

Streit mit Joachim und ging schweigend weiter. Michael ließ sich davon nicht beeindrucken.

»Ich freue mich, dass wir schwimmen gehen«, sagte er und sah strahlend zu Inge hoch.

Es war ein ungemütlicher und kühler Sommermorgen, aber wenigstens regnete es nicht. Nach einer halben Stunde Fußweg kamen sie beim Schwimmbad an. Es war ein großes Freibad mit einem riesigen Gelände. Es gab ein Fünfzigmeterbecken mit einem Sprungturm und einer aus Stein gebauten Tribüne, ein ebenso großes Nichtschwimmerbecken sowie ein Kinderplanschbecken für die kleinen Kinder. Als sie das Schwimmbad betraten, blickten sie über eine riesige Liegewiese. Michael konnte den gewaltigen Sprungturm sehen. So ein großes Schwimmbad hatte er noch nie gesehen. Inge ging über die Wiese und steuerte auf das große Schwimmerbecken zu. Michael ging schweigend neben ihr her, beeindruckt von den gewaltigen Ausmaßen dieses großen Freibades. Kein einziger Badegast war weit und breit zu sehen. Sie waren die einzigen Badegäste. Kurz vor dem Schwimmerbecken setzte Inge die Tasche ab und begann sich umzuziehen.

»Zieh dich aus und zieh die Badehose an.«

Als sie die Badesachen angezogen hatten, ging Inge auf das Schwimmerbecken zu.

Dem Kleinen wurde mulmig. So viel Wasser hatte er noch nie gesehen.

Ohnmächtig stand der Beobachter neben dem Jungen am Beckenrand, der die riesige spiegelglatte Wasserfläche betrachtete. Er wollte ihn zurückziehen. »Ich spüre deine Angst«, rief er. »Verschwinde endlich.«

Inge ging zu der Leiter, die in das Schwimmbecken führte, und stieg langsam in das Wasser hinein. Als ihr Fuß das Wasser berührte, bildeten sich kleine Kreise, die sich immer mehr auf der Wasserfläche verteilten. Inge ließ sich ins Wasser gleiten und schwamm ein paar Züge. Dann drehte sie sich um und sah zu Michael. Er stand noch immer im sicheren Abstand zum Beckenrand und starrte sie an.

»Nun komm schon ins Wasser«, sagte sie zu ihm. »Du wolltest doch schwimmen gehen.«

Michael ließ seinen Blick über die große Wasserfläche gleiten. Dann sah er wieder zu Inge und schüttelte langsam den Kopf.

»Herrgott, was ist denn? Nun komm schon rein.«

Er rührte sich nicht.

»Lauf weg … Noch kannst du es … Lauf einfach weg!« Der Beobachter wollte ihn vom Beckenrand ziehen, doch er griff durch ihn hindurch. »Verschwinde doch endlich!«

»Hast du etwa Angst?«, rief Inge. »Ich denke, du bist so ein guter Schwimmer. Was hast du nicht alles erzählt.«

Sie schwamm mit kräftigen Zügen zum Beckenrand zurück und stieg aus dem Wasser.

»Du gehst mir vielleicht auf die Nerven«, fuhr sie ihn an. »Dann komm mit.«

Sie nahm ihn unsanft an die Hand und zog ihn mit sich zum Nichtschwimmerbecken. Sie gingen am Beckenrand entlang, wo das Wasser zunächst ganz flach war und dann immer tiefer wurde. Auch das Nichtschwimmerbecken war groß. Inge ging im flachen Bereich ins Wasser und zog Michael hinter sich her. Er starrte ängstlich über die riesige Wasserfläche. Er bekam jetzt Panik und zerrte an Inges Hand, um sich loszureißen, aber sie hielt ihn fest und zog ihn hinter sich her. Als ihr das Wasser bis zu den Knien ging, war Michael bereits bis zur Hüfte im Wasser. Er verlor das Gleichgewicht und lag jetzt ganz im Wasser. Als Inge seine Hand losließ, rappelte er sich auf und lief so schnell wie möglich in den ganz flachen Teil des Beckens zurück. Dabei platschte er mit seinen Händen in das Wasser, um noch schneller voranzukommen. Er hechelte und japste, drehte sich immer wieder mit angsterfülltem Blick zu Inge um und lief weiter. Je flacher das Wasser wurde, umso schneller kam er voran.

Als er das Becken verlassen hatte, drehte er sich zu Inge um, die langsam aus dem Wasser stapfte.

»Komm her, du blöder Bengel«, schrie sie. »Wegen dir sind wir doch hier.«

Michael schnappte nach Luft. Sein Herz schlug ihm bis zum Hals. Er legte seine Arme über Kreuz und seine Hände auf seine Schultern, zitterte am ganzen Körper.

»Komm sofort ins Wasser«, schrie sie erneut. Sie hatte jetzt den ganz flachen Teil des Beckens erreicht, sodass ihr das Wasser nur noch um die Knöchel spülte. Michael sah ihren wütenden Blick und sein Herz begann zu rasen. Er wollte weglaufen, aber er konnte keinen Schritt machen, stand da wie erstarrt, als Inge auf ihn zukam.

»Warte, dir werde ich es zeigen«, schrie sie. »Dir werde ich zeigen, was du für ein toller Schwimmer bist.«

Als sie ihn fast erreicht hatte, drehte sich Michael plötzlich um und lief schreiend weg.

»Laaaaauf«, schrie der Beobachter. »Verschwindeeeeeeeeeeee.«

Inge versuchte ihn zu packen, doch sie verfehlte ihn.

»Bleib stehen«, kreischte sie ihm hinterher. »Ich krieg dich ja doch.«

Michael blieb stehen und sah sie auf sich zukommen. Er blickte sich verzweifelt um. Weit und breit kein Mensch. Sie beide waren ganz allein auf diesem riesigen Gelände. Als Inge ihn fast erreicht hatte, drehte er sich zur Seite weg, sodass sie ihn nicht packen konnte, und lief über die Wiese. In der Nähe des Kinderplanschbeckens stolperte er und kam zu Fall. Er spürte, wie eine feste Hand seinen Arm ergriff und ihn über die Wiese zog.

»Du kannst also schwimmen«, kreischte Inge und zog ihn hinter sich her in das Kinderplanschbecken. Michael fiel ins Wasser und drehte sich um, als Inge sich rittlings auf ihn setzte und seinen Kopf untertauchte. Er bekam keine Zeit, rechtzeitig Luft zu holen, und schluckte Wasser. Sie zog ihn hoch und für einen kurzen Moment konnte er nach Luft schnappen, doch dann tauchte sie ihn erneut unter.

In seinem Traum stand der erwachsene Michael am Rand des Beckens und schaute dem Treiben zu, wollte eingreifen, dem ganzen Spuk ein Ende bereiten, doch er blieb wie angewurzelt stehen, unfähig sich zu bewegen, zu schreien, zu handeln. Er riss den Mund auf und schrie einen stummen Schrei. »Hör endlich auf! Lass den Jungen los! Lass MICH los!« Doch Inge reagierte nicht.

Wieder drückte sie ihn unter Wasser und plötzlich sah der erwachsene Michael durch die Augen des Jungen, sah Inges wütende, durch das Wasser verzerrte Grimasse. Panik ergriff ihn. Er wollte sich wehren, aber er konnte sich nicht bewegen. Er wollte schreien, aber er schluckte nur noch mehr Wasser. Als Inge ihn wieder hochzog, schnappte er kurz nach Luft, hörte ihre wütenden Schreie wie aus weiter Ferne, spürte, wie das Wasser wieder über seinen Kopf schlug, als Inge ihn erneut untertauchte. Er sah ihr Gesicht, das sich durch die Wellen immer wieder anders verzerrte. Er nahm die Momente, in denen sein Kopf hochgezogen wurde und er Luft holen konnte, kaum wahr. Wieder war er unter Wasser und sah ihre Grimasse. Er betrachtete ihren irren Blick, beobachtete nur noch. Auch die Wolken über Inge verzerrten sich durch die Wellen. Wenn sie ihn hochzog und wieder untertauchte, wartete er, bis sich das aufgewühlte Wasser beruhigte, und sah zu, wie er ihre Konturen durch das Wasser nach und nach erkennen konnte. Er spürte keine Angst mehr. Er hatte aufgehört, sich zu wehren, beobachtete nur noch. Er sah, wie ein Mann in das Becken stieg und seine Hand auf Inges Schulter legte. Sie drehte sich zu ihm um, stieg von Michael und ließ ihn los. Er hob seinen Kopf aus dem Wasser und sah, dass der Mann mit Inge sprach. Hören konnte er nichts, da seine Ohren voll Wasser und wie taub waren. Rücklings kroch er aus dem Becken, setzte sich auf den Rand und schlang seine Arme um seine angewinkelten Knie. Er beobachtete Inge und bemerkte, dass ihre Mundwinkel zuckten, während der Mann mit ihr sprach.

Der Beobachter wollte den kleinen, am ganzen Körper zitternden Jungen in die Arme nehmen, doch er rührte sich nicht, konnte es nicht. Er sank auf die Knie und stieß einen stummen Schrei der Verzweiflung aus. Einen Schrei, den niemand hören konnte.

Michael schreckte hoch und setzte sich auf die Couch, fuhr sich mit seinen Händen über Gesicht und Haare. Er war klatschnassgeschwitzt, atmete schwer, fühlte, wie sein Herz gegen seinen Brustkorb hämmerte, spürte wieder diese Angst und Panik die er als Sechsjähriger gefühlt hatte.

»Sie wollte mich umbringen«, flüsterte er. »Sie wollte mich tatsächlich umbringen.«

Er hämmerte mit der Faust auf das Kissen ein.

»Wieso?«, rief er. »Kann mir irgendjemand erklären, wieso? Was habe ich dieser Frau getan?«

Niemand konnte es ihm erklären. Niemand würde jemals dazu in der Lage sein, ihm zu erklären, was in Inges Kopf vorgegangen war. Er vergrub das Gesicht in seinen Händen und fuhr sich nochmals durch die Haare.

»Wann hören diese Träume endlich auf?«, dachte er. *»Wie lange muss ich sie noch ertragen?«*

Das schrille Schnarren des Telefons riss ihn aus seinen Gedanken. Er schlurfte in den Flur und nahm den Hörer ab.

»Ja? Kowalczyk hier.«

»Hallo, hier ist Jasmin. Michael, es wird später bei mir. Sollen wir heute Abend etwas Essen gehen?«

»Du kannst doch zu mir kommen oder ich zu dir«, antwortete er. »Ich habe eigentlich keine Lust, irgendwo essen zu gehen. Lass uns doch bei mir zusammen etwas kochen.«

»Nein, nein«, antwortete sie schnell. »Ich möchte lieber raus.«

»Na gut, wenn du meinst. Wann und wo?«

»Ich würde gern zum Chinesen gehen. Da war ich schon ewig nicht mehr. Sagen wir um acht Uhr?«

»Okay«, sagte Michael. »Ich bin um acht Uhr da.«

»Ist alles in Ordnung mit dir? Du hörst dich bedrückt an.«

»Ach, es ist ... Es ist nichts. Ich müsste nur noch mal nach Schwerin und meine Sachen abholen. Ich bin froh, wenn ich das hinter mir habe und ich diese Schlampe nicht mehr sehen muss.«

»Hm«, machte Jasmin. »Dann bring es doch hinter dich und wir sehen uns morgen. Vielleicht geht es dir dann besser.«

»Wieso habe ich das Gefühl, dass du mich nicht sehen willst?«

»Doch, Michael, natürlich möchte ich dich sehen. Ich glaube nur, dass es besser ist, wenn du den Kopf wieder freier hast. Außerdem möchte ich noch etwas mit dir in Ruhe besprechen.«

»Jasmin, was ist los? Was willst du mit mir besprechen? Wieso kannst du es mir nicht einfach sagen und es ist gut? Du druckst schon die ganze Zeit um den heißen Brei herum.«

»Das ist nichts für das Telefon.«

»Siehst du keine gemeinsame Zukunft mit mir? Ist es das?«

»Nein, das ist es nicht. Du musst da nur etwas wissen ... Ich ... Ich sage es dir morgen Abend. Ich könnte dann auch früher. Sollen wir uns dann um achtzehn Uhr beim Chinesen treffen?«

»Na gut«, sagte er leise. »Du wirst es mir jetzt sowieso nicht sagen. Dann eben morgen Abend beim Chinesen. Ich rufe jetzt Angelika an und drohe ihr mein Erscheinen für nachher an.«

Michael fuhr durch die völlig verstopfte Hamburger Innenstadt. Um diese Zeit war der Feierabendverkehr am schlimmsten und er kam nur im Schritttempo voran. Angelika wollte die Agentur um achtzehn Uhr schließen, dort aber auf ihn warten. Er hatte ihr versprochen, seine Sachen einzupacken und sofort wieder nach Hamburg zurückzufahren. Der Regen prasselte unaufhörlich auf die Windschutzscheibe und er musste die Scheibenwischer auf die höchste Stufe stellen.

»Diese Dinger sind wie ein Hypnosependel«, dachte er. *»Wenn es so weiter geht, bin ich gleich im Nirwana.«*

Dann musste er wieder an seinen Traum denken. Er träumte selten, aber wenn, dann waren es diese Albträume. Träume über die Misshandlungen durch Inge, Träume von einer Flucht, ohne dass er vorwärtskam. Träume, in denen er eine Treppe hinabstürzte, aber nie unten ankam. Träume, in denen er kurz vor dem Ertrinken war. Träume, in denen er sterben musste. Aber er starb nie. Kurz vorm Sterben wachte er immer auf.

»Ich scheine unsterblich zu sein«, dachte er und musste innerlich schmunzeln. *»Das hat ja auch etwas.«*

Er zündete sich eine Zigarette an und blies den blauen Rauch aus seinen Lungen, beobachtete die Rauchschwaden, die vor der Windschutzscheibe tanzten.

Als er die Autobahn erreicht hatte, konnte er – zwar langsam, aber immerhin – eine konstante Geschwindigkeit fahren. Er blickte auf die Uhr. Wenn der Verkehr so weiter ging, sollte er in gut einer Stunde in der Agentur sein.

Er musste plötzlich an das erste Weihnachten denken, an das er sich überhaupt erinnern konnte. Heiligabend im Kinderheim 1964, als er vier Jahre alt gewesen war:

Es war Mittagszeit und lauter große Menschen, die anders gekleidet waren, als die großen Menschen, die Michael kannte, kamen in den großen Schlafsaal. Viele Frauen hatten ihre Haare hochgesteckt und trugen Röcke bis über die Knie und Blazerjacken. Die Männer trugen meist dunkle Anzüge und Krawatten. Die Kinder waren aufgedreht und sprangen um die Erwachsenen herum. Einige kreischten vor Freude, als die Erwachsenen zu ihnen kamen und sie in die Arme schlossen, sie hochhoben und an sich drückten.

Viele Kinder wurden von ihren Eltern oder anderen Verwandten Weihnachten abgeholt. Nur wenige verbrachten Weihnachten im Kinderheim. Die meisten Kinder, die nicht abgeholt wurden, waren Vollwaisen und hatten keine anderen Familienangehörigen.

Michael wusste nicht, ob er Eltern hatte. Er bekam nie Besuch und wurde auch nie von Erwachsenen abgeholt, wusste nicht, dass Kinder

Väter und Mütter hatten. Er spürte nur, dass niemand für ihn da war, und es kam ihm merkwürdig vor, dass es erwachsene Menschen gab, die sich für Kinder interessierten. Er spürte aber auch tief in seinem kleinen Herzen, dass es nicht richtig war, dass sich kein Erwachsener für ihn interessierte und um ihn kümmerte. An den Tagen, an denen die anderen Kinder Besuch bekamen oder abgeholt wurden, fühlte er sich einsam und hatte das Gefühl, dass er ganz allein auf dieser Welt war.

Er saß auf seinem Bett und sah dem Treiben wort- und fassungslos zu und hielt Ausschau. Es musste doch irgendeinen Erwachsenen geben, der zu ihm kam und ihn in die Arme schloss. Wenn die eine oder andere große Frau in seine Richtung eilte, schlug ihm sein Herz bis zum Hals, aber dann nahm sie doch wieder ein anderes Kind in ihre Arme. Zu ihm kam niemand. Auch heute nicht.

So plötzlich, wie die Erwachsenen gekommen waren, waren sie auch wieder verschwunden und die wenigen Kinder, die nicht abgeholt wurden, blieben im großen Schlafsaal zurück. Es herrschte eine gespenstische Stille und Michael fühlte sich leer und unwichtig auf dieser Welt. Er verspürte keine Lust, mit den anderen Kindern zu spielen oder mit ihnen zu streiten. Er blieb still auf seinem Bett sitzen und starrte vor sich hin.

»Kommt, Kinder. Jetzt ist Bescherung. Der Weihnachtsmann war da«, rief eine Betreuerin und weckte Michael aus seinen Tagträumen.

Er sprang von seinem Bett und folgte mit den anderen Kindern der Betreuerin. Sie führte die Kinder zu ihren Plätzen. Vor dem Schildchen mit einer gelben Ente, Michaels Platz, lag ein großes Paket und Michael betrachtete es erstaunt. So ein großes Paket hatte er noch nie gesehen. Das sollte für ihn sein? Er wollte es aufreißen, als er ein lautes »Stopp!« hörte und sofort zu der Betreuerin hochblickte, die ihn strafend ansah.

»Noch nicht«, tadelte sie ihn und Michael senkte den Blick. »Es ist noch nicht so weit.«

Er starrte das Paket an. Worauf sollte er denn noch warten?

»Der Weihnachtsmann war heute da und hat jedem Kind, das brav gewesen ist, etwas mitgebracht«, sagte die Betreuerin und sie sah Michael mit einem Seitenblick an, als wollte sie sagen »Ja, sogar dir.«

Michael konnte sich gar nicht daran erinnern, dass er jemals brav gewesen sein sollte. Viel zu oft wurde er zu Hannelore Schmidt, der Leiterin des Kinderheimes, gezerrt und bestraft, weil er eben nicht brav gewesen war. Und doch hatte ihm der Weihnachtsmann etwas gebracht. Er starrte fasziniert und neugierig das Paket an, das nur für ihn bestimmt war.

»Jetzt dürft ihr auspacken«, hörte er die Betreuerin sagen und sofort warf er sich auf das Paket, riss das Geschenkpapier ab und hielt eine große Schachtel in der Hand. Er machte sie mit zittrigen Händen auf und holte ein Modellauto heraus. Aber nicht irgendein Modellauto: Es war ein Lastwagen mit einem Anhänger. Neugierig inspizierte er das Spielzeug und versuchte zu ergründen, wie der Anhänger an den Lastwagen angehängt wurde. Da war kein Haken dran.

»Pass auf, Michael«, sagte eine Betreuerin, die seine Not erkannt hatte. »So geht das.«

Sie zog einen kleinen Stift aus der Anhängerkuppelung, schob die Achse des Anhängers hinein und befestigte ihn wieder mit dem Stift. Jetzt hing er am Lastwagen.

»Siehst du«, sagte sie. »Es ist ganz einfach.«

Michael nickte und strahlte sie an, nahm den Lastwagen, schob ihn quer durch den Raum und krabbelte auf allen vieren.

»Brumm – brumm«, machte er und quietschte vor Vergnügen.

Die anderen Kinder interessierten ihn nicht mehr. Er hatte nur noch Augen für den Lastwagen mit diesem Anhänger, den der Weihnachtsmann nur ihm gebracht hatte. Sein erstes eigenes Spielzeug.

»Kann ich den auch mal haben?«, fragte Ingo.

Ingo war etwas älter als Michael, aber dennoch kleiner. Michael stritt sich oft mit ihm. Er stoppte seine Fahrt, drehte sich zu Ingo um und schüttelte vehement den Kopf.

»Du kannst auch mit meinem Geschenk spielen«, bettelte Ingo, doch Michael schüttelte den Kopf.

»Will ich nicht«, sagte er und schob den Lastwagen weiter mit einem lauten »Brumm – brumm« durch den Raum.

»Ich will ihn aber auch mal haben«, schrie Ingo und stampfte auf den Boden.

»Das ist meiner«, kreischte Michael zurück. »Und den kriegst du nicht.«

Plötzlich spürte er einen kräftigen Ruck an seinem Arm, als er hochgezogen wurde und entgeistert in die böse funkelnden Augen von Hannelore Schmidt starrte.

»Warum lässt du Ingo nicht damit spielen?«, fragte sie. »Du hast ihn lange genug gehabt.«

»Das ist meiner«, schrie er. »Den hat der Weihnachtsmann MIR gebracht.«

»Dir gehört gar nichts, hörst du?«, schrie sie zurück. »Diese Spielsachen gehören Allen. Und jetzt spielt Ingo damit, hast du verstanden?«

Teilnahmslos sah er zu, wie Ingo sich seinen Lastwagen mit dem Anhänger nahm, sich zu ihm umdrehte und ihn siegessicher angrinste.

Nein, Michael hatte nicht verstanden. Wie sollte er auch verstehen? Dass ihm der Weihnachtsmann nichts gebracht hatte, was ihm alleine gehörte? Wie sollte er verstehen, dass die Geschenke für die Kinder aus Spenden zusammengetragen wurden und für alle Kinder bestimmt waren?

Er erinnerte sich, dass für ihn in diesem Moment seine kleine Welt zusammengebrochen war, und auch jetzt spürte er eine Enge in der Brust, wenn er daran dachte.

Er verließ die Autobahn in Richtung Schwerin. Auch hier war viel Verkehr und Stau, verursacht durch die vielen Umleitungen und Baustellenampeln.

Er fragte sich oft, warum seine Mutter ihn in ein Kinderheim gegeben hatte. Ja sicher, sie hatte es ihm erklärt, als sie sich vor zehn Jahren das erste Mal getroffen hatten. Sie erzählte ihm von der Hütte, in der sie leben mussten, ohne fließendes Wasser und vor allen Dingen ohne Unterstützung. In einer Hütte, in der er den nächsten Winter nicht überlebt hätte und möglicherweise verhungert wäre. Aber warum hatte sie ihn fast sein ganzes Leben ignoriert, verleugnet, abgelehnt, abgewiesen, nicht gewollt? Er hörte wieder ihre Worte, als er sie danach fragte:

»Natürlich hätte ich dich besuchen sollen. Und vielleicht hätten wir dich auch wieder zu uns holen sollen, aber ich konnte das nicht.«

»Warum nicht?«

»Ich weiß es doch auch nicht. Ich glaube, ich bin nie damit zurechtgekommen, dass ich dich überhaupt weggegeben habe.«

Er erinnerte sich, wie er Bilder von seinen Eltern betrachtet hatte, als er zum ersten Mal seinen Vater wenigstens auf einem Foto sehen durfte, der einige Jahre zuvor in Sri Lanka ums Leben gekommen war.

»Dein Vater hat dich sehr geliebt, Michael«, sagte sie. »Es ist kein Tag vergangen, an dem er nicht von dir gesprochen hat.«

Michael erinnerte sich an das Bild des sympathischen Mannes, der mit Michael äußerlich überhaupt keine Ähnlichkeit hatte.

»Und du?«, fragte er leise.

»Ich? Ich habe nie über dich gesprochen. Ich bin immer nur weggelaufen.«

Er sah in Gedanken in ihre graugrünen Augen, die seinen so sehr ähnelten.

»Aber ich habe Tag für Tag an dich gedacht. Und ich bin so froh und glücklich, dass ich den heutigen Tag erleben darf.«

Er schluckte, als ihm ihre Worte durch den Kopf gingen.

»Es ist schon komisch«, dachte er. *»Es waren in erster Linie Frauen, die mein Leben entscheidend bestimmt haben.«*

Nicht nur Maria und Inge, sondern auch Jasmin, die ihn erst gerettet und dann verlassen hatte, sowie Angelika, wegen der er seine Arbeit verlor.

»Wieso spielen Frauen eine so große Rolle in meinem Leben?«, dachte er. *»Oder kommt es mir nur so vor?«*

Wütendes Hupen weckte ihn aus seinen Gedanken. Er hatte nicht bemerkt, dass er vor einer roten Ampel stand, die auf Grün umgesprungen war. Er atmete tief durch, legte den ersten Gang ein und fuhr ruckartig an. Bis zur Agentur war es nun nicht mehr weit und in zehn Minuten sollte er dort sein. Ein Blick auf die Uhr verriet ihm, dass er sich um knapp zwanzig Minuten verspäten würde.

»Na, damit wird Angelika wohl leben können«, dachte er. *»Danach ist sie mich dann ja endgültig los. Und ich sie.«*

Er fragte sich, warum sie ihm das angetan und Beckstein diese Lügen aufgetischt hatte. Hatte er sie in der Hand, sie erpresst? Aber was sollte das schon sein?

»Ich will Antworten«, dachte er. *»Ich habe ein Recht, es zu erfahren.«*

***

Angelika saß am Schreibtisch und sortierte Unterlagen. Sie hatte die Eingangstür pünktlich um achtzehn Uhr abgeschlossen und das Licht ausgeschaltet, damit sich nicht noch ein Kunde in die Agentur verirrte. Immer wieder fiel ihr Blick auf die Eingangstür. Unter normalen Umständen hätte sie sich gefreut, Michael zu sehen. Sie mochte ihn und hatte die gemeinsame Zeit mit ihm genossen, aber irgendwann war für sie ein Punkt erreicht gewesen, an dem er ihr zu nahe gekommen war, an dem sie das Gefühl hatte, dass er mehr als nur eine Affäre und Sex von ihr wollte, dass sie Ersatz für eine Frau geworden war, die er noch immer liebte. Manchmal hatte er sich wie ein kleiner Junge ganz eng an sie gekuschelt und seinen Kopf auf ihre Brust gelegt, wollte gehalten und über den Kopf gestreichelt werden.

»Ich habe mich gefühlt, als wäre ich seine Mutter«, dachte sie.

Das war eine Nähe, mit der sie nicht umgehen konnte und es auch nie wollte. Sie wollte Sex mit ihm, nicht mehr und nicht weniger. Eine wirkliche Beziehung hatte sie noch nie gehabt, immer nur kurze Männergeschichten oder One-Night-Stands. Beziehungen machten ihr Angst.

Sie dachte an das Gespräch bei Beckstein in Hamburg, nachdem er Michael rausgeschickt hatte und wie er sie über ihr Verhältnis zu Michael ausgefragt hatte. Immer wieder gingen ihr diese Szenen durch den Kopf.

»Setzen Sie sich doch«, sagte er freundlich zu Angelika und setzte sich neben sie. Auch sie setzte sich und schlug ihre Beine wieder übereinander.

»Dann wollen wir mal sehen, wie wir den Laden wieder auf Vordermann bringen«, sagte er sanft und legte seine Hand auf ihr Knie. Angelika zuckte zusammen, ließ es aber geschehen.

»Also, wie ist Ihre Zusammenarbeit mit Kowalczyk?«

»Er arbeitet wirklich sehr hart, Herr Beckstein«, sagte sie und schluckte. Sie spürte, wie ihr Mund trocken wurde. »Und er arbeitet im Sinne der Agentur.«

»Kowalczyk ist naiv und ein Träumer.« Seine Hand glitt weiter über ihr Knie. Sie spürte einen Kloß im Hals und wie sich ihr Magen verkrampfte. »Ich brauche keine Träumer, ich brauche Visionäre.«

Beckstein lachte. Sie nickte schüchtern und er schien seine Macht über sie zu spüren und zu genießen. Ihr Mund wurde jetzt unerträglich trocken.

»Kann ich bitte ein Glas Wasser haben?«

»Später! Dann können wir auch noch etwas anderes trinken.« Er grinste sie ungeniert an, während er seine Hand unter ihren Rock schob.

»Ich erwarte von Ihnen Loyalität. Ich erwarte von Ihnen, dass Sie die Agentur wieder ans Laufen bringen. Und ich erwarte von Ihnen, dass Sie Kowalczyk in die Schranken weisen. Er hat zu tun, was Sie ihm sagen. Ist das klar soweit?«

Sie nickte und versuchte zu schlucken.

»Michael ist ...«, sagte sie stockend, doch Beckstein unterbrach sie.

»Ich habe sehr wohl mitbekommen, dass Sie sich näher gekommen sind.« *Er nahm seine Hand von ihrem Bein und sah sie an.* *»Aber ich dulde keine Liebschaften, weder in meiner Kanzlei, noch in meiner Agentur.«*

»Herr Beckstein, so ist es auch nicht. Es ist ... Es war ... Es ist nichts. Wir haben durch die viele Arbeit einfach nur viel Zeit miteinander verbracht.«

»Liebes Kind, ich bin Rechtsanwalt und habe Augen im Kopf. Und ich weiß, was ich gesehen habe. Ihre vertrauten Blicke sind mir durchaus nicht entgangen.«

»Wirklich, Herr Beckstein, so ist es aber nicht gewesen.«

Er hob die Augenbrauen. *»So? Wie ist es denn gewesen?«*

Sie stützte ihren Kopf auf ihre Hände.

»Mein Gott, was habe ich da bloß getan?«

Beckstein hatte gebohrt und gebohrt und sie sich in die Enge getrieben gefühlt.

»Michael ... Er ...«, hatte sie gestammelt.

»Ja? Was hat er getan?«

Sie wusste die ganze Zeit, dass Beckstein ihn loswerden wollte.

»Und ich habe ihn direkt ans Messer geliefert«, dachte sie.

»Er ... Er ... Er hat mich bedrängt«, war es plötzlich aus ihr herausgefahren. *»Und dann hat er mich eines Abends so bedrängt, dass ich dachte, er würde mich vergewaltigen, wenn ich nicht nachgebe. Und ... Und ... Und dann ist es eben passiert.«*

Sie war selbst entsetzt über das, was sie da gesagt hatte, aber zu diesem Zeitpunkt gab es für sie kein Zurück mehr. Sie sah Becksteins leuchtenden Augen vor sich.

»Oh, vergewaltigt?«, hatte er nachgefragt.

»Nein, nein, das hat er nicht. Bedrängt schon, aber …«

»Gut, gut«, hatte er gesagt und sich in seinen Sessel zurückgelehnt. »So etwas kann ich natürlich nicht dulden. Ich setze etwas auf, das ihn zur Vernunft bringen wird.«

Sie sah Becksteins breites Grinsen vor ihrem geistigen Auge und ihr wurde übel.

Ein Klopfen an der Eingangstür ließ sie aufschrecken. Ihr stockte der Atem, als sie Michael durch die Glastür spähen sah.

»Hoffentlich holt er tatsächlich nur seine Sachen ab und ist schnell wieder weg«, dachte sie. *»Hoffentlich stellt er keine Fragen …«*

»Ich bleibe nicht lange«, sagte er und schob sich an ihr vorbei, nachdem sie aufgeschlossen hatte. Er ging zu seinem Schreibtisch und begann die Schubladen und den Schreibtisch leer zu räumen. Seine Sachen legte er in einen Karton, den er mitgebracht hatte. Angelika setzte sich auf ihren Schreibtisch und sah ihm zu, wie er den Karton zuklappte, als alles verstaut war.

»So«, sagte er, als er fertig war, setzte sich auf seinen Schreibtisch und sah sie an.

»Es ist kaum zu fassen, oder?«, sagte er. »Vor ein paar Tagen haben wir noch miteinander geschlafen, sind zusammen zum Meeting gefahren, und jetzt? Jetzt hole ich meine Sachen ab und alles ist Geschichte.«

Sie senkte den Blick. »Ja, manchmal geht alles ganz schnell.«

»Eben, und weil alles so schnell ging, will ich Antworten.«

»Mensch, Michael, nicht schon wieder. Was denn für Antworten?«

»Ich will wissen, was das da zwischen dir und Beckstein gewesen ist.«

»Da war nichts zwischen uns.«

»Herrgott, Angelika, du warst mit dem in der Kiste und hast etwas behauptet, was einfach nicht stimmt. Und du sagst mir, dass da nichts war?«

»Ich will nicht darüber reden.«

»Vielleicht will ich aber darüber reden. Es hat mich meinen Job gekostet. Und jetzt will ich wissen, warum. Ist das zu viel verlangt?«

»Warum fragst du nicht Beckstein.«

»Oh.« Michael zog die Augenbrauen hoch. »Nicht mehr *Herr* Beckstein? Haben wir etwa den Respekt verloren?« Sein Lachen war sarkastisch, zynisch.

Sie sah ihn ausdruckslos an. »Das geht dich nichts an.«

»Und ob es mich etwas angeht«, rief er. »Ich sitze auf der Straße, nicht du.«

»Michael, kannst du es nicht gut sein lassen? Du bist doch noch glimpflich davongekommen.« Fast schien sie zu betteln.

»Was bin ich? Ich habe keine Arbeit mehr. Ich habe für nichts und wieder nichts studiert. Und ich bin glimpflich davongekommen?«

»Beckstein wollte dir eine Vergewaltigung anhängen und …«, schrie sie plötzlich und schlug mit der Hand auf den Schreibtisch.

»Das wird ja immer schöner«, brüllte er. »Jetzt bin ich schon ein Triebtäter. Und du unterschreibst so einen Wisch auch noch und sagst mir, dass ich es gut sein lassen soll? Dass ich Beckstein ein Dorn im Auge war, habe ich verstanden, aber was ist mit dir? Welche Rolle spielst du in diesem perfiden Spiel?«

Er funkelte sie wütend an, doch sie schwieg.

»*Bitte erkläre es mir*«, schrie sein Unterbewusstsein. »*Sag mir, dass du nichts dafür konntest. Sag mir, dass es nicht an mir lag oder dass du in Not gewesen bist. Irgendetwas …*«

Doch sie sah ihn nur schweigend an.

»Bitte, Angelika, das kann doch nicht wahr sein. Du musst doch einen Grund gehabt haben. Wolltest du die Agentur alleine für dich haben? War ich dir im Weg? Hat er dich erpresst? Bitte rede mit mir.«

Doch sie sah ihn weiter schweigend an.

»Bitte lass mich nicht im Ungewissen«, bettelte sein Unterbewusstsein. *»Lass mir nicht das Gefühl, dass du mir persönlich schaden wolltest, dass ich einfach nur wertlos bin.«*

Sie sah schweigend zu Boden.

»Okay«, sagte er seufzend. »Dann also keine Antworten. Ich weiß auch nicht, was ich erwartet habe.«

Er nahm seinen Karton und drehte sich an der Tür noch einmal zu ihr um.

»Kannst du mir wenigstens sagen, warum ich das verdient habe, was mein Fehler war, was ich verbrochen habe?«, fragt er.

Sie sah ihn kurz an und dann wieder zu Boden.

Er nickte. »Ich wünsche dir ein schönes Leben.«

Michael verließ die Agentur, ohne sich umzudrehen. Er wunderte sich, dass er nichts spürte. Keine Trauer, keine Wut. Nichts. Da war einfach nur Leere.

***

Michael stellte den Karton in den Kofferraum und stieg ins Auto, steckte den Autoschlüssel in das Zündschloss und legte seine Hände aufs Lenkrad.

»Was habe ich eigentlich hören wollen?«, fragte er sich. *»›Oh Gott, Michael, ich hatte ja gar keine Ahnung, was ich da unterschrieben habe‹ oder ›Ach, Michael, es tut mir so leid, was Beckstein da mit dir gemacht hat. Das ist wirklich böse‹ oder ›Ich hatte einfach nur Angst vor diesem Despoten.‹«*

Er lachte kurz auf und startete den Motor.

»Junge, du bist so ein Trottel«, schalt er sich. »Statt sie zur Rede zu stellen, hast du sie angefleht.«

Er blickte noch einmal zur Agentur. Nichts rührte sich.

»Sie wird warten, bis ich weg bin«, dachte er. *»Sie hat viel zu viel Schiss, um sich jetzt aus dem Laden zu trauen.«*

Langsam fuhr er durch Schwerin in Richtung Autobahn.

»Ich hätte allen Grund auf diese Frau wütend zu sein. Und ich Idiot bettele um irgendwelche Antworten.«

Wut hatte er schon immer unterdrückt, sei es als Kind in der Schule oder als Erwachsener bei Streitigkeiten mit Jasmin. Er konnte seine Wut so lange spüren, wie er sie auch kontrollieren konnte. Wenn er Streit mit Jasmin hatte, blieb er ruhig und sachlich, erhob nie seine Stimme, schimpfte nicht mit ihr. Meistens half es ihnen sogar, weil auch sie sich von seiner Ruhe und augenscheinlichen Ausgeglichenheit anstecken ließ und sich meistens wieder beruhigte. Aber manchmal war es auch gerade diese Ruhe, die sie zur Weißglut brachte.

»Komm doch endlich mal aus dir raus«, schimpfte sie dann. »Ich weiß ja gar nicht, was du wirklich denkst und fühlst.«

Einmal geriet sie so sehr in Rage, dass sie auf seinen Brustkorb trommelte, aber er ignorierte die Schmerzen und tat so, also machte es ihm nichts aus. Michael war stolz auf seine Kontrolle, stolz, dass ihn niemand einschätzen konnte, dass niemand wusste, wie gefährlich er tatsächlich sein konnte.

»Ich tue keiner Fliege etwas zuleide«, hatte er immer wieder gesagt, »aber wehe, man drängt mich an die Wand. Dann kann ich zum Tier werden. Niemand sollte mich unterschätzen.« Doch im Grunde genommen hatte er Angst vor seiner Wut, Angst, die Kontrolle zu verlieren, nicht mehr zu wissen, was er tat, und möglicherweise einen Schritt zu weit zu gehen und jemandem wirklich zu schaden. Tatsächlich kannte er seine eigene Wut und Kraft nicht. Nur einmal hatte er seine Kontrolle verloren und seine über Jahre angestaute Wut entladen und wild um sich geschlagen. Damals war er vierzehn Jahre alt gewesen:

Er hatte freudestrahlend in der Schule erzählt, dass er bald im Verein Fußballspielen durfte, musste aber einen Rückzieher machen, als Inge und Joachim dieses Versprechen – wie so viele andere auch – gebrochen hatten. Er war deswegen wütend und enttäuscht und wurde dafür auch noch in der Schule gehänselt.

»Du kannst doch sowieso kein Fußball spielen«, frotzelte Gerd. »Was willst du auch im Verein.«

Gerd spielte beim SC Sperber und ging in die Parallelklasse von Michael. Er war etwas größer, breitschultrig und viel kräftiger als er. Die meisten Kinder machten einen großen Bogen um ihn herum, weil er streitsüchtig war und auch einer Schlägerei nicht aus dem Weg ging, doch gerade auf Michael hatte er es immer wieder abgesehen.

»Halt den Schnabel«, sagte Michael.

»Du weißt doch gar nicht, was du mit dem Ball anstellen sollst«, lästerte Gerd weiter.

»Lass mich in Ruhe.«

»Sonst was?«, höhnte Gerd und schubste ihn.

Michael spürte, wie die Wut in ihm hochkochte. Wut, die er so lange unterdrückt hatte. Wut auf Inge, Joachim, Maria und Paul. Wut auf all die Versprechungen, die nie gehalten worden waren, die Bestrafungen und die Schläge, die er bekommen hatte. Wut, die er so lange kontrolliert hatte und die er jetzt nicht mehr kontrollieren konnte und wollte. Wut, die ihn jetzt explodieren ließ. Bevor Gerd reagieren konnte, schlug Michael zu und traf ihn mit voller Wucht am rechten Ohr. Dann schlug er noch einmal zu. Und wieder ... Und wieder ... Und wieder.

Gerd duckte sich weg und versuchte Michaels Schlägen auszuweichen, was ihm erst gelang, als er bereits einen ganzen Hagel an Faustschlägen abbekommen hatte. Doch dann schlug auch er mit aller Kraft zu. Wie die Wilden prügelten sie aufeinander ein. Beide bluteten bereits aus der Nase und die Augen schwollen ihnen zu, doch es war, als be-

fänden sie sich im Blutrausch. Sie nahmen keine Rücksicht auf sich und den anderen und gingen immer wieder aufeinander los. Die Mitschüler sprangen schreiend auseinander und auch die Lehrer trauten sich nicht dazwischenzugehen. Zu unkontrolliert prügelten Gerd und Michael aufeinander ein. Erst als beide ins Straucheln gerieten und auf dem Boden lagen, warfen sich Schüler auf sie und hielten sie fest. Sie versuchten sich loszureißen, doch sie waren zu erschöpft und gaben schließlich nach.

Diese Wut hatte Michael bei Angelika ebenfalls gespürt, sie aber kontrolliert, sie angefleht, ihm Antworten zu liefern, damit dieser unerträgliche Druck in seiner Brust, das Pochen in seinen Schläfen endlich nachließe und sich seine Wut in Milde umwandeln konnte, in Zuwendung und Mitgefühl für sie und ihre Situation. Doch sie hatte geschwiegen und seine Wut hämmerte noch immer gegen die Schläfen, suchte ihren Weg nach draußen. Er registrierte den Straßenverkehr nicht, nahm selbst nicht wahr, dass er sich eine Zigarette anzündete und das Seitenfenster herunterkurbelte und vor einer roten Ampel zum Stehen kam. Er funktionierte nur irgendwie. Sein Puls raste, das Herz schlug gegen seinen Brustkorb und sein Atem ging immer schneller.

»*Alles verloren*«, fegte es durch seinen Kopf. »*Keine Arbeit, die Frau weg, Karriere im Eimer. Alles im Arsch.*«

Er schlug mit der flachen Hand auf das Lenkrad, atmete immer schneller, Adrenalin schoss durch seinen Körper.

»*Wie lange dauert diese scheiß Rotphase denn noch?*«

Er krallte seine Hände um das Lenkrad, die Adern traten an seinen Unterarmen und Handrücken hervor.

»*Alles vorbei, alles wegen dieser Hure.*«

Das Herz raste, sein Tunnelblick starrte auf das nicht enden wollende Rot der Ampel. Kupplung getreten, erster Gang eingelegt. Gleich musste es grün werden. Er hielt den Druck in seinem

Kopf kaum noch aus, wollte weg, egal wohin. Immer noch Rot. Wieder schlug er mit der Hand auf das Lenkrad.

»Diese verdammte Schlampe«, brüllte er plötzlich. »Dieses verfickte Weib.«

Eine Fußgängerin blieb auf dem Zebrasteifen stehen und sah ihn entsetzt an. Erst jetzt bemerkte er, dass er die Scheibe heruntergekurbelt hatte.

»Entschuldigung«, murmelte er und versuchte vergeblich, die Frau freundlich anzulächeln, was aber eher zu einer Fratze wurde. »Ich war etwas in Gedanken.«

Sie ging kopfschüttelnd weiter, als wollte sie sagen: »Nur weg von diesem Wahnsinnigen.«

»*Gott, Michael*«, dachte er. »*Du bist nur noch hochnotpeinlich.*«

Er atmete tief ein und langsam aus, wollte sich beruhigen und diese quälende Wut einfach loswerden. Tatsächlich ließ das Hämmern in seiner Brust etwas nach und als die Ampel auf Grün schaltete, fuhr er langsam weiter.

»*Denk an etwas Schönes*«, dachte er, doch es wollte ihm nicht gelingen. Er dachte an seine Mutter, die ihn in ein Kinderheim gegeben und sich nie wieder um ihn gekümmert hatte; an Inge, die ihn jahrelang gequält, Jasmin, die ihn wegen eines Kinderwunsches verlassen und Angelika, die ihn verraten hatte. Die Wut wich einer tiefen Traurigkeit. Er war gefangen in den Gedanken, bemerkte nicht, dass er die Stadt inzwischen verlassen und die Landstraße erreicht hatte, fuhr weiter mit fünfzig km/h, obwohl hundert km/h erlaubt waren, registrierte die lange Schlange der Autofahrer hinter sich nicht, die ihn gern überholt hätten, es aber wegen des Gegenverkehrs nicht konnten. Plötzlich schreckte ihn ein lautes Hupen auf und er sah im Rückspiegel seinen Hintermann wütend gestikulieren. Erst jetzt bemerkte er, dass er viel zu langsam fuhr und die anderen Autofahrer behinderte, dennoch machte ihn das Hupen rasend.

»Überhol doch, wenn ich dir zu lahm bin, du Arsch«, brüllte er und streckte seinen Mittelfinger hoch. Seine Wut hatte ihn wieder eingeholt, er krampfte seine Hände um das Lenkrad, sodass die Knöchel weiß hervortraten, und drückte das Gaspedal bis zum Anschlag durch. Im Rückspiegel sah er, dass der Hintermann zurückblieb. Hundert km/h zeigte der Tacho.

»Ha«, rief er, »bin ich dir immer noch zu lahm?«

Hundertzwanzig km/h, hundertvierzig km/h. Die Bäume am Straßenrand schossen an ihm vorbei, die Straße wirkte auf ihn immer schmaler, wie ein Tunnel, und er hielt das Gaspedal noch immer durchgedrückt. Hundertsechzig km/h; eine lange Linkskurve und plötzlich vor ihm ein langsamer Lkw. Michael riss die Augen entsetzt auf, schlug mit seinem rechten Fuß mit aller Kraft auf die Bremse, sodass die Reifen blockierten. Das Heck des Autos brach aus und er sah wie in Zeitlupe abwechselnd das Grün der Bäume, den Himmel, die Felder, wieder den Himmel – und dann … wurde es plötzlich dunkel um ihn.

***

»Bleiben Sie ganz ruhig. Es dauert nicht mehr lange«, hörte Michael eine Männerstimme. »Gleich haben wir es geschafft.«

Um ihn herum ein Knirschen und Knarren, Metall auf Metall. Er schlug die Augen auf und sah sich um.

»*Was ist passiert?*«, fuhr es ihm durch den Kopf.

Er stand mit seinem Auto auf einem Feld, umzingelt von herumlaufenden Menschen und Feuerwehrleuten, die sich laut Anweisungen gaben. Kurz über seinem Kopf bemerkte er das verbeulte Autodach, Qualm stieg aus dem Motorraum auf und drang in die Fahrerkabine, brannte in seinen Augen. Glassplitter lagen auf seinem Körper und auf Hemd und Hose tropfte Blut. Er wischte sich über das Gesicht und bemerkte, dass auch seine Hand voller Blut war.

»*Ich bin verletzt*«, dachte er. »*Oh mein Gott, ich bin verletzt.*«

Panisch sah er sich um, versuchte sich zu bewegen, aber er war vollständig in dem Autowrack eingeklemmt.

»Ich muss hier raus«, rief er. »Ich kann mich nicht bewegen.«

»Wir haben es gleich«, sagte ein Mann, der neben dem Auto stand und durch das zerborstene Seitenfenster seine Hand auf Michaels Schulter legte. »Haben Sie Schmerzen?«

»*Schmerzen?*«, dachte er. »*Muss ich Schmerzen haben?*«

»Ich … Ich, weiß nicht recht«, stammelte er. »Was ist passiert?«

»Sie hatten einen Unfall, aber so, wie es aussieht, haben Sie richtig Glück gehabt. Sie sind genau zwischen den Bäumen durchgeflogen und haben sich mehrfach überschlagen. Bei dieser Allee ist das eigentlich kaum möglich, aber irgendwie haben Sie das hinbekommen. Also: Haben Sie Schmerzen?«

»Nein, ich glaube nicht.«

»Gut. Jetzt erschrecken Sie nicht. Wir klemmen das Dach ab und brechen dann die Tür auf. Haben Sie keine Angst, Ihnen passiert nichts.«

Eine riesige Zange fraß sich in die Säulen des Autos und unter lautem Knarren und Ächzen hoben die Feuerwehrmänner das Dach ab.

»Erst ist er geschlichen und dann losgerast wie ein Wahnsinniger«, hörte Michael eine Stimme. »Ich dachte mir: Das kann doch niemals gut gehen. Na ja, und dann sah ich ihn auch schon durch die Bäume fliegen. Ich dachte, so etwas gibt es nur im Film. Gut, dass ich CB-Funk im Auto habe und sofort Hilfe rufen konnte.«

Michael sah den jungen Mann, der aufgeregt mit einem Polizisten sprach und beim Erzählen immer wieder auf ihn deutete, ohne zu ihm zu sehen. »Der hat richtig Schwein gehabt.«

»Wir haben es jetzt«, sagte ein Feuerwehrmann. »Wir können Sie jetzt rausholen. Sagen Sie Bescheid, wenn Ihnen etwas weh tut, okay?«

Michael nickte schwach. Ihm wurde schwindelig und er nahm kaum wahr, wie er aus dem Auto gezogen und auf eine Trage gelegt und angeschnallt wurde.

Als sie an dem jungen Mann vorbeikamen, unterbrach dieser sein Gespräch und sah zu ihm. Er wurde kreidebleich, als er Michaels blutüberströmtes Gesicht sah.

»Danke«, wollte Michael sagen, doch er brachte keinen Ton heraus. Auch der junge Mann sah ihn schweigend an. Michael wurde in den Krankenwagen geschoben und ein Zivildienstleistender setzte sich neben ihn.

»Wo fahren wir hin?«, fragte Michael.

»Ins nächste Krankenhaus. Dort werden Sie genauer untersucht. Ich muss Ihnen ein paar Fragen stellen. Ist das in Ordnung für Sie?«

»Klar, fragen Sie.«

Der Zivildienstleistende nahm einen Block und fragte Michael nach seinem Namen, Wohnort, Geburtsdatum, Krankenkasse und ob es eine Ansprechperson gäbe, die angerufen werden sollte.

»Jasmin Kowalczyk«, sagte er. »Bitte sagen Sie ihr, dass alles halb so schlimm ist.«

Der junge Mann nickte. »Natürlich, wir wollen sie ja nicht unnötig beunruhigen, oder?«

Der Krankenwagen fuhr Michael nach Schwerin in ein Krankenhaus, wo er sofort untersucht wurde. Er war tatsächlich nur leicht verletzt. Lediglich eine Platzwunde an der Stirn und die Oberlippe mussten genäht werden.

»Wir behalten Sie drei Tage zur Beobachtung hier«, entschied der Arzt. »Sie werden noch neurologisch untersucht. Immerhin waren Sie bewusstlos und haben vermutlich eine Gehirnerschütterung. Sie hatten wirklich mehr Glück als Verstand.«

»Ja, ich weiß. Ich habe keine Ahnung, wie das passieren konnte.«

»Oh, das passiert hier häufiger«, sagte der Arzt. »Auf dieser Straße fahren sie wie die Bekloppten, aber die meisten krachen gegen einen Baum. Zwischen zwei Bäumen hindurch hat es bislang noch niemand geschafft.«

»Darf ich jetzt stolz drauf sein?«

»Ganz bestimmt nicht. Sie sollten sich für die Zukunft nur darüber im Klaren sein, dass Sie einen Schutzengel hatten und ihn nicht allzu oft herausfordern sollten.«

Michael schwieg. Er war zu müde, um zu reden, und wollte nur noch seine Ruhe haben.

»Na ja«, sagte der Arzt. »Wir haben Ihre Frau angerufen. Sie kommt übermorgen vorbei und holt sie ab. Und jetzt ruhen Sie sich aus. Wir bringen Sie auf Ihr Zimmer.«

Michael wurde in ein Mehrbettzimmer geschoben. Obwohl seine drei Zimmergenossen schnarchten, als gäbe es keinen Morgen, schlief er sofort tief und fest ein.

Es war noch dunkel, als Michael aufwachte. Sein Kopf dröhnte vor Schmerzen und das laute Schnarchen seiner Zimmernachbarn verstärkte diesen Schmerz noch. Er klingelte nach der Nachtschwester.

»Kann ich bitte eine Kopfschmerztablette und ein Glas Wasser haben?«, bat er sie. »Mir platzt der Schädel.«

Wortlos verließ sie das Zimmer und kam kurz danach mit einer Flasche Mineralwasser und einer Tablette zurück. Als er die Tablette genommen hatte, wartete er, dass der Kopfschmerz nachlassen würde, aber den Gefallen tat ihm sein Kopf nicht.

»Na super«, dachte er. »Wahrscheinlich hat sie mir ein Smarties gegeben.«

Seine Gedanken kreisten um den gestrigen Tag, um seine Wut und seine Raserei, die ihn fast das Leben gekostet hätte.

»Was habe ich mir bloß dabei gedacht?«

Er dachte wieder an die Schlägerei mit Gerd und was danach passiert war. Er erinnerte sich, wie die Mitschüler ihn und Gerd festgehalten hatten:

»Können wir euch jetzt loslassen oder geht ihr wieder aufeinander los?«, fragte ein Schüler. Michael und Gerd sahen sich an. Als sich ihre Blicke trafen, schüttelten sie den Kopf.

»Es ist gut«, sagte Gerd und Michael nickte.

»Ja, alles in Ordnung.«

»Geht euch euer Gesicht waschen«, sagte ein Lehrer. »Ihr seht ja aus wie die Barbaren.«

Sie wurden von Mitschülern zu den Toiletten eskortiert, damit sie auch tatsächlich nicht wieder aufeinander losgingen. Gemeinsam standen sie am Waschbecken und wuschen sich das Blut aus ihren Gesichtern. Die Verletzungen sahen schlimmer aus, als sie letztendlich waren, aber dafür schmerzten sie umso mehr. Gerd trocknete sich Gesicht und Hände ab und sah Michael zu, wie er sich das kalte Wasser ins Gesicht spritzte. Die anderen Jungen, die auf sie aufpassten, standen an der Toilettentür.

»Hier hast du ein Handtuch«, sagte Gerd und reichte es ihm. »Frieden?«

Michael tupfte sich das schmerzende Gesicht ab und nickte.

»Frieden«, sagte er.

Sie reichten sich die Hände und Gerd klopfte Michael anerkennend auf die Schulter. »Du hast einen ganz schönen Hammer.«

»Du auch.«

»Bei mir wusste ich das ja«, lachte Gerd »Aber bei dir hätte ich das nicht gedacht.«

Jetzt lachte auch Michael. »Na, dann hätten wir das ja jetzt geklärt.«

Zwei groß gewachsene und kräftige Lehrer schoben sich an den wartenden Schülern vorbei und gingen auf Gerd und Michael zu.

»Seid ihr vollkommen übergeschnappt«, schimpfte der eine. »Seht zu, dass ihr nach Hause kommt. Ich will euch heute nicht mehr hier sehen.«

»Die zwei werden euch begleiten«, sagte der andere Lehrer und deutete auf die beiden Schüler, die an der Toilettentür warteten. »Damit ihr nicht noch mehr Unfug macht.«

»Wir brauchen keine Aufpasser«, sagte Michael. »Umbringen werden wir uns schon nicht.«

»Wenn ich's mir genau überlege, habe ich auch genug für heute«, pflichtete Gerd ihm bei. »Wir machen nichts, versprochen.«

»So, wie ihr ausseht, glaube ich euch das sogar«, sagte der erste Lehrer. »Also gut, verschwindet.«

Michael grinste Gerd an, als die Lehrer und Schüler gegangen waren. »Das hätten wir auch einfacher haben können, glaube ich.«

»Ich glaube auch. Komm, lass uns gehen.«

Sie gingen schweigend durch den Stadtpark nebeneinander her.

»Tut's noch weh?«, fragte Gerd schließlich.

»Geht so. Das Auge pocht ein wenig.«

»Bei mir auch. Ich dachte schon, du hast mir die Nase gebrochen.«

»Meine ist, Gottseidank, auch noch ganz«, nickte Michael. »Wir sehen schon geküsst aus, was?«

»Och«, machte Gerd, »du siehst jetzt viel besser aus.«

»Oh, danke. Das Kompliment gebe ich gern zurück.«

Die beiden Jungen lachten.

»Tut mir leid, dass ich angefangen habe«, sagte Michael.

»Hast du nicht.«

»Wieso? Ich bin auf dich losgegangen.«

»Ja, aber ich hätte dich nicht ärgern dürfen. Du kannst doch nichts dafür, dass deine Mutter dir den Fußballverein verboten hat. Außerdem habe ich dich unterschätzt. Ich hätte nie gedacht, dass du so einen Schlag hast.«

»Hm«, machte Michael. »Den Fehler machen viele. Es dauert nur, bis ich richtig wütend werde. Aber wenn ... dann auch richtig.«

Gerd nickte. »Ja, das habe ich gemerkt. Du kannst dir sicher sein, dass ich dich nie wieder unterschätzen werde.«

Michael lächelte. »Na, dann ist es ja gut.«

»Gott, was meine Eltern wohl sagen, wenn ich nach Hause komme?«, sagte Gerd. »Die kennen das nicht, dass ich verbeult bin. Meistens sind es die anderen.«

Michael sah ihn von der Seite an.

»Ich bekomme wahrscheinlich die gleichen Prügel noch einmal«, sagte er leise.

»Dein Vater schlägt dich?«

»Nein, der nicht. Der hat noch nie seine Hand gegen mich erhoben.«

Gerd blieb stehen und sah Michael erstaunt an. »Deine Mutter schlägt dich?«

»Ja.«

»Warum?«

»Keine Ahnung. Weil's ihr Spaß macht?«

»Hm«, machte Gerd.

»Ich habe mich früher, also in der Grundschule, sehr oft geprügelt«, fuhr Michael fort. »Da waren diese Lagerkinder und die waren sehr streitsüchtig. Wenn ich dann nach Hause kam, hat meine Mutter mich auch noch verdroschen – ganz egal, ob ich Schuld war oder nicht.«

»Und du lässt dir das gefallen?«

Michael blieb stehen und starrte Gerd an. »Ja, was soll ich denn sonst tun?«

»Dich wehren.«

»Ich soll meine Mutter schlagen?«, fragte Michael kopfschüttelnd.

»Wenn's sein muss.«

»Spinnst du?«

›Du sollst Vater und Mutter ehren, auf dass es dir wohl ergehe auf Erden‹, fuhr es Michael durch den Kopf. Inge hatte es ihm immer wieder gesagt und er hatte es verinnerlicht. Und jetzt kam dieser Spinner und erzählte ihm etwas von ›sich wehren‹.

»Vater und Mutter sollst du ehren«, sagte Gerd plötzlich und Michael fuhr zusammen.

»Und wenn sie dich schlagen, sollst du dich wehren«, fügte Gerd grinsend hinzu. »Aber mal ehrlich. Wie lange willst du dich von deiner Mutter noch verdreschen lassen?«

Michael zuckte mit den Schultern. »Was soll ich denn tun?«

»Hast du dich mal angesehen? Wie alt bist du? Dreizehn?«

»Vierzehn.«

»Okay, Vierzehn, und wie groß bist du?«

»Keine Ahnung. So um die einsfünfundsiebzig, glaube ich.«

»Aha«, machte Gerd. »Und wie groß ist deine Mutter?«

»Gar nicht«, grinste Michael. »Sie ist klein und dick.«

»Na also. Ich kenne deine Mutter ja nicht, aber ich kenne dich. Du bist ihr körperlich haushoch überlegen.«

Michael sah ihn fragend an. Daran hatte er noch gar nicht gedacht.

»Wie lange willst du dich denn noch verdreschen lassen? Bis sie dich mit dem Krückstock bewirft? Junge, wach auf. Eines Tages wirst du es sowieso tun.«

»Was werde ich tun?«, fragte Michael.

»Dich wehren, sie zur Not verprügeln.«

»Niemals.«

»Doch, wirst du«, beharrte Gerd. »Spätestens, wenn du so wütend bist wie heute. Und ich habe zu spüren bekommen, wozu du dann fähig bist.«

Michael starrte ihn an. »Wie meinst du das?«

»Hast du da was nicht mitbekommen? Wenn du blind vor Wut bist, kennst du keine Freunde mehr. Und dann sehen die so aus wie ich jetzt.«

Sie sahen sich eine Weile schweigend an. In Michaels Kopf arbeitete es.

»Hat Mutti doch recht?«, dachte er. »Bin ich vielleicht doch eine tickende Zeitbombe? Wer oder was bin ich überhaupt?«

Er dachte an die Zeit im Kinderheim:

Er war ein aggressives Kind, butterte alle anderen Kinder unter und sie hatten Angst vor ihm. Erst als er aufhörte, sich zu wehren, hatten andere Kinder über ihn die Oberhand gewonnen.

»Michael, pass mal auf«, setzte Gerd wieder an. »Du bist noch nicht ausgewachsen. In ein paar Jahren bist du vielleicht einsneunzig und breit wie hoch. Wenn du dann die Kontrolle verlierst … Du weißt gar nicht, wie viel Kraft du hast. Ich schon, ich spüre es noch.«

Gerd grinste breit.

»Und wenn ich ehrlich bin: Es tut noch saumäßig weh«, fügte er an.

Schweigend gingen sie weiter. Plötzlich blieb Gerd stehen und sah sich um.

»Oh Mist«, sagte er. »Ich hätte da hinten schon ab gemusst. Wir haben uns ganz schön festgequatscht. Mach´s gut und bis morgen.«

»Ja, bis morgen.«

Michael ging schweigend weiter. Er merkte nicht, dass seine Schritte immer langsamer wurden. Er spürte nur, dass er noch nicht nach Hause wollte. Er wollte gar nicht nach Hause, am liebsten nie wieder. Er sah zu den Bäumen hoch und ihm fiel auf, dass sie schon Blätter trugen und grün waren. Die Sonne schien durch die Baumwipfel, die nur einzelne Strahlen hindurch ließen. Es war Anfang April und schon recht mild. Er setzte sich auf eine Bank und hing seinen Gedanken nach. Einzelne Kindergruppen gingen laut lachend an ihm vorbei, ohne ihn zu beachten.

›Wie mag es bei ihnen Zuhause sein?‹, dachte er. ›Werden sie auch verprügelt und beschimpft?‹

Sein Auge und seine Nase schmerzten. Er stand auf und ging langsam weiter und er spürte, wie Angst in ihm aufstieg. Angst vor Strafe? Angst vor Prügel? Angst vor seiner Wut? Er wusste es nicht.

Stufe für Stufe nahm er im Treppenhaus auf dem Weg zur Wohnung, bis er unschlüssig vor der Wohnungstür stand.

›Was soll´s‹, dachte er. ›Über kurz oder lang muss ich ja nach Hause.‹

Da er keinen eigenen Wohnungsschlüssel hatte, läutete er. Er hörte Inges Schritte, von Moritz' Bellen begleitet. Als Inge die Tür öffnete, schob er sich in die Wohnung und wollte direkt in sein Zimmer huschen.

»Wo willst du hin?«, fragte sie.

»In mein Zimmer.«

»Komm sofort in die Küche. Das Essen ist fertig.«

»Mist«, dachte er.

Er ging in die Küche, setzte sich auf die Küchenbank und hielt die Hände vor sein Gesicht, damit Inge die Verletzungen nicht sah. Sie stellte sich vor den Herd und begann Bratkartoffeln zu machen.

»Setz dich vernünftig hin«, forderte sie ihn auf. »Und sieh mich an, wenn ich mit dir rede.«

Langsam nahm Michael die Hände runter, ließ aber den Kopf gesenkt.

»Ich sagte, du sollst mich ansehen ...«

Michael hob den Kopf und sah Inges erstauntes Gesicht.

»Wie siehst du denn aus? Was hast du gemacht?«

»Wonach sieht's denn aus?«

»Sei nicht so frech zu deiner Mutter. Bist du von der Schule geflogen?«

»Ach, meinst du, die Lehrer haben mich so zugerichtet?«, fragte Michael. »Und bevor du weiter fragst: Ja, ich habe angefangen.«

»Halt dein vorlautes Mundwerk«, schrie Inge.

Michael lehnte sich zurück, verschränkte die Arme vor seiner Brust und funkelte sie an.

»Du bist so missraten«, sagte sie mehr zu sich als zu Michael. »Kommst aus der Gosse und wirst in der Gosse landen.«

›Nicht schon wieder‹, dachte Michael. ›Wie oft muss ich mir das noch anhören?‹

»Aber das ist ja auch kein Wunder bei dem Pack, wo du herkommst.«

Inge rührte in der Pfanne und Michael spürte, wie seine Wut noch mehr anstieg.

»Klauen wie die Raben. Faules Gesindel, dieses Polackenpack.«
Er zitterte am ganzen Körper.

»Und du bist keinen Deut besser als die«, schrie sie. »Du hast auch diese kriminellen Gene in dir. Du bist auch so ein Polacke.«

Michael schäumte fast über vor Wut und wollte nur noch in sein Zimmer. Er sprang von der Bank auf und schob sich an Inge vorbei.

»Bleib hier, wenn ich mit dir rede«, schrie sie ihm hinterher. »Komm sofort hierher, du missratener Flegel.«

Michael drehte sich im Flur um und rannte wutentbrannt in die Küche zurück.

»Warum hast du mich nicht da gelassen, wo ich herkomme?«, schrie er. »Warum hast du mich nicht einfach wieder zurückgebracht, wenn ich so missraten bin? Warum? Kannst du mir das mal sagen? Kannst du mir mal sagen, was ich dir überhaupt getan habe? Hä?«

Inges Ohrfeige traf ihn direkt unter seinem geschwollenen Auge. Der Schmerz war in diesem Moment so heftig, dass ihm schwindelig wurde. Er wich zurück, geriet ins Straucheln und prallte gegen den Küchenschrank, drehte sich zu Inge um, rutschte aus und landete auf seinen Knien. Schemenhaft sah er sie vor sich, als sie mit ihrem Fuß ausholte. In dem Moment, als ihr Fuß sein verletztes Auge traf, sah er einen grellen Blitz. Tränen schossen aus seinen Augen und nahmen ihm die Sicht. Er war fast blind vor Schmerz. Verschwommen sah er, wie Inge zurückwich und sich die Hand vor den Mund hielt. Erst als sie im Rückwärtsgang an den Küchentisch stieß, blieb sie stehen. Michael kniete auf dem Boden und stützte sich mit den Händen ab. Er wartete, bis der Schwindel nachließ und er langsam wieder zur Besinnung kam, spürte, wie das warme Blut aus seiner Augenbraue über sein Gesicht lief und sah es auf den Linoleumboden tropfen.

Inge stand noch immer wie versteinert vor dem Küchentisch und hielt sich die Hand vor den Mund. Das Entsetzen stand ihr ins Gesicht geschrieben. Michael stand langsam auf und stütze sich am Küchenschrank ab. Allmählich ließ der Schwindel nach und er drehte sich zu Inge. Langsam ging er auf sie zu und hob seine rechte Hand, bereit zum

Schlag. Die kleine rundliche Frau sah ihn aus weit aufgerissenen Augen an. Erst jetzt bemerkte Michael, dass er fast einen Kopf größer war als sie und er wusste, dass er ihr körperlich weit überlegen war.

»Es muss aufhören«, dachte er. »Gerd hat recht. Es muss endlich aufhören.«

Inge sah in Michaels vor Wut verzerrtes Gesicht, das durch die Schwellung am Auge und das Blut noch beängstigender aussah.

»Er bringt mich um«, fuhr es ihr durch den Kopf. »Jetzt ist es so weit. Jetzt bringt er mich um.«

Michael spürte ihre Panik.

»So sieht das also aus, wenn du Angst hast«, dachte er.

Inge war nicht in der Lage, sich zu bewegen. Ihre Knie zitterten. Er blieb einen Schritt vor ihr stehen und sah zu ihr herunter.

»Nie wieder wirst du deine Hand gegen mich erheben«, sagte er leise. »Hast du verstanden?«

Inge starrte ihn aus weit aufgerissenen Augen an. Noch immer hielt sie sich ihre Hand vor den Mund.

»Gott, Michael. Das habe ich nicht gewollt«, stammelte sie. »Das tut mir leid.«

Aber Michael sah wild entschlossen und gefährlich aus. Verletzt und gerade deshalb gefährlich.

»Du kannst mich anschreien. Du kannst mich beschimpfen. Du kannst mir wieder und wieder sagen, wie missraten ich bin. Du kannst den Leuten erzählen, was du für eine gute Christin bist, weil du mich aus der Gosse geholt hast. Das tust du ja sowieso.«

Er stand noch immer mit der zum Schlag ausgeholten Hand vor ihr.

»Aber nie wieder wirst du mich schlagen. Oder, ich schwöre dir, Du stehst nie wieder auf.«

Michael starrte in die Dunkelheit. Das Schnarchen seiner Zimmergenossen hörte er nicht mehr, seine Kopfschmerzen waren ihm nicht mehr wichtig.

»Hätte ich sie wirklich geschlagen, wenn sie auf mich losgegangen wäre?«, fragte er sich. *»Hätte ich das wirklich getan?«*

Er sah von seinem Bett aus dem Krankenhausfenster. Wolken zogen am Himmel vorbei und versteckten die Sterne und den Mond, der schemenhaft durch sie hindurch leuchtete.

»Hätte ich nur einen Schlag getan, hätte ich nicht mehr aufgehört», dachte er. *»Ich glaube, ich hätte sie umgebracht.«*

***

Die Untersuchungen hatten keine weiteren Verletzungen ergeben. Ein großes weißes Pflaster verdeckte die Stirnwunde und kleine schwarze Nähte verzierten seine Oberlippe.

Seine Papiere hatte er bereits gegen Mittag bekommen und sich die Zeit im Krankenhauscafé und der näheren Umgebung vertrieben. Jasmin erreichte am späten Nachmittag das Krankenhaus. Sie fuhren mit ihrem alten VW Golf durch Schwerin und erreichten trotz zahlreicher Baustellen zügig die Landstraße. Schon von Weitem erkannte Michael die lang gezogene Linkskurve, in der er die Kontrolle über sein Auto verloren hatte.

»Kannst du da vorne in der Kurve bitte mal anhalten?«, fragte er.

»Wo soll ich denn da halten? Da sind doch nur Bäume.«

»Mach einfach das Warnblinklicht an und halte so weit rechts wie möglich. Die Kurve ist doch gut einzusehen. Ich muss mir diese Stelle einfach noch mal anschauen. Den Motor kannst du ruhig laufen lassen. Ich brauche nicht lange.«

»War das die Unfallstelle?«

»Ja.«

Michael betrachtete die langen geschwungenen Bremsspuren, die ihm zeigten, wie sein Auto ins Schlingern geraten war. Er ging zu der Stelle, an der er sich überschlagen hatte und zwischen den Bäumen ins Feld gekracht war. Jasmin stieg ebenfalls aus und sah sich um.

»Hier bist du zwischen die Bäume geschleudert?«, fragte sie.

Michael nickte. »Ja, hier war das.«

»Das ist doch kaum möglich, so eng, wie die Bäume hier zusammen stehen«, bemerkte sie.

»Der liebe Gott wollte mich noch nicht«, flüsterte er. »Weiß der Teufel, warum.« Er lächelte sie an. »Komm, lass uns weiterfahren. Ich wollte das nur noch mal sehen.«

Sie stiegen wieder ins Auto und fuhren weiter.

»Ich habe diese Frau Baumann angerufen«, sagte sie nach einer langen Zeit des Schweigens.

»Warum?«

»Ich wollte wissen, was passiert ist.«

»Nichts ist passiert. Ich habe meine Sachen abgeholt und bin direkt wieder gefahren.«

»Mich hat erschreckt, was sie erzählt hat. Das warst nicht du.«

Michael sah sie fragend an. »Wieso? Was hat sie dir denn gesagt?«

»Sie sagte, dass du ihr die ganze Zeit nachgestellt und sie bedrängt hast, dass du dich nicht an Anweisungen gehalten und gemacht hast, was du wolltest. Und sie sagte, dass du jeden Morgen eine Alkoholfahne hattest.«

»Ach, Jasmin, die spinnt doch. Wir haben gearbeitet wie die Blöden. Mitte März waren wir einmal zusammen weg. Okay, da hatte ich ein wenig viel getrunken und als ich morgens aufgewacht bin, lag sie neben mir. Von da an hatten wir einige Male was miteinander, bis Beckmann ihr die Büroleitung übertragen hat. Das war es dann aber auch.«

Sie sah ihn von der Seite an. »Und die Alkoholfahne hat sie sich auch ausgedacht?«

»In der Zeit danach habe ich ziemlich viel getrunken. Das stimmt schon, aber vorher nicht.«

»Und was war Montagabend?«

»Jasmin, was soll da schon gewesen sein?«

»Du bist einer der wenigen Autofahrer in Hamburg, die sich immer an die Höchstgeschwindigkeit halten«, bohrte sie weiter. »Und jetzt rast du wie ein Wilder über die Landstraße und bringst dich fast um. Da muss doch etwas passiert sein.«

»Ich bin hin, habe meine Klamotten gepackt und wollte von ihr wissen, was sie bei der ganzen Aktion für Gefühle hatte. Und weißt du, was sie gesagt hat?«

Jasmin schüttelte den Kopf.

»Nichts. Gar nichts. Keinen Ton.«

Er lehnte seinen Kopf an die Kopfstütze.

»Keinen Ton«, wiederholte er.

Schweigend fuhren sie weiter, erreichten die Autobahn und Jasmin folgte einem Lkw. Sie war keine gute Autofahrerin und fuhr nicht gerne schnell. Meistens und am liebsten hatte sie sich von Michael fahren lassen.

»Ich habe nachgedacht«, sagte Michael schließlich, »wie es mit mir beruflich weitergehen kann.«

»Du hast doch noch Zeit«, sagte sie.

Er sah sie an. »Ja, bis Ende August und dann darf ich zum Arbeitsamt stempeln gehen.«

»Du findest schon eine Anstellung in einer anderen Kanzlei.«

Er lächelte. »Du bist schon ziemlich naiv. Beckstein hat überall seine Connections, ist in sämtlichen Ausschüssen und Gremien vertreten. Was meinst du wohl, welche Kanzlei mich noch einstellen wird? Ob als Anwalt oder als Richter, niemand wird mich einstellen.«

»Du könntest doch als Jurist in einem Betrieb oder einer Behörde arbeiten.«

»Meinst du die Betriebe, die von Beckstein vertreten werden? Oder die Behörden, bei denen er ein und aus geht? Noch einmal:

Er ist bekannt wie ein bunter Hund und spinnt überall seine Fäden.«

»Michael, du hast Jura studiert. Juristen werden überall gebraucht.«

»Ja«, sagte er leise. »Ich habe Jura für die Tonne studiert. Ich muss einsehen, dass ich gescheitert bin und wieder ganz am Anfang stehe. Ich habe keine Ahnung, was ich tun soll.«

Er sah sie an und lächelte. »Wenigstens haben wir uns.«

Jasmin starrte nach vorne. Schweigend fuhren sie weiter, verließen die Autobahn und durchquerten die Stadt. Um diese Zeit war nicht mehr viel los auf den Straßen und sie kamen zügig voran. Er sah sie prüfend an, schaute wieder nach vorne und sie spürte, dass er etwas sagen wollte, sich aber nicht traute.

»Bleibst du heute Nacht bei mir?«, platzte es plötzlich aus ihm heraus.

Sie presste die Lippen aufeinander.

»Was ist mit dir?«, fragte er. »Wir haben doch eine Chance, oder?«

»Michael, wir sind auseinander. Daran hat sich nichts geändert«, entfuhr es ihr.

»Aber … letzte Woche brauchtest du nur etwas Zeit und ich dachte …«

»Hör auf«, rief sie. »Du treibst mich in den Wahnsinn. Meinst du wirklich, wir kommen wieder zusammen, nur weil deine Welt in Trümmern liegt? Mein Gott, sortier dich erst mal. Bring dein Leben in Ordnung und klammer dich nicht an mich. Ich habe mein eigenes Leben, hörst du?«

Sie war wütend, sehr wütend und sie funkelte ihn an, sodass er erschrak. Plötzlich fühlte er sich klein, so unendlich klein. Hilflos. Schutzlos. Einsam. Sein ganzes Leben war er auf sich alleine gestellt, musste stark sein und kämpfen, um zu überleben. Doch jetzt wollte er nicht mehr stark sein und er wollte nicht mehr kämpfen. Der Krieger war müde und sehnte sich danach, in die Arme genommen, getröstet und gehalten zu werden.

»Niemand tut dir etwas.«

»Ich bin für dich da.«

»Ich passe auf dich auf.«

Worte, die er nie zu hören bekommen hatte. Er wollte weinen, aber er konnte es nicht.

Wenige Minuten später erreichten sie seine Wohnung und Jasmin parkte mit laufendem Motor vor seiner Haustür.

»Du kommst also nicht mit rauf?«, fragte er leise. »Nicht auf einen Tee?«

Sie schüttelte den Kopf. »Nein, ich muss noch packen.«

»Du fährst weg? Wohin?«

»Ich fahre morgen mit meinem Chef über das Wochenende zu einer Tagung nach Berlin.«

Michael nickte und öffnete die Autotür, um auszusteigen.

»Michael«, sagte Jasmin, »tut mir leid, dass ich dich so angeblafft habe, aber ich bin auch gerade nervlich ziemlich am Ende.«

»Ist schon gut. Vielleicht hast du ja auch recht.«

Er stieg aus und ging zur Haustür, ohne sich umzusehen. Sie sah ihm nach, bis er die Haustür aufgeschlossen und im Treppenhaus verschwunden war.

»Du blöde Kuh«, dachte sie. *»Heute wolltest du es ihm sagen und hast es wieder nicht getan.«*

Sie setzte den Blinker und sah über die Schulter und reihte sich in den Verkehr ein.

»Er muss es erfahren«, sinnierte sie. *»Irgendwie, sonst gibt er keine Ruhe.«*

Ihr Bauch schmerzte und ein Kloß im Hals nahm ihr die Luft. Sie fuhr gedankenverloren weiter und wollte blinken, um abzubiegen, und schaltete versehentlich die Scheibenwischer ein.

»Es wird schlimm für ihn, so oder so«, dachte sie weiter, *»egal, wie schonend ich es ihm beibringe.«*

Als sie Zuhause angekommen war und sich einen Tee gemacht hatte, nahm sie ein Blatt Papier, setzte sich an ihren Küchentisch und begann zu schreiben:

»Lieber Michael …«

***

Michael hatte das Wochenende alleine und in aller Ruhe verbracht, war spazieren gegangen, hatte an der Alster einer Entenfamilie mit ihrer Schar Küken zugesehen, nachgedacht, wie seine berufliche Zukunft aussehen und wie er Jasmin wieder für sich gewinnen konnte. Er hatte die Stellenanzeigen in der Tageszeitung durchforstet, um zu sehen, was der Arbeitsmarkt hergab, jedoch nichts gefunden, was ihn interessiert hätte. Seine Gedanken, seine Gefühle waren bei Jasmin und eine tiefe Sehnsucht nach ihrer Nähe, ihrem Lachen erfüllte ihn.

»*Ich muss ihr Zeit lassen*«, hatte er beschlossen. »*Ich habe sie zu sehr bedrängt.*«

Seine Hände zitterten, als er nach einigen Tagen einen Brief aus dem Briefkasten herausholte und Jasmins Handschrift auf dem Umschlag erkannte. Er ging ins Wohnzimmer, setzte sich auf die Couch und begann zu lesen. Seine Miene verfinsterte sich mit jedem Satz immer mehr. Als er zu Ende gelesen hatte, warf er den Brief auf den Tisch, verschränkte seine Hände hinter dem Kopf und starrte den Wohnzimmerschrank an. Er nahm den Brief erneut in die Hand, um ihn noch einmal zu lesen. Seine Augen nahmen jedoch nur aneinander gereihte Buchstaben und einzelne Fetzen wahr.

»… wollte immer eine Familie. Ich wollte Kinder, aber du wolltest ja keine …«

»… hatte eine Beziehung mit Malte, meinem Chef …«

»… bin schwanger geworden …«

»… hat mich verlassen …«

»… er war überfordert mit der Situation …«

»… haben uns in Berlin wieder angenähert …«

»… möchte eine Familie mit mir …«

»… Scheidung …«

»… mein Kind braucht doch einen Vater, seinen Vater, eine Familie …«

»… gerade Du musst das doch verstehen …«

Langsam riss er den Brief in zwei Hälften, legte diese übereinander, riss sie in zwei weitere Hälften, solange, bis er nur noch kleine Schnipsel übrig hatte. Sein Blick ging ins Leere und er hatte das Gefühl, als würde er durch die Couch hindurch, durch den Fußboden, den Keller des Hauses immer tiefer ins Bodenlose fallen, abstürzen in die Tiefen des Nichts.

Kapitel 3 – Die Wut

Ich muss oft an meine Kindheit in den sechziger Jahren denken, wie ich aufgewachsen bin, wie meine Eltern waren. Wenn ich darüber nachdenke, waren es emotional kalte Jahre, in denen die gesellschaftlichen Strukturen geprägt waren vom späten Nachkriegsdeutschland, einzig und allein dem Wiederaufbau und dem wirtschaftlichen Aufschwung untergeordnet. Die Männer mussten für wenig Geld hart arbeiten und die Frauen Mann und Kinder versorgen. Wer das nicht konnte oder nicht den Regeln entsprach, gehörte nicht dazu. Rückwirkend betrachtet kam mir die Gesellschaft vor wie ein Ameisenhaufen: Die Königin legt die Eier, die Arbeiterinnen versorgen die Larven und die Soldaten beschützen den Staat. Die einzelne Ameise ist bedeutungslos. Erst im Kollektiv sind sie stark und überlebensfähig und so waren auch die gesellschaftlichen Strukturen in Deutschland. In der Schule wurden die Jungen im Werkunterricht auf ein Handwerk und die Mädchen in Hauswirtschaft auf ihre spätere Aufgabe im Haushalt vorbereitet. Viele Menschen waren der Auffassung, dass Mädchen keine Ausbildung benötigten, weil sie sowieso heiraten, Kinder bekommen und dafür vom Mann versorgt werden würden. Jeder hatte seine ihm zugewiesene Aufgabe; viele wollten Teil des Ganzen sein und dazu gehören. Ich kann mich noch daran erinnern, als mein Opa in Rente ging, wie wertlos er sich fühlte und der Gesellschaft nicht mehr zugehörig.

»Jetzt gehöre ich zum alten Eisen«, sagte er, »aussortiert und nutzlos.«

Ich war noch ein Kind und konnte nicht verstehen, was er mit dem alten Eisen meinte. Ich fand es schön, dass er jetzt Zeit für mich hatte. Zeit, die mein Vater nicht hatte oder nicht haben wollte.

Ach ja, mein Vater: Ihn sah ich kaum. Wenn er abends von der Arbeit kam, war ich schon im Bett, was aber auch daran lag, dass er einen Umweg über die Eckkneipe nahm, um sich sein Feierabendbier zu gönnen, und entsprechend spät nach Hause kam. Sonntagmorgens, wenn er mal Zeit für mich hätte haben können, ging er zum Frühschoppen, während meine Mutter das Essen kochte. Pünktlich um zwölf Uhr dreißig kam er angetrunken nach Hause, aß sein Mittagessen und schlief seinen Rausch aus. Die Alternative zum Frühschoppen, sonntags in die Kirche zu gehen, war keine wirkliche Option für ihn. Gleiches galt auch für sonntägliche Spaziergänge. Ich weiß bis heute nicht, ob er tatsächlich kein Interesse an mir hatte, doch ich bin ziemlich sicher, dass er sich nicht um mich kümmerte, weil Kindererziehung nicht seine Aufgabe war. Also tat er es auch nicht. Einmal, nur ein einziges Mal hat mich mein Vater geschlagen. Na ja, es war nur eine Ohrfeige und sie tat noch nicht einmal weh. Das war schon ganz anders, wenn meine Mutter zuschlug. Zuerst habe ich ihn entsetzt angesehen, weil ich es überhaupt nicht von ihm kannte, aber dann freute ich mich sogar darüber. Endlich hatte er Interesse an mir gezeigt, mich überhaupt zur Kenntnis und wahrgenommen. Im Grunde habe ich mir gewünscht, dass er mich öfter geschlagen hätte.

Und meine Mutter? Sie liebte ihre Rolle als Hausfrau und Mutter nicht und oftmals ließ sie ihre Wut an mir aus. Sie war unglücklich mit meinem Vater, aber sie fügte sich ihrem Schicksal. Was hätte sie auch schon tun können? Hätte sie sich von ihm getrennt, wäre der Geldverdiener und Versorger weg gewesen. Sie wäre ein Fall für die Sozialhilfe geworden, denn bei einer Scheidung hätte sie nur dann Unterhalt von ihm bekommen, wenn er sich »böswillig«, also schuldhaft verhalten hätte. Und das wäre nur dann der Fall gewesen, wenn er sie verprügelt hätte oder fremdgegangen wäre. Für beides war er nicht der Typ. Also lebten meine Eltern nebeneinander her, ohne sich wirklich für den anderen zu interessieren. Heute weiß ich, dass es vielen Kindern so ergangen ist wie mir.

Umso überraschter war ich an einem Sonntagmorgen, als mein Vater nicht zum Frühschoppen ging und auch nicht wollte, dass meine Mutter kochte. Er wollte mit uns einen Ausflug machen, einen Ausflug in den Zoo. Wir alle zusammen, wie eine richtige, glückliche Familie. Ich war so um die zehn Jahre alt und ich konnte mich an nur ganz wenige Ausflüge mit meinen Eltern zusammen erinnern und mein Glück in diesem Moment kaum fassen.

Ich sprang von einem Gehege zum nächsten und bestaunte die vielen verschiedenen Tiere, die ich nur aus Büchern und von Bildern kannte, lachte über das Treiben der Paviane, bestaunte die ewig hohen Giraffen, freute mich über die Kunststücke der Seelöwen bei der Fütterung, betrachtete die gelangweilt dreinblickenden und schläfrigen Löwen, die tapsigen Pinguine und, und, und … Meine Neugier auf alles und meine kindliche Begeisterung zauberten sogar meinen Eltern ein Lächeln auf ihr Gesicht, was ich schon lange nicht mehr gesehen hatte und mich noch glücklicher machte. Ich war gespannt, welches Tier ich als nächstes sehen würde, und rannte auf einen Käfig zu, an dem die Zoobesucher achtlos vorbeigingen. Ich blieb vor dem Käfig stehen und schaute hinein: Es waren vier Wölfe. Drei lagen auf dem Boden und schliefen und der vierte ging am Gitter hin und her. Es war ein großer grauer Wolf. Er sah mich an, betrachtete mich, musterte mich, während er an den Gitterstäben entlang lief. Dann blieb er stehen, senkte seinen Kopf und schnupperte. Ich sah ihn fasziniert an. Ich wusste nicht, was mich an diesem Tier ansprach, aber ich blieb stehen und sah ihn an, sah ihm tief in seine gelben Augen, die mich unaufhörlich musterten.

»Komm her, Junge«, hörte ich meinen Vater rufen. Ich drehte mich um und sah dann wieder den Wolf an.

»Ich muss jetzt gehen«, flüsterte ich ihm zu, »aber vielleicht komme ich ja gleich wieder.«

Ich lief zu meiner Mutter und nahm ihre Hand. Die Blicke des Wolfes spürte ich in meinem Rücken.

»Da vorne können wir etwas essen und trinken«, sagte mein Vater. »Ihr habt doch bestimmt auch Hunger, oder?«

Meine Mutter nickte, aber ich hatte keinen Hunger. Mit meinen Gedanken war ich bei dem Wolf und verstand nicht warum. Ich schlang meine Portion Kartoffelsalat mit Bockwurst hinunter.

»Darf ich noch mal zu den Wölfen, Mama?«, fragte ich mit vollgestopftem Mund.

»Frag deinen Vater.«

»Papa?«

Mein Vater nickte: »Aber geh nicht zu nah ran. Die Biester sind gefährlich.«

»Ach Papa, die sind doch im Käfig.«

»Trotzdem.«

Ich sprang auf und lief zurück zum Wolfskäfig. Der Wolf stand noch immer an der gleichen Stelle, sah mich an, schnupperte, als wollte er mich kennenlernen. Sein Blick, seine gelben Augen fesselten mich und zogen mich in ihren Bann. Wie in Trance versank ich in seinen Augen, hatte das Gefühl einer tiefen Verbindung.

»Ein faszinierendes Tier, nicht wahr?«

Ich warf erschreckt meinen Kopf zur Seite und sah einen alten Mann neben mir stehen. Er trug einen langen, schäbigen Mantel, einen alten Hut und stützte sich auf einen Gehstock. Seine dichten grauen Augenbrauen quollen über eine dicke Hornbrille. Auch er betrachtete den Wolf.

»Ich beobachte euch schon eine ganze Weile«, fuhr er fort. »Euch verbindet etwas, findest du nicht auch?«

Er lächelte mir zu und sah dann wieder den Wolf an. Dieser hatte sich jetzt hingelegt, ohne seinen Blick von mir zu lassen.

»Was sollte mich denn mit ihm verbinden?«, fragte ich. »Und was heißt das überhaupt?«

»Das musst du schon selbst herausfinden – und das wirst du auch. Vielleicht nicht heute, vielleicht nicht morgen. Aber irgendwann wirst du das.«

Ich verstand kein Wort von dem, was er mir sagen wollte. Ich hatte nur das Gefühl, dass er recht hatte.

»Weißt du, ich komme sehr oft hierher. Schon seit Jahren. Nur zu diesem Käfig. Nur zu den Wölfen. Die anderen Tiere interessieren mich nicht. Sie sind hier oder in irgendeinem anderen Zoo geboren und vermissen ihre Freiheit nicht. Warum auch? Sie kennen es nicht anders, als hier zu leben.«

Er holte tief Luft und seufzte.

»Wölfe sind faszinierende Tiere«, erzählte er weiter. »Sie leben in Rudeln in geordneten Strukturen. Nur der Leitwolf darf sich mit der Leitwölfin paaren und für den Nachwuchs sorgen, aber alle Wölfe sind für die Jungen verantwortlich. Das gesamte Rudel versorgt und beschützt sie. Wir Menschen könnten viel von ihnen lernen, aber stattdessen jagen und töten wir sie, rotten sie aus und dichten ihnen Böswilligkeiten an, die sie nicht kennen, nur weil sie etwas Magisches haben, das uns Angst macht.«

Ich hörte dem Alten zu und konnte meine Augen nicht von den Augen des Wolfes lösen.

»Manchmal kommen Einzelgänger in ihr Revier«, fuhr der Alte fort. »Das sind Wölfe, die von ihrem Rudel ausgestoßen wurden, warum auch immer. Meistens sind diese Einzelgänger sehr stark und gefährlich, aber eigentlich sind sie nur auf der Suche nach einem neuen Rudel. Wer ist schon gerne alleine? Das Rudel würde diesen Einzelgänger niemals angreifen, wenn sie eigene Mitglieder dabei gefährden. Sie nehmen ihn zwar nicht in ihrem eigenen Rudel auf, aber auf Distanz in ihrem Revier dulden sie ihn. Wusstest du das?«

Ich schüttelte den Kopf.

»Ich habe ihnen Namen gegeben.« Der Alte lächelte. »Die drei da sind Weibchen. Sie heißen Anne, Berta und Mechthild. Komische Namen für Wölfe, oder?«

»Na ja«, sagte ich grinsend. »Irgendwie schon. Und wie heißt er?«

»Er heißt Wolf.«

»Er hat keinen eigenen Namen?«

»Doch – Wolf.«

»Warum denn einfach nur Wolf?«

»Weil er genau das ist: ein großer starker, alter Wolf.«

Ich sah den Wolf an und nickte. »Ja, stimmt.«

»Er ist etwas ganz Besonderes. Er ist nicht in Gefangenschaft geboren. Er kennt den Geruch der Freiheit und der Wildnis noch. Er hat sich nie in die Gefangenschaft eingefügt, war immer ein Rebell und hat sich seine Wildheit erhalten.«

Der Alte lächelte. »Vielleicht ist es ja das, was euch verbindet.«

Ich sah dem Wolf tief in die Augen, verschmolz mit seinem Blick.

»Ich bin wie du. Ich bin frei und wild, egal wo ich bin. Ich bin ein Rebell. Ich bin nicht wie Papa, nicht wie Mama. Ich will sein, wie ich bin.«

Der Wolf hob den Kopf und legte ihn schief, spitzte seine Ohren, als hätte er meine Gedanken gehört. Ich lächelte und drehte mich zu dem alten Mann um, doch er war verschwunden. Wieder betrachtete ich den Wolf.

»Ich bin wie du«, wiederholte ich leise. »Ich bin auch ein Wolf.«

Der Mann las noch einmal seine Erinnerungen, die er in ein Buch geschrieben hatte. Diese Geschichte war schon längst vergessen, doch nach seiner Begegnung mit dem sterbenden Wolf vor ein paar Tagen war sie ihm wieder eingefallen. Er saß vor der Hütte und blinzelte gedankenverloren in die Wolken.

»Es ist schon merkwürdig«, dachte er. »Was wollen mir diese Begegnungen sagen? Dass ich gefangen bin wie der alte Wolf damals? Dass ich innerlich wild, rebellisch, aber auch einsam bin? Wollte mich der sterbende Wolf daran erinnern?«

Er atmete tief durch und schloss die Augen.

Ein Rascheln aus dem Gebüsch weckte seine Aufmerksamkeit und er hob den Kopf. Dakota kam mit einem toten Hasen in seinen Fängen auf ihn zugetrottet und legte das Tier vor seine Füße, als wolle er sagen »Ich mag ihn gut durch – und du?«

Der Mann lachte und tätschelte den Kopf des Hundes.

»Ich habe keine Ahnung, wie man einen Hasen zubereitet, aber bekanntlich wächst man ja an seinen Aufgaben.«

Er packte den Hasen an den Hinterläufen, ging hinter das Haus, um ihn auszunehmen und das Fell abzuziehen. Dakota trottete hinter ihm her in der Hoffnung, dass das eine oder andere dabei für ihn auf den Boden fiel.

»Schade, dass der alte Kauz nicht hier ist«, sagte der Mann zu Dakota. »Ich glaube, der kann so etwas viel besser als ich.«

***

Als die Sonne über Hamburg aufging, kündigte sie einen schönen Tag an. Ein junger Mann lief an der Jahn-Kampfbahn, einem kleinen Leichtathletik-Stadion, vorbei, in den Stadtpark hinein. Er liebte diese frühen Läufe vor der Arbeit, wenn noch kein Mensch unterwegs war. Danach fühlte er sich fit und gestärkt für den Tag. Heute hatte er zwar frei, doch inzwischen gefiel ihm das frühe Aufstehen und er wurde auch ohne Wecker früh wach. Gierig sog er die Morgenluft in seine Lungen und blinzelte in die aufgehende Sonne, deren Strahlen sich durch die Bäume schoben. Er lief den alten Trimm-dich-Pfad, den er früher sehr oft und gerne genutzt hatte, und betrachtete im Vorbeilaufen die alten Trainingseinrichtungen, die nach und nach verwitterten.

»Hier könnte die Stadt auch mal wieder etwas tun«, dachte er.

Er blickte auf seine Armbanduhr und stellte zufrieden fest, dass er wieder schneller unterwegs war als am Tag zuvor.

»Das wird immer besser«, freute er sich.

Bis vor ein paar Wochen hatte er noch dreißig Zigaretten am Tag geraucht und beschlossen, dass sich das unbedingt ändern musste. Statt der morgendlichen Zigarette auf nüchternen Magen mit einer Tasse schwarzem Kaffee schnürte er nun seine Sportschuhe und joggte durch den Stadtpark. Er bog vom Grasweg in die Otto-Wels-Straße ein, die den Stadtpark teilte, und lief nach einigen Minuten auf das Planetarium zu, dem alten Wasserturm. Die Rasenstücke, die sich in Rechtecken bis kurz vor dem Planetarium reihten, waren frisch gemäht und durch die noch frische und feuchte Morgenluft roch das gemähte Gras besonders intensiv. Vor dem Planetarium waren zwei kleine Teiche angelegt, die von einer flachen Steinmauer eingerahmt waren, auf der oftmals kleine Kinder herumtollten. Auf dieser Steinmauer bemerkte er einen schlafenden Mann. Er lag auf der Seite und hatte seine Jacke unter den Kopf gelegt. Der Jogger verringerte sein Tempo und ging schließlich langsam auf ihn zu. Als er sich über ihn beugte, stieg ihm ein stechender Alkoholgeruch in die Nase. Der Mann trug eine Jeans und ein Hemd, das einmal weiß gewesen sein musste, bevor er sich im Dreck gesuhlt hatte. Die Kleider waren durchnässt und klebten an seinem Körper. Sie sahen aus, als habe er im Teich gebadet. Die mittellangen Haare hingen ihm in Strähnen über sein Gesicht und der Bartwuchs verriet, dass er sich schon einige Tage nicht mehr rasiert hatte. Vor ihm lag eine Flasche billigen Whiskeys.

»*Der Penner ist ja sturzbesoffen*«, dachte er und wollte schon weiterlaufen, entschied sich aber doch, den Mann aufzuwecken, und schüttelte ihn leicht an der Schulter.

»Hey«, sagte er, »wachen Sie auf. Sie holen sich ja den Tod.«

Der Mann hob leicht den Kopf und blinzelte den Jogger aus seinen tiefroten Augen an und sah sich irritiert um.

»Was? Was ist? Wo bin ich hier?«

»Am Planetarium im Stadtpark. Sind Sie schwimmen gewesen?«

Mühsam richtete er sich auf und stützte den Kopf in seine Hände.

»Oh mein Gott«, jammerte er. »Mir platzt der Schädel.«

»Wenn Sie das Zeug da alleine getrunken haben, wundert mich das nicht«, sagte der Jogger. »Kommen Sie denn jetzt klar?«

»Keine Ahnung.« Er sah den Jogger an und lächelte. »Danke, dass du mich geweckt hast. Ich heiße Michael. Und hör auf, mich zu siezen. Wir dürften so ziemlich gleich alt sein, auch wenn ich im Moment wesentlich älter aussehe.«

»Matthias«, antwortete er und setzte sich neben Michael. »Was ist passiert?«

»Ich fürchte, ich habe gestern zu viel getrunken. Und vorgestern. Und vorvorgestern. Und überhaupt.« Er sah Matthias an. »Ich habe gerade eine scheiß Phase, weißt du?«

»Aha. Und du arbeitest intensiv an einer Lösung deines Problems, wie ich sehe.«

»Du hältst das für keine gute Idee, oder?«, sagte Michael und lächelte gequält. »Aber du hast schon recht, das muss aufhören.« Er sah auf seine Armbanduhr. »Kaputt«, stellte er fest. »Stehengeblieben um drei Uhr elf, und das Datum steht auf dem Ersten«

»Erster Juli«, sagte Matthias. »Wenn es dich beruhigt: Das ist heute.«

»Du wirst es nicht glauben, aber das beruhigt mich tatsächlich. Ich glaube, ich könnte eine Dusche vertragen. Wo musst du lang?«

Matthias deutete ihm die Richtung und Michael nickte. »Dann können wir ein Stück zusammen gehen, wenn es dir nicht zu peinlich mit mir ist.«

»Das wird schon gehen«, schmunzelte Matthias. »Es sind ja kaum Leute unterwegs, die uns sehen könnten.«

Sie gingen eine Weile schweigend nebeneinander her.

»Was machst du eigentlich beruflich?«, fragte Matthias schließlich.

»Momentan nichts.«

»Und was war vor *momentan*?«

»Na ja, eigentlich bin ich Rechtsanwalt, dann wurde ich zum Versicherungskaufmann degradiert in Schwerin und jetzt geschasst.«

»Rausgeflogen? Warum?«

»Ach Gott, das willst du gar nicht wissen.«

»Vielleicht ja doch.«

Michael lächelte und erzählte ihm eine kurze Version seiner Auseinandersetzung mit Beckstein und Angelika.

»Und deswegen säufst du?«, fragte Matthias und Michael schüttelte den Kopf.

»Nein, da ist schon noch einiges dazugekommen, aber die letzte Woche hat das Fass zum Überlaufen gebracht.«

»Und was war das?«

»Wie viel Zeit hast du?«, fragte Michael grinsend.

»Heute habe ich frei.«

»Die Zeit reicht nicht«, sagte Michael und lächelte gequält.

»Offensichtlich reicht die Zeit für eine Riesenportion Selbstmitleid.«

Michael nickte. »Ja, stimmt.«

»Ich mache dir mal einen Vorschlag: Meine Freundin dürfte jetzt von der Nachtschicht zurück sein. Du kannst bei mir duschen und ich gebe dir ein paar Klamotten. Wir haben ungefähr die gleiche Größe und die sollten dir passen.«

»Das ist sehr nett von dir, aber du kennst mich doch gar nicht.«

»Nein, aber ich habe ein gutes Gefühl dabei. Ich habe meine Freundin übrigens beim Judo kennengelernt.«

Michael lachte auf. »Ja, wenn das so ist, nehme ich dein Angebot sehr gerne an. So wie ich aussehe, traue ich mich sowieso kaum in die U-Bahn.«

»Hier ist es.«

Sie standen vor einem vierstöckigen roten Backsteinhaus an dessen Außenfassade Efeu hochrankte. Matthias schloss die Haustür auf und stemmte sich gegen die Tür.

»Die Tür ist was schwergängig«, erklärte er und Michael nickte.

»Scheint so.«

Sie gingen in die erste Etage und Matthias schloss die Wohnungstür auf.

»Schatz, hast du was an? Ich habe Besuch mitgebracht«, rief er in die Wohnung.

»Jaja«, erklang eine helle Frauenstimme. »Wenn ein Bademantel reicht.«

Sie gingen in die kleine Küche. Am Küchentisch saß eine junge Frau von Mitte bis Ende zwanzig mit schulterlangen mittelblonden Haaren in einem weißen Bademantel.

»Wen hast du denn um diese Uhrzeit mitgebracht?«, fragte sie und betrachtete Michaels schmuddelige Erscheinung. »Du hast aber bestimmt auch schon mal bessere Zeiten gesehen, oder?«

»Ja … Äh … Ich bin gestern etwas versumpft«, gestand Michael und grinste verlegen. »Ich bin Michael.«

»Christiane«, sagte sie und musterte ihn.

»Da hinten ist das Bad. Spring erst mal unter die Dusche«, sagte Matthias.

»Falls du etwas gegen deine Fahne machen willst, kannst du dir auch gern etwas von meinem Parfum in den Mund sprühen«, sagte Christiane.

»Ich weiß«, gestand Michael. »Ich rieche nicht nur nach totem Vogel – es schmeckt auch so. Aber wenn ihr eine Zahnbürste hättet, wäre mir das doch lieber.«

»Ja klar. Ich suche dir ein paar Klamotten von mir raus«, sagte Matthias und verschwand im Schlafzimmer.

Michael sah ihm erst hinterher und dann zu Christiane, die ihn weiterhin musterte. Sein Blick fiel unwillkürlich auf ihre Beine, die sie übereinandergeschlagen hatte und die vom heruntergerutschten Bademantel freigelegt waren. Ihr Lächeln verriet ihm, dass sie seinen Blick sehr wohl bemerkt hatte.

»Ich hoffe, ich mache euch keine Unannehmlichkeiten, aber ich bin Matthias echt sehr dankbar.«

»Ja«, sagte sie lächelnd. »Er ist schon eine liebe Seele. So, und jetzt geh dich mal restaurieren. Mal sehen, wie du dann aussiehst.«

Michael ging ins Bad, putzte sich ausgiebig die Zähne, wurde aber den unangenehmen Geschmack dennoch nicht los. Matthias hatte ihm Unterwäsche, Jeans und ein T-Shirt zurechtgelegt und Michael stellte zufrieden fest, dass sie ihm tatsächlich genau passten.

»Der Kaffee ist fertig«, sagte Matthias, als Michael frisch geduscht und rasiert in der Küche auftauchte. »Ich denke, schwarzer Kaffee wäre genau richtig für dich, oder?«

»Ich trinke sowieso schwarz«, sagte Michael lächelnd und setzte sich an den Küchentisch. »Und nochmals vielen Dank euch beiden.«

»Keine Ursache«, sagte Christiane lächelnd. »Wir sind beide christlich erzogen. Du siehst schon viel besser aus.«

»Danke.«

»So, mein Lieber«, sagte Matthias, als alle Kaffeetassen gefüllt waren. »Dann erzähl doch mal, was dir alles so Schlimmes widerfahren ist, dass du das Leben nur noch im Suff ertragen kannst.«

Michael erzählte von seiner Trennung von Jasmin, seiner Arbeit in der Rechtsanwaltskanzlei, Angelika und dem Auflösungsvertrag, seiner Hoffnung wieder mit Jasmin zusammenzukommen.

»Tja, so ist das gewesen und jetzt bin ich hier«, schloss er.

Christiane und Matthias hatten ihm aufmerksam und schweigend zugehört.

»Soso«, sagte Christiane schließlich. »Du bist also ein degradierter Rechtsverdreher, dem die Frau weggelaufen ist und der seine Arbeit verloren hat.«

»Das ist ein wenig knapp ausgedrückt, aber letztendlich: Ja.«

»Und du bist bis Ende August freigestellt und ab September ohne Arbeit«, fragte Matthias.

Michael nickte. »Genau so.«

»Und natürlich hast du dich schon bei hundert Firmen beworben und nur Absagen bekommen, oder?«, forschte Christiane.

»Nein.«

»Nein?«, fragte sie und hob eine Augenbraue hoch. »Warst du so mit deinem Selbstmitleid beschäftigt?«

»Du bist ganz schön zynisch«, sagte Michael. »Ich liebe meine Frau immer noch und außerdem wurden mir sexuelle Übergriffe angedichtet. Das darf einen doch wohl aus den Puschen hauen, oder?«

»Ja, aber nicht über zwei Monate. Dann nimmt man sein Leben wieder in die Hand«, erklärte sie. »Du bist Akademiker, ich nur Krankenschwester. Als Jurist findest du doch immer etwas, wenn du es willst.«

»Ich glaube nicht, dass ich wieder als Jurist arbeiten möchte«, sagte Michael. »Ich habe in den letzten Wochen die Tageszeitungen und Stellenanzeigen durchforstet, um zu gucken, was der Markt an Stellen hergibt, aber ich habe nichts entdeckt, was mich wirklich interessiert. Ich habe auch überlegt, noch mal zu studieren. Keine Ahnung. Vielleicht nehme ich auch einfach nur erst einmal irgendeinen Job an.«

»Hast du die ganzen zwei Monate durchgesoffen?«, fragte sie.

»Nein, erst seit letzter Woche.«

»Ach ja«, warf Matthias ein. »Was hat denn letzte Woche das Fass zum Überlaufen gebracht?«

»Was meinst du?«

»Du hast vorhin gesagt, dass die letzte Woche das Fass zum Überlaufen gebracht hat. Was war da?«

Michael holte tief Luft.

»Jaaaa, wo fange ich da an?«

Michael warf die Papierschnipsel, die einmal Jasmins Brief gewesen waren, auf den Wohnzimmertisch. Er war sich so sicher gewesen, wieder mit Jasmin zusammenzukommen, hatte auf ihren Halt gehofft, so wie sie es für ihn gerade während der Studienzeit und auch noch danach viele Jahre lang gewesen war. Obwohl er eine panische Angst davor hatte, wollte er sich auf eine Familie und Kinder einlassen, nur um sie nicht zu verlieren. Und dann war dieser Brief gekommen, der ihm alle Illusionen genommen hatte.

Stundenlang starrte er auf die Schnipsel und doch ins Leere. Er aß nicht. Er trank nicht. Er schlief nicht. Es wurde bereits hell, als er erschöpft auf der Couch zusammensackte und schließlich doch einschlief. Nach zwei Stunden wachte er wieder auf, starrte auf die Schnipsel, aß nicht und trank nicht. Irgendwann machte er sich eine Kanne Kaffee, begann die Schnipsel zusammenzulegen und klebte sie mit Tesafilm zusammen. Dann las er den Brief noch einmal:

»Lieber Michael,

ich habe schon die ganze Zeit gespürt, dass Du Dich mir wieder annähern wolltest, und, wenn ich ganz ehrlich bin, habe ich auch mit dem Gedanken gespielt, es noch einmal mit Dir zu versuchen. Aber da war auch etwas, was ich Dir die ganze Zeit schon sagen wollte, aber nicht konnte, weil ich Dich nicht verletzen wollte. Und jetzt muss ich es doch tun, auch wenn es mir sehr schwerfällt. Ich konnte es Dir nicht sagen, also schreibe ich Dir.

Du weißt, dass ich mir immer eine Familie und Kinder gewünscht habe. Ich wollte diese Familie mit Dir und niemand anderem. Aber Du hattest Angst davor und das kann ich sehr gut verstehen, aber ich bin mir sicher, dass Du ein sehr guter und vorbildlicher Vater gewesen wärst. Du hättest Deinen Kindern nie ein Leid zugefügt und alles getan, um ihnen alles Übel und Leid vom Leib zu halten. Doch du konntest es nicht und deshalb habe ich mich von Dir getrennt. Nicht, weil ich Dich nicht liebe, sondern weil ich mir ein Leben ohne Kinder nicht vorstellen kann.

Ich konnte mir eine Beziehung mit einem anderen Mann zunächst nicht vorstellen, aber dann habe ich mich auf Malte, meinen Oberarzt, eingelassen. Er versprach mir eine Familie, wollte Kinder mit mir und ich war glücklich. Doch als ich dann tatsächlich schwanger wurde, hat er mich verlassen und beschimpft. Das habe ich Dir ja erzählt, nur eben nicht, dass ich bereits schwanger war. Das konnte ich einfach nicht. Du warst so lieb zu mir und ich weiß, dass Du mich niemals verlassen hättest, wenn ich von Dir schwanger geworden wäre, auch wenn Du keine Kinder gewollt hast. Aber vielleicht verstehst Du jetzt, warum ich es Dir nicht sagen konnte.

Als Malte mich zu dieser Fachtagung mit nach Berlin genommen hat, haben wir uns wieder angenähert. Er hatte sich mit der ganzen Situation überfordert gefühlt und das alles noch mal für sich sacken lassen. Jetzt möchte er eine Familie mit mir und freut sich auf das Kind. Ich bin gerade so glücklich, dass mein Kind einen Vater haben wird. Kinder brauchen ihren Vater und ihre Mutter als eine Familie. Gerade Du, der so etwas nie erlebt hat, musst das doch verstehen.

Lieber Michael, Malte und ich wollen heiraten und ich möchte die Scheidung. Sobald das Trennungsjahr abgelaufen ist, werde ich deshalb die Scheidung einreichen.

Ich wünsche Dir ganz viel Kraft.
    In Liebe,
    Deine Jasmin«

Immer wieder hatte er den Brief gelesen, bis er sich schließlich Briefpapier nahm und begann, ihren Brief zu beantworten. Er schrieb, zerriss das Papier, begann erneut und zerriss es wieder und wieder.

»Ich werde dir beweisen, dass ich ein Familienmensch bin«, dachte er. *»Ich werde eine Frau finden, die viel besser zu mir passt als du, und ich werde einen ganzen Stall voll Kinder haben. Du wirst sehen, was du an mir verloren hast.«*

Er schrieb wütend, zerriss – liebevoll, zerriss – weinte und lachte, schrieb zynisch, sarkastisch, zerriss – fand die Worte nicht und zerriss und zerriss. Schließlich schrieb er:

»Liebe Jasmin,

ich danke Dir für die schöne und wertvolle Zeit mit Dir. Ich wünsche Dir und Deinem Kind alles erdenklich Liebe und Gute, aber Deinem Malte wünsche ich die Pest an den Hals.

Lieben Gruß,
    Michael«

Als er den Brief fertig geschrieben hatte, las er ihn noch einmal durch, steckte ihn in einen Briefumschlag und lächelte zufrieden.

»Wenn du meinst, dass du mit diesem Menschen glücklich wirst, dann werde glücklich mit ihm«, dachte er. *«Ich werde dir nicht mehr hinterherlaufen.«*

Er brachte den Brief zum Briefkasten und warf ihn ein. In diesem Moment fühlte er sich merkwürdig erleichtert, so als habe er sich von einer lästigen Last befreit und er wunderte sich ein wenig darüber. Dann schlug er sich in die Hände und rieb sie sich.

»Auf geht´s, alter Junge. Dann starten wir mal durch. Aber erst einmal gönnen wir uns ein Bierchen.«

Er ging in seine Stammkneipe und setzte sich an den Tresen.

»Hallo Michael«, rief ihm die Wirtin zu. »So wie immer?«

»Ein kleines Pils erst mal, Helga«, sagte er. »Hast du zufällig noch die Tageszeitung da?«

»Die ›Bild‹ liegt hier noch irgendwo herum, glaube ich.«

»Ich meinte eine richtige Tageszeitung«, sagte Michael grinsend. »Ich wollte die Stellenanzeigen durchsehen.«

»Warte mal.«

Helga verschwand einen Moment und kam mit einer durcheinander gefalteten Zeitung zurück.

»Hier, schau sie mal durch, ob du was findest.«

Michael sortierte das heillose Durcheinander an Zeitung, bis er die Stellenanzeigen gefunden hatte, studierte sie und legte sie dann wieder weg.

»Nichts dabei?«, fragte Helga und Michael schüttelte den Kopf.

»Ich fahre morgen mal zum Hauptbahnhof und decke mich mit Zeitungen ein.«

»Sie könnten auch zum Arbeitsamt gehen«, sagte eine ältere Dame, die das Gespräch mitbekommen hatte. »Da gibt es ein Berufsinformationszentrum, falls Sie nicht wissen, wonach Sie suchen sollen.«

Michael lächelte. »Danke für den Tipp. Das werde ich morgen dann auch mal in Angriff nehmen.«

»Noch ein Pils?«

»Ja, eins nehme ich noch.«

Michael trank das Bier noch in Ruhe aus und ging dann nach Hause. Er wollte Morgens früh raus und ausgeruht sein, wenn er sich auf die Suche nach Arbeit machte.

***

»Hm«, machte Christiane, als Michael zu Ende erzählt hatte. »Ich kann schon verstehen, dass das für dich blöde ist, aber das war doch irgendwie auch zu erwarten. Oder hast du wirklich geglaubt, dass sie als schwangere Frau von einem anderen Mann zu dir zurückkommt und alles Friede, Freude, Eierkuchen ist?«

»Ich könnte mir das auch nicht vorstellen«, stimmte Matthias ihr zu. »Man stelle sich mal vor: Christiane wird schwanger und ich ziehe das Kind eines fremden Mannes groß, nur weil ich nicht alleine sein kann.«

»Na ja«, sagte Michael und kratzte sich am Kopf. »Das war ja noch nicht alles.«

»So? Was war denn noch?«, fragte Christiane.

»Es war letzte Woche«, begann Michael …

***

Nachdem er den Brief an Jasmin abgeschickt hatte, nahm er sich vor, seine Suche nach Arbeit zu forcieren, doch es gestaltete sich weiterhin schwierig. Beim Arbeitsamt fand er sich in langen Warteschlangen wieder und wenn er ein Beratungsgespräch haben wollte, wurde er vertröstet.

»Wir können Ihnen frühestens im August einen Termin anbieten«, wurde ihm gesagt.

Er musterte die Tageszeitungen, schrieb Bewerbungen, telefonierte und stellte sich auch ohne Terminvereinbarung bei Firmen vor, wurde aber immer wieder abgewiesen. Allmählich lief ihm die Zeit davon und er mochte sich gar nicht vorstellen, wie er beim Arbeitsamt saß und sich wie ein Bittsteller fühlte.

»*Langsam wird es echt eng*«, dachte er eines Samstagnachmittags, als er wieder über den Stellenanzeigen brütete. »*Zur Not werde ich mich irgendwo an die Kasse setzen müssen.*«

Das Schellen an der Haustür riss ihn aus seinen Gedanken. Er öffnete die Wohnungstür und starrte erstaunt Angelika Baumann an, die vor ihm stand.

»Was willst du denn hier?«, fragte er irritiert.

»Mit dir reden. Darf ich reinkommen?«

Michael ging wortlos zur Seite und sie schob sich an ihm vorbei.

»Das Wohnzimmer ist gerade durch.«

Sie ließ sich in einen Sessel fallen. Michael setzte sich in den anderen Sessel und musterte sie. Sie sah müde und abgespannt aus. Ihre Haare hingen strähnig herunter und erinnerten ihn eher an Spaghetti als an eine Frisur einer normalerweise attraktiven jungen Frau. Dunkle Ringe unter ihren Augen ließen sie deutlich älter wirken, als sie war.

»Mit dir hätte ich nun wirklich nicht gerechnet«, sagte Michael.

Angelika spürte seine tiefe Abneigung und die Kälte in seiner Stimme ließ sie zusammenzucken.

»Bitte sieh es mir nach, dass ich nicht vor Freude in die Luft springe«, fuhr er fort.

Er fixierte ihre Augen und sie senkte schweigend den Blick.

»Also«, sagte er nach einer Weile des Schweigens. »Was willst du hier?«

»Hast du vielleicht ein Glas Wasser?«

»Aus der Leitung, ja.«

»Das genügt vollkommen. Mir ist etwas übel.«

Michael ging in die Küche, holte ein Glas Leitungswasser und gab es ihr. Sie leerte es in einem Zug und hielt ihm das leere Glas hin.

»Bitte noch eins.«

Er holte ein weiteres Glas Leitungswasser und stellte es auf den Wohnzimmertisch.

»So«, sagte er und ließ sich wieder in den Sessel fallen. »Bevor du dich hier häuslich niederlässt und mir die ganze Leitung leersäufst: Was willst du von mir?«

»Ich wollte mit dir reden.«

»Bitte, dann leg los. Ich bin ganz Ohr.«

»In der Agentur ist der Teufel los. Ich bin immer noch alleine und die Kunden rennen mir die Türen ein. Sie fragen nach dir und wollen nur mit dir reden. Viele beschweren sich bei Beckstein über die Verträge und er lässt mich jeden Samstag bei sich antanzen.«

Michael musterte sie. »Und?«

»Na ja, sie verlangen, dass wir diese Verträge rückgängig machen, aber Beckstein denkt gar nicht daran. ›Vertrag ist Vertrag‹, sagt er und ich soll das so an die Kunden weitergeben. Du kannst dir vielleicht vorstellen, wie das für mich alleine in der Agentur ist.«

»Ich habe es dir gesagt, aber du hast diesen ehrenwerten Herrn Beckstein ja auf einen Sockel gehoben. Wenn wir zusammengehalten hätten, gäbe es diese Probleme jetzt nicht.«

»Ich weiß. Ich halte es kaum noch aus.«

»Vögelst du ihn jeden Samstag?«, fragte er grinsend.

»Michael, bitte hör auf damit.«

Er beugte sich nach vorne.

»Also gut«, sagte er. »Jetzt hast du dich bei mir ausgeheult. Sollst du mich wieder anwerben oder was soll das jetzt hier?«

»Um Gottes willen, nein. Beckstein weiß nicht, dass ich hier bin.«

Michael lehnte sich zurück und lachte. »Oha, aus dir ist ja eine Rebellin geworden.«

»Du bist ganz schön kalt und verletzend.«

»Was erwartest du von mir, hä? Wegen eurer Liaison habe ich keine Arbeit mehr und sitze auf der Straße. Ich reihe mich beim Arbeitsamt in ewig lange Schlangen ein und hole mir eine Absage nach der anderen. Als ich mit dir reden wollte, um Antworten zu bekommen, hast du mich angeschwiegen, als wäre deine Stimme vereist. Und jetzt tauchst du hier auf und sülzt mir die Ohren voll.«

»Ich weiß und es tut mir leid. Ich würde es dir gerne erklären …«

»Jetzt interessiert es mich aber nicht mehr. Ich habe abgeschlossen. Abgeschlossen mit dir und abgeschlossen mit Beckstein. Ich habe eine scheiß Zeit hinter mir und ich will nichts mehr davon hören. Das hättest du dir früher überlegen müssen.«

»Was soll ich denn machen? Ich kann nicht mehr.«

»Herrgott, dann kündige oder mach Was-weiß-ich. Was habe ich damit zu tun?«

Tränen liefen ihr übers Gesicht und sie starrte abwesend auf den Wohnzimmertisch. Er betrachtete sie.

»Du siehst schon ganz schön scheiße aus. Das muss ich schon sagen«, sagte er grinsend. »So, wie du jetzt aussiehst, hätte ich bestimmt nichts mit dir angefangen.«

»Michael, es reicht«, flüsterte sie. »Ja, es geht mir dreckig, aber du musst nicht noch mehr draufhauen.« Sie holte schluchzend tief Luft. »Ich hätte nicht kommen sollen. Ich hatte mir das hin und her überlegt, aber es war wohl doch eine blöde Idee.«

Michael spürte plötzlich, dass das noch nicht alles war, dass das, was sie bisher gesagt hatte, nicht der Grund ihres Kommens war.

»Warte einen Moment«, sagte er, als sie sich anschickte aufzustehen und zu gehen. »So verheult kann ich dich nicht gehen lassen. Am Ende denken die Leute noch, ich hätte dich verprügelt. Magst du einen Kaffee?«

Seine Stimme klang jetzt anders, viel milder und sie musste lächeln. »Ja, gerne.«

»Okay, ich mache uns einen. Ich könnte auch einen vertragen.«

Er ging in die Küche und setzte Kaffee auf. Die Maschine blubberte und langsam füllte sich die Glaskanne mit schwarzem Kaffee. Angelika folgte ihm in die Küche und setzte sich an den Küchentisch.

»Michael, ich muss dir etwas sagen, das du wissen solltest«, sagte sie leise und sah ihn ängstlich an.

»So? Was denn?«, fragte er, holte Kaffeetassen aus dem Schrank und stellte sie auf den Tisch. »Milch, Zucker?«

»Ja, danke. Bitte beides.«

Er stellte den Zuckerbehälter auf den Tisch und holte Milch aus dem Kühlschrank.

»Ich bin schwanger«, flüsterte sie.

Er sah sie breit grinsend aus dem Augenwinkel an. »Aha? Und weiß man schon, wer's war?«

»Du. Wäre ich sonst hier?«

»Ich?« Michael lachte laut auf. »Wie kommst du denn darauf?«

»Was meinst du wohl? Wir hatten Sex«, rief sie.

»Ja, hatten wir«, zischte er. Er stützte die Hände auf den Tisch und funkelte sie an. »Und mit wem hattest du noch so alles Sex?«

»Mit niemanden.«

»Willst du mich verarschen?«, rief er. »Was ist mit dem alten Sack von Beckstein? Mit dem hast du doch auch gevögelt. Und jetzt tauchst du bei mir auf und erzählst mir so einen Blödsinn.«

»Beckstein war es nicht.«

»Und wieso nicht? Was macht dich da so sicher, hä?«

»Ich habe nicht mit ihm geschlafen«, rief sie und sprang auf. »Er bekommt kaum noch einen hoch. Ich musste ihm einen runterholen und das war schon schwierig genug. Und das wieder und wieder.«

Michael lachte schallend. »Dieser notgeile Sack. Jetzt tut er mir schon fast wieder leid. Er will etwas tun, was er gar nicht mehr kann. Ich lache mich schlapp.«

Sie sah ihn angewidert an. »Du bist ein ziemliches Arschloch geworden, weißt du das?«

»Sollte ich Mitleid mit dir haben? Wieso hast du es denn gemacht?«

»Er hat mir mit Kündigung und einer Anzeige gedroht.«

»Oh«, machte Michael. »Das kommt mir doch irgendwie bekannt vor.«

»Du bist der Vater«, beteuerte sie. »Ich hatte nur mit dir Sex und mit niemand anderen. Bis heute nicht.«

»Warum sagst du mir das? Damit du einen Versorger für dein Balg hast? Damit du einen Trottel hast, der dir Unterhalt zahlt?«

»Michael, bitte hör mir zu«, sagte sie leise. »Ich wollte nur, dass du das weißt.«

»Angelika, bitte hör du jetzt mir zu«, sagte er und ahmte ihren Tonfall nach. Seine Stimme klang gefährlich, drohend und er ging langsam auf sie zu. Sie wich vor ihm zurück, bis sie mit dem Rücken an den Küchenschrank stieß. Er stand schließlich dicht vor ihr und legte seine Hände über sie an den Schrank, so-dass sie nicht ausweichen konnte.

»Ich will das Balg nicht. Du kannst es bekommen, abtreiben oder im Galopp verlieren. Es interessiert mich nicht. Und jetzt solltest du gehen und dich nie wieder bei mir melden. War das deutlich genug für dein Spatzenhirn?«

Ihre Augen füllten sich mit Tränen und durch einen Schleier sah sie in sein ausdrucksloses, kaltes Gesicht. Langsam nickte sie.

»Ja«, sagte sie. »Ich habe es verstanden.«

»Gut.«

Er nahm seine Hände vom Schrank und ging einen Schritt zurück, um ihr Platz zu machen. Langsam ging sie zur Tür und drehte sich dann noch einmal um.

»Weißt du«, sagte sie leise und sah ihn an, »an unserem ersten Abend warst du nicht nur betrunken und du hast mir nicht nur deine Geschichte erzählt. Ich habe Tränen gesehen, einen gefühl-vollen Mann, der sein zutiefst verletztes Herz geöffnet hat. Du hast keine Rolle gespielt, deine sonst so großartige Fassade war gefallen und du hast mich ganz tief berührt. Deshalb bin ich mit dir mitgegangen, obwohl du sturzbetrunken warst. Ich wünsche mir, dass du deinem Kind eines Tages der Vater bist, den du nie hattest. Ich habe gesehen, dass du das kannst. Du musst nur deine Mauer um dich herum einreißen und deine Gefühle zulassen. Eines Tages wirst du das für dich tun müssen.«

»Du wirst keinen Pfennig von mir bekommen«, zischte er.

»Ich will kein Geld von dir. Nur wir beide werden wissen, wer der Vater ist«, sagte sie. »Und eines Tages auch das Kind.«

Sie verließ die Wohnung und ließ einen Mann zurück, der nicht wusste, was er tun sollte. Schließlich holte er eine Flasche Whiskey aus dem Barfach und nahm einen tiefen Schluck aus der Flasche.

***

»Das ist ja fast schon wieder witzig«, grinste Matthias. »Die eine Frau verlässt dich, weil du keine Kinder willst, und die nächste wird direkt schwanger von dir.«

»Nicht wahr?«, sagte Michael. »Ich könnte mich biegen vor Lachen.«

»Hm«, machte Matthias, »du könntest die Vaterschaft doch anzweifeln, oder?«

»Das stimmt schon«, erklärte Michael, »aber letztendlich entscheiden die Gerichte im sogenannten wohlverstandenen Interesse des Kindes und da ist es egal, wer tatsächlich der Vater ist.«

»Du könntest doch einen Vaterschaftstest machen lassen«, sagte Christiane.

»Den kann die Mutter ablehnen.«

»Was soll denn der Schwachsinn?«, fragte Matthias kopfschüttelnd.

»Na ja, das ergibt sich aus dem Grundgesetz und dem Anspruch auf körperliche Unversehrtheit. Für einen Vaterschaftstest muss dem Kind Blut abgenommen werden und das geht nun mal nur mit einer Nadel. Dir darf nicht ohne deine Zustimmung Blut abgenommen werden und da es das Kind nicht entscheiden kann, entscheidet das die Mutter. Und dann kommen die Gerichte ins Spiel. Wenn zum Beispiel Jasmin, also meine Frau, mit der ich ja noch verheiratet bin, den Vater des Kindes nicht benennen will, dann gelte ich als Vater und darf zahlen.«

»Wie bitte?«, rief Matthias. »Wieso das denn? Das wäre ja eine riesengroße Sauerei.«

»Bei Verheirateten gilt der Vater als Erzeuger des Kindes. Wie gesagt: Es geht um das Wohl des Kindes. So will es das Gesetz.«

»Ein Grund, nicht zu heiraten«, meinte Matthias.

»Hey«, protestierte Christiane augenzwinkernd. »Vielleicht will ich dich ja heiraten.«

»Nee, mal im Ernst«, sinnierte er weiter. »Ich möchte echt nicht wissen, wie viele Kuckuckskinder da im Umlauf sind.«

»Davon kannst du ausgehen«, pflichtete Michael ihm bei. »Aber so ist es nun einmal.«

»Na gut«, sagte Christiane, »aber mit dieser Frau bist du ja nun nicht verheiratet und sie hat dir doch gesagt, dass sie niemandem sagen will, dass du der Vater bist.«

»Ich weiß gar nicht, ob es darum überhaupt geht. Wenn ich der Erzeuger bin, werde ich auch zahlen.«

»Und worum geht's dann?«, fragte Christiane.

»Meine Frau wollte immer Kinder«, sagte Michael nachdenklich. »Ich wollte keine. Dann trennt sie sich von mir, geht mit einem Anderen in die Kiste und wird schwanger. Ich will keine Kinder, keine Beziehung mit dieser Frau, die mich meine Arbeit gekostet hat, und ausgerechnet die wird schwanger. Mir ist das alles zu schräg. Ich komme damit gar nicht klar.«

»Du meinst, du hättest lieber deine Frau geschwängert?«, fragte Matthias und Michael nickte.

»Ja klar. Wenn schon, dann sie. Ich wäre damit schon zurechtgekommen. Aber so – ich weiß nicht, was ich tun soll. Am liebsten wäre ich ganz weit weg.«

Sie schwiegen eine Weile und schlürften ihren Kaffee.

»Ich glaube, ich mache mich mal auf den Weg«, sagte Michael. »Vielen Dank für eure Gastfreundschaft und eure Ohren. Ich bringe dir die Tage deine Sachen wieder vorbei.«

Christiane beugte sich zu Matthias und flüsterte ihm etwas ins Ohr.

»Was?«, fragte er und wieder flüsterte sie ihm etwas zu. Michael sah sie irritiert an.

»Nun warte es doch erst mal ab«, sagte Matthias zu ihr.

»Komm noch mal her«, sagte sie und flüsterte ihm nochmals etwas ins Ohr.

»Wenn du meinst. Wir können ja mal schauen.«

»Was ist?«, fragte Michael.

»Nichts«, sagte Christiane. »Es hat nichts mit dir zu tun.«

»Wieso glaube ich das jetzt nicht?«, dachte Michael.

»Wir können ja mal zusammen laufen gehen«, sagte Matthias zu ihm. »Dann kommst du auf andere Gedanken.«

»Ja, gerne, das können wir machen.«

»Morgen bin ich gegen siebzehn Uhr zuhause. Dann komm vorbei und wir laufen von hier aus, okay? Duschen kannst du dann hier.«

»Ja, gut. Ich werde da sein. Lass uns die Telefonnummern austauschen, falls doch noch etwas dazwischen kommt.«

»Und lass mal eine Weile den Alkohol weg«, ergänzte Christiane. »Das würde dir bestimmt auch ganz gut zu Gesicht stehen.«

Michael nickte. »Da könntest du recht haben.«

Sie verabschiedeten sich voneinander und er ging nach Hause.

Als Michael seine Wohnungstür aufschloss, stach ihm ein säuerlicher Alkoholgeruch in die Nase. Er ging ins Wohnzimmer und sah sich um. Leere Bier- und Schnapsflaschen lagen herum, der Aschenbecher quoll über und überall waren Ordner und herausgerissene Papiere in der Wohnung verteilt. In der Küche waren die Stühle und der Tisch umgeworfen. Er öffnete das Wohnzimmerfenster und hoffte, dass der Gestank möglichst schnell der frischen Luft wich, und begann die Flaschen einzusammeln und in eine Kiste zu räumen.

»Mein Gott, hat hier jemand eingebrochen oder bin ich das etwa gewesen?«, fragte er sich.

Er wusste nicht mehr, wo er am gestrigen Abend gewesen war. Er wusste nur noch, dass er morgens verkatert vom Vortag aufgewacht war und Schwierigkeiten gehabt hatte, überhaupt aus dem Bett zu kommen. Er wollte an diesem Tag mal keinen Alkohol zu trinken, doch als der Kater nachgelassen hatte und es ihm wieder etwas besser ging – das war am frühen Nachmittag – war das Vorhaben schnell vergessen und er hatte in einem Zug eine Flasche Bier ausgetrunken. Die zweite Flasche wollte er dann in Ruhe trinken. Er erinnerte sich noch daran, dass es bei zwei Flaschen Bier nicht geblieben war, aber irgendwann setzten seine Erinnerungen aus.

»Was ist hier bloß passiert?«, dachte er. *»Ich muss ja wie von Sinnen gewesen sein.«*

Er hoffte, dass ihm das Chaos Aufschluss darüber geben konnte, wenn er es denn beseitigt hatte. Er sammelte das zerrissene Papier zusammen, legte es auf den Wohnzimmertisch und die Ordner auf die Couch. Dann saugte er den gröbsten Dreck weg, machte sich einen Kaffee und setzte sich auf die Couch, um die Papiere durchzusehen und, soweit es möglich war, zu sortieren.

»Ich muss diese Sauferei sein lassen«, dachte er. *»Ich bringe mich damit sonst noch um den Verstand.«*

Er sah sich die Ordner an, um zu prüfen, welche Papiere er herausgerissen hatte, und stellte fest, dass es die gemeinsamen Ordner von Jasmin und ihm gewesen waren. Auf dem Tisch lagen Versicherungsunterlagen, Heirats- und Geburtsurkunden, Abstammungsurkunden, der gemeinsame Mietvertrag ihrer ersten Wohnung und … und … und …

Er fasste sich an den Mund und überlegte.

»Welcher Teufel hat mich denn hier geritten?«

Das Schrillen des Telefons riss ihn aus seinen Gedanken.

»Hallo, Michael«, meldete sich eine leise Frauenstimme.

»Hallo, Jasmin«, rief er erfreut. »Mit dir habe ich nun wirklich nicht gerechnet.«

»Das kann ich mir vorstellen«, sagte sie. »Ich war mir auch gar nicht sicher, ob ich dich überhaupt anrufen soll, aber ich mache mir Sorgen um dich.«

»Sorgen um mich?«, fragte er erstaunt. »Wieso?«

»Du … Du … Du warst gestern so unmöglich, so unausstehlich, dass ich dachte …«

»Moment«, rief er, »wir haben gestern telefoniert?«

»Was? Nein, ich war bei dir. Sag bloß, du weißt das nicht mehr.«

»Jasmin, mir fehlt der komplette Nachmittag und Abend. Ich habe keine Ahnung, wovon du redest und was passiert ist. Die Wohnung liegt in Trümmern und ich bin heute Morgen im Stadtpark von einem Jogger geweckt worden. Bitte erklär es mir. Was ist passiert?«

Sie hörte die Verzweiflung in seiner Stimme und atmete tief durch.

»Du hast noch weiter getrunken?«, fragte sie.

»Offensichtlich, ja. Das muss ich wohl. War ich denn schon so abgefüllt, als du bei mir warst?«

»Du warst schon ziemlich betrunken, aber was dann passiert ist, war unbeschreiblich. Einfach nur schlimm.«

Er hörte mit Entsetzen ihr tiefes Schluchzen.

»Michael, so kenne ich dich nicht. Was war denn nur in dich gefahren?«

»Bitte, Jasmin«, sagte er verzweifelt. »Ich flehe dich an. Bitte erzähl mir, was passiert ist. Ich muss es wissen.«

»Ich habe Angst vor dir«, flüsterte sie. »Ich hätte nie gedacht, dass ich das mal sagen würde, aber ich habe gedacht, du bringst mich um.«

»Das würde ich nie tun und das weißt du auch.«

»Bis gestern habe ich das auch geglaubt. Also gut, ich erzähle dir, was ich weiß, aber sobald du anfängst zu schreien und zu toben, lege ich auf, hast du verstanden?«

»Ich verspreche dir, ich werde nur zuhören.«

»Hast du getrunken?«

»Nein, heute nicht und ich will auch aufhören damit.«

»Gut.« …

***

Jasmin war erleichtert, als sie den Brief an Michael geschrieben und abgeschickt hatte. Seine Antwort war zwar kurz und knapp, aber sie glaubte ihm, dass er ihr nur das Beste wünschte, und schloss daraus, dass er einer Scheidung zustimmen würde. Sie war sich sicher, dass er ihre Situation verstand, nachvollziehen konnte, dass sie den Vater ihres ungeborenen Kindes baldmöglichst heiraten wollte, damit es in geordneten Verhältnissen aufwachsen konnte. Wenn nicht er, wer dann? Als Malte ihr versichert hatte, dass er sie liebte und sich auf das Kind freute, war sie glücklich wie schon lange nicht mehr. Sie sprach mit einem bekannten Rechtsanwalt, der ihr das Scheidungsverfahren erläuterte und – da mit Michael ja alles geklärt war – eine Scheidungsfolgevereinbarung aufsetzte.

»Das ist nur ein Entwurf«, erklärte er. »Sie müssen sich auf einen gemeinsamen Zeitpunkt der Trennung einigen, weil erst ab dem Datum das Trennungsjahr läuft. Das kann durchaus auch schon eine räumliche Trennung innerhalb der Wohnung gewesen sein. Hauptsache, Sie einigen sich. Wenn sowieso schon alles zwischen Ihnen geklärt ist, können Sie vielleicht auch einen gemeinsamen Rechtsanwalt nehmen. Dann wird es nicht unnötig teuer. Besprechen Sie das in aller Ruhe mit Ihrem Mann und wenn er einverstanden ist, kommen Sie beide zu mir in die Kanzlei.«

Sie war sich sicher, dass Michael einverstanden sein würde, doch als sie mit der Scheidungsfolgevereinbarung in der Tasche vor seiner Haustür stand und die Klingel drückte, war ihr doch etwas mulmig.

»Er ist lieb«, machte sie sich Mut. *»Wenn auch manchmal zu lieb.«*

Dem unverständlichen Schnarren aus der Gegensprechanlage folgte der Türsummer und sie stieß die Haustür auf. Sie ging die Treppen hinauf und wurde von Michael an der Wohnungstür empfangen. Er lehnte sich an das Treppengeländer und sah sie an. Sie erschrak und wäre am liebsten wieder umgekehrt, doch dafür war es jetzt zu spät. Er stand da und sah zu ihr hinunter, gekleidet mit schmuddeliger Jeans, offenem Hemd und glasigem Blick.

»Du hier?« Er grinste breit. »Welch Glanz in meiner bescheidenen Hütte.«

Sie blieb am Treppenabsatz stehen und sah zu ihm hinauf.

»Ist alles in Ordnung?«, fragte sie.

»Jaaaaaaaa, alles okidoki. Komm rein.«

Langsam ging sie die Treppe hinauf und in die Wohnung.

»Du hast getrunken«, stellte sie fest.

»Nur ein büschen«, sagte er. »Wenn es dir gefällt, kann ich jetzt aber auch Kaffee trinken, bis du wieder weg bist.«

»Was hast du getrunken?«

»Ein paar Bier. Nicht der Rede wert. Was verschafft mir die Ehre deines Besuchs?«

»Ich wollte eigentlich etwas mit dir bereden, aber ich weiß nicht, ob das jetzt eine gute Idee ist.«

»Wieso nicht? Ich bin voll zurechnungsfähig«, sagte er und warf sich in einen Sessel. »Setz dich, wenn du Platz findest.«

Sie sah sich um. In der Wohnung herrschte eine Unordnung, die sie von ihm nicht kannte. Sie nahm einen Schwung schmutziger Wäsche, die auf dem anderen Sessel lag, und warf sie auf die Couch. Irritiert setzte sie sich und sah den noch immer breit grinsenden Michael an.

»Es war ein Fehler zu kommen«, sagte sie.

»Es ist nie ein Fehler, bei mir zu kommen«, rief er laut lachend und klopfte sich auf den Schenkel. »Ich bestehe sogar darauf.«

Sie sah ihn ernst an. »Das war nicht witzig.«

»Okay«, sagte er und sah sie ernst an. »Es gibt zwei mögliche Gründe für deinen Besuch: Entweder willst du reumütig zu mir zurückkommen oder du bist wegen deinem Stecher hier.«

»Wie redest du von Malte?«

»Er hat mir meine Frau und mein Kind weggenommen«, rief er und schlug mit der flachen Hand auf den Tisch. Jasmin zuckte zusammen und starrte ihn entsetzt an.

»Du wolltest keine Kinder«, protestierte sie, »Malte schon. Außerdem ist es nicht dein Kind, sondern seins.«

»Einen Scheißdreck will er«, schrie er. Sein Gesicht war rot angelaufen, die Augen weit aufgerissen. »Er wollte dich poppen und sonst nichts. Und du blöde Kuh fällst auf diesen Scharlatan rein. Ich habe dich geliebt, verstehst du? Ich habe dich geliebt und niemanden sonst. Und du hast mir einen Arschtritt verpasst. So wie alle Weiber es tun. Ihr Schlampen seid alle gleich.«

Sie sah ihn eingeschüchtert an, blickte in eine vor Wut verzerrte Fratze, die sie nicht kannte. Dieser Mann mit dem irren Blick konnte unmöglich Michael sein.

»So siehst du mich?«, flüsterte sie kaum hörbar. »Ich bin also eine Schlampe?«

Er stand auf und fixierte sie.

»Ihr ... alle ... seid ... Schlampen« sagte er langsam, während er Schritt für Schritt auf sie zuging. Seine Stimme klang heiser, bedrohlich, unberechenbar. »Ihr … Weiber … seid … alle … gleich.«

Angst lähmte sie. Mit letzter Kraft und eisernem Willen stand sie auf und wich vor ihm zurück, bis sie mit dem Rücken an der Wand stand. Panik war in ihrem Blick, als er vor ihr stand und seine Hand um ihren Hals legte und langsam zudrückte. Sein Gesicht war dicht vor ihrem, sodass sie seine Alkoholfahne riechen konnte, die ihr fast die Luft zum Atmen raubte. Sie riss Augen und Mund auf und röchelte.

»Ich schwöre dir«, lallte er, »eines Tages bringe ich euch Schlampen alle um. Ihr seid den Dreck unter dem Nagel nicht wert.«

»Bitte, Michael«, krächzte sie, »ich bekomme keine Luft.«

»Ach, ist das so? So fühlt es sich nun mal an, wenn dir die Luft zum Atmen genommen wird«, flüsterte er. »So fühle ich mich. Ihr alle habt mir die Luft zum Atmen genommen. Jetzt weißt du, wie es mir geht.«

Er lockerte seine Hand und ging einen Schritt zurück. »Und jetzt verpiss dich. Ich will dich nicht mehr sehen.«

Sie rannte aus der Wohnung, raus auf die Straße. Tränen liefen ihr übers Gesicht. Sie wollte schreien, aber kein Ton kam aus ihr heraus. Ihr Hals schmerzte, das Herz schlug bis zum Hals. Sie rannte zur Bushaltestelle, doch sie hatte Angst, auf den Bus zu warten, und lief weiter, drehte sich um, um zu sehen, ob er ihr folgte. Doch er tat es nicht. Sie wusste nicht mehr, wie lange sie gelaufen war, als sie stoppte und nach Luft schnappte.

»Oh mein Gott«, dachte sie. *»Der ist ja gemeingefährlich, eine tickende Bombe.«*

***

Michael hatte Jasmin schweigend zugehört.

»Das ist gestern passiert«, sagte sie. »Du glaubst gar nicht, was für eine Angst ich hatte.«

Michael zitterte. »Das alles habe ich gesagt? Ich habe dich gewürgt?«

»Ja, hast du«, flüsterte sie. »Ich hatte den ganzen Abend Halsschmerzen.«

»Wie geht es dir jetzt?«

»Besser. Nicht gut, aber besser.«

»Aber das bin doch nicht ich. Das kann ich doch nicht sein. Ich könnte nie einer Fliege etwas zuleide tun, und dir schon gar nicht«, sagte er mit zitternder Stimme.

»Doch, Michael, auch das bist du. In dir steckt so unbeschreiblich viel Wut. Du hast es die ganzen Jahre weggedrückt, verdrängt, aber sie ist da. Ich habe sie gesehen.«

»Nein«, flüsterte er, »ich habe diese Wut nicht und ich will sie auch nicht.«

»Das weiß ich, aber sie ist nun mal in dir und du brauchst Hilfe, professionelle Hilfe.«

»Was meinst du damit?«

»Du solltest zu einem Psychiater gehen. Der kann dir helfen, deine Geschichte aufzuarbeiten und deine Gefühle …«

»Nein«, schrie er. »Ich bin nicht verrückt. Ich bin doch kein Psychopath. Was redest du mir da ein?«

»Ich …«, sie schluckte. »Ich kann dir nicht mehr helfen. Ich liebe dich noch immer, sicherlich auf eine andere Art, aber ich liebe dich noch immer. Nur helfen kann ich dir nicht mehr. Das kannst nur du alleine mithilfe eines Fachmannes.«

»Ich brauche niemanden«, brüllte er. »Ich habe nie jemanden gebraucht. Hörst du? Ich habe alles alleine gemacht. Ich war immer auf mich allein gestellt. Und jetzt willst du mich für verrückt erklären? Soll ich mich wegsperren lassen? Willst du das?«

»Michael, ich kann nicht mehr. Ich leg jetzt auf. Mach es gut und pass auf dich auf.«

»Nein, warte!«, rief er, doch da hatte sie schon aufgelegt.

Er wusste nicht, wie lange er auf der Couch gesessen und die zerrissenen Papiere angestarrt hatte, als er plötzlich die Glocken der Kirchturmuhr hörte. Er sah auf die Armbanduhr. Siebzehn Uhr. Langsam ging er zum Telefon und hob den Hörer ab.

»Hallo Christiane, hier ist Michael. Nein, ich schaffe es heute nicht mehr, tut mir leid, aber ich muss noch Papiere sortieren. Ja, morgen auf alle Fälle. Um vier schon? Ja, das geht. Grüß Matthias von mir. Danke – tschüss.«

Er drückte die Gabel hinunter, ließ sie dann wieder los und wählte Jasmins Nummer.

»Hallo, hier ist Michael«, sagte er, als sie sich gemeldet hatte. »Nein, warte, bitte nicht auflegen. Vielleicht hast du recht und ich muss etwas tun, ich weiß nur noch nicht was und wie. Aber deswegen rufe ich nicht an. Ich wollte dir nur sagen ...«, er schluckte. »Ich wollte dich nur bitten, mir diesen Wisch von deinem Rechtsanwalt ... ja genau, die Scheidungsfolgevereinbarung ... zuzuschicken. Ich sehe sie mir an und schicke sie dann zurück ... Ja klar, es ist wohl das Beste so. Es tut mir leid wegen gestern und vorhin. Ich weiß auch nicht, was mit mir los ist ... Danke, dir auch alles Gute.«

Er legte den Hörer auf die Gabel und öffnete sein Barfach. Es war leer.

»Gott sei Dank«, dachte er. *»Gut, dass nichts mehr da ist.«*

Er betrachtete nochmals die Papierfetzen auf dem Tisch und setzte sich auf die Couch, spürte Angst, ein Gefühl, das er aus seiner Kindheit nur zu gut kannte. Angst vor Strafe, Angst vorm Verstoßen und Verlassen werden, Angst vorm Alleinsein. Plötzlich stellte er fest, dass es das einzige Gefühl war, das er wirklich kannte. Angst. Sie konnte er einschätzen und sie ließ er zu. Doch jetzt kam noch Angst vor seiner Wut dazu, Angst davor, dass er die Kontrolle über sich verlieren und jemandem schaden könnte.

»Ich habe die Frau, die ich liebe, bedroht und angegriffen«, dachte er. *»Wie weit wäre ich gegangen, wenn nicht noch ein Fünkchen Kontrolle in mir gewesen wäre? Was hätte ich ihr angetan?«*

Er legte das Gesicht in seine Hände und wollte weinen, sehnte sich nach Tränen der Befreiung, doch sie fanden ihren Weg nicht.

»Wer bin ich, wenn ich keine Angst habe?«, dachte er. *»Wer bin ich, wenn ich keine Kontrolle über mich habe? Eine Bestie? Ein Killer? Ein Psychopath?«*

Langsam begann er, die Papierfetzen zu sortieren und zusammenzulegen, und klebte sie in mühevoller Kleinarbeit mit Tesafilm zusammen. Es war schon tiefe Nacht, als er den letzten Rest zusammengeklebt und in die Ordner einsortiert hatte. Er starrte eine Weile vor sich hin, ging dann zum Wohnzimmerschrank und nahm ein Bild von Jasmin in die Hand, setzte sich wieder auf die Couch und betrachtete es lange.

»Ich gebe dich frei, mein Schatz«, flüsterte er dem Bild zu. »Leider bin ich nicht der gute Mensch, für den du mich immer gehalten hast. In mir schläft eine Bestie und ich gebe dich frei, um dich vor mir zu schützen.«

Michael lag im Bett und starrte durch die Dunkelheit die Decke an. Seine Gedanken kreisten und er fragte sich, was tatsächlich passiert war.

»Hat mir Jasmin wirklich alles erzählt?«, fragte er sich. *»Habe ich sie womöglich geschlagen?«*

Nein, das konnte nicht sein. Das würde er nie tun, außerdem hätte sie ihn dann nicht angerufen.

»Ich muss ausgeflippt sein, als sie weg war«, resümierte er. *»Und zwar richtig.«*

Er konnte sich überhaupt nicht vorstellen, dass er so wütend werden konnte, dass er Stühle umschmiss, Ordner aus den Regalen riss und Papiere zerfetzte.

»Das muss doch ein Heidenlärm gewesen sein. Die Nachbarn müssen doch etwas davon mitbekommen haben.«

Als er von Matthias und Christiane nach Hause kam, begegnete ihm eine ältere Dame. Er bildete sich ein, dass sie ihn merkwürdig und ängstlich musterte. Klar war ihm, dass er das Barfach komplett geplündert hatte. Fraglich war indes, ob er noch woanders gewesen war und getrunken hatte oder ob er durch die Gegend gelaufen, bis er letztendlich am Planetarium eingeschlafen war.

»Wenn ich das, was noch im Barfach war, alleine getrunken habe, kann ich unmöglich noch woanders gewesen sein«, schloss er. *»Wahrscheinlich bin ich dann im besoffenen Kopf in den Stadtpark gelaufen.«*

Er sah auf den Wecker auf dem Nachtschrank. Es war drei Uhr morgens und er war hundemüde, doch er hatte das Gefühl, nicht schlafen zu können.

»So etwas im Winter und ich wäre erfroren«, malte er sich aus.

Er zitterte am ganzen Körper und kalter Schweiß bedeckte ihn. Das Kopfkissen war komplett nassgeschwitzt und sein Puls raste. Er hatte das Gefühl, auf Alkoholentzug zu sein. Seit Angelika ihm von ihrer Schwangerschaft erzählt hatte, war er die meiste Zeit betrunken.

»Nein«, dachte er, *»ich habe nicht getrunken. Gesoffen. Ich habe gesoffen.«*

Tatsächlich hatte er sich alles reingeschüttet, was im Barfach gewesen war, egal ob Whiskey, Rum, Wein, Liköre – einfach alles.

»Und lass mal eine Weile den Alkohol weg«, hallten ihm Christianes Worte durch den Kopf. *»Das würde dir bestimmt auch ganz gut zu Gesicht stehen.«*

Er hatte beschlossen, auf sie zu hören, aber am Abend war er doch versucht, sich entweder ein paar Flaschen Bier zu holen oder in die Kneipe zu gehen. Was ihn davon abhielt, war nicht Vernunft oder Einsicht, sondern Angst. Angst abzustürzen, nicht mehr hochzukommen und endgültig dem Alkohol zu verfallen, Angst vor unkontrollierten Wutausbrüchen.

»Du kommst aus der Gosse und wirst in der Gosse landen«, waren die Worte seiner Pflegemutter, die ihn durch seine Kindheit begleitet hatten. War es eine Prophezeiung oder sein Fluch?

Es dämmerte bereits, als er in einen leichten Schlaf fiel, doch als er aufwachte und auf seinen Wecker blickte, stellte er fest, dass er gerade einmal zwei Stunden geschlafen hatte. Er fühlte sich wie gerädert und durch den Wolf gedreht. Dennoch stand er auf und schlurfte in die Küche, um eine Kanne Kaffee aufzusetzen. Trotz einer lähmenden Müdigkeit spürte er diese wilde Entschlossenheit, dem ganzen Spuk ein Ende zu setzen.

»Du schaffst das, Junge«, sagte er zu der blubbernden Kaffeemaschine. »Du hast bisher alles auf die Reihe bekommen und du lässt dich nicht unterkriegen. Du hast dich nie unterkriegen lassen. Keinen Alkohol und keine Frauen mehr, solange bis du dich wieder gefangen hast. Spätestens Anfang September hast du irgendeine Arbeit, und wenn du irgendeinen Hof kehrst.«

In diesem Moment spürte er wieder die Kraft, seine innere Stärke und Entschlossenheit, sein Leben in den Griff zu bekommen.

***

Leicht und locker lief Matthias durch den Stadtpark, während Michael mühsam versuchte, sein Tempo mitzuhalten.

»Mach mal etwas langsamer«, hechelte er. »Ich bin jetzt schon am Ende.«

»Wir sind doch gerade erst losgelaufen«, grinste Matthias. »Ein bisschen Gas geben darfst du schon.«

»Herrgott, ich habe ewig nichts mehr gemacht. Ich brauch schon noch etwas Zeit, bis ich wieder Kondition habe.«

»Quatsch, das Tempo ist ideal. Man soll nur so schnell laufen, dass man sich noch ohne Mühe unterhalten kann.«

»Ich bekomme selbst dann kaum ein Wort raus, wenn wir stehen bleiben.«

»Du machst das schon ganz ordentlich«, lobte Matthias. »Freu dich auf ein schönes Abendessen nachher. Christiane kocht vorzüglich.«

»Ihr werdet mich füttern müssen.«

Matthias lachte. »Wie kann ich dich denn noch motivieren, damit du dich nicht so hängen lässt?«

»Keine Ahnung«, japste Michael. »Letzte Woche hättest du nur eine Flasche Bier vor meine Nase halten müssen wie dem Gaul eine Möhre.«

Matthias steuerte Richtung Planetarium und Michael keuchte mühsam hinter ihm her.

»Du könntest dich ja wieder am Teich ausruhen«, frotzelte Matthias.

»Ach nee, lass mal«, grinste Michael. »Das Hotel kenne ich schon. Das war ziemlich zugig.«

Michael sah auf die Armbanduhr. »*Noch knapp zehn Minuten, dann hast du es geschafft*«, versuchte er sich aufzubauen.

»Das ging doch schon ganz gut«, meinte Matthias, als sie die Haustür erreichten. Er begann sich zu dehnen, während Michael seine Hände auf seine Beine stützte und mühsam nach Luft rang. »Und es wird von Tag zu Tag besser werden.«

Jede Treppenstufe fiel Michael schwer und der Schweiß lief in Strömen an ihm herunter.

»Schwitzt du gar nicht?«, fragte er Matthias. Tatsächlich zeigten sich nicht einmal kleinste Schweißperlen auf seiner Stirn.

»Wovon denn?«, grinste dieser Michael an und schloss die Wohnungstür auf. Der Geruch von Knoblauch wehte ihnen entgegen.

»Was gibt's, Schatz?«, fragte Matthias und gab Christiane, die geschäftig in einem Topf rührte, einen Kuss auf die Wange.

»Spaghetti Bolognese«, sagte sie. »Die Tomaten mussten weg.«

»Hey«, grüßte Michael, als er ebenfalls die Küche betrat.

»Hey.« Christiane lächelte ihn an. »Und? Hast du es überlebt?«

»Ich bin mir nicht sicher«, grinste er.

»Willst du zuerst duschen?«, fragte Matthias und Michael schüttelte den Kopf.

»Geh du zuerst«, sagte er. »Ich muss erst mal ausschwitzen. Das hat jetzt noch gar keinen Sinn zu duschen.«

Matthias nickte und verschwand im Bad. Kurze Zeit später hörten sie das Wasser rauschen. Schweigend standen Christiane und Michael nebeneinander. Ab und zu sah sie ihn lächelnd an und er lächelte verlegen zurück.

In den nächsten Nächten schlief Michael schlecht, wachte schweißgebadet und zitternd auf, doch seine Abstinenz zeigte schließlich Wirkung und sein Körper beruhigte sich wieder. Er joggte täglich mit Matthias und seine Kondition wurde besser. Wenn Christiane Nachtschicht hatte, saßen die Männer abends noch lange zusammen und redeten. Michael fasste mehr und mehr Vertrauen zu diesem jungen Mann, den er kaum kannte. Er erzählte seine Geschichte und fand in ihm einen guten und geduldigen Zuhörer. Er genoss diese sich zwischen ihnen entwickelnde Freundschaft, die ihm Halt gab und ihn in seiner Abstinenz unterstützte.

Tagsüber schrieb er Bewerbungen, ging in Betriebe und fragte nach Arbeit, doch auf seine schriftlichen Bewerbungen erhielt er entweder keine Antworten oder schnelle Absagen. Für einfache Arbeiten war er als Jurist überqualifiziert.

»Wir wollen unsere Mitarbeiter langfristig an uns binden und mit ihnen planen«, hörte er sie sagen. »Sie dagegen werden wieder weg sein, sobald Sie etwas Besseres gefunden haben.«

»Ich habe noch knapp einen Monat Zeit«, sagte er eines Abends zu Matthias und Christiane. »Ich weiß langsam nicht mehr, wo ich mich noch bewerben soll.«

»Was soll's«, tröstete Christiane. »Dann meldest du dich eben arbeitslos und suchst in Ruhe weiter.«

Michael nickte. »Mir wird da wohl nichts anderes übrig bleiben. Morgen fahre ich mal zum Arbeitsamt. Dann bin ich ja so ziemlich den ganzen Tag beschäftigt.«

»Kennst du dich eigentlich im internationalen Handelsrecht aus?«, fragte Matthias zögernd. »Ich meine, so gut kennen wir beide uns ja noch nicht und deshalb bin ich vorsichtig mit Vorschlägen, aber ich könnte mal bei meinem Vater nachfragen. Ich glaube, die suchen jemanden.«

»Würdest du das tun?«

»Ich kann mal nachhorchen, aber wenn du mich in die Pfanne haust oder Löffel klaust, kann ich mich da auch nicht mehr blicken lassen. Also enttäusche mich nicht.«

»Auf keinen Fall, mein Freund«, sagte Michael und schöpfte wieder Hoffnung. »Auf keinen Fall.«

Nach einer Weile des Schweigens lächelte Michael. »Meine Sauferei hatte auch etwas Gutes.«

»Was war denn daran so toll?«, fragte Matthias und sah ihn verblüfft an.

»Hätte ich mich nicht ins Delirium gesoffen, wären wir uns nicht begegnet und ich hätte nicht so wunderbare Menschen getroffen und Freunde gewonnen.«

Kapitel 4 – Die Flucht

Die Tage in der Wildnis wurden im Laufe des Sommers wärmer und der Mann hatte mit Dakota immer wieder Streifzüge in die Wälder unternommen, mal zu Pferd und dann wieder zu Fuß. Er hatte sich eingebildet, die Umgebung erkunden zu wollen, aber im Grunde wusste er nicht, wonach er suchte. Er fühlte sich rast- und ruhelos und fragte sich anfangs, ob es tatsächlich eine so gute Idee gewesen war, sich auf den Vorschlag des Alten Jack einzulassen, doch mit der Zeit begann er die Ruhe und die Stille zu genießen. Es gelang ihm immer mehr, die Stimmen der Wildnis den jeweiligen Tieren zuzuordnen, konnte anhand des Sonnenstandes die Uhrzeit bestimmen und Entfernungen abschätzen, damit er rechtzeitig wieder in der Hütte war. Manchmal saß er auch einfach vor der Hütte und dachte über sein bisheriges Leben nach und irgendwann begann er seine Gedanken aufzuschreiben. Zunächst aus Langeweile, dann weil es ihm einfach gefiel und er spürte, dass er seine Gefühle und Gedanken in sein Bewusstsein rufen konnte.

An einem lauen sonnigen Morgen war er mit Dakota zum Fluss aufgebrochen, um diesen mit dem Kanu zu erkunden. Zu seiner Überraschung war Dakota sofort und ohne Gegenwehr ins Kanu gesprungen und betrachtete interessiert die Gegend, während der Mann den ruhigen Fluss entlang paddelte. An dieser Stelle war der Fluss recht schmal und hatte nur wenig Strömung, sodass er sich um den Rückweg keine Gedanken machen musste. Als der Fluss in einen See mündete, lenkte er das Kanu an einer seichten Stelle ans Ufer und zog das Boot an Land, um den See und die wärmenden Sonnenstrahlen zu genießen. Er lauschte dem Rauschen des Wassers, während Dakota faul neben ihm lag und sich die Sonne auf sein Fell scheinen ließ.

»Irgendwie hat der Alte schon recht gehabt«, dachte der Mann und schmunzelte. *»Ich bin alleine hier irgendwo im Nirgendwo und noch immer nicht wahnsinnig geworden. Wer hätte das gedacht.«*

Er streckte sich auf dem Boden aus und schloss die Augen.

»Mein Leben war schon scheiße«, sinnierte er, *»aber immer wieder hatte ich auch Menschen, die mir geholfen haben. Vielleicht ist der Alte Jack ja auch so jemand, der mir einfach begegnen musste, um mein Leben wieder in die Spur zu bringen.«*

Er döste vor sich hin, als ihn der schrille Schrei eines Vogels aus seinem Dämmerzustand riss. Ein Raubvogel kreiste über dem See auf der Suche nach Beute.

»Das könnte ein Bussard sein«, sagte der Mann zu Dakota, den das jedoch nicht zu interessieren schien. Er beobachtete den Vogel, der sich, den Aufwind nutzend, ohne Flügelschlag immer höher in die Luft schraubte und große Kreise über den See zog. Ihn faszinierte dieses Tier, das so anmutig und geduldig Ausschau nach Beute hielt.

»Quatsch«, sagte er. »Für einen Bussard ist er viel zu groß. Das muss ein Seeadler sein. Hat der eine riesige Spannweite.«

Er stand auf und ging an das Ufer.

»Diese Ruhe und Geduld hätte ich nicht«, dachte er. *»Stundenlang in der Luft zu kreisen, nur um etwas Fressbares zu finden.«*

Er betrachtete Dakota, der ruhig atmend vor sich hin schlummerte.

»Für dich spielt Zeit auch keine Rolle, was?«, sagte er zum Hund, der nur einmal kurz seine Ohren aufrichtete und dann wieder entspannte.

»Nein, tut sie nicht«, sagte der Mann lächelnd. »Von euch Tieren kann man wirklich noch etwas lernen. Vielleicht schaffe ich das ja auch mal irgendwann.«

Er streckte sich wieder auf dem warmen Boden aus, schloss die Augen und döste weiter vor sich hin.

Ein kühler Luftzug weckte ihn und er bemerkte die inzwischen aufgezogenen dunklen Wolken, die sich langsam wie eine Wand auf der anderen Seite des Sees aufbauten.

»Wir sollten umkehren«, sagte er zu Dakota. »Es könnte Regen geben.«

Als er aufstand und zum Kanu ging, um es ins Wasser zu schieben, sprang Dakota hinein und sah dem Mann zu, der schwerfällig in das schaukelnde Boot kletterte. Der Hund ließ seine lange Zunge aus dem Maul hängen und beobachtete seinen Gefährten beim Paddeln.

»Du könntest auch gerne mal das Ruder in die Hand nehmen«, lachte der Mann.

Plötzlich hörte er ein erstes Grummeln, dem rasch ein zweites folgte, und blickte in den Himmel.

»Es gibt ein Gewitter«, stellte er mit einem Blick hinter sich in die immer dunkler werdende Wolkenwand fest. »Hoffentlich schaffen wir das noch rechtzeitig zurück.«

Doch diese Hoffnung zerschlug sich sehr schnell. Es wurde immer dunkler, das Grollen lauter und erste Blitze zuckten über den Himmel.

»Mist. Das Gewitter holt uns ein«, sagte er. »Bei Gewitter sollten wir nicht auf dem Wasser sein.«

Er sah sich nach einem geeigneten Platz um, aber an dieser Stelle war das Ufer zu stark bewachsen und nicht flach genug, um das Kanu irgendwo anzulanden. Erste Regentropfen trafen ihn und plötzlich goss es wie aus Kübeln. Die Blitze schienen ihm jetzt bedrohlich nahe und das Donnern, das direkt folgte, ließ ihn zusammenzucken.

»Gewitter und ich sind keine Freunde«, sagte er zu Dakota. »Wir müssen vom Wasser, egal wohin.«

Er lenkte das Kanu ans Ufer und schob sich unter Bäume und Äste, die über das Wasser ragten. Längst war er bis auf die Haut durchnässt und auch Dakota sah aus wie frisch aus der Waschmaschine geschlüpft. Er hoffte, dass die Äste über ihnen zumindest Schutz vor den immer öfter zuckenden Blitzen boten. Er packte einen Baumstamm, der aus dem Wasser ragte und umklammerte ihn, um nicht wieder auf den Fluss getrieben zu werden.

»*Gewitter dauern nicht lange*«, dachte er. »*Das ist bestimmt bald abgezogen.*«

Unaufhörlich prasselte der Regen auf Mensch und Tier, gefolgt von Blitzen und Donnern.

»*Wenigstens ist es warm und windstill*«, dachte er. »*Wenn jetzt noch Wind wäre, würde ich frieren wie ein Schneider.*«

Doch plötzlich fiel ihm auf, dass die Windstille auch einen Nachteil hatte: Das Gewitter zog nicht ab, sondern stand direkt über ihnen und entlud sich mit all seiner Macht.

»Oh Mann«, stöhnte er. »Das kann länger dauern, als mir lieb ist.«

Nach einer Weile ließ der Regen etwas nach, aber noch immer schossen Blitze quer über den Himmel. Der Mann hatte kein Zeitgefühl mehr, wusste nicht, wie lange er mit dem Hund schon im Kanu saß und auf das Ende des Gewitters wartete. Plötzlich bemerkte er einen großen, graublauen Vogel, der den Fluss entlang segelte und sich auf der anderen Uferseite auf einem einsam in die Luft ragenden Ast niederließ.

»Hey«, sagte der Mann lächelnd. »Wer bist du denn?«

Er betrachtete den Vogel, der sein Gefieder aufgeplustert hatte, und wartete. Der Mann erwartete, dass der Vogel jeden Moment seine Flügel ausbreiten und seine Reise fortsetzen würde, doch nichts geschah.

»Willst du mir Gesellschaft leisten und mit mir zusammen das Gewitter abwarten? Das wäre schön.«

Das Tier strahlte eine Ruhe aus, die sich auf den Mann übertrug und ihn entspannte. Er hatte ein Gefühl, das er noch nicht kannte: Er gehörte zum Fluss, zum Wald, zum Gewitter, war Eins mit der Natur. Ebenso wie der Vogel war er nichts anderes als einfach nur da, als ein Teil des großen Ganzen. Nichts Besonderes, nicht wichtiger, aber auch nicht unwichtiger als alles andere um ihn herum. In diesem Moment hatte er keine Angst vor den Blitzen und spürte eine ihm völlig unbekannte, in sich selbst ruhende Gelassenheit.

Das Grollen verzog sich langsam, die Blitze wanderten weiter, doch er nahm es nicht wahr, betrachtete einfach nur den Vogel, der noch immer auf dem Ast saß und zu ihm herübersah. In diesem Moment fühlte sich der Mann befreit. Frei von Ängsten, frei von Zwängen, frei von Zeit. Nichts war wichtig.

Längst hatte es aufgehört zu regnen und die ersten Sonnenstrahlen kämpften sich bereits durch die Wolken, als er das Paddel in die Hand nahm und das Kanu langsam auf den Fluss steuerte. Noch einmal sah er zum Vogel.

»Danke, mein Freund«, sagte er leise. »Danke für deine Gesellschaft und dass du mit mir gewartet hast.«

Das Kanu glitt ruhig durch das Wasser, bedient von einem glücklichen, in sich hineinlächelnden Mann.

»*So also fühlt sich Freiheit an*«, dachte er.

Er betrachtete Dakota, der in einer Pfütze aus Wasser saß und ihn teilnahmslos ansah.

»Als wir uns trafen, hattest du keinen Namen«, sagte er zu ihm. »Hättest du auch auf einen anderen Namen als ›Dakota‹ gehört?«

Der Hund leckte sich seine Lefzen, als würde ein Stück Fleisch vor ihm liegen, und ließ die Zunge dann wieder hechelnd aus seinem Maul hängen.

»Natürlich hättest du das, weil du einen Namen wolltest.«

Dakota legte den Kopf schief und hob seine Ohren.

»Wir alle brauchen einen Namen, damit wir wissen, wer wir sind und wo wir hingehören.«

Ruhig glitt das Paddel ins Wasser und trieb das Kanu voran.

»Ich weiß noch immer nicht, wer ich wirklich bin«, fuhr er fort. »Aber wenn ich es jemals erfahren möchte, muss ich aufhören, mich zu verleugnen.«

Er legte das Paddel ins Boot, sah Dakota lange an, als warte er auf einen Vorschlag, was er jetzt tun sollte.

»Es ist nicht wichtig, ob ich es heute oder morgen oder übermorgen erfahre«, überlegte er. »Zeit spielt keine Rolle. Wie für den Adler, der über dem See kreist, oder dem Vogel, der das Gewitter abwartet. Wichtig ist nur, dass ich zu dem Mann stehe, der ich bin.«

Er stand auf und straffte die Schultern.

»Also gut, Dakota: Darf ich mich vorstellen? Angenehm: Mein Name ist Michael Kowalczyk.«

Er breitete die Arme weit auseinander.

»Ich … bin … Michael … Kowalczyk«, rief er lachend den weißen Wolken zu, die am blauen Himmel ihren Weg zogen, als hätte es nie ein Gewitter gegeben.

Dakota sprang auf und wedelte laut bellend mit dem Schwanz und das Kanu begann bedenklich zu schaukeln, doch weder Hund noch Mensch störte es.

»Ich bin frei!«, hallte es über den Fluss, unterstützt vom Bellen eines großen Mischlings.

***

Christiane schlurfte vom Schlafzimmer in die Küche. Ihre Haare lagen wild durcheinander, wie sie es immer taten, wenn sie sich hingelegt und geschlafen hatte. Sie war morgens früh um vier Uhr aufgestanden und zur Frühschicht ins Krankenhaus gefahren. Normalerweise konnte sie nachmittags gut schlafen und zur Ruhe kommen, doch heute hatte sie sich hin und her gewälzt.

In dieser Woche war Matthias auf Geschäftsreise, eine Zeit, die sie normalerweise genoss und für sich nutzte, sei es, um in Ruhe einzukaufen oder auch einfach nur um auszuschlafen und abzuhängen. Auch Michael wollte diese Zeit nutzen, um sich mal wieder mit alten Freunden wie Ulli und Blacky zu treffen. Er hatte sie schon eine Weile nicht mehr gesehen, doch Matthias und Christiane bestanden darauf, dass er Christiane nach dem Joggen Gesellschaft leistete und mit ihr zu Abend aß.

»Dann weiß ich dich wenigstens gut versorgt«, hatte Matthias gescherzt, »und du kommst nicht auf dumme Gedanken.«

Christiane sah auf die Uhr: Es war inzwischen siebzehn Uhr und Michael würde jeden Augenblick kommen. Danach würden sie zusammensitzen und bis spät in die Nacht reden, philosophieren und über ihre kreisenden Gedanken lachen. So war es gestern und vorgestern und vorvorgestern. Sie mochte diese tiefschürfenden Gespräche mit ihm, mochte diesen Mann, der vor einigen Wochen wie aus dem Nichts in ihr gemeinsames Leben geplatzt war und auf eine merkwürdige Art, die sie heute beunruhigte, fühlte sie sich zu ihm hingezogen. Sie holte Salat aus dem Kühlschrank und begann ihn zu waschen. Sie dachte daran, dass Matthias die Geschäftsreise nutzen wollte, um mit seinem Vater über eine mögliche Anstellung von Michael zu sprechen.

»Vielleicht ist es gar nicht gut, wenn er bei Matthias in der Firma arbeitet«, dachte sie. *»Vielleicht ist das alles viel zu viel.«*

Sie schälte Karotten und schnitt sie in kleine Scheiben. Am gestrigen Abend hatte sie ihm von ihrer schwierigen Beziehung zu ihrem Vater erzählt, dass sie sich von ihm nicht geliebt und nie gut genug für ihn fühlte. Sie hatte geweint und Michael seinen Arm um sie gelegt und ihr über die Haare gestrichen. Schweigend hatten sie auf der Couch gesessen. Sie hatte seinem Herzschlag zugehört, sich in seinen Armen beschützt und geborgen gefühlt und hätte sich in diesem Moment am liebsten ganz klein gemacht und ihn nie wieder losgelassen.

»*Was ist an diesem Mann?*«, dachte sie. »*Was macht er mit mir?*«

Nachts hatte sie von ihm geträumt, dann von Matthias, wieder von Michael, dann vermischten sich Eigenschaften beider Männer. Als der Wecker sie aus dem Schlaf gerissen hatte, hatte sie nicht so recht gewusst, neben welchem der beiden Männer sie in diesem Moment am liebsten aufgewacht wäre.

Sie zuckte zusammen, als es an der Tür schellte und sah auf die Uhr. siebzehn Uhr dreißig. Michael. Sie zögerte. Ihr Herz schlug bis zum Hals. Sie wollte aufmachen und ihn hereinlassen, aber sie bewegte sich nicht. Es schellte erneut, lang und aufdringlich, doch sie bewegte sich nicht.

»*Geh einfach*«, fuhr es ihr durch den Kopf. »*Bitte geh einfach.*«

Doch es schellte nochmals, länger, aufdringlicher. Sie wartete darauf, dass es erneut schellte, doch jetzt blieb es ruhig. Sie lauschte. Stille. Ihr Herz klopfte so laut, dass sie glaubte, es hören zu können. Sie wusste nicht, wie lange sie in die Stille lauschte, als sie vom schrillen Schnarren des Telefons aus ihrer Lethargie gerissen wurde. Aufgeschreckt lief sie in den Flur und starrte auf das grelle grüne Telefon.

»*Matthias? Michael?*«, fuhr es ihr durch den Kopf.

»Das muss Michael sein«, sagte sie zu sich. »Für Matthias ist es noch zu früh.«

Das Schnarren hörte auf, doch nach wenigen Minuten ging es erneut los.

Sie lief ins Wohnzimmer, warf sich auf die Couch und hielt sich die Ohren zu.

»Hör auf«, rief sie plötzlich. »Hör endlich auf.«

Das Schnarren hörte auf. Fünf Minuten vergingen. Zehn Minuten. Plötzlich schnarrte es erneut. Wut packte sie. Sie rannte in den Flur und riss den Hörer von der Gabel.

»Lass mich in Ruhe«, brüllte sie. »Weißt du eigentlich nie, wann du anderen Menschen auf den Geist gehst und es genug ist?«

Sie knallte den Hörer auf die Gabel, rannte ins Schlafzimmer und warf sich aufs Bett, grub ihr Gesicht ins Kopfkissen und ließ ihren Tränen freien Lauf.

***

Michael stand in der Telefonzelle und hängte langsam den Hörer wieder ein. Er sah sich verwirrt um. Vor der Telefonzelle stand ein älterer Herr und sah ihn vorwurfsvoll an.

»Sie sind nicht der Einzige auf der Welt, der telefonieren will«, fuhr er ihn an.

»Entschuldigung«, murmelte er und hielt ihm die Tür auf.

Der wütende Blick des Mannes begleitete ihn, doch er nahm ihn nicht wahr. Christianes Worte hallten durch seinen Kopf.

»Lass mich in Ruhe. Weißt du eigentlich nie, wann du anderen Menschen auf den Geist gehst und es genug ist?«

»Was ist denn passiert?«, dachte er. »Was habe ich denn jetzt schon wieder angestellt?«

Die Autos brausten über die vierspurige Straße, doch er registrierte den Verkehrslärm nicht. Er war durchgeschwitzt vom Joggen und ihm fröstelte. Langsam setzte er einen Schritt vor den anderen und ging langsam ins Laufen über.

»Ungefähr vier Kilometer bis nach Hause«, dachte er. »Das schaffe ich auch noch.«

Seine Gedanken kreisten. »Warum wenden Menschen sich von mir ab? Warum war sie so aggressiv? Warum redet sie nicht mit mir? Man kann doch alles besprechen. Oder nicht?«

Knapp eine halbe Stunde später stand er in seiner Wohnung, zog sich sein nassgeschwitztes Shirt aus und trocknete sich ab. Immer wieder ging er in den Flur und betrachtete das Telefon.

»*Anrufen oder nicht anrufen?*«, dachte er. »*Vielleicht hat sie sich ja jetzt etwas beruhigt und vielleicht hatte es ja auch gar nichts mit mir zu tun.*«

Er zögerte, nahm den Hörer ab und legte wieder auf. Er spürte Angst. Angst, dass sie ihn wieder beschimpfen, Vorwürfe machen könnte. Er fühlte sich schuldig und wusste nicht weshalb.

»*Ich muss doch irgendetwas gemacht haben, dass sie so wütend geworden ist*«, grübelte er. »*Habe ich etwas gesagt, das sie verletzt hat? Und wenn ja, was?*«

Die Zeit verging und es wurde allmählich dämmerig. Noch immer wischte er sich mit dem Handtuch über den Körper, obwohl er längst nicht mehr schwitzte, stand im Halbdunkel am Wohnzimmerfenster und sah hinaus.

»Ich muss das klären«, sagte er plötzlich und ging in den Flur. »Sie soll mir einfach sagen, was los ist.«

Als er gerade den Hörer von der Gabel nehmen wollte, schellte das Telefon und er zuckte zurück.

»*Christiane*«, dachte er und nahm langsam den Hörer ab.

»Kowalczyk«, meldete er sich.

»Hallo, Michael«, hörte er eine Männerstimme. »Hier ist Matthias.«

»Hallo, Matthias«, rief Michael erstaunt. »Mit dir habe ich jetzt gar nicht gerechnet.«

»So? Mit wem hast du denn gerechnet? Egal. Christiane sagte mir, dass du heute wohl Zuhause bist. Ich wollte dir nur Bescheid sagen, dass ich mit meinem Vater gesprochen habe.«

Matthias hielt einen Moment inne.

»Das gibt leider nichts mit der Anstellung«, fuhr er fort. »Vielleicht im nächsten Frühjahr oder Herbst, aber im Moment stellen sie niemanden ein.«

»Okay«, sagte Michael leise. »Schade, das wäre natürlich schön gewesen.«

»Ja, finde ich auch«, sagte Matthias. »Aber du sollst auf alle Fälle Bewerbungsunterlagen hinschicken. Sie werden dich dann irgendwann zum Vorstellungsgespräch einladen. Vielleicht klappt das ja später.«

»Ja, gut. Das kann ich ja mal machen.«

Michael hörte Matthias Luft holen.

»Michael, ich muss dich etwas fragen«, sagte er schließlich. »Christiane war eben am Telefon etwas merkwürdig und machte so komische Andeutungen, mit denen ich nichts anfangen kann. Ist da etwas passiert, das ich wissen sollte?«

Michael zögerte einen Augenblick.

»Nein, nichts«, sagte er schließlich. »Ich wüsste jedenfalls nicht, was. Nur, dass sie mich vorhin ziemlich angeblafft hat. Ich weiß auch nicht, was los ist.«

»Aha … Okay … Na ja … Frauen eben. Manchmal sind sie schon etwas merkwürdig.« Matthias lachte gequält. »Ich komme Samstag zurück. Vielleicht können wir am Sonntag laufen und danach zusammen Kaffee trinken.«

»Ja, gut«, antwortete Michael. »Soll ich vorbeikommen oder rufst du vorher an?«

»Ich rufe dich Sonntag an.«

»In Ordnung. Dann bis Sonntag. Viel Erfolg für deine Meetings.«

»Danke, bis Sonntag.«

Michael legte den Hörer auf und dachte nach. Was immer mit Christiane los war: Er spürte, dass er das jetzt nicht mit ihr klären konnte und abwarten sollte. Vielleicht würde sich ja alles am Sonntag klären. Plötzlich hatte er das Gefühl, dass Matthias ihn am Sonntag nicht anrufen und sich auch Christiane nicht mehr bei ihm melden würde.

***

Michael wartete auf Matthias Anruf, doch nichts passierte. Auch in den darauffolgenden Tagen passierte nichts. Mehrfach hatte er den Telefonhörer in die Hand genommen und war versucht, bei ihnen anzurufen. »Ihr könnt doch mit mir reden«, wollte er ihnen sagen. »Warum lasst ihr mich in Ahnungslosigkeit zurück?« Doch letztendlich hielt ihn eine innere Stimme davon ab.

Er lief die gemeinsame Laufstrecke ab in der Hoffnung, dass er Matthias treffen würde, um mit ihm zu reden, aber er traf ihn nicht. So sehr er sich den Kopf zermarterte, er hatte keine Idee, keine Vorstellung, was passiert sein konnte, dass Christiane und Matthias keinen Kontakt mehr mit ihm wollten.

Eine Woche später hielt er einen Brief in der Hand. Er war von Christiane:

»Lieber Michael,

Du hast dich sicherlich schon gewundert, warum ich mich nicht mehr bei Dir gemeldet habe, aber ich habe etwas Zeit für mich gebraucht, um mir Gedanken über uns zu machen. Bis Du in mein Leben gekommen bist, war alles ganz ruhig und beschaulich. Wenn Matthias auf Geschäftsreise war, habe ich die Zeit für mich genutzt, und wenn er da war, haben wir unsere gemeinsame Zukunft geplant. Alles ist seinen gewohnten Gang gegangen.

Doch plötzlich bist Du aufgetaucht und alles war anders. Du hast Farbe in mein Leben gebracht und mir wurde klar, wie langweilig mein Alltag eigentlich ist. Wir haben gelacht, geredet und plötzlich schien mir alles ganz einfach, was vorher so groß und schwer war.

Ich habe Deine Freundschaft sehr genossen. Du hast mir gutgetan und immer ein offenes Ohr für mich gehabt. Du bist ein wunderbarer Mensch, ein toller Mann und großartiger Freund, auf den man sich verlassen kann, und ich kann mir kaum einen besseren Freund vorstellen.

Versteh mich bitte nicht falsch. Deine Freundschaft war und ist mir sehr wichtig, aber seit Matthias auf Geschäftsreise war, ist mir aufgefallen, dass Du meine Nähe gesucht hast und dass Du mich bei jeder sich bietenden Gelegenheit in den Arm nehmen wolltest. Da ist mir klar geworden, dass das schon die ganze Zeit so gewesen ist, und ich habe den Eindruck, dass Du die Freundschaft zu Matthias nur genutzt hast, um in meiner Nähe zu sein, dass Du mehr als nur meine Freundschaft möchtest. Es mag ja sein, dass ich mir das alles nur einbilde, aber ich kann mich auf mein Gefühl sehr gut verlassen und liege damit auch fast immer richtig.

Ich möchte Dich nicht aus meinem Leben verbannen, aber ich brauche erst einmal Zeit und Abstand, um für mich zu gucken, wie ich mit dieser Situation und Deinem Wunsch nach mehr Nähe zu mir umgehen soll. Ich habe das auch mit Matthias besprochen und wir möchten die nächste Zeit keinen Kontakt mit Dir. Vielleicht sieht es ja in zwei, drei Monaten ganz anders aus, aber im Moment sehe ich keine Basis für eine Freundschaft.

Ich hoffe, dass ich Dich mit diesem Brief nicht verletze, und wünsche Dir alles Liebe und nur das Beste.

Deine Christiane«

Michael faltete den Brief zusammen und legte ihn kopfschüttelnd auf den Tisch.

»Was schreibt sie denn da?«, dachte er. *»Matthias ist mein Freund und da grabe ich doch nicht seine Freundin an.«*

Er hatte sich nie um Frauen bemüht, die in einer Beziehung waren, und Frauen von Freunden waren für ihn erst recht tabu.

Er mochte Christiane und er hatte sie auch gerne um sich, aber mehr hatte er nie gewollt. Und doch überlegte er, ob er ihr falsche Signale gesendet hatte, ob er ihr nicht doch näher gekommen war, als er wollte, doch ihm fiel keine Situation ein. Natürlich hatte er sie in den Arm genommen, als sie geweint hatte, doch er hatte sich nichts dabei gedacht.

In den folgenden Tagen zermarterte er sich den Kopf, wollte Matthias anrufen und es richtigstellen, dann Christiane einen Brief schreiben, mit beiden reden, doch dann sah er keinen Sinn darin.

»Wenn sie das von mir glauben, werde ich sie kaum vom Gegenteil überzeugen können«, dachte er. *»Natürlich werden sie zusammenhalten und ich bin der Depp.«*

Aber er vermisste Christiane und Matthias, hatte sich in ihrer Familie aufgenommen, wertgeschätzt und gut aufgehoben gefühlt, doch jetzt fühlte er sich abgeschoben und alleingelassen.

»Mal wieder ausgestoßen«, dachte er. *»Mal wieder nicht gewollt.«*

Abends lag er auf der Couch und dachte über sein Leben nach. Immer wieder hallte ihm ein Wort durch den Kopf: »Ungewollt.« Seine Mutter, die ihn abgegeben, seine Pflegemutter, die ihn misshandelt, Jasmin, die ihn verlassen, Angelika, die ihn verleugnet hatte und jetzt Christiane und Matthias.

»Wie Weihnachten damals im Kinderheim«, dachte er und erinnerte sich an die einsamen Stunden in der Mittagszeit am Heiligabend 1964. Ein kleiner Junge, für den sich niemand interessierte, für den es gleichgültig war, ob er überhaupt existierte. Genauso lag der jetzt erwachsene Michael auf der Couch und starrte die Decke an. In diesem Moment fühlte er sich so einsam wie damals. Keine Familie, bis auf Ulli keine Freunde, keine Arbeit und vor allen Dingen: keine Perspektiven.

»Wieso existiere ich überhaupt? Bin ich nur dafür da, damit andere auf mir herumtrampeln? Welchen Sinn hat mein Leben? Hat es je einen Sinn gehabt«

Er fühlte sich von Gott und der Welt belogen, betrogen, alleingelassen, wertlos, ungewollt und unbeachtet, unwichtig. In diesem Moment bedeutete ihm seine eigene Existenz nichts.

»Wenn ich heute Nacht einschlafe und nicht wieder aufwache, ist es völlig in Ordnung«, dachte er. *»Was soll's? Wenn es das schon gewesen sein sollte, dreht sich die Welt eben ohne mich weiter. Wen interessiert's?«*

Mit diesen Gedanken schlief er ein, doch zu seiner eigenen Überraschung wachte er am nächsten Morgen wieder auf, ebenso wie an all den folgenden Morgen darauf.

***

An einem kühlen Morgen Ende September fuhr das voll beladene Containerschiff die Elbe von Hamburg in Richtung Cuxhaven auf die Nordsee zu. Michael stand an der Reling des alten Schiffes und blickte auf Blankenese. Das Schiff fuhr unter der Flagge Liberias, gehörte jedoch einer deutschen Reederei, unter der er bereits vor dreizehn Jahren für sechs Monate gefahren war. Viele Reedereien ließen ihre Schiffe unter ausländischer Flagge fahren, weil es durch die hohen Steuern und Sozialversicherungsabgaben unter deutscher Flagge zu teuer war. Dennoch unterlagen die Schiffe den deutschen Sicherheitsstandards und befanden sich deshalb in der Regel in einem sehr guten Zustand. Michael hatte viele ausländische Schiffe gesehen, die aussahen, als würden sie jeden Moment auseinanderbrechen. Er hatte 1981 das Verfahren vor dem Seeamt verfolgt, als das Containerschiff »E.L.M.A. Tres« gesunken war. Nur der damalige Erste Offizier hatte das Drama überlebt. Ein solches Verfahren wollte keine Reederei über sich ergehen lassen müssen.

Die Mannschaft bestand überwiegend aus Ausländern aus Billiglohnländern, vor allem Philippinos, die für wenig Geld die harte Arbeit an Bord ausübten, während die Offiziere Deutsche waren. Michael war neben den Offizieren der einzige Deutsche an Bord. Raphael, ein junger Holländer, der mit der Seefahrt sein Studium finanzieren wollte, stellte sich neben Michael und sog die kühle Morgenluft ein. Sie hatten sich am Vorabend kennengelernt und waren froh, dass wenigstens sie sich miteinander unterhalten konnten.

»Nimmst du Abschied von deiner Stadt?«, fragte er.

»In gewisser Weise«, antwortete Michael.

»Hamburg ist schön.«

»Ja. Wunderschön.«

Plötzlich schallte Musik aus Lautsprechern vom Ufer.

»Was ist das denn?«, fragte Raphael.

»Das ist ›Steuermann, halt die Wacht‹ aus ›Der fliegende Holländer‹. Du als Holländer solltest das doch eigentlich kennen.«

Als die Musik geendet hatte, schallte eine schnarrende Stimme aus den Lautsprechern.

»Die Musik kenne ich auch, aber was ist das da drüben?«

»Das ist die Schiffsbegrüßungsanlage ›Willkomm Höft‹«, erklärte Michael. »Die Gastronomie ist das ›Schulauer Fährhaus‹. Sie haben Daten über sämtliche Schiffe gespeichert und spielen die Musik und Erklärungen zu den Schiffen vom Band ab. Ich war früher oft mit meinem Vater hier.«

»Ich kann nicht verstehen, was die über unser Schiff erzählen«, sagte Raphael. »Zu viel Gegenwind.«

»Wer weiß, wofür das gut ist«, schmunzelte Michael.

Die Stimme endete und es hallte die Musik »Auf Wiedersehen – auf Wiedersehen, bleib nicht so lange fort« zu ihnen herüber.

»Wie lange wir wohl fort sind?«, sinnierte Raphael.

»Keine Ahnung.«

Raphael musterte ihn. »Ich habe gehört, dass du nicht für die ganze Reise angeheuert hast.«

Michael nickte. »Stimmt.«

»Wo zieht es dich hin?«

»Zunächst einmal geht's nach Boston«, sagte Michael. »Und dann mal sehen. Hauptsache weg von hier.«

Vor ein paar Wochen hatte Michael den Entschluss gefasst, wieder anzuheuern, und war glücklich, dass die Reederei noch kurzfristig einen Matrosen gesucht hatte. Seine Wohnung konnte er ab Oktober für ein Jahr an ein junges Pärchen untervermieten, sodass er sich um die Mietzahlungen keine Gedanken machen musste. Er war erleichtert, dass der Vermieter sich damit einverstanden erklärt hatte. Um alles Weitere wollte sich Ulli während seiner Abwesenheit kümmern.

»Vielleicht weiß ich ja bis dahin, was ich überhaupt will«, dachte er. *»Wer weiß, was so alles passiert.«*

Abgesehen von Ulli hatte er sich von niemandem verabschiedet. Nur Christiane und Matthias hatte er eine einfache Karte geschrieben:

»Danke für Eure Freundschaft. Gruß, Michael.«

***

»Du meine Güte, was für eine schöne Stadt«, strahlte Raphael. »Ich wusste gar nicht, dass Boston so schön ist.«

Vor zwei Tagen hatte das Schiff angelegt und Raphael nutzte einige freie Tage zusammen mit Michael, um die Stadt zu erkunden, bis er seine Reise fortsetzen und sie sich voneinander verabschieden mussten. Während der Überfahrt hatten sie sich angefreundet und Raphael wusste, dass er Michael vermissen würde, auch weil er einer der wenigen Mannschaftsmitglieder war, mit denen er sich aufgrund der Sprachbarrieren unterhalten konnte. Er versuchte Michael zu überreden, mit ihm weiterzufahren, doch dessen Entschluss stand fest, obwohl er kaum eine Vorstellung hatte, wo er überhaupt hin wollte.

»Ich habe mir auch eher eine triste Hafenstadt vorgestellt«, stimmte Michael zu. »Schließlich kann nicht jede Stadt so schön wie Hamburg sein.«

»Oh, Rotterdam ist auch nicht schlecht«, lachte Raphael.

»Okay, ihr habt den größeren Hafen«, grinste Michael, »aber das war's dann auch schon.«

Tatsächlich war die Hauptstadt des Bundesstaates Massachusetts eine Stadt, die europäisch wirkte und insbesondere unter irischem Einfluss stand, vor allen Dingen in South End, während North End mehr an Italien erinnerte.

»Hier in Boston wurde am vierten Juli 1776 die Unabhängigkeitserklärung unterschrieben und damit die USA gegründet«, dozierte Raphael.

»Das könnte aber auch in Philadelphia gewesen sein«, klärte Michael grinsend auf. »Aber du warst ganz knapp dran.«

»Ups«, machte Raphael. »Aber irgendetwas hatte Boston doch mit der Unabhängigkeit zu tun, dachte ich.«

»Yep, und wie«, sagte Michael. »Sagt dir die ›Boston Tea Party‹ etwas?«

»Gehört habe ich davon, ja.«

Nachdem die britische Kolonialmacht die Erhöhung einiger Steuern beschlossen hatte, waren im Dezember 1773 einige als Indianer verkleidete Aufständische in den Hafen von Boston eingedrungen und hatten im Hafenbecken drei Schiffe der britischen East India Trading Company versenkt. Darüber war England so empört, dass sogar die Zerstörung Bostons in Erwägung gezogen worden war. Dazu war es zwar nicht gekommen, aber letztendlich hatten diese Ereignisse den Amerikanischen Unabhängigkeitskrieges ab 1775 ausgelöst.

Sie schlenderten vom Stadtpark, dem Boston Common, in Richtung Charlestown und folgten einem roten Strich, der den Pfad der Freiheit, den Freedom Trail, markierte und sie an geschichtsträchtigen Stätten aus der Gründerzeit vorbei führte, bis sie vor dem Old State House standen.

»Zumindest wurde hier die Unabhängigkeitserklärung von John Adams verkündet«, stellte Raphael fest. »Dann habe ich ja gar nicht so falsch gelegen.«

»Es ist trotzdem ganz gut, dass du nicht amerikanische Geschichte studierst«, frotzelte Michael.

Es dämmerte bereits, als sie den Hafen erreichten, und sie suchten sich ein kleines Restaurant.

»Weißt du inzwischen, wo du hin willst?«, fragte Raphael.

Michael schüttelte den Kopf. »Nee, ich habe keine Ahnung. Wenn ich ehrlich bin, weiß ich gar nicht, was ich hier überhaupt soll. Ich glaube, ich lasse mich einfach treiben.«

»Und wovon willst du leben? Das Reisen kostet doch auch Geld.«

»Ich dachte, ich suche mir immer mal wieder Arbeit, sei es für etwas Geld oder eine Unterkunft und etwas zu essen. Ich muss mal gucken.«

»Das hört sich nach dem Dasein eines Tagelöhners an«, meinte Raphael. »Du könntest dabei ganz schön auf die Nase fallen.«

»In der Stadt wird das wohl nicht funktionieren«, stimmte Michael ihm zu, »aber vielleicht auf dem Land. Davon hat Amerika ja eine ganze Menge.«

Raphael lachte.

»Du könntest mit der Gitarre durch die Lande ziehen und singen«, frotzelte er. »Vielleicht machst du dann ja noch so richtig Karriere.«

»Klar, ich komme dann als gefeierter Star nach Deutschland und fülle die Konzertsäle«, grinste Michael. »Die würden mich eher verhaften. Im besten Fall bekomme ich Geld, damit ich aufhöre.«

»Och, man muss nicht singen können, um Karriere zu machen«, grinste Raphael. »Ich kenne da viele Beispiele. Außerdem bist du im Land der unbegrenzten Möglichkeiten.«

»Etwas Geld und einige Travellerschecks habe ich ja«, sagte Michael. »Außerdem kostet mich die Überfahrt nichts. Ich bekomme sogar noch gutes Geld dafür. Eine Zeit komme ich damit schon über die Runden. Ich reise also nicht ganz mittellos.«

»Übermorgen fahren wir weiter«, sinnierte Raphael. »Du wirst mir ganz schön fehlen. Bei dieser Mannschaft kann ich fast nur Selbstgespräche führen.«

»Ich bin ja nicht aus der Welt«, sagte Michael lächelnd, »und wir haben unsere Adressen. Ich habe das Gefühl, dass wir uns irgendwann wiedersehen. Wann beginnst du mit deinem Studium?«

»Im nächsten Wintersemester in Den Haag.«

»Vielleicht komme ich dich ja besuchen. Jetzt muss ich mir erst einmal Gedanken machen, wo ich mich hinbewege.«

»Ich glaube, Buffalo ist nicht ganz so weit weg«, überlegte Raphael. »Wenn du schon mal hier bist, könntest du dir die Niagarafälle ansehen und dann nach Kanada weiter. Das ist bestimmt ganz spannend.«

»Die Niagarafälle«, überlegte Michael. »Das wäre ein erster Schritt.«

Wenn Michael eines unterschätzt hatte, dann waren es vor allen Dingen die großen Entfernungen in den USA. Die Zugfahrt führte von Boston über New York nach Buffalo und dauerte über vierzehn Stunden. Der Flug dauerte zwar nur anderthalb Stunden, doch er hatte Flugangst und bisher immer gute Gründe gefunden, in kein Flugzeug steigen zu müssen.

Ein Blick auf die Karte hatte ihm gezeigt, dass die Niagarafälle Wasserfälle des Niagara-Flusses an der Grenze des amerikanischen Bundesstaates New York und der kanadischen Provinz Ontario waren.

»Na, da hat Raphael ja mal recht gehabt«, dachte er. »Das ist tatsächlich nicht mehr weit bis Kanada. Da wäre ich ja schon fast da.«

Michael wollte sich über seine nächsten Schritte und Reiseziele Gedanken machen, sobald Raphael wieder in See gestochen war, doch das war inzwischen zwei Wochen her und er hatte noch immer keine Idee, wie es für ihn weitergehen könnte. Er fühlte sich müde, matt und ausgelaugt und verspürte keinerlei Lust auf eine Weiterreise, hatte kein Interesse an den Sehenswürdigkeiten, die Boston bot. Tagelang lag er in seinem Motel auf dem Bett und starrte die Decke an.

»Was mache ich eigentlich hier?«, fragte er sich. »Was in aller Welt habe ich erwartet?«

Er hatte sich vorgestellt, dass es schön warm in den USA wäre, den ganzen Tag die Sonne schien und er Strand und Meer genießen oder Party machen konnte, doch jetzt fühlte er sich allein auf der anderen Seite der Welt. Als die Tage und insbesondere die Nächte deutlich kühler wurden, wurde ihm auch noch bewusst, dass er sich eine ungünstige Jahreszeit für seine Flucht aus Hamburg ausgesucht hatte: Es würde bald Winter werden und der konnte in dieser Region sehr ungemütlich und kalt werden.

»Ein bisschen mehr Planung wäre schon eine gute Idee gewesen«, befand er und schüttelte über sich selbst den Kopf.

An einem kühlen, aber sonnigen Tag schlenderte er durch den Boston Public Garden, betrachtete das Ether Monument, auch bekannt als Good Samaritane Statue, einem Denkmal, das der Nutzung des Äthers als Narkosemittel gedachte. Er spazierte an der George Washington Statue vorbei und betrachtete schließlich die Tadeusz Kosciuszko Statue, ein polnischer Adliger, der im Amerikanischen Unabhängigkeitskrieg im Rang eines Generals an der Seite von George Washington gekämpft und die Abschaffung der Sklaverei unterstützt hatte.

»*Lauter Berühmtheiten, die ich nicht kenne*«, dachte er schmunzelnd.

Er überquerte die Charles-Street und ging in den Boston Common. Michael hatte in Erfahrung gebracht, dass dieser öffentliche Park im Jahre 1634 eingeweiht worden war und damit der älteste Stadtpark der Vereinigten Staaten war. Er schlenderte tief in sich versunken an dem Boston Common Baseball Field vorbei, als er von lautem Gelächter und Kreischen aus seinen Gedanken gerissen wurde. Auf dem Baseballfeld bemerkte er zwei junge Männer und eine junge Frau, die offensichtlich ein Baseballspiel austragen wollten. Einer der Männer hatte eine zusammengerollte Zeitung in der Hand und tat so, als hielte er einen Baseballschläger und warte auf den Wurf. Der andere Mann stand kerzengerade ein paar Meter weiter und hielt einen Tennisball vor die Brust. Schließlich hob er ein Bein an und warf dem anderen Mann den Ball zu. Dieser holte aus, verfehlte ihn jedoch und die junge Frau rannte laut kreischend einen Kreis um die Männer herum. Sie bejubelte ihren Home Run begleitet vom lauten Gelächter der beiden. Michael lächelte und freute sich über die Unbefangenheit und das kindliche Spiel der drei. Unweit von ihnen bemerkte Michael ein Pärchen, das auf dem Boden saß und musizierte. Der Mann spielte auf der Gitarre Lieder von Bob Dylan, Joan Baez, Cat Stevens und John Lennon und die Frau sang dazu. Sie hatte eine schöne klare und hohe Stimme, die gerade zu den Liedern von Joan Baez wunderbar passte. Michael verehrte diese Folksängerin seit Jahren und besaß einige Schallplatten von ihr. Das Pärchen war leger und bunt gekleidet. Die Frau hatte lange braune Haare und trug ein buntes Tuch, das zu einem Stirnband zusammengerollt war. Der Mann hatte schulterlange Haare, einen Bart und trug eine Nickelbrille.

»*Der hat was von John Lennon*«, dachte Michael.

Überhaupt erinnerten ihn die beiden an die Hippiebewegung. Er ging zu einer kleinen Tribüne mit drei Sitzreihen, setzte sich und sah dem Trio bei seinem unbeschwerten Spiel zu und lauschte der Musik des Pärchens. Alles schien wunderbar zusammenzupassen und Michael genoss diesen Moment. Nach einer Weile gingen die drei zu dem Pärchen und sprachen mit ihnen.

»*Die gehören alle zusammen*«, dachte Michael.

Sie kamen auf ihn zu und setzten sich ebenfalls auf die Bank. Sie scherzten und lachten, ohne ihn zu beachten.

Plötzlich sah ihn die Baseballspielerin an und musterte ihn eine Weile.

»Kann ich irgendetwas für dich tun?«, fragte sie.

Michael versank in zwei strahlend blauen Augen, die ihn belustigt betrachteten.

»Was? Nein … Nichts … Warum fragst du?«, stotterte Michael.

»Weil du uns die ganze Zeit anstarrst.«

»Ich … Was? Nein … Entschuldigung. Tu ich das?«

»Ja, tust du«, sagte sie lachend und schüttelte ihre mittellangen blonden Haare. »Und stottern kannst du auch ganz toll.«

Michael sah verlegen zu Boden. »Tut mir leid. Das wollte ich nicht, aber es war schön, euch zuzusehen.«

»So? Warum?«

»Ihr hattet viel Spaß miteinander.«

»Ach, und so etwas kennst du nicht?« Sie warf den Kopf in den Nacken und lachte schallend. Auch die anderen stimmten in ihr Lachen ein. Nur Michael sah sie verunsichert aus den Augenwinkeln an.

»Du bist nicht von hier, oder?«, fragte einer der Männer.

»Nein. Ich komme aus Deutschland.«

»Das hört man«, sagte die Baseballspielerin. »Dein Dialekt ist grauenhaft deutsch.«

»Na, immerhin verstehe ich euch«, antwortete Michael.

»Ach, nimm es mit Humor«, sagte ein junger Mann. »Was machst du hier?«

»Wenn ich das wüsste.«

»Bist du geschäftlich unterwegs oder machst du Urlaub?«

»Nichts von alledem«, gestand Michael. »Na ja, mehr Urlaub. Und ihr?«

»Oh, wir reisen einfach so durch die Gegend«, sagte die Sängerin. »In den nächsten Tagen fahren wir in den Süden, bevor uns die Kälte hier erreicht.«

»So?«, fragte Michael. »Und wohin?«

»Wissen wir noch nicht so genau«, sagte der Gitarrist. »In jedem Fall dahin, wo es warm ist. Wahrscheinlich Florida.«

»Und was macht ihr heute Abend?«, fragte Michael.

»Erst einmal eine Kleinigkeit essen«, sagte der Gitarrist. »Ich habe langsam Hunger.«

»Hunger hätte ich auch«, gestand Michael.

Die fünf sahen ihn an und er spürte einen Druck auf der Brust. Eigentlich hätte er gern gehört »Ach, komm doch mit«, aber sie sahen ihn einfach nur an und er fühlte sich peinlich berührt.

»Na gut«, sagte er schließlich. »Wenn ihr es nicht von euch aus sagt: Nehmt ihr mich mit?«

Schweigen – diese peinliche und unangenehme Stille und fünf Augenpaare auf ihn gerichtet.

»Ich wollte mich nicht einladen. Ich bezahle schon selbst.«

»Du solltest uns erst einmal etwas von dir erzählen«, sagte ein junger Mann.

Michael nickte. »Ich heiße Michael, komme aus Hamburg in Deutschland, habe Jura studiert und schäme mich dafür. Was möchtet ihr noch wissen?«

»Das genügt fürs Erste«, sagte die Baseballspielerin lachend und die anderen stimmten in ihr Lachen mit ein. »Also ich heiße Eva und die beiden Herren sind Adam und Mickey.«

»Adam und Eva«, schmunzelte Michael. »Jetzt fehlt nur noch, dass ihr zusammen seid und euch von geklauten Äpfeln ernährt.«

»Nein«, sagte sie, »sind wir nicht, aber Mickey und Adam sind zusammen.«

Michael hob die Augenbrauen hoch. »Oh, so?«

»Hast du ein Problem mit Schwulen?«, fragte Eva.

»Nein, gar nicht«, sagte er schnell. »Nur mein Ding wäre es nicht.«

»Und diese beiden Herrschaften sind John und Claire«, fuhr Eva fort. »Und bevor du fragst: Nein, sie sind nicht zusammen.«

»Das wäre auch nicht gut«, sagte Claire schmunzelnd. »John ist mein Bruder.«

»Was meint ihr?«, rief Eva. »Nehmen wir diesen komischen Deutschen mit?«

»Ja, klar«, riefen die anderen. »Wenn er heute das Kochen übernimmt.«

»Das wollt ihr nicht wirklich«, sagte Michael lachend. »Mein Essen verweigern sogar die Tiere. Aber ich helfe natürlich gerne mit.«

»Na gut«, sagte Claire. »Dann übernehme ich das heute mal wieder. Aber du hilfst mir.« Sie deutete auf Michael.

»Ich bin ein guter Befehlsempfänger und tue, was man mir sagt«, antwortete er grinsend.

»Du kannst auch auf dem Boden schlafen, wenn du eine Bleibe brauchst.«

»Nein, danke. So schlimm bin ich auch wieder nicht dran«, schmunzelte Michael. »Ich habe ein Zimmer hier in der Nähe.«

***

»Oh, mein Gott, wo habt ihr denn die alte Möhre her?«

Fassungslos stand Michael vor dem alten, bunt bemalten VW-Bus, der nur noch durch die Farbe zusammenzuhalten schien, und sah in Johns grinsendes Gesicht.

»Was willst du?«, fragte er. »Das ist die weltweit geschätzte deutsche Wertarbeit. Baujahr 1961, Heckantrieb und satte vierunddreißig PS.«

»Und damit sollen wir bis Miami Beach fahren? Das sind 1400 Meilen.«

»*Also ungefähr 2.200 Kilometer*«, rechnete Michael nach.

»Ja, wieso denn nicht?«, protestierte John. »Schließlich sind wir damit ja auch bis nach Boston gekommen. Außerdem: Hör auf zu meckern und sei froh, dass wir dich mitnehmen.«

Das war natürlich entwaffnend und er freute sich, dass ihn die fünf mitnahmen, die er erst vor ein paar Tagen kennengelernt hatte. Michael hatte ihnen von seinem ersten Gedanken erzählt, über Buffalo nach Niagara Falls und dann eventuell nach Kanada zu reisen, doch sie hatten ihn rasch umgestimmt, ihm erzählt, dass die Niagarafälle sicherlich spektakulär und ein absolutes Naturschauspiel wären, aber die Stadt Niagara Falls selbst unattraktiv war.

»Da herrscht absolute Armut. Viele Menschen leben in Bruchbuden«, hatten sie ihm erklärt. »Willst du das unbedingt sehen?«

Letztendlich war es ihm gleichgültig, ob es nun stimmte oder nicht. Wichtiger war ihm, dass er endlich wieder Kontakte hatte und so ließ er sich auch gerne überreden. Gemeinsam überlegten sie, wohin die Reise gehen sollte, und entschieden schnell, dass es Miami Beach, der südliche Zipfel Floridas, sein sollte. Für Eva waren das Nachtleben und für Adam und Mickey die umliegenden Campingplätze ausschlaggebend.

»Außerdem«, hatte John mit einem Augenzwinkern verkündet, »haben wir dort ein Appartement, wo wir uns tummeln und treffen können.«

»Lass uns mal das Öl checken«, sagte John und klappte den Motordeckel am Heck des VW-Busses auf. »Davon braucht er mehr als Benzin.«

»Ich bin ja mal gespannt, wie weit wir kommen«, grinste Michael.

»Vertraue deinem Landsmann. Der ist ein Kämpfer und schafft das schon.«

John schlug die Motorklappe zu und gemeinsam verstauten sie das Gepäck.

Zwei Tage später hatten sie Richmond, die Hauptstadt Virginias, hinter sich gelassen. Ihr heutiges Etappenziel war Fayetteville in North Carolina. Michael saß mit geschlossenen Augen hinter dem Fahrersitz und lehnte den Kopf an die Fensterscheibe. Das gleichbleibende Dröhnen des luftgekühlten alten Autos machte ihn schläfrig und er nickte immer wieder weg, schreckte jedoch auf, wenn sie durch ein Schlagloch fuhren und er mit seinem Kopf gegen die Fensterscheibe schlug. Eva saß neben ihm und hatte ihren Kopf an seine Schulter gelehnt und schlief.

»Wir sind schon eine illustre Truppe«, dachte er. *»Alle grundverschieden: Zwei Straßenmusiker, ein schwules Pärchen, ein Mädchen und ich verkrachte Existenz.«*

Eva, Adam und Mickey hatten sich während ihres Studiums an der Harvard University in Cambridge in der Nähe von Boston kennengelernt. John und Claire tingelten seit zwei Jahren mit ihrem VW-Bus durch die Lande, verdienten sich ein paar Dollar als Straßenmusikanten und träumten davon, eines Tages entdeckt zu werden. Als sie im vergangenen Jahr im Boston Common gespielt hatten, hatten sie die drei Studenten getroffen und sich mit ihnen angefreundet. Eva war fasziniert von dem Gedanken, nach ihrem Studium mit ihnen zu reisen, und hatte Adam und Mickey überredet, sie zu begleiten.

Michaels Verwunderung, wie John und Claire ein Appartement in Miami Beach besitzen konnten, hatte sich rasch aufgeklärt.

»Unser alter Herr ist reich geboren und hat sein Vermögen noch weiter ausgebaut«, erklärte John. »Er wollte, dass Claire und ich in sein Unternehmen einsteigen und es eines Tages übernehmen, aber wir wollten das nicht. Wir haben unsere eigenen Ideen und Träume und wollen auf eigenen Füßen stehen. Das Appartement gehört uns auch nicht, sondern ihm, aber wir können es nutzen.«

Alle aus gutem Hause«, dachte Michael. »*Zwei Unternehmerkinder, die sich freistrampeln wollen, und drei Harvardabsolventen. Da studiert man auch nicht mal einfach so. Und was bin ich?*«

***

Jasmin klopfte an die Tür von Maltes Arbeitszimmer und öffnete sie leise nach einem mürrischen »Ja«. Er saß mit dem Rücken zu ihr, blätterte in Akten und sprach hektisch in ein Handdiktiergerät, spulte zurück, hörte sich an, was er diktiert hatte und sprach dann weiter.

»Malte?«, sagte sie leise.

»Ja? Was ist?«, fragte er, ohne sich umzudrehen.

»Die Kleine schläft jetzt. Musst du noch lange arbeiten?«

Es war Samstagabend und er hatte schon den ganzen Tag in seinem Arbeitszimmer verbracht. Insgeheim hoffte sie, dass sie noch ein Glas Wein zusammen trinken würden.

»Ich muss dieses verdammte Gutachten endlich fertig kriegen«, sagte er. »Also, bitte lass mich in Ruhe arbeiten.«

»Meinst du nicht, du solltest dir mal eine Pause gönnen?«

»Der Prof nervt mich schon die ganze Zeit. Unter der Woche komme ich nicht dazu und Montag will er es haben.«

»Nur ein paar Minuten …«

»Herrgott, Jasmin, nein«, rief er und drehte sich auf seinem Stuhl zu ihr um. »Begreifst du das nicht? Ich muss arbeiten. Ich muss dieses Wochenende fertig werden.«

Sie zuckte zusammen und nickte enttäuscht.

»Ist gut«, sagte sie leise. »Ich geh dann schon mal ins Bett.«

»Ja bitte. Tu das.«

Sie schloss die Tür und atmete tief durch. Ein paar Tränen kullerten ihre Wangen hinunter. Sie wusste, dass Malte viel Arbeit in der Klinik hatte und er die Gutachten, die ihm sein Chef vorlegte, an seinen freien Tagen bearbeiten musste. Gerade die Gutachten für Privatversicherungen wurden gut bezahlt und deshalb auch vorrangig bearbeitet. Es ärgerte sie jedoch, dass der Professor mit seiner Unterschrift das meiste Geld einheimste und Malte nur einen geringen Teil dafür erhielt, obwohl er die ganze Arbeit damit hatte. Sie hatte das alles gewusst, als sie im Oktober zu ihm gezogen war, hatte aber dennoch gehofft, dass sich so etwas wie ein Familienleben entwickeln würde. Aber für Malte stand die Arbeit im Vordergrund, hoffte er doch, eines Tages Chefarzt zu werden. Während ihrer Schwangerschaft mit Isabell war sie oft allein zuhause, fühlte sich müde und schlapp und lag die meiste Zeit auf der Couch. Als Isabell Anfang Dezember geboren worden war, hatte Malte in der Klinik gearbeitet und sie sich so einsam gefühlt, als gäbe es keinen Vater des Kindes.

Sie schlurfte ins Schlafzimmer zum Kinderbett, in dem Isabell satt und zufrieden schlief. Jasmin lächelte und strich dem Baby sanft über das Gesicht.

»Schlaf schön, mein Schatz«, flüsterte sie, »schlaf, dass du groß und stark wirst.«

Sie setzte sich auf ihr Bett und schaltete die Nachttischlampe an.

»*Ich könnte ja noch etwas lesen*«, dachte sie, aber das Buch auf dem Nachttisch reizte sie gerade gar nicht. Langsam öffnete sie die Schublade, holte einen Brief heraus und betrachtete lächelnd Michaels krakelige, fast unleserliche Handschrift. Seit seinem letzten Brief im Juni hatte sie nichts von ihm gehört. Von Ulli wusste sie, dass er Hamburg verlassen hatte und wieder zur See gefahren war und jetzt irgendwo in Amerika sein musste. Bis plötzlich Mitte Dezember dieser Brief im Briefkasten lag. Er war noch an ihre alte Anschrift adressiert, aber gottlob hatte diesmal der Nachsendedienst der Post funktioniert. Sie hatte diesen Brief immer wieder gelesen und auch jetzt war ihr danach. Malte hatte sie nichts davon erzählt. Sie wusste selbst nicht so genau weshalb, doch ihr Gefühl hatte sich dagegen gewehrt.

»Hallo Jasmin,

sicherlich hast du inzwischen von Ulli erfahren, dass ich Hamburg den Rücken gekehrt habe und mich in den USA aufhalte. Ich hatte wieder bei meiner damaligen Reederei angeheuert und Gott sei Dank haben sie mich auch mitgenommen. Die ersten paar Wochen war ich in Boston. Dort habe ich eine Gruppe junger Leute kennengelernt, mit denen ich nach Miami Beach gefahren bin. Das ist schon eine interessante Gruppe mit einem schwulen Pärchen (Adam und Mickey) und den Geschwistern John und Claire, die aus reichem Hause kommen und von einer Karriere als Musiker träumen. Bei Claire könnte ich mir das sogar noch gut vorstellen, weil sie eine sagenhafte Stimme hat, aber John sollte mit seiner Gitarre wenigstens ab und an die richtigen Töne treffen. Aber wer weiß: Vielleicht macht er ja doch noch Karriere. Und dann ist da noch Eva, eine junge Harvardabsolventin. Mit ihr habe ich mich ein wenig angefreundet und wir unternehmen sehr viel zusammen, führen tiefschürfende Gespräche über den Sinn des Seins und des Lebens, gehen spazieren, schwimmen und so weiter. In den letzten Wochen hat sie mich zu diversen Partys mitgeschleppt, was anfangs ja auch ganz lustig war, aber irgendwie wird es mir gerade alles zu viel. Auf der einen Seite kommt sie mir immer wieder nahe und auf der anderen Seite hat sie nach jeder zweiten Party irgendeinen Schönling im Schlepptau und ist von jetzt auf gleich mit ihm verschwunden. Auch wenn sie durchaus attraktiv ist, habe ich einfach keine Lust, mich auf sie einzulassen. Im Grunde genommen habe ich keine Lust, mich überhaupt auf irgendeine Frau einzulassen, obwohl es hier an Möglichkeiten weiß Gott nicht mangelt.

Am letzten Wochenende haben wir mit der ganzen Truppe einen Ausflug in den Everglades Nationalpark gemacht. Es war ganz schön, mit diesen Booten mit dem Riesenpropeller (ich weiß gar nicht, wie die heißen) zu fahren, auch wenn die einen Höllenlärm machen. Mir haben noch zwei Tage danach die Ohren gerauscht.

Manchmal sind wir auch bei John und Claire im Appartement ihrer Eltern, aber da halte ich mich doch meistens fern, weil die beiden ganz gerne mal Drogen nehmen. Angeblich harmloses Zeug, aber du weißt ja, wie ich dazu stehe, und ich habe einfach zu viel Angst davor.

Ich weiß im Moment gar nicht so richtig, was ich hier überhaupt soll und will. Die ganzen Partys gehen mir allmählich auf die Nerven und ich würde auch mal ganz gerne einen Abend nüchtern erleben. Mich interessieren die Sehenswürdigkeiten nicht. Mich interessieren die Menschen nicht. Ich hatte mir erhofft, dass ich alles, was mich in Hamburg belastet hat, hinter mir lassen könnte, aber stattdessen habe ich das Gefühl, dass alle Schwierigkeiten und Probleme noch immer in meinem Gepäck sind und ich sie einfach nicht loswerde. Ich denke, ich werde noch bis Februar hier bleiben und mich dann auf den Weg nach Was-weiß-ich-wohin machen. Vielleicht finde ich ja noch das, was ich suche. Vielleicht wird mir aber auch überhaupt erst einmal klar, wonach ich suche. Ich glaube, ich bin einfach nur weggelaufen.

Ich habe mir überlegt, warum ich ausgerechnet dir das alles schreibe und dich damit belaste, aber ich werde dennoch diesen Brief gleich zusammenfalten und auf die Reise bringen. Letztendlich kannst du dann entscheiden, ob du ihn liest, weglegst oder einfach zerreißt.

Liebe Jasmin, wenn ich richtig nachgerechnet habe, müsstest du inzwischen Mutter geworden sein und ich hoffe sehr, dass es dir und deinem Nachwuchs gutgeht. Ich wünsche dir, dass du gefunden hast, wovon du immer geträumt hast und dass Malte der Mann an deiner Seite ist, der ich nicht sein konnte. Ich weiß, dass ich dir vieles sein konnte, aber auch sehr vieles nicht und das tut mir sehr leid.

Ich werde bald wieder von mir hören lassen. Bis dahin wünsche ich dir, dem Kind und – ja, sogar Malte – alles Liebe und Gute, eine schöne Weihnachtszeit und einen guten Übergang ins neue Jahr.

Lieben Gruß
Michael«

Langsam faltete sie den Brief zusammen und steckte ihn nachdenklich wieder ins Kuvert.

»*Du bist auf der Suche nach dir selbst*«, dachte sie. »*Ich hoffe, dass du dich findest, da wo du jetzt bist.*«

Als sie Schritte hörte, warf sie den Brief rasch wieder in den Nachtschrank. Malte kam zu ihr und legte sich neben sie.

»Bist du fertig geworden?«, fragte sie.

»Nein. Ich mache morgen weiter. Ich bin jetzt zu müde. Da kommt dann auch nichts Vernünftiges bei rum.«

»Mhm«, sagte sie.

Malte holte tief Luft und legte seinen Kopf auf ihre Schulter. Er betrachtete sie eine Weile.

»Geht's dir gut?«, fragte er schließlich.

»Ja, alles gut.«

Er stützte seinen Kopf auf seine Hand und sah sie an.

»Nein, ist es nicht.«, sagte er. »Das spüre ich.«

»Doch, doch«, sagte sie und schluckte. »Es geht mir gut.«

»Hast du ihn wieder gelesen?«

Überrascht sah sie ihn an. »Was meinst du?«

»Den Brief, den du vor mir versteckst.«

»Du … Du hast ihn gelesen?«, fragte sie und starrte ihn an. »Du gehst an meinen Nachtschrank und wühlst in meinen Sachen?«

»Ja, tut mir leid«, sagte er leise. »Das hätte ich nicht tun sollen. Ich hatte etwas anderes gesucht, keine Ahnung mehr, was, und da habe ich ihn gesehen und gelesen.«

»Du hättest ihn nicht lesen dürfen«, flüsterte sie. »Wenn du ihn schon findest, dann kannst du mich fragen oder ansprechen, aber nicht einfach lesen.«

»Ja, es war ein Fehler«, räumte er ein. »Aber weißt du: Ich merke doch, dass dieser Mann noch immer in deinem Kopf herumspukt, dass du noch immer nicht von ihm los bist und dass es dir nicht gutgeht.«

»Das gibt dir noch lange nicht das Recht, in meinen Sachen herumzuwühlen und meine Post zu lesen«, zischte sie. »Das hätte er zum Beispiel nie getan.«

Malte drehte sich auf den Rücken und sah zur Decke. Jasmin setzte sich aufrecht, legte ihre Hände in den Schoß und starrte vor sich hin.

»Michael hätte wohl vieles nicht getan, was ich tue«, sagte er. »Ich bin nun mal nicht er.«

»Nein, das bist du nicht«, flüsterte sie.

Er drehte sich wieder zu ihr. »Ich weiß, dass er dir sehr viel bedeutet, aber bitte gib mir wenigstens eine Chance.«

Sie sah zu ihm herunter. »Dafür brauche ich Vertrauen. Ich habe mich für dich entschieden, obwohl du mich übel beschimpft hast, als ich schwanger war. Ich habe dir vertraut, als wir zusammen in Berlin waren. Ich habe dir vertraut, als ich zu dir gezogen bin, aber wie soll ich dir vertrauen, wenn du meine Post liest?«

»Ich habe Angst, dich eines Tages an ihn zu verlieren«, gestand er. »Ich arbeite hart und viel. Ich baue an meiner – unserer – Zukunft, aber ich habe Angst, dass das eines Tages alles für Nichts gewesen sein könnte. Auch ich brauche Vertrauen. Wie soll ich das bekommen, wenn dein Herz an jemand anderem hängt?«

Er sah ihr fest in die Augen, als erwarte er eine Antwort, ein Bekenntnis zu ihm und ihrer kleinen Familie. Doch sie schwieg.

»Ich schreibe noch an dem Gutachten«, sagte er schließlich und stand auf. An der Schlafzimmertür drehte er sich zu ihr um.

»Vielleicht hättest du ihn nie verlassen sollen.«

***

Das milde und regnerische Wetter Anfang Dezember 1992, dann wieder Temperaturstürze um den Gefrierpunkt machten Angelika zu schaffen und sie lag mit Grippe und Fieber im Bett, fror, schwitzte und fror dann wieder. Die Grippe selbst bereitete ihr keine Sorgen, doch sie hatte Angst um das ungeborene Leben, das sie in sich trug. Sie wusste nicht, ob es ein Junge oder Mädchen war und es war ihr auch völlig gleichgültig. Es sollte nur gesund zur Welt kommen. Die ersten Monate ihrer Schwangerschaft waren völlig unproblematisch verlaufen. Sie spürte kaum, dass sie schwanger war, doch dann hatte sich das plötzlich geändert. Der Rücken begann zu schmerzen und bei jeder sich bietenden Gelegenheit musste sie sich übergeben. Ganz schlimm war es, wenn sie an Imbissbuden vorbeiging und ihr der Fettgeruch in die Nase stieg.

Ihr Kreislauf spielte verrückt und sie musste sich die meiste Zeit ausruhen und liegen. Sie konnte zusehen, wie ihr Bauch wuchs und wuchs und sie immer unbeweglicher wurde. Doch sie haderte nicht, fluchte nicht, gab dem ungeborenen Kind keine

Schuld an ihrem Leiden. Immer wieder strich sie über ihren Bauch, sprach liebevolle Worte und hörte ruhige und sanfte Musik. Manchmal wunderte sie sich über sich selbst. Sie kannte diese Gefühle nicht und doch waren sie da und sie spürte, dass ihr die liebevollen Gefühle für das Leben, das in ihrem Körper heranwuchs, die schwere Schwangerschaft leichter machten. In diesen Momenten wünschte sie sich den Vater des Kindes bei sich, doch Michael war nicht da und sie konnte es ihm nicht verübeln nach alledem, was passiert war. Nichtsdestotrotz hatte sie versucht ihn im Oktober anzurufen, aber das Telefon war abgeklemmt. Dann war sie einige Male zu ihm gefahren, doch sie hatte vergeblich an seiner Wohnung geschellt. Ende November stand sie wieder an seiner Haustür und hatte einen Mann getroffen, der gerade Michaels Briefkasten leerte.

»Entschuldigen Sie«, sagte sie. »Sind Sie ein Freund von Michael Kowalczyk?«

Der Mann musterte sie und bemerkte ihren dicken Bauch, der trotz Wintermantel nicht mehr zu übersehen war.

»Ja«, sagte er. »Wer will das wissen?«

»Mein Name ist Angelika Baumann. Ich bin eine Freundin von ihm.«

Er sah zu ihr herunter. »Ach, du bist das. Na, Freundin ist da aber wohl etwas optimistisch ausgedrückt, oder?«

Sie atmete tief durch. »Ja, ich weiß. Er wird wohl nicht sehr gut über mich gesprochen haben.«

»Nein. Nicht wirklich.«

»Kannst du mir sagen, wo ich ihn finden kann? Ich würde gern mit ihm sprechen.«

»Da wirst du schon etwas reisen müssen«, sagte er. »Er ist unterwegs.«

»Okay. Und wohin? Kann ich ihn irgendwie erreichen?«

»Kaum. Er ist irgendwo in den USA. Ich weiß auch nicht genau, wo. Zuletzt war er in Miami Beach. Ich bin übrigens Ulli.«

Sie reichte ihm die Hand. »Angenehm. Er hat mir viel von dir erzählt.«

»So? Hat er das? Glaub ihm nicht alles. So schlimm bin ich nicht.«

»Nein, nur Gutes.« Sie lachte gequält. »In den USA, sagst du?«

»Ja. Ich glaube, er ist auf so einem Selbstfindungstrip.«

»Das kann ich sogar gut verstehen«, sagte sie. »Grüßt du ihn von mir, wenn du mit ihm sprichst?«

»Kann ich machen, wenn ich ihn erreiche, aber ich glaube eher, dass er mich erreicht.« Er musterte sie. »Vielleicht meldet er sich ja bei dir. Wundern würde es mich nicht, denn schließlich bist du schwanger von ihm. Wann ist es denn soweit?«

»Mitte Dezember.«

»Ich mache dir mal einen Vorschlag«, sagte Ulli. »Sag mir Bescheid, wenn du das Kind bekommen hast, damit ich Michael wenigstens informieren kann, okay?«

Sie tauschten ihre Telefonnummern aus und versprachen sich gegenseitig, sich zu informieren, wenn sie etwas von ihm hörten.

Zwei Wochen nachdem sie Ulli getroffen hatte, bekam sie Post von Michael. Immer wieder hielt sie den Briefumschlag in der Hand, traute sich aber nicht, ihn zu öffnen. Sie hatte Angst, auch wenn sie im Grunde genommen nicht wusste, wovor. Vor Verletzung, Ablehnung? Sie lag auf dem Sofa und betrachtete wieder den Briefumschlag. Langsam und mit zitternden Händen öffnete sie das Kuvert und zog den Brief heraus. Irgendwie freute sie sich, etwas von Michael zu hören bzw. zu lesen und war neugierig, wie es ihm wohl inzwischen ergangen war. Sie faltete den Brief auseinander und las:

»Hallo Angelika,

ich wünsche Dir frohe Weihnachten und einen guten Rutsch ins neue Jahr.

Gruß
Michael«

Sie atmete tief durch und hielt die Hände vors Gesicht.

»Ein wenig mehr hättest du mir gerne schreiben dürfen«, dachte sie. *»Wo bist du und was machst du? Wie geht es dir und dem Kind? Ist es überhaupt schon geboren oder wann ist es soweit? Ist es ein Junge oder ein Mädchen? Hat es schon einen Namen?«*

Sie fühlte sich nicht nur allein. Sie fühlte sich einsam, müde und erschöpft.

»Interessierst du dich denn gar nicht für dein Kind?«

Sie strich sich über den Bauch, Tränen liefen ihre Wangen hinunter.

»Du kannst doch gar nichts dafür«, dachte sie. *»Einen Vater, der sich nicht für dich interessiert, hast du nicht verdient, egal was ich auch getan habe.«*

Plötzlich spürte sie einen Tritt in ihrem Bauch und schreckte zusammen.

»Ja, ich weiß«, sagte sie sanft. »Ganz bald wirst du das Licht der Welt erblicken und ich weiß nicht, was ich dir über deinen Vater erzählen soll.«

***

Die ersten Wochen nach ihrer Ankunft in Miami Beach hatten Eva, Michael, Adam und Mickey eine Bleibe auf einem Campingplatz gefunden, bis ihnen John und Claire Anfang Januar über ihren Vater ein Appartement vermitteln konnten. Michael war froh, wieder in einem Bett zu schlafen und ein eigenes Zimmer für sich zu haben. Bis dahin hatten sie die meiste Zeit zusammen verbracht, doch nun ging jeder seiner eigenen Wege. John und Claire musizierten den ganzen Tag in der Stadt oder an einem der Strände, Adam und Mickey unternahmen Touren und

Michael und Eva hingen tagsüber am Strand ab und waren abends in Clubs und auf Strandpartys unterwegs. Er genoss einerseits diese wilde Zeit mit Eva und ließ sich bereitwillig von ihr mitschleppen, hatte auf der anderen Seite aber auch das Gefühl, dass sie ihn für sich vereinnahmen wollte. Immer wieder nahm er sich vor, den Abend mit sich allein zu verbringen, lief dann aber doch mit ihr mit und ärgerte sich über sich selbst, wenn sie in Begleitung einer neuen Eroberung verschwand und er alleine nach Hause ging. Dann wieder saßen sie am Strand und sie legte ihren Kopf in seinen Schoß, lehnte sich an seine Schulter oder ging mit ihm Hand in Hand spazieren. Er wollte das im Grunde genommen nicht, wollte nichts mit ihr anfangen und reagierte auf ihre gelegentlichen Annäherungsversuche verhalten, manchmal auch abweisend. Er wollte nichts mit einer Frau anfangen und unabhängig bleiben, zumal er nicht wusste, wo es ihn in der nächsten Zeit hinziehen würde. Auf etwas Einmaliges wollte er sich nicht einlassen. Und dann war es doch passiert: Nach einer wilden Strandparty mit diversen Cocktails war er morgens neben ihr aufgewacht. Sie hatten noch den ganzen Tag gemeinsam verbracht und waren abends erneut unterwegs. Doch plötzlich hatte er Fluchtgedanken, wollte mit sich alleine sein und war zeitig nach Hause gegangen. Eva dagegen wollte noch etwas erleben und weiterfeiern.

Nun lag er auf seinem Bett und blätterte in einem Buch, ohne wirklich zu lesen, verließ das Zimmer nur kurz, um etwas zu essen, und zog sich dann wieder zurück. Es war bereits Nachmittag, als es an seiner Tür klopfte.

»Komm rein«, rief er.

Adam öffnete die Tür und lugte in sein Zimmer. »Weiß du, wo Eva ist?«

Michael schüttelte den Kopf. »Keine Ahnung. Wieso?«

»Wir waren für heute Mittag verabredet, aber sie ist noch nicht da.«

»Vielleicht hatte sie diesmal einen richtig guten Aufriss«, sagte Michael grinsend.

»Komm, erzähl keinen Quatsch. Ich mache mir Sorgen um sie. Ihr ward doch gestern zusammen weg.«

Michael nickte. »Ich hatte aber keinen Bock mehr und bin früher abgehauen. Ich weiß nicht, wo sie ist.«

»Du hast sie alleine gelassen?«

»Herrgott, Adam, sie ist ein erwachsenes Mädchen und will bestimmt keinen Anstandswauwau bei sich haben«, sagte Michael mürrisch.

Adam setzte sich zu Michael aufs Bett und sah ihn nachdenklich an.

»Was ist los mit dir?«, fragte er. »Das ist nicht deine Art, eine Frau alleine auf einer Party zu lassen, oder?«

»Nein, aber ich bin auch nicht ihr Vormund und außerdem macht sie sowieso, was sie will.«

»Das stimmt wohl«, sagte Adam. »Trotzdem sollten wir uns Sorgen machen. Ich kenne sie nur als zuverlässig.«

Michael setzte sich auf die Bettkante. »Meinst du, wir sollten nach ihr suchen?«

Adam nickte. »Ja, das sollten wir.«

»Na gut, ich komme mit. Mickey sollte hierbleiben, falls sie nach Hause kommt. Wir gucken mal im Story Nightclub. Da habe ich sie zuletzt gesehen.«

Sie verließen Michaels Zimmer und wollten gerade Mickey rufen, als es an der Tür schellte.

»Das wird sie sein«, sagte Michael und ging zur Tür.

»Sie hat doch einen Schlüssel«, bemerkte Adam.

Michael öffnete die Tür und sah verdutzt in die Augen von zwei Polizisten.

»Guten Tag«, sagte ein Polizist. »Miami Police Departement. Ich bin Police Officer Braddock und das ist Police Officer Stewart. Wir suchen Michael Kowalczyk.«

Michael nickte. »Das bin ich. Was kann ich für Sie tun?«

»Es geht um Eva Miller. Ist sie Ihnen bekannt?«

»Ja, natürlich. Sie wohnt hier. Ist ihr etwas passiert?«

»Dürfen wir hereinkommen?«

»Selbstverständlich.«

Michael öffnete die Tür und machte den Polizisten Platz.

»Und Sie sind?«, fragte Braddock und sah Mickey und Adam an, die ihn mit sorgenvoller Miene anstarrten.

»Mickey Smid und Adam Gordon«, sagte Adam. »Wir wohnen auch hier. Was ist mit Eva?«

»Ms. Miller hat ausdrücklich nach Ihnen verlangt«, sagte Braddock zu Michael.

»Ist schon gut«, sagte Michael. »Die beiden sind schon lange mit ihr befreundet. Also was ist los?«

»Heute Morgen wurde sie im South Shore Hospital ohne Geld und Papiere eingeliefert. Ein Jogger hatte sie schlafend am Strand gefunden. Dem ersten Anschein nach war sie sturzbetrunken und wurde deshalb entgiftet und dann hat man sie ausschlafen lassen. Als sie aufwachte, sagte sie, dass sie mit Ihnen auf einer Strandparty gewesen sei und sich danach an nichts mehr erinnern könne.«

Die Polizisten sahen Michael prüfend an.

»Ja, das stimmt«, sagte Michael und nickte. »Wir waren zusammen im Story Nightclub, aber ich bin dann nach Hause.«

Er sah Adam und Mickey an. »Habt ihr jemals erlebt, dass sie sich so sinnlos besoffen hat, dass sie irgendwo eingeschlafen ist?«

Adam und Mickey schüttelten den Kopf. Michael sah die Polizisten an. »Was ist passiert und wieso sind Sie hier?«

»Als sie aufgewacht ist, hat sie über Schmerzen im Genitalbereich geklagt. Offensichtlich wurde sie vergewaltigt. Wahrscheinlich sogar mehrfach, aber sie kann sich, wie schon gesagt, an gar nichts erinnern. Möglicherweise hat ihr jemand etwas ins Getränk getan.«

Adam und Mickey rissen die Augen auf und hielten sich die Hand vor den Mund. Auch Michael starrte Braddock mit großen Augen an.

»Was?«, fragte er. »Wann, wo?«

»Wir haben gehofft, dass Sie uns das sagen können.«

»Ich? Wieso?«

»Wie lange waren Sie zusammen und was haben Sie danach gemacht?«, fragte Stewart.

»Ich weiß nicht genau, wann ich gegangen bin.« Michael überlegte. »Vielleicht gegen Mitternacht. Ich bin dann nach Hause. Aber bis dahin hatten wir keinen Alkohol getrunken. Ich weiß nicht, was sie danach gemacht hat. Sie wollte in jedem Fall noch bleiben und feiern. Sagen Sie endlich, wie es ihr geht.«

»Die Ärzte wollten sie noch genauer untersuchen und wahrscheinlich dann entlassen. Kann jemand bezeugen, dass Sie zuhause waren?«

»Nein«, sagte Michael. »Als ich ins Bett gegangen bin, war niemand hier.«

»Das musste ja irgendwann passieren«, klagte Adam und schüttelte den Kopf.

»Wie meinen Sie das?«, fragte Braddock.

Adam schluckte. »Na ja, sie war schon immer gerne und viel auf Partys.«

»Und hatte viele Männerbekanntschaften«, vollendete Michael. »Das meintest du doch, oder?«

Adam und Mickey nickten verlegen.

»Das gibt niemanden das Recht, so etwas zu tun«, flüsterte Michael und ballte die Fäuste.

»Und Sie?«, forschte Stewart. »Gehörten Sie auch zu diesen Bekanntschaften?«

»Das geht Sie gar nichts an«, zischte Michael und Stewart grinste seinen Kollegen an.

»Soso. Dann frage ich anders: Kannten Sie ihre Männerbekanntschaften?«

»Nein. Ich kannte niemanden von ihnen. Das war immer nur kurz, meist für eine Nacht.« Michael fuhr sich durch die Haare. »Sie sagten, dass sie ausdrücklich nach mir verlangt hat«, sagte er leise. »Wieso?«

Die Polizisten zuckten mit den Schultern. »Das müssen Sie sie schon selbst fragen. Das war es fürs Erste.« Sie standen auf und gingen zur Tür. »Halten Sie sich bereit, falls wir noch Fragen haben.«

Die drei starrten ihnen hinterher.

»Wir müssen ins Krankenhaus«, sagte Michael schließlich. »Vielleicht können wir sie mitnehmen.«

Michael, Adam und Mickey fuhren mit dem Taxi zum South Shore Hospital und holten Eva ab. Sie hatte bis auf leichte Schürfungen an den Oberschenkeln und am unteren Rücken sowie kleineren Einrissen im Genitalbereich, die mit Salben behandelt werden konnten, keine weiteren Verletzungen erlitten, sodass sie das Krankenhaus verlassen durfte. Zuhause angekommen, zog sie sich sofort in ihr Zimmer zurück und schloss sich dort ein. Sie wollte nichts essen und reagierte auf das Klopfen ihrer Freunde nur mit einem »Lasst mich bitte in Ruhe.«

»Was sollen wir tun?«, fragte Mickey. »Sie muss doch etwas essen.«

»Wir sollten auf sie hören und sie erst einmal in Ruhe lassen«, beschloss Michael. »Sie wird sich schon melden, wenn sie Hunger hat. Wir dürfen sie nur nicht alleine lassen, damit immer einer von uns für sie da ist.«

Sie kam nur aus ihrem Zimmer, um auf die Toilette zu gehen oder eine Flasche Wasser zu holen, und schloss sich dann wieder ein. Erst am nächsten Tag kam sie mittags in die Küche, setzte sich mit einer Tasse Tee an den Tisch und stützte nachdenklich den Kopf mit ihrer Hand ab. Sie hatte verweinte Augen und sah ungepflegt aus. Michael fand, dass sie etwas müffelte und eine Dusche vertragen konnte, doch sie schien das nicht zu interessieren.

»Magst du etwas essen?«, fragte Mickey.

Sie schüttelte den Kopf.

»Du solltest aber etwas essen«, bekräftigte Adam, doch wieder schüttelte sie ihre strähnigen Haare.

»Ich habe keine Ahnung, was passiert ist«, flüsterte sie nach einer Weile. »Ich bin irgendwann im Krankenhaus aufgewacht und behandelt worden wie eine Betrunkene.«

Sie hob den Kopf und sah Michael an. »Ich weiß nur noch, dass wir am Strand und dann im Story Nightclub waren. Von da an fehlt mir alles.«

Michael nickte. »Stimmt. Da waren wir. Ich bin dann aber so gegen Mitternacht nach Hause und du bist noch geblieben.«

»Du hast mich alleine dort gelassen?«

»Du wolltest nicht mit. Ich habe dich mehrfach gefragt und dir auch gesagt, dass ich keine Lust mehr hatte, aber du wolltest unbedingt noch bleiben.«

»Was haben wir denn getrunken bis dahin?«

»Ausnahmsweise mal nichts«, sagte Michael.

»Nichts? Wovon war ich dann so abgefüllt? Mit wem war ich denn noch da?«

»Ich weiß es nicht«, sagte Michael. »Als ich ging, warst du noch alleine.«

»Oh Gott«, jammerte sie. »Wieso habe ich denn einen Filmriss? Ich verstehe das nicht.«

»Die Polizisten sagten, dass dir jemand vermutlich etwas in dein Getränk getan hat«, versuchte Adam zu erklären.

»Das haben die Ärzte mir auch gesagt«, sagte sie. »Aber was?«

»K. O.-Tropfen«, sagte Michael. »Vermute ich.«

»Was ist das denn?«, fragte Mickey.

»Ich habe davon mal in Hamburg gehört«, erklärte Michael. »Die Opfer werden müde und dann willenlos und bekommen nichts mehr mit.«

»Hör auf«, kreischte Eva. »Wenn du so etwas kennst, wieso haust du dann einfach ab und lässt mich im Stich?«

»Eva«, rief Michael. »Ich war fast jeden Abend mit dir unterwegs und bin in aller Regel alleine nach Hause. Ich hatte einfach keinen Bock mehr darauf.«

»Schrei mich nicht an«, schrie sie. »Weißt du, wie das ist, wenn du keine Ahnung hast, was passiert ist? Wenn du keine Vorstellung hast, wer was mit dir gemacht hat? Ich fühle mich so scheiße.«

Michael senkte den Kopf.

»Tut mir leid«, sagte er leise. »Ich wollte dich nicht anschreien. Wer rechnet denn damit, dass so etwas passieren könnte?«

»Oh mein Gott«, rief sie und schluchzte in ihre Hände. »Ich fühle mich so dreckig.«

Sie sah ihn aus ihren verschleierten Augen an. »Ich dachte zuerst, dass du mich ins Krankenhaus gebracht hast, weil wir doch zusammen weg waren.«

»Hast du deshalb nach mir gefragt?«

»Ja, klar«, rief sie und begann heftig zu weinen.

Adam und Mickey sahen sich hilflos an. Michael wollte sie in die Arme nehmen, traute sich jedoch nicht, und so sahen sie die hemmungslos weinende junge Frau einfach nur an. Schließlich hob sie den Kopf.

»Haben wir noch Erdnussbutter?«, fragte sie.

Mickey lief wortlos zum Kühlschrank und stellte Brot und Erdnussbutter auf den Tisch. Sie aß zaghaft ein Brot, während ihr die Tränen die Wangen hinunterliefen.

»Ich leg mich wieder hin«, sagte sie schließlich und stand auf.

»Eva?«, sagte Michael und sie drehte sich zu ihm um. »Bitte schließ die Tür nicht ab.«

»Warum nicht?«, fragte sie. »Ich will nicht, dass irgendjemand in mein Zimmer kommt, wenn ich schlafe.«

»Okay«, sagte Michael leise. »Das kann ich verstehen.«

»Ach ja?«

»Ja.«

»Wer sagt mir denn, dass nicht du mir diese K. O.-Tropfen gegeben hast? Immerhin kennst du so etwas.«

Michael starrte sie an. »Das meinst du jetzt nicht ernst, oder?«

»Herrgott, ich weiß doch gar nicht, wer was mit mir gemacht hat. Kannst du nicht verstehen, dass ich an alles denke?«

Michael stützte den Kopf in seine Hände.

»Das kann doch alles nicht wahr sein«, flüsterte er. »Ich glaube das jetzt nicht.«

Er dachte in diesem Moment an Angelika und die Vorwürfe, die Beckstein gegen ihn erhoben hatte, und sah dann zu Eva, die noch immer an der Tür stand.

»Bitte schließ deine Tür ab«, sagte er. »Und wenn du dich dann sicherer fühlst, werde ich morgen abreisen.«

Sie ging langsam auf ihn zu und stemmte ihre Hände auf den Tisch.

»Das könnte dir so passen«, zischte sie, »dich einfach aus der Verantwortung zu stehlen und zu verschwinden.«

»Was meinst du?«

»Du wirst mir helfen.« Sie sah die anderen beiden an. »Ihr alle werdet mir helfen. Ich will wissen, was passiert ist und wer das gewesen ist. Auch John und Claire werden dabeisein.«

»Was willst du tun?«, fragte Mickey.

Ihre Augen funkelten wütend. »Ihr werdet alle mit mir zum Story Nightclub gehen und diese Schweine suchen. Und du, mein lieber, unschuldiger Michael, wirst sie für mich aufstöbern und finden.«

Auch in den darauffolgenden Tagen zog sich Eva in ihr Zimmer zurück. Claire hatte versucht, sie zu trösten und ihr Mut zuzusprechen, doch sogar auf sie als Frau reagierte Eva wütend und mit Ablehnung. Von ihrer Kampflust, die sie versprüht hatte, als sie die Schuldigen finden wollte, war nun nicht mehr viel übrig geblieben. Michael hatte sich ohnehin nicht viel davon versprochen, da er nicht wusste, mit wem Eva an diesem Abend noch gefeiert hatte. Er konnte sich vorstellen, dass die Täter sie schon den ganzen Abend beobachtet hatten und erst aktiv geworden waren, als er nach Hause gegangen war.

Die Police Officer Braddock und Stewart suchten sie nochmals auf und befragten Eva sowie alle anderen.

»In aller Regel finden wir die Täter nicht«, sagten sie achselzuckend. »Im Story Nightclub haben wir schon alle befragt, aber niemand hat etwas gesehen. Finden Sie sich damit ab und seien Sie froh, dass Sie noch am Leben sind.«

Eva war daraufhin wieder in Tränen ausgebrochen und in ihr Zimmer gestürmt.

»Sehr empathisch, diese Jungs«, murmelte Michael.

Ihm machten Evas Vorwürfe zu schaffen, dass er nach Hause gegangen war und sie alleine im Story Nightclub gelassen hatte. Er wusste einerseits, dass er keine Schuld daran trug, redete sich jedoch andererseits immer wieder ein, dass nichts passiert wäre, wenn er bei ihr geblieben wäre. Mal bemitleidete er sich selbst für sein schlechtes Gewissen, mal wurde er wütend auf sich.

»Wieso bin ich eigentlich immer wieder der Blöde?«, schalt er sich.

Es war Samstagmorgen und John, Claire, Adam, Mickey und Michael saßen beim Frühstück. Eva hatte sich wie jeden Morgen nicht blicken lassen und schlurfte erst gegen Mittag aus ihrem Zimmer, um sich zu ihnen zu gesellen. Sie hatte noch immer nicht geduscht, ihre Haare hingen wie Spaghetti und fettig auf ihren Schultern und dunkle Ringe umrahmten ihre verquollenen Augen.

»Habt ihr noch Kaffee?«, fragte sie und wollte sich gerade an den Tisch setzen, als Michael aufsprang und sie wütend ansah.

»Meinst du nicht, du solltest erst einmal duschen, bevor du dich an den Tisch setzt?«, fuhr er sie an. »Wir haben verstanden, dass es dir schlecht geht, und du hast jedes Mitgefühl von uns, aber wenn dich schon die Fliegen meiden, solltest du langsam mal aufwachen.«

Sie starrte ihn an.

»Was erlaubst du dir?«, krächzte sie.

»Wir wollen und werden dir helfen, aber jetzt fang du erst einmal bei dir selbst an. So gehen wir heute Abend nicht mit dir zum Story Nightclub.«

»Was? Wohin?«, stammelte sie.

»Du hast mich schon verstanden«, schimpfte er. »Wir gehen heute an die Strände und zum Story Nightclub und sehen, ob wir die Sauhunde finden, die dir das angetan haben. Aber so nehmen wir dich nicht mit.«

»Heute? Warum?«

»Das wolltest du doch noch vor ein paar Tagen und heute gehen wir alle zusammen dorthin.«

Eva senkte den Kopf und schlich ins Badezimmer. Es dauerte eine Weile, bis sie das Rauschen der Dusche hörten. Zufrieden setzte sich Michael wieder an den Tisch und blickte in die fragenden Augen der Anderen.

»Was war das denn?«, fragte John. »Meinst du nicht, dass du uns hättest fragen sollen?«

»Ja, ich weiß«, nickte Michael. »Es schoss einfach aus mir heraus. Entschuldigt.«

»Was versprichst du dir davon?«, fragte Claire. »Das führt doch zu nichts. Das haben doch auch die Officer schon gesagt.«

»Vermutlich«, stimmte Michael ihnen zu. »Aber wenn wir es nicht wenigstens probieren, wird sie sich das immer vorwerfen, glaube ich. Vielleicht erkennt sie jemanden oder jemand sie, der uns weiterhelfen könnte. Ich glaube ja auch nicht daran, aber ich finde, wir sollten es wenigstens versuchen.«

Er sah von einem zum anderen.

»Außerdem stinkt sie wie ein Iltis«, grinste er. »Eine Dusche kann nur in unserem Interesse sein und ihr wird es bestimmt auch etwas helfen.«

»Wir wollten heute ins Theater, Adam und ich«, maulte Mickey. »Heute ist es wirklich schlecht.«

»Scheiß auf euer Theater«, rief Michael. »Seid ihr ihre Freunde oder nicht? Wenn wir überhaupt eine Chance haben wollen, dann heute am Samstag, wo dort richtig etwas los ist. Und wenn wir alle mitgehen, dann ist sie auch beschützt.«

John nickte. »Da könnte etwas dran sein. Ich bin dabei.«

»Ich auch«, sagte Claire.

»Wir auch«, bestimmte Adam. »Dafür sind Freunde da.«

Michael lächelte zufrieden.

»Sehr gut«, sagte er. »Zeigen wir ihr, dass wir ihre Freunde sind.«

Nach der Dusche sah Eva schon viel frischer aus und roch wieder appetitlicher. Gemeinsam fuhren sie zum South Pointe Park, der südlichsten Spitze von Miami Beach. Sie wollten am Strand entlanggehen in der Hoffnung, dass irgendjemand Eva erkennen würde, der ihnen helfen könnte. Michael spürte, dass sie nervös und aufgeregt war, und bot ihr seine Hand an, um sie zu beruhigen, doch sie lehnte ab.

Der Strand war trotz des Wochenendes nicht sehr voll und so konnten sie sich in aller Ruhe umsehen. Sie trafen zwar den Einen oder Anderen, der Eva kannte, doch am besagten Abend hatte niemand etwas gesehen. Sie gingen in ein Straßencafé, aßen und tranken etwas und warteten auf den Abend, um zum Story Nightclub zu gehen. Je später es wurde, umso unruhiger wurde Eva. Sie sprachen ihr Mut zu und versicherten, dass sie auf sie aufpassen und sie beschützen wollten, doch mehr als ein gequältes Lächeln brachte sie nicht zustande. Gegen 18:30 Uhr war es bereits dunkel, aber sie beschlossen, noch bis einundzwanzig Uhr zu warten.

»Vorher wird da sowieso nicht viel los sein«, meinte Michael.

»Ich muss da nicht hin«, flüsterte Eva. »Das führt doch zu nichts. Lasst uns doch einfach nach Hause gehen.«

»Eva«, sagte Michael und legte einen Arm um sie, »wir müssen es wenigstens versuchen. Wenn du das nicht tust, wirst du dir das ewig vorwerfen.«

»Ich weiß nicht«, sagte sie. »Ich will das gar nicht.«

Doch die anderen ließen nicht locker und so schwieg sie. Als sie sich schließlich auf den Weg zum Story Nightclub machten, nahm sie Michaels Hand und ging dicht neben ihm. Er spürte ihr leichtes Zittern, drückte ihre Hand und lächelte sie an, um sie zu beruhigen. Als sie die Leuchtreklame vom Story Nightclub sah, blieb sie abrupt stehen. Sie zitterte plötzlich am ganzen Körper und Schweiß lief ihr übers Gesicht.

»Was ist los, Liebes?«, fragte Claire, doch sie schien durch sie hindurch zu sehen.

Ihr Atem wurde schneller und schneller und sie riss die Augen auf, starrte wie in Trance auf die Leuchtreklame. Claire nahm sie in die Arme und strich ihr über den Rücken, doch sie nahm es nicht wahr, sog in einer Schnappatmung immer mehr Luft in ihre Lungen, ohne sie wieder auszuatmen, und starrte ins Leere. Plötzlich schienen ihre Lungen keine Luft mehr aufnehmen zu können und sie riss ihre Augen noch weiter auf. Panik stand in ihrem Gesicht und langsam sackte sie in sich zusammen.

»Was ist los?«, rief Mickey. »Was ist mit ihr?«

»Panikattacke«, sagte John und gab ihr eine schallende Ohrfeige. Ihr Kopf flog zur Seite und sie starrte ihn entsetzt an.

»Was soll das, du Blödmann?«, rief Michael und stieß ihn von Eva weg.

»Sie hat hyperventiliert«, sagte er knapp. »Etwas Besseres ist mir gerade nicht eingefallen.«

Eva atmete wieder gleichmäßiger, doch sie zitterte noch immer und kalter Schweiß lief über ihr Gesicht.

»Es ist so laut hier«, stöhnte sie. »Mir platzt der Schädel.«

»Eva, es ist nicht lauter als sonst auch«, versuchte Michael sie zu beruhigen.

»Ich will hier weg«, flüsterte sie zitternd und sah Michael durch einen Schleier aus Tränen flehend an.

»Wir können ja kurz rein, uns umsehen und dann sofort wieder raus«, schlug John vor.

»Ich kann das nicht«, stammelte sie mit vibrierender Stimme. »Ich dreh da drinnen durch.« Ängstlich sah sie Michael an. »Bitte zwingt mich nicht, das zu tun.«

Er nickte. »Ich glaube, du hast recht. Das war eine blöde Idee.«

»Ich fand die Idee gut«, beharrte John. »Und ich finde, wir sollten das jetzt auch durchziehen.«

»Was, wenn sie wieder die Panik kriegt?«, fragte Michael. »Willst du ihr unbedingt noch eine schallern?«

Er legte seinen Arm um ihre Schulter. »Kommt. Wir gehen nach Hause. Das war genug für einen Tag.«

Die Tage wurden immer wärmer und die Temperaturen erreichten bereits im März fast die dreißig Grad Marke. Adam, Mickey und Michael zog es immer wieder an den Strand. Sie versuchten Eva zu überreden, sie zu begleiten, doch sie verließ kaum die Wohnung und wenn, dann ging sie nur wenige Schritte vor die Tür und eilte sofort wieder zurück. Bei vorbeifahrenden Autos hielt sie sich die Ohren zu, Gespräche der anderen Gäste in Cafés oder Restaurants wirkten auf sie wie ein überdimensioniertes Gemurmel, das sich in ihrem Kopf unkontrollierbar ausbreitete. Sie war überall wie auf der Flucht, behielt in Geschäften und Lokalen immer die Tür im Auge, als wolle sie sich die Möglichkeit erhalten, sofort weglaufen zu können, wenn die Angst sie übermannte.

»Alles ist so laut«, klagte sie. »Ich halte das kaum aus.«

Michael bemerkte, dass sie zusammenzuckte, wenn jemand hinter ihr ging, sie überholte oder versehentlich anrempelte, spürte, wie ihr Atem schneller wurde und bemerkte Schweiß auf ihrer Stirn. Als er sie einmal überreden konnte, ihn in ein Café zu begleiten, ließ sie sich leicht ablenken, lauschte den Gesprächen an den Nebentischen und drehte sich immer wieder um. Erst als er mit ihr den Platz tauschte, sodass sie die Tür im Blick hatte, wurde sie etwas ruhiger.

Anfangs hatte sie seine Nähe noch gemieden, doch als sie spürte, dass er sie beschützen und ihr helfen wollte, fasste sie immer mehr Vertrauen. An manchen Abenden kuschelte sie sich an ihn und rollte sich in seinen Armen zusammen wie ein kleines Kind. Genauso fühlte sie sich auch in diesen Momenten: Wie ein kleines Mädchen, das Schutz und Halt in den starken Armen des Mannes suchte.

Michael war wütend. Wütend auf die Männer, die ihr das angetan hatten, aber auch auf sich, weil er sie alleine gelassen hatte.

»*Das ist doch irrational*«, schalt er sich immer wieder. »*Ich bin doch nicht ihr Babysitter.*«

Dennoch machte er sich bittere Vorwürfe und versuchte zu ergründen, warum das so war, fand jedoch keine Antwort darauf.

Eines Nachts klopfte es an Michaels Tür. Erst zaghaft und leise, dann lauter und durchdringender. Michael öffnete verschlafen die Augen und starrte in die Dunkelheit. Der Wecker zeigt drei Uhr morgens.

»Tür ist auf«, sagte er und Eva huschte ins Zimmer. Er erkannte im schummerigen Licht, dass sie nur Pants und ein T-Shirt anhatte.

»Ich kann nicht schlafen«, flüsterte sie. »Und wenn, dann habe ich diese furchtbaren Träume.«

Er richtete sich im Bett auf und rieb sich die Augen. »Was für Träume?«

»Männer«, sagte sie leise. »Überall Männer, Hände, die mich begrapschen und meine Kleider herunterziehen. Die betatschen mich am ganzen Körper und ich stehe nur stocksteif da und kann mich nicht bewegen. Ich will weglaufen, kann es aber nicht, ich will schreien, bringe aber keinen Ton heraus. Es ist so schlimm.«

»Komm«, sagte Michael und klopfte mit der Hand auf den Bettrand. »Setz dich zu mir. Was kann ich denn für dich tun?«

Sie setzte sich auf die Bettkante. Er wollte sie trösten und den Arm um sie legen, aber er traute sich nicht.

»Ich weiß auch nicht«, schniefte sie. »Mach einfach, dass diese Träume aufhören.«

»Soll ich Licht anmachen?«, fragte er und sie nickte.

Er schaltete die Nachttischlampe an. Erst jetzt bemerkte er, dass sein Oberkörper nackt war und er erschrak.

»Oh Gott«, dachte er, »hoffentlich gerät sie jetzt nicht auch noch in Panik.«

Eva schien seine Gedanken zu erraten und lächelte.

»Ist schon okay«, sagte sie. »Das halte ich schon noch aus.«

Sie betrachtete ihn eine Weile.

»Eigentlich wundere ich mich, dass ich hier bin«, sagte sie leise. »Immerhin hättest du auch einer von denjenigen sein können. Was hast du an dir, dass ich dir vertraue?«

Michael sah sie an. »Ich habe keine Ahnung. Ich weiß nur, dass ich so etwas niemals tun würde.«

Sie nickte. »Ich weiß. Kann ich mich zu dir legen?«

Er nickte und schlug die Bettdecke zurück.

»Wie möchtest du liegen?«, fragte er.

»Kannst du dich an meinen Rücken kuscheln und deinen Arm um mich legen?«

»Löffelchen?«

»Ja. Löffelchen wäre schön.«

Er legte seinen Arm um sie und spürte ihr leichtes Zittern.

»Soll ich das Licht ausmachen?«, fragte er.

»Nein. Bitte lass es noch an.«

»Okay.«

Er spürte, wie sie allmählich ruhiger wurde und schließlich leise schnorchelte. Er lächelte und freute sich, dass sie eingeschlafen war, traute sich nicht, sich zu bewegen, um sie nicht aufzuwecken. Er lag wach und hielt seinen schützenden Arm um sie gelegt, bis sie gegen neun Uhr morgens allmählich aufwachte, sich zu ihm umdrehte und ihn anlächelte.

»Hast du gut geschlafen?«, fragte sie.

»Ja«, log er. »Und du?«

»Sehr gut, danke.«

Sie betrachtete ihn.

»Es ist schon erstaunlich«, sagte sie. »Bei dir werde ich ganz ruhig und schlafe wie ein Baby, ohne böse Träume. Ich fühle mich bei dir rundum sicher und beschützt. Wie machst du das?«

»Ich gar nicht«, sagte er. »Das machst du ganz alleine, aber es ist schön, dass du das kannst.«

Sie drehte sich zu ihm und legte ihren Kopf auf seine Schulter.

»Ich glaube, ich muss hier weg«, sagte sie. »Egal wohin. Nur weg von hier.«

Kapitel 5 – Die Suche

Einige Tage nach seiner Kanutour gesellte sich der »Alte Jack« zu Michael und brachte noch einen Mann gleichen Alters mit, den er als Gironimo vorstellte.

»Gironimo?«, fragte Michael. »Das war doch der Häuptling, der General Custer in der Schlacht am Little Big Horn verprügelt hat, oder?«

»Du Ahnungsloser«, lachte Jack. »Das war Sitting Bull und General Custer war Oberstleutnant und kein General, aber die Schlacht am Little Big Horn war schon ganz richtig.«

»Aha, wieder etwas gelernt«, grinste Michael. »Aber Gironimo war auch eine Berühmtheit, oder?«

»Oh ja, aber das erzähle ich dir nachher beim Abendessen. Er hier ist ein ganz alter Freund von mir, den ich schon viele Jahre kenne. Wundere dich übrigens nicht, wenn er nichts sagt. Er redet nicht viel, aber er hört und sieht alles.«

Michael reichte Gironimo zur Begrüßung die Hand, doch er nickte ihm nur mit ausdrucksloser Miene zu. Dieser Mann war noch viel kauziger als Jack und Michael wusste nicht so recht, wie er mit ihm umgehen sollte. Jack nannte ihn Gironimo, also schloss Michael daraus, dass er Indianer war, auch wenn er ähnliche Kleidung trug wie Jack. Nur seine langen grauen Haare, die unter einem alten Schlapphut herunterhingen, und die Konturen seines dunklen von der Sonne gegerbten Gesichts ließen seine Herkunft erahnen.

Jack ging um die Hütte herum und begutachtete sie. Michael hatte in den letzten Wochen das Dach, die Fenster und die Türen mit dem vorhandenen Holz soweit ausgebessert, wie es ihm möglich gewesen war.

»Für einen Akademiker keine üble Arbeit«, sagte Jack. »Ich habe da Schlimmeres erwartet.«

»Sie sind ja voll des Lobes«, grinste Michael. »Das überrascht mich.«

»Oh, Michael«, sagte Jack lachend. »In dir steckt viel mehr, als du glaubst. Hilf uns mal, die Pferde abzuladen und zu versorgen.«

Michael blieb stocksteif stehen und starrte Jack an.

»Moment«, sagte er. »Sie kennen meinen Namen? Ich habe ihn nie genannt.«

»Ja, ich weiß. Du bist der Nobody, dessen Namen keine Rolle spielt, für den sich kein Mensch interessiert. Deshalb hast du dich ja auch so gut mit dem Hund verstanden. Der hat auch keinen Namen.« Jack stellte sich vor ihn und sah ihm tief in die Augen. »Jungchen, ich habe sofort gesehen, dass du etwas Besonderes bist, aber nichtsdestotrotz brauche ich den Namen von demjenigen, den ich beherberge.«

»Der Hund heißt Dakota und ich Michael Kowalczyk. Haben Sie in meinen Sachen gestöbert?«

»Natürlich habe ich das. Was denkst du denn?« Plötzlich stutzte Jack. »Dakota? Wie bist du denn darauf gekommen?«

»*Hund* war mir zu blöd. Er hat auf Dakota gehört, also heißt er so. Sie haben an meinen Sachen nichts verloren. Wenn ich sage, ich habe keinen Namen, dann habe ich keinen. Sie hätten mich ja nicht aufnehmen müssen. Sie haben es mir aufgedrängt.«

Michael war fast einen Kopf größer und sah wütend auf ihn hinunter. »Wochenlang haben Sie mich im Glauben gelassen, dass Sie meinen Namen nicht kennen, und jetzt sagen Sie so ganz beiläufig, dass Sie meine Sachen durchgesehen haben. Was haben Sie noch gesehen?«

»Das Foto von dieser hübschen Frau mit den langen Haaren. Wer ist das? Deine Frau?«

»Das geht Sie gar nichts an«, zischte Michael. »Sie hatten kein Recht, meine Sachen zu durchstöbern.«

Jack fixierte ihn. »Was meinst du eigentlich, wer du bist, Jungchen? Meinst du wirklich, alles geht nur nach dir? Meinst du wirklich, du kannst dich vor allem verstecken? Meinst du nicht auch, dass es langsam an der Zeit ist, zu dir zu stehen? Was ist daran so schlimm, dass ich deine Sachen durchgesehen habe? Habe ich nicht auch das Recht zu wissen, wer du bist?«

»Er hat keine Grenzen«, sagte Gironimo, als er mit einem Sack voll Lebensmitteln an ihnen vorüber ging. »Er hatte nie eine Grenze. Er verteidigt etwas, das er nicht kennt.«

Michael starrte ihm verwirrt hinterher.

»Was meint er damit?«, fragte er, doch Jack zuckte mit den Schultern.

»Keine Ahnung. Ich weiß nur, wie du heißt, aber ich sagte dir ja schon: Er hört alles und er sieht alles. Was er mit deinen Grenzen meint, musst du schon selbst herausfinden.« Er schob sich an Michael vorbei zu den Pferden und zog den Sattel herunter. »Ich wollte deinen Ausweis sehen, Jungchen. Nicht mehr. Ich wollte nur deinen Namen.«

»Gut. Den wissen Sie jetzt.«

Michael wollte nicht weiter mit Jack streiten und das Thema wechseln.

»Wer war Gironimo?«, fragte er.

»Gironimo hieß eigentlich Gokhlayeh, was so viel bedeutet wie ›Einer, der gähnt‹. Sein Vater nannte ihn so, weil er immer müde war. Später wurde er Gironimo – ›Der Heilige‹ – genannt, was die italienische Ableitung von Hieronymus ist. Er war Medizinmann und Kriegshäuptling der Bedonkohe-Apachen und hat die Mexikaner mit fünfhundert Kriegern jahrelang richtig geärgert.

Am Ende waren allerdings nur noch sechsunddreißig Krieger übrig.«

»Und warum nennen Sie ihn Gironimo?«

»Weil sein richtiger Name ebenfalls Gokhlayeh ist und weil Gironimo nicht nur Kriegshäuptling war, sondern auch Medizinmann. Er ist ebenfalls ein Medizinmann.«

»Ein Schamane?«

»Wenn du es so willst, dann ist er ein Schamane, ja. Du könntest übrigens beim Abladen und Versorgen der Pferde helfen.«

»Ja, das könnte ich.«

»Ach ja: Und höre ihm zu, was er dir zu sagen hat.«

»Wie denn, wenn er nicht redet?«

»Hör einfach nur hin«, sagte Jack.

Michael drehte sich um und stapfte zu den Pferden.

»Wie bescheuert ist das denn?«, schimpfte er vor sich hin. »Ich soll einem Schamanen zuhören, der nichts sagt?«

***

»Willkommen in Nashville Tennessee«, rief John und erhob sein Weinglas, »der Welt der Country-Musik.«

Tatsächlich wurde Nashville als Mittelpunkt der Country-Musik auch »Music City« genannt und es gab zahlreiche Musikverlage und Plattenfirmen, von denen John nur allzu gerne entdeckt werden wollte.

»Du bist ein elender Träumer«, hatte Claire ihn ausgelacht, »aber von mir aus fahren wir nach Nashville.«

Eva, Mickey, Adam und Michael hatten andere Pläne. Sie wollten gemeinsam nach Hamilton, einer Kleinstadt in Montana. Dort in der Nähe betrieben Adams Eltern mit seinem älteren Bruder Alfons und seiner jüngeren Schwester Camilla eine Reiterranch, boten Ausbildungen für Mensch und Tier sowie Cowboyurlaube an. Adam hatte mit seinen Eltern gesprochen und seine Freunde zu sich eingeladen.

Eva hatte in den letzten Wochen fast jede Nacht bei Michael geschlafen. Bei ihm konnte sie sich beruhigen und ohne Albträume einschlafen.

»Ich habe offensichtlich eine sedierende Wirkung auf dich«, hatte er gescherzt. Sie schliefen fast immer in der Löffelchenstellung ein und er legte schützend seinen Arm um sie. Eines Nachts hatte er im Halbschlaf seine Hand auf ihre Brust gelegt und wollte sie erschreckt zurückziehen, als er es bemerkte, doch sie hielt seine Hand fest und legte sie wieder auf ihre Brust.

»Es ist okay«, hatte sie ihm zugeflüstert. »Lass sie ruhig dort liegen.«

»Ich … Ich wollte das nicht.«

»Ja, ich weiß. Mehr kann ich auch nicht, aber das fühlt sich so schön vertraut an.«

Er spürte seine körperliche Erregung, wenn er eng bei ihr lag, traute sich aber keine weiteren Schritte zu unternehmen.

»Ich will sie nur beschützen«, redete er sich ein, doch tatsächlich hatte er einfach nur Angst, von ihr abgewiesen zu werden.

Es ging ihr inzwischen etwas besser, aber sie war noch immer schreckhaft und mied Menschenansammlungen und Lokale, ganz gleich wie groß diese waren. Heute jedoch war ihr letzter gemeinsamer Abend und den wollte sie sich nicht nehmen lassen. Sie saßen in einer der zahlreichen Honky-Tonk-Bars, erzählten, lachten und prosteten sich zu. Eva saß neben Michael auf einer Bank mit ihrem Rücken zur Wand und freiem Blick zur Tür. So fühlte sie sich sicher, weil niemand hinter ihr war und sie das Gefühl hatte, jederzeit einen Fluchtweg zu haben, sollte sie in Panik geraten. Doch an diesem Abend passierte ihr nichts dergleichen.

»Hättest du geglaubt, dass uns der alte VW-Bus so weit bringen würde?«, johlte John und schlug Michael auf die Schulter. »Ich habe der deutschen Wertarbeit mehr vertraut als du.«

»Trotzdem glaube ich, dass er bald sterben und den Löffel abgeben wird«, lachte Michael. »Ich sehe ihn schon mit Engelsflügeln in den VW-Himmel fliegen.«

»Es war richtig schön mit euch«, sagte John und erhob sein Weinglas. »Darauf einen Toast.«

Die anderen taten es ihm gleich und riefen: »Darauf einen Toast.«

Das Klirren der Gläser ging beim lauten »Cheers« und ihrem Gelächter unter, sodass sich die anderen Gäste in der kleinen Bar nach ihnen umsahen und lächelten.

»Jetzt waren wir fast sechs Monate in dieser Runde zusammen und ich habe euch alle ins Herz geschlossen«, sagte Claire. »Ich habe euch so richtig lieb gewonnen.«

»Das geht mir auch so«, sagte Michael. »Ich bin euch sehr dankbar, dass ihr mich in eurem erlauchten Kreis aufgenommen habt. Aber selbstredend werdet ihr uns einladen, wenn ihr in der Carnegie-Hall spielt.«

»Mein Plan ist der Madison-Square-Garden«, seufzte John. »Das wäre schon cool, was Claire?«

»Ja ja«, lachte sie. »Träum weiter. Aber wenn ich ehrlich bin, möchte ich gar nicht nach New York. Ein kleiner Club würde mir schon reichen.«

»Wann geht es denn für euch weiter?«, fragte John. »Während es uns in die großen Konzertsäle zieht, wollt ihr ja wohl eher in die Wildnis, oder?«

»Wir bleiben noch ein paar Tage in Nashville und fahren dann mit einem Mietwagen Richtung Hamilton«, sagte Adam. »Wir haben uns kein Zeitlimit gesetzt. Vielleicht bleiben wir noch ein paar Tage in Kansas City. Ob wir dann durch Colorado und Wyoming oder Süddakota fahren, wissen wir noch nicht. Von der Strecke her macht das keinen großen Unterschied, es sei denn, wir machen noch einen Abstecher nach Salt Lake City und zum Yellowstone.«

»Ich habe genug vom Rummel«, meinte Eva. »Ich will einfach meine Ruhe haben. Von mir aus können wir morgen schon direkt nach Hamilton fahren. Ich brauche keine Sehenswürdigkeiten.«

»Das kann ich verstehen, Liebes«, sagte Claire. »Du solltest dich auch erst einmal richtig erholen. Wohin zieht es dich denn, Michael? So gar nicht mehr nach Deutschland?«

Er zuckte mit den Schultern. »Irgendwann sicherlich, aber momentan noch nicht. Ich weiß gar nicht so richtig, was ich da soll. Ich glaube, Hamilton und etwas Abstand werden mir auch ganz guttun.«

»Du könntest reiten lernen oder kannst du das schon?«, fragte Mickey.

»Ich kann Fahrradfahren«, lachte Michael. »So viele Pferde laufen in Hamburg nicht herum.«

Mickey und Adam wollten sich noch Nashville ansehen, doch da sich Eva lieber zurückziehen und Michael sie nicht alleine lassen wollte, fuhren sie zwei Tage nach dem gemeinsamen Abschied von Claire und John nach Kansas City und übernachteten dort in einem Motel. Als sie erfuhren, dass auf der Strecke über Colorado und Wyoming Mautgebühren anfielen, beschlossen sie, über Süddakota zu fahren. Von dort fuhren sie über Sioux Falls nach Rapid City in Süddakota und nach einer weiteren Nacht im Motel bis zur Reiterranch in der Nähe von Hamilton in Montana. Spät nachts kamen sie dort an, belegten nach einer kurzen Begrüßung ihre Zimmer und zogen sich völlig übermüdet zurück. In dieser ersten Nacht auf der Ranch schliefen Eva und Michael erstmals wieder alleine.

»Guten Morgen, Mrs. Gordon«, sagte Michael und klopfte an den Rahmen der Küchentür. »Ich hoffe, ich störe Sie nicht.«

»Nein, ganz und gar nicht«, sagte die kleine mollige Frau und wischte sich die Hände an ihrer Schürze ab. »Kommen Sie herein. Mögen Sie einen Kaffee?«

»Ja, gern.«

Michael setzte sich an den großen Küchentisch und sah ihr zu, wie sie aus einer Blechkanne Kaffee in einen Becher schüttete und ihn auf den Tisch stellte.

»Haben Sie gut geschlafen?«, fragte sie.

»Ja, danke.«

Tatsächlich hatte er kaum geschlafen. Bereits seit vier Uhr war er wach und hatte in die Dunkelheit gestarrt, obwohl er von der langen Fahrt hundemüde war. Er war daran gewöhnt, dass Eva neben ihm schlief, aber sie wollte »endlich mal wieder alleine in einem Bett schlafen«, wie sie ihm bei der Ankunft auf der Ranch zugeflüstert hatte. »Mir wird das alles zu eng mit uns.«

Obwohl sie kein Paar waren und die Betten hier nicht nur schmal, sondern auch für seine stattlichen einen Meter neunzig ziemlich kurz ausfielen, hatte er doch ihren warmen weichen Körper und ihr leises Schnorcheln vermisst.

Draußen war es noch stockdunkel und er hatte gelauscht, ob er nicht irgendwelche Geräusche im großen Haus hörte, die es ihm erlaubt hätten, sein Zimmer zu verlassen. Erst als er das dezente Klappern aus der Küche vernommen hatte, hatte er sich angezogen und sein kleines Zimmer verlassen.

»Wann wird es eigentlich hell hier?«, fragte er.

»In gut einer Stunde, so gegen sieben Uhr, aber hier sind die Nächte früh vorbei«, sagte Mrs. Gordon. »Camilla ist schon in den Stallungen und mein Mann auf der Weide. Nur Alfons und Adam schlafen noch. Sie waren schon immer Langschläfer.«

»So früh?«, wunderte sich Michael.

»Die Pferde kennen keine Uhren«, sagte sie lächelnd. »Sie wollen versorgt werden. Sie kennen sich nicht mit Pferden aus, oder?«

»Nein. Nicht wirklich. Ich weiß nur, dass sie groß und sehr schnell sind.«

»Oh, sie sind viel mehr als das«, lachte Mrs. Gordon. »Sie sind sehr sensible und einfühlsame Tiere. Sie spüren genau, wie es dem Reiter geht.«

»Meinen Sie, ich kann in den Stall gehen oder stehe ich Ihrer Tochter nur im Weg?«

»Camilla kann man nicht im Weg stehen«, lachte sie. »Eher drückt Sie Ihnen eine Heugabel in die Hand und spannt Sie ein. Aber ziehen Sie sich eine Jacke an. Es sind nur ein paar Grad über Null.«

Michael bedankte sich für den Kaffee, holte seine Jacke und verließ das Haus. Er blieb eine Weile auf der Holzterrasse stehen und sog die kühle Morgenluft ein, betrachtete die leichten Hügel und ersten Sonnenstrahlen, die sich zaghaft durch die Dunkelheit wagten. Ihn fröstelte und er machte seine Jacke zu. Langsam ging er auf die Stallungen zu, aus denen Licht schimmerte. Durch das Tor sah er Camilla, die das Heu in den einzelnen Pferdeboxen verteilte. Sie war eine große und kräftige junge Frau von Anfang zwanzig, der man die harte körperliche Arbeit ansah. Ihre dunklen Haare versteckte sie unter einem großen Schlapphut. Es schien sie überhaupt nicht zu stören, dass ein großes schwarzes Pferd immer wieder an ihrem Hut knabberte. Als es ihr den Hut vom Kopf riss und ihre langen dunklen Haare in einem Schwung über ihr Gesicht fielen, schimpfte sie mit ihm.

»Lass das sein, du Blödmann«, schalt sie und der Schwarze zog seinen Kopf schnaubend zurück. Als sie den Hut aufhob und sich wieder aufsetzte, bemerkte sie den am Stalltor stehenden Michael.

»Oh, hallo«, sagte sie. »Du bist Michael, oder? Ich bin Camilla.«

Er ging zu ihr und reichte ihr die Hand. »Ja, der bin ich.«

»Soso, der legendäre Michael also.«

»Legendär? Wieso?«

»Adam hat schon viel von dir erzählt.«

»So? Hat er das? Ich hoffe doch, nur Gutes.«

»Zumindest nichts Schlimmes«, sagte sie und reichte ihm eine Heugabel. »Hier. Du kannst dich nützlich machen und mir helfen.«

Michael nahm die Heugabel und betrachtete sie. »Sag mir, was ich tun soll.«

»Das alte Stroh raus und frisches rein.«

»Okay«, machte Michael. »Das war ja ein neckisches Spiel mit euch beiden.«

»Ja«, lachte sie. »Das ist unser morgendliches Ritual. Er klaut mir permanent meinen Hut. Das ist übrigens Wotan.«

»Wotan?«, lachte Michael. »Wieso heißt er so?«

Sie hielt mit der Arbeit inne und betrachtete liebevoll das Pferd. »Als er geboren wurde, hat mein Vater mir erlaubt, ihm einen Namen zu geben, aber mir fiel keiner ein. Mein Hut hat es ihm aber offensichtlich immer schon angetan und er hat ihn mir schon als Fohlen geklaut. Tja, und irgendwann habe ich ihn deshalb Wotan genannt.«

»Wotan steht für Dieb?«

»Das ist eine Gestalt aus Richard Wagners Oper ›Der Ring des Nibelungen‹. Wotan hat dem Zwerg Alberich den Nibelungenschatz, einen Macht verleihenden Ring und eine Tarnkappe geraubt. Kennst du das nicht?«

»Opern sind nicht so mein Fachgebiet«, räumte Michael ein. »Woher kennst du das?«

»Nur weil wir hier irgendwo im Nirgendwo sind, heißt das nicht, dass wir ungebildet sind«, sagte sie.

»Na ja«, grinste Michael. »Jetzt weiß ich zumindest, dass der Nibelungenschatz in Wirklichkeit ein alter Schlapphut ist.«

Er betrachtete das große Pferd, das jetzt ganz ruhig in seiner Box stand.

»Er ist sehr schön«, sagte er.

Camilla unterbrach ihre Arbeit und betrachtete ihn ebenfalls.

»Er ist nicht nur schön«, sagte sie. »Er ist schnell, stark und das sensibelste Pferd, das wir haben.«

»Deine Mutter sagte schon, dass Pferde sehr sensibel sind«, sagte er. »Ich dachte immer, dass sie ihre Reiter einfach nur von A nach B bringen.«

Camilla lachte. »Spätestens jetzt weiß ich, dass du keine Ahnung von Pferden hast.«

»Wie muss ich mir sensible Pferde vorstellen?«, fragte er.

»Gerade wenn du ohne Sattel reitest und ihr euch richtig spürt, können Reiter und Pferd Eins werden und miteinander verschmelzen. Man kann das nur schwer beschreiben. Man muss es erleben.«

»Bringst du es mir bei?«

»Was denn? Reiten oder miteinander Verschmelzen?«

»Das ist nicht dasselbe?«

»Nein, ist es nicht. Es ist ganz und gar nicht dasselbe.«

Sie nahm ihm die Heugabel aus der Hand und stellte sie ab. »Die Pferde haben gefrühstückt und wir können das jetzt auch. Komm mit.«

Sie verließen den Stall und Michael stellte erstaunt fest, dass es inzwischen hell geworden war. In der Ferne sah er einen Reiter im leichten Galopp auf die Ranch zukommen.

»Mein Dad kommt zurück«, sagte Camilla. »Vielleicht sind meine Herren Brüder und deine kleine Freundin ja auch schon wach.«

»Sie ist nicht meine Freundin.«

»Sie verhält sich aber so.«

»Wie meinst du das?«

»Es war nur so ein Gefühl. Ich habe euch gestern Abend ja nur kurz gesehen.«

Sie ging auf das Haus zu und Michael folgte ihr, als sie sich zu ihm umdrehte und ihn musterte.

»Auf deine Frage eben«, sagte sie, »Ich bringe es dir bei, wenn du es willst. Ich bringe dir bei zu reiten und das Pferd zu verstehen.«

Adam, Alfons und Mickey saßen tatsächlich schon in der Küche, als Camilla, Michael und Mr. Gordon sie betraten. Eva hingegen war noch nicht erschienen. Mr. Gordon küsste seine Frau, dann Camilla und seine beiden Söhne Alfons und Adam. Auch Mickey nahm er in seine Arme und drückte ihn fest an sich, sodass Michael schon befürchtete, dass er ihm die Rippen brechen würde. Die Männer setzten sich an den Küchentisch, während Mrs. Gordon und Camilla den Frühstückstisch deckten. Als Michael aufstehen wollte, um zu helfen, drückte ihn Camilla mit sanftem Druck auf seine Schulter auf den Stuhl zurück.

»Das ist Frauensache«, flüsterte sie ihm kichernd ins Ohr.

»Tu lieber, was sie sagt«, sagte Adam. »Die einzigen Männer, die in diesem Hause Frauenarbeit verrichten dürfen, sind Mickey und ich.«

Mr. Gordon lachte laut auf und klopfte seinem Sohn mit einem kräftigen Schlag auf die Schulter.

»Ich liebe meinen Sohn«, polterte er. »Und wenn er mit einem Mann glücklich ist, liebe ich auch diesen Mann.«

Michael musste schmunzeln. Mr. Gordon hatte eine große und kräftige Statur, trug einen wild zerzausten Bart und hatte die Haare fast auf Schulterlänge. Er wirkte mit seiner lauten und polterigen Art eher nicht wie ein Mann, der die Homosexualität seines Sohnes gutheißen könnte, und dennoch tat er es.

»Raue Schale, weicher Kern«, sagte Mrs. Gordon lächelnd. »So liebe ich ihn.«

Gerade als der Frühstückstisch gedeckt war, schlurfte Eva in die Küche.

»Ah«, polterte Mr. Gordon. »Unsere Prinzessin hat sich auch schon von ihrer Erbse erhoben.«

Er lachte lauthals und klopfte sich auf die Schenkel. »Komm her, liebes Kind, setz dich zu uns.«

Eva hauchte ihm einen Kuss auf seinen Bart und setzte sich neben ihn.

»Wie kann man nur so früh am Morgen schon so gut gelaunt sein?«, fragte sie und gähnte herzhaft. »Ich bin noch todmüde.«

»Ihr kennt euch?«, fragte Michael.

»Ja klar«, sagte Eva. »Ich war schon einige Male hier.«

»Ach so. Das wusste ich gar nicht.«

»Du musst auch nicht alles wissen.«

»So kennen wir sie«, grölte Mr. Gordon. »Immer das Herz am rechten Fleck.«

Das Frühstück war laut und lustig, wie Michael es noch nie erlebt hatte. Bei seinen Pflegeeltern hatte es ganz anders ausgesehen und er erinnerte sich nur ungerne daran. Doch in diesem Moment fielen ihm die sich immer wiederholenden sonntäglichen Rituale wieder ein:

Spätestens gegen neun Uhr saßen sie in der Küche und Joachim machte nach dem Frühstück seine erste Flasche Bier auf, während sich Inge wahlweise ein Glas Wein einschüttete oder Wasser mit Korn trank. Als Michael älter wurde, trank er mit ihnen, doch tief in seinem Inneren verabscheute er es. Wenn er jedoch ein Bier ablehnte, schalt ihn Inge, dass er zur Familie gehöre und mit ihnen zu trinken habe. Also tat er es. Um Punkt zwölf Uhr wurde Mittag gegessen und anschließend legten sich Inge und Joachim ins Bett, schliefen bis zum späten Nachmittag ihren Rausch aus und schalteten anschließend den Fernseher an, der im Schlafzimmer stand. Nach dem Abendessen gingen sie wieder ins Bett. Inge verschlief den restlichen Abend, während Joachim weiter

fern sah. Michael hatte nie verstanden, wie man so viel Zeit im Schlaf-
zimmer verbringen konnte.

»Kann ich Sie denn auf der Weide einsetzen, Michael?«, polterte
Mr. Gordon. »Ich könnte jede Hilfe gebrauchen.«

»Dad«, mischte sich Camilla ein, »der kommt im Sattel keine
Meile weit.«

»Oho, da hat jemand einen Beschützer«, lachte er. »Na gut,
dann müssen die anderen eben mit ran. Alfons, du kommst ab
morgen vor dem Frühstück mit mir auf die Weide, damit ich
dich einarbeiten kann. In meinem Alter braucht man einfach
mehr Schönheitsschlaf und du könntest dich langsam an frühes
Aufstehen gewöhnen. Camilla, du zeigst unserem Greenhorn,
wie man mit Pferden umgeht, okay?«

»Ist gut, Dad.«

Michael bemerkte Evas mürrischen Blick.

»Und was machst du?«, fragte er sie.

»Ich? Ich gehe wieder ins Bett.« Sie stand auf und verließ den
Frühstückstisch.

»Was hat sie denn?«, fragte Mr. Gordon und die anderen zuckten mit den Schultern.

»Sie hatte eine schwierige Zeit«, sagte Michael.

Nach dem Frühstück ging Camilla mit Michael in den Stall und
sattelte Wotan.

»Mit ihm machst du deine ersten Gehversuche«, bestimmte sie.
»Dann wollen wir mal sehen, wie talentiert du bist.«

»Na ja«, grinste Michael. »Immerhin bin ich als Kind mal auf
einem Esel geritten. Gilt das als intensive Erfahrung?«

»Nein, nicht wirklich«, lachte sie. »Komm mit. Ich lasse dich
erst einmal ein wenig mit ihm im Kreis gehen.«

Sie führte Wotan auf einen mit Sand gefüllten Reitplatz und
Michael folgte ihr.

»Hier«, sagte sie und hielt den Steigbügel in der Hand. »Steig mit dem linken Fuß hinein, halte dich am Sattel fest und schwing dich rauf. Bekommst du das hin?«

»Ich denke schon«, meinte Michael und schwang sich in den Sattel, als hätte er nie etwas anderes getan.

»Das ist schon ziemlich hoch«, befand er.

»Dann hast du wenigstens etwas vom Flug, wenn du herunterfällst.«

»Haha. Sehr witzig.«

Sie führte Wotan über den Platz, während sich Michael am Sattelknauf festhielt und bei jedem Schritt des Pferdes hin und her wippte.

»Du musst gerade sitzen«, belehrte sie ihn. »Atme am besten nicht durch den Bauch, sondern den Oberkörper ein und aus. Dann richtet sich der Oberkörper automatisch auf. Ja – genauso. Das sieht doch schon ganz gut aus.«

»Und wie lenke ich ihn?«

»Indem du am Lenkrad drehst«, rief sie lachend.

»Sehr witzig. Also, wie sage ich ihm, wo er hinsoll?«

»Versuch erst mal ganz locker zu sitzen. Du gibst ihm etwas Druck mit dem Unterschenkel am Unterbauch und hältst das andere Bein etwas von seinem Körper weg. Bei Wotan genügt das schon. Aber bitte nicht treten. Pferde sind sensibel.«

»Okay«, murmelte Michael und drückte sachte den linken Unterschenkel an Wotans Unterbauch. Tatsächlich änderte das Pferd die Richtung.

»Du schaust immer in die Richtung, in die du reiten möchtest«, dozierte sie. »Willst du geradeaus, dann schaue zwischen seinen Ohren nach vorne. Willst du nach links, dann eben nach links. Wenn du bei der Blickrichtung die Schultern mitnimmst, entsteht schon eine leichte Zügelspannung und das Pferd schaut in die gleiche Richtung. Probier's mal aus.«

Sie reichte ihm die Zügel und ging einige Schritte zurück. »Halte die Zügel etwas lockerer, sonst tut ihm das am Maul weh. Ja – so ist besser.«

Sie sah ihm eine Weile zu und Michael ritt im Schritttempo mal nach links, dann wieder nach rechts, mal im Kreis, dann wieder geradeaus.

»Das machst du schon sehr gut«, lobte Camilla. »Übe noch ein wenig. Ich hole Mathilda und komme gleich wieder.«

»Wer ist Mathilda?«

»Meine Stute.«

Sie verschwand im Stall, während Michael mit Wotan seine Kreise zog.

»Das ist gar nicht so schwer«, fand Michael, doch plötzlich tänzelte Wotan unruhig auf der Stelle. Michael zog erschreckt fester am Zügel.

»Ruhig«, sagte er, »es ist doch alles gut.«

Wotan warf den Kopf hoch und runter, wieherte und tänzelte weiter. Michael hatte Mühe, sich im Sattel zu halten, und krallte sich am Sattelknauf fest.

»Scheiße«, rief er, »was ist denn los mit dir?«

Plötzlich trat Wotan mit den Hinterläufen aus und Michael fiel mit einem lauten Schrei in den Sand. Wotan tänzelte wiehernd vor ihm hin und her. Michael bekam Angst, wusste nicht, was er tun sollte, und starrte das unruhige Pferd an. Plötzlich sprang Camilla über den Zaun, schnappte sich die Zügel und zog Wotans Kopf zu sich herunter.

»Ruhig, mein Lieber«, flüsterte sie. »Ganz ruhig. Es ist alles in Ordnung.«

Tatsächlich beruhigte sich das Pferd, schnaubte zweimal und stand dann ganz still vor Camilla.

»Was hast du gemacht?«, fragte sie Michael.

»Keine Ahnung«, antwortete er. »Plötzlich wurde er unruhig und ich wusste nicht, was ich tun sollte.«

»Ich verstehe das nicht«, sagte sie und sah zu Wotan auf. »Das hat er noch nie gemacht. Normalerweise bringt ihn so schnell nichts aus der Ruhe. Sonst hätte ich dich niemals mit ihm alleine gelassen.«

»Vielleicht hat er ja einen Defekt«, grinste Michael. »Wann war er denn zuletzt in der Werkstatt?«

»Das ist ein Lebewesen und kein Auto«, sagte sie mit einem bösen Seitenblick, um sich dann wieder dem Pferd zuzuwenden. »Irgendetwas muss ihn erschreckt haben. Vielleicht hat ihm etwas wehgetan.«

Sie ging um ihn herum, prüfte Sattel und Zaumzeug, konnte jedoch nichts finden. Schließlich zuckte sie mit den Schultern und schüttelte den Kopf. »Ich weiß es nicht.« Sie sah Michael an. »Bist du jetzt kuriert oder willst du weitermachen?«

Er klopfte sich den Sand von der Kleidung.

»Weitermachen. Was sonst?«

»Gut. Dann halt die Zügel, streichle ihn am Hals und sprich mit ihm, aber ganz ruhig. Das mag er. Vielleicht hast du irgendetwas an dir, das ihn nervös gemacht hat.«

»Meinst du mein Aftershave?«, fragte er grinsend.

»Ja, sehr wahrscheinlich. Ich hole eben Mathilda. Warte hier.«

Michael nahm die Zügel und sah Wotan an, der schnaubend den Kopf hochwarf.

»Schschschsch«, machte Michael und streichelte ihm den Hals. Tatsächlich blieb Wotan stehen und schnaubte nur noch leicht.

»Was war das denn eben?«, fragte Michael mit sanfter Stimme. »Was habe ich falsch gemacht, hm? Du bist ein schönes Pferd, wunderschön.«

Wotan warf ab und an den Kopf hoch, schien sich aber allmählich zu beruhigen.

»Ganz ruhig, mein Junge. Ich will dir doch nichts tun.«

Wieder schnaubte Wotan und blieb jetzt ruhig stehen.

»Er mag dich.«

Michael fuhr herum. Camilla stand mit Mathilda vor dem Gatter und lächelte ihn an.

»Stehst du schon lange da?«

»Schon eine Weile«, sagte sie und öffnete das Gatter.

»Er mag dich«, wiederholte sie, »aber er scheint dir nicht zu vertrauen.«

»Vertrauen?«, fragte Michael. »Wie meinst du das? Ich will ja nicht seine Lebensgeschichte hören. Ich will ihn reiten.«

Sie lachte laut auf und schwang sich auf Mathilda.

»Vielleicht spürt er genau das. Reiter und Pferd sollten Eins sein, müssen miteinander harmonieren und dafür müssen sie sich gegenseitig vertrauen. Wenn du ihm nicht vertraust, dann spürt er das ganz genau. Das gleiche gilt übrigens, wenn du dir selbst nicht vertraust. Wotan ist da ganz speziell. Er spiegelt dich.«

»Soso«, sagte Michael und streichelte ihm über den Hals. »Du bist also ein Sensibelchen.«

Er schwang sich wieder in den Sattel und nahm die Zügel in die Hand. Camilla betrachtete ihn eine Weile.

»Was ist?«, fragte er.

»Ich bin mir nicht sicher«, sagte sie. »Möglicherweise lernst du schnell reiten, aber bis du Eins mit ihm bist, scheint es noch ein langer Weg zu sein.«

Schweigend ritten sie im Schritt nebeneinander her. Michael beobachtete neugierig jede Bewegung von Camilla und ahmte sie nach.

»Willst du mal einen leichten Trab probieren?«, fragte sie schließlich und Michael nickte.

Wotan und Mathilda gingen in den Trab und Michael wurde im Sattel hoch und runter geschleudert. Camilla lachte laut auf.

»Bleib mal stehen und schaue mir zu«, prustete sie. »Du musst die Bewegungen des Pferdes schon mitgehen, sonst hast du heute Abend Rührei und Wotan einen Bandscheibenvorfall.«

»Beides wollen wir nicht«, sagte er mit einem gequälten Lächeln.

Sie stellte sich vor ihm. »Also, entspann dich. Du bist viel zu verkrampft.«

»Entspannen«, wiederholte er und lockerte seine Schultern.

»Um ein Pferd zu führen, muss man es treiben, ihm die Richtung anzeigen«, erklärte sie und Michael nickte. »Getrieben wird immer mit dem oberen Teil der Wade. Lass deine Fersen beim Reiten nach unten federn, so ist die obere Wade automatisch leicht gespannt. Versuche es mal. Achte auf Wotans Bewegungen und passe dich ihm an.«

»Entspannen«, rezitierte Michael. »Treiben mit dem oberen Teil der Wade, Fersen nach unten federn, an Wotans Bewegungen anpassen.«

Camilla ritt im leichten Trab um ihn herum und gab ihm Anweisungen, doch Michael war so sehr mit sich beschäftigt, dass er ihre Hilfestellungen kaum wahrnahm.

»Achte auf die Wippbewegungen«, rief sie. »Lass dich nicht in den Sattel fallen. Das tut ihm weh und er mag es nicht.«

Er schielte zu ihr und konzentrierte sich dann wieder auf sich.

»Feder deine Bewegungen etwas ab. Ja … so.«

Sie ritten im leichten Trab durch den Sand und ganz allmählich wurde Michael lockerer.

»Wie geht es dir?«, fragte sie nach einer Weile.

»Gut soweit«, grinste er. »Mal ganz abgesehen davon, dass meine Oberschenkel brennen.«

»Ich glaube, das reicht auch fürs Erste«, lachte sie und stoppte. »Für einen Anfänger hast du dich wacker geschlagen.«

»Und wie mache ich das im Galopp?«

»Jetzt willst du es aber wissen, was?«, schmunzelte sie. »Es kommt drauf an. Wenn du richtig galoppieren willst, musst du dich mit lockerer Hüfte im Takt einfühlen, damit du dich gemeinsam mit Wotan frei bewegen kannst. Aber das machen wir später. Hilfst du mir, die Pferde versorgen?«

»Selbstverständlich«, sagte Michael lächelnd. »Das gehört doch wohl dazu, oder?«

»Das gehört dazu«, stimmte sie ihm zu.

»Was muss ich tun, damit Wotan mir vertraut?«, fragte sich Michael.

Jeden Morgen stand er früh auf, ging zu Mrs. Gordon in die Küche und trank einen Kaffee, bevor er zu Camilla in den Stall eilte und ihr half. Er machte gute Fortschritte beim Reiten und sie waren auch im Gelände unterwegs gewesen. Sogar den leichten Galopp hatten sie schon geübt. Michael schien ein Naturtalent zu sein, aber Camilla war noch immer nicht wirklich zufrieden mit ihm.

»Du machst das wirklich gut«, lobte sie ihn bei der morgendlichen Stallarbeit. »Aber du reitest ihn wie ein Fahrrad. Wotan ist ein Lebewesen.«

Sie unterbrach ihre Arbeit und sah ihn lange an.

»Du musst dich öffnen, Michael. Sonst wird er dir nie vertrauen. Sonst wirst du einfach nur ein Pferd reiten. Sonst nichts.«

»Wie, öffnen?«, fragte er. »Was soll ich ihm denn erzählen? Das versteht er doch sowieso nicht.«

»Nein, du verstehst da etwas nicht. Du bist total zu, so als hättest du gar keine Gefühle. Du versteckst da ganz viel, glaube ich, und Wotan spürt so etwas sehr genau. Solange das so ist, wird er dir nie wirklich vertrauen. Er wird vielleicht mal schnauben. Das tut er immer, wenn er sich mit dir wohlfühlt, aber mehr auch nicht.«

Sie hatte ihm immer wieder gesagt, dass er sich öffnen, sich auf Wotan einlassen sollte, aber er wusste beim besten Willen nicht, wie er das anstellen konnte. Natürlich war ihm klar, dass es nicht darum ging, einem Pferd etwas im Vertrauen zu erzählen wie einen Seitensprung, dem man einem guten Freund beichtet, um sein Gewissen zu entlasten. Natürlich konnte es nicht darum gehen, ihm von seinen Ängsten, Sorgen und Nöten zu erzählen, aber er verstand einfach nicht, wie Camilla das meinte.

Er lag abends auf seinem Bett und dachte nach, als es an der Tür klopfte.

»Ist offen«, rief er und Eva trat herein.

»Hey«, sagte sie. »Kann ich mich etwas zu dir legen?«

Sie waren jetzt seit drei Wochen auf der Ranch und hatten die ganze Zeit getrennt geschlafen. Michael war wohl aufgefallen, dass nicht nur sie in den letzten Tagen morgens beim Frühstück sehr müde ausgesehen hatte, sondern auch Alfons. Offensichtlich hatten sie etwas miteinander angefangen, aber es interessierte ihn nicht sonderlich. Er war lieber mit Camilla und den Pferden unterwegs, als sich um Eva zu kümmern.

Er rückte auf dem Bett zur Seite, um ihr Platz zu machen.

»Klar, komm her.«

Sie legte sich zu ihm und ihren Kopf auf seine Schulter. Michael war irritiert, unangenehm berührt. Er hatte es gemocht, wenn sie neben ihm lag, doch jetzt war es anders. Er zuckte innerlich zusammen, als sie ihm sanft über die Brust und mit ihren Fingernägeln über den Bauch strich.

»Ist alles in Ordnung bei dir?«, fragte er schließlich.

»Ja, alles gut«, flüsterte sie. »Du hast mir nur gefehlt.«

Ihre Hand glitt über seinen Hals, seine Brust, über den Bauch. Sie drehte seinen Kopf mit sanftem Druck zu sich und begann ihn zu küssen. Ihre Zunge glitt in seinen Mund und ihre Küsse wurden wilder, heftiger. Sie beugte sich über ihn, ihre Haare fielen auf sein Gesicht und kitzelten ihn. Er zuckte zusammen, als ihre Hand auf seinem Bauch landete und sie in seine Muskeln griff, fühlte seine Erregung, spürte aber auch seinen inneren Widerstand. Plötzlich schoss ihm eine Begebenheit durch den Kopf, die schon sehr lange zurücklag, als er noch Kind gewesen war. Etwas, das er schon fast vergessen hatte:

Wenn Inge ihn verprügelte, flüchtete er sich in die Welt der Mythen und Sagen. Dann war er der Held, der alle Qualen und Schmerzen klaglos ertrug, und am Ende würde er sie alle besiegen. Je häufiger Inge ihn schlug, umso tiefer glitt er in diese Welt. Insbesondere wenn er im Recht war und Inge ihn dennoch bestrafte, fühlte er sich wie Herakles, der zu den Göttern aufstieg, oder Odysseus, der sein Reich zurückgewann, oder Jesus, der nach seinem Leiden, der Kreuzigung und seinem Tod zu Gott, seinem Vater, aufstieg. Oftmals verspürte er sogar eine innere Zufriedenheit nach den Bestrafungen, weil er glaubte, dass Inge zwar seinen Körper, nicht aber seine Seele bestrafen konnte. Sein eigentliches Ich war solange unverwundbar und sicher, wie Inge seine Seele nicht finden konnte. Und das gelang ihm, indem er ihr nicht zeigte, wie sehr er tatsächlich litt.

»Es geht niemanden an, was ich fühle«, wurde sein Leitsatz. »Niemand darf es sehen und niemand darf es wissen. Dann kann mich niemand verletzen und mir wird nichts passieren.«

All das war ihm zunächst nicht bewusst. Bis er – er war elf Jahre alt – eines sonntags mit Inge im Fernsehen die Operette »Das Land des Lächelns« von Franz Lehár ansah. Inge lag auf der Couch und Michael saß im Sessel. Inge liebte Operetten und Michael durfte sie oftmals mit ihr ansehen. Meistens langweilten sie ihn zwar, doch als er dieses Lied des chinesischen Prinzen Sou-Chong hörte, rührte es ihn auf merkwürdige Weise an:

»Ich trete ins Zimmer, von Sehnsucht erbebt,
das ist der heilige Raum,
in dem sie atmet, in dem sie lebt,
sie meine Sonne, mein Traum.
Oh klopf nicht so stürmisch, du zitterndes Herz,

ich hab dich das Schweigen gelehrt.
Was weiß sie von mir, von all meinem Schmerz,
von der Sehnsucht, die mich verzehrt.
Auch wenn uns Chinesen das Herz auch bricht,
wen geht das was an, wir zeigen es nicht.«

Michael horchte auf.

»Was weiß sie von mir, von all meinem Schmerz ...? Wen geht das was an, wir zeigen es nicht«, hallte es in seinem Kopf nach.

»Wie ich«, dachte er. »Auch ich zeige es nicht.« Aufmerksam hörte er sich das Lied an:

»Immer nur lächeln und immer vergnügt. Immer zufrieden, wie's immer sich fügt. Lächeln trotz Weh und tausend Schmerzen. Doch wie's da drin aussieht, geht niemand etwas an. Ich kann es nicht sagen, ich sage es nie. Bleibt doch mein Himmel versperrt. Ich bin doch ein Spielzeug, ein Fremder für sie. Nur ein exotischer Flirt. Sie hat mich verzaubert, sie hat mich betört. Wie Haschisch, wie purpurner Wein. Es kann ja nicht sein, dass sie mich erhört.

Doch im Traum darf ich selig sein. Sie soll es nicht merken, nicht fühlen, oh nein. Wen kümmert mein Schmerz, nur mich ganz allein. Immer nur lächeln und immer vergnügt. Immer zufrieden, wie's immer sich fügt. Lächeln trotz Weh und tausend Schmerzen. Doch niemals zeigen sein wahres Gesicht. Immer zufrieden, wie's immer sich fügt. Lächeln trotz Weh und tausend Schmerzen. Doch wie's da drin aussieht, geht niemand' etwas an.«

Michael hatte sich im Sessel nach vorne gebeugt und jeder Silbe, jedem Ton des Liedes gelauscht. Als es zu Ende war, lehnte er sich zurück und schielte zu Inge, die noch immer verzückt die Augen geschlossen hatte. Michael lächelte innerlich.

»Doch wie's da drin aussieht, geht niemand etwas an. Was ich denke und was ich fühle, gehört nur mir. Mir ganz allein. Und niemand darf es wissen.«

Eva strich über seine Beine, seinen Schritt und begann den Knopf seiner Jeans zu öffnen, als er ihre Hand nahm und sie festhielt.

»Was ist?«, fragte sie. »Willst du denn nicht?«

»Nein«, sagte er und richtete sich auf seinem Bett auf. »Aber danke. Jetzt habe ich es verstanden.«

»Was hast du verstanden?«

Er lächelte sie an. »Ich habe verstanden, was Wotan von mir will oder braucht. Was ICH will und was ICH brauche.«

Er warf sich auf sein Kopfkissen zurück und lachte lauthals.

»Ich habe noch keine Ahnung, wie ich es anstellen soll, aber ich weiß jetzt, was Camilla die ganze Zeit meinte.«

»Was ist los mit dir?«, rief sie. »Ich will Sex mit dir und du denkst an ein Pferd?«

»*Wenn du poppen willst, dann geh doch zu Alfons*«, dachte er. »*Das tut ihr doch sowieso schon die ganze Zeit.*«

Doch er sprach es nicht aus, sah sie stattdessen nur an.

»Eva, ich erwarte ja nicht, dass du das verstehst, aber es ist wichtig für mich. Und deshalb werde ich jetzt in den Stall gehen.«

»Das wirst du mir erklären müssen«, zischte sie.

»Alles zu seiner Zeit«, antwortete er lächelnd.

Dann sprang er aus dem Bett und ließ eine verdutzte und wütende Eva auf seinem Bett zurück.

Er öffnete die Stalltür und lugte hinein. Niemand war zu sehen. Langsam ging er zu Wotan, der ihn neugierig betrachtete. Behutsam führte er seine Hand an dessen Nüstern und strich ihm über die Blesse, nahm schließlich den Kopf des Pferdes in beide Hände und streichelte ihn sanft, was Wotan mit einem leisen Schnauben beantwortete.

»Keine Ahnung, ob du mich verstehst«, flüsterte Michael, »aber ich möchte dich nicht einfach nur reiten wie irgendeinen Gaul.

Ich weiß nur nicht, wie das geht. Ich habe es einfach nie gelernt. Bitte habe etwas Geduld mit mir.«

Er legte seinen Kopf an Wotans Hals und schloss die Augen. Er spürte die Wärme, hörte das leise Schnauben des Tieres und hatte das Gefühl, als legte es tröstend den Kopf auf seine Schulter. Es fühlte sich für Michael an, als würde Wotan sagen: »Ich werde dich niemals verletzen. Ich werde niemals deine Gefühle ausnutzen, um dir wehzutun.« Es waren Worte, wie er sie zuvor noch nie gehört hatte.

Camilla und Michael ritten jeden Morgen vor dem Frühstück ins Gelände und er machte gute Fortschritte. Zunächst ritten sie im Schritttempo, dann im Trab und schließlich traute er sich in den leichten Galopp. Er lernte, sich Wotans Bewegungen anzupassen, und allmählich entkrampfte er sich mehr und mehr auf dem Pferd.

»Was ist das eigentlich zwischen Eva und dir?«, fragte Camilla, als sie auf einem Hügel in den Sonnenaufgang sahen.

»Was soll mit uns sein?«, wich er aus. »Wir sind Freunde, sonst nichts.«

»Aha. Freunde«, antwortete sie. »Dafür sieht sie dich aber in den letzten Tagen ziemlich verärgert an. Ihr redet ja kaum noch miteinander. Fast scheint es mir, als sei sie eifersüchtig.«

Michael sah sie von der Seite an und zuckte mit den Schultern. »Kann schon sein, aber das ist ihr Ding.«

Sie sah wieder in die aufgehende Sonne. »Du hast schon recht. Das geht mich auch nichts an.«

Sie schwiegen eine Weile und gingen ihren Gedanken nach.

»Da ist etwas in Miami Beach passiert«, sagte Michael schließlich.

»Sie wurde vergewaltigt«, antwortete Camilla. »Das weiß ich.«

»Ja, weil ich sie alleine gelassen habe.«

Sie betrachtete ihn, wie er seinerseits in die Sonne schaute.

»Du fühlst dich schuldig?«, fragte sie. »Wieso?«

»Na ja«, sagte er und kratzte sich am Hinterkopf. »Wir sind zusammen zur Party, ich bin nach Hause und sie ist alleine dortgeblieben. Was dann genau passiert ist, wissen nur die Schweine, die ihr dann die K. O.-Tropfen gegeben und sie vergewaltigt haben.«

»Ja, schon. Aber da kannst du doch nichts für.«

»Wäre ich geblieben, wäre es nicht passiert.«

»Aber das ist doch Quatsch. Ich meine …«

»Komm, lass es gut sein«, unterbrach er sie. »Es ist, wie es ist. Ich glaube, wir müssen zurück.«

Er wendete Wotan und ritt im leichten Galopp Richtung Ranch. Camilla sah ihm nachdenklich hinterher und folgte ihm schließlich.

»Hör auf, dich schuldig zu fühlen«, sagte sie, als sie ihn eingeholt hatte. »Eva ist ein großes Mädchen und du bist nicht verantwortlich für sie und das, was da passiert ist.«

»Doch, bin ich«, rief er. »Ich war und bin immer verantwortlich gewesen. Für alles, was passiert ist, und das wird sich auch nie ändern.«

Sie stoppte Mathilda und ließ ihn vorreiten. In diesem Moment hatte sie das Gefühl, dass er mit sich alleine sein musste.

»Nach dem Frühstück muss ich mit Dad nach Hamilton«, sagte sie, als sie die Pferde absattelten und versorgten. »Wir sind wahrscheinlich erst am Nachmittag zurück.«

»Dann kann ich ja vielleicht nachher noch mal ein wenig ausreiten«, meinte Michael.

»Nein, auf keinen Fall. Du solltest noch nicht allein reiten. Du machst sehr gute Fortschritte, aber so sattelfest bist du nun doch noch nicht. Du kannst Wotan im Gatter reiten, aber nicht die Ranch verlassen.«

»Okay, wenn du meinst.«

Sie gingen zum Frühstück und stellten zu ihrer Überraschung fest, dass bereits alle, sogar die Langschläfer Eva, Adam und Mickey, in der Küche versammelt waren. Eva begrüßte Camilla mit einer Umarmung, beachtete Michael hingegen gar nicht. Sie sah einfach an ihm vorbei, als sei er überhaupt nicht da. Das änderte sich auch während des gesamten Frühstücks nicht.

»*Oha, da ist aber jemand beleidigt*«, dachte er. »*Ablehnung scheint Madame nicht gewohnt zu sein.*«

Das Frühstück ging wie gewohnt laut und mit rustikalen Scherzen von Mr. Gordon vonstatten, der über sich am meisten lachen konnte.

»So, Tochter«, rief er schließlich und haute Camilla mit einem kräftigen Klaps auf ihre Oberschenkel, sodass sie zusammenzuckte und das Gesicht vor Schmerzen verzog. »Dann wollen wir zwei Hübschen uns mal auf den Weg nach Hamilton machen.«

»Aua, Dad«, schalt sie ihn. »Geht das nicht etwas zärtlicher? Das tut richtig weh.«

»Ach was«, winkte er ab. »Du bist ein großes Mädchen und verträgst das schon.«

Mrs. Gordon, Camilla und sogar Eva räumten den Tisch ab und spülten das Geschirr. Michael ließ es sich nicht nehmen abzutrocknen, während Alfons im Stall verschwand und sich erneut auf den Weg zur Weide machte und Mickey und Adam sich leise unterhielten. Auch jetzt würdigte Eva Michael keines Blickes. Er mochte diese Ignoranz nicht und begann sich über sie zu ärgern. Als sie mit dem Abwasch fertig waren, verließ sie die Küche und ging in ihr Zimmer. Michael wollte ihr erst folgen und sie zur Rede stellen, ließ es dann aber doch bleiben und ging ebenfalls auf sein Zimmer.

»*Die kriegt sich schon wieder ein*«, dachte er und legte sich auf sein Bett.

Beim Mittagessen passierte genau das Gleiche wieder: Eva sprach mit allen anderen, sah aber buchstäblich durch Michael hindurch.

»*Langsam reicht es mir*«, dachte er.

Als sie nach dem Mittagessen das Haus verließ, um ein wenig frische Luft zu schnappen, folgte er ihr und rief ihr hinterher: »Hey, warte mal.«

Sie drehte sich um und sah ihn teilnahmslos an.

»Kannst du mir mal sagen, was das Gehabe soll?«, herrschte er sie an. »Es mag ja sein, dass du auf mich sauer bist, aber mich vor all den anderen wie Luft zu behandeln, muss es doch wohl auch nicht sein, oder?«

»Ich habe dich ganz normal behandelt wie die anderen auch«, sagte sie mit Unschuldsmiene. »Ich weiß gar nicht, was du von mir willst.«

»Das nennst du normal? Du siehst förmlich durch mich hindurch, so als existiere ich gar nicht. Was soll das?«

»Ich kann dich einfach nicht ertragen«, fuhr sie ihn an. »Erst rückst du mir bei jeder Gelegenheit auf die Pelle und dann hast du nur noch Augen für diese Pferdeflüsterin. Weißt du, wie ich mich da fühle?«

»Ich bin dir auf die Pelle gerückt?«, fragte Michael. »Das wusste ich ja noch gar nicht. Ich habe mich um dich gekümmert, weil es dir schlechtging. Ich wollte dir nur helfen. Und jetzt sagst du, dass ich dir auf die Pelle gerückt bin? Hörst du dich da eigentlich reden? Du warst es doch, die die ganze Zeit bei mir schlafen wollte.«

»Herrgott, willst du mir das jetzt etwa vorwerfen?«, keifte sie. »Wenn du mich nicht im Stich gelassen hättest, wäre das alles doch gar nicht passiert. Erst bist du mir in Miami Beach die ganze Zeit hinterhergerannt und …«

»Was bin ich?«, unterbrach er sie. »Ich hatte doch gar keinen Bock auf diesen ganzen Rummel, aber du hast mich permanent mitgeschleppt. Wir sind fast jeden Abend zusammen zu irgend-welchen Partys gegangen und ich bin die meiste Zeit alleine nach Hause gelatscht, während du mit irgendwelchen Typen losgezo-gen bist.«

»Darf ich nicht auch mal andere Menschen kennenlernen?«

»Als ob du damit Probleme hättest.«

»Aber als es darauf ankam«, fuhr sie unbeirrt fort, »warst du weg und hast mich mit dieser Horde alleine gelassen.«

»Was für eine Horde?«, fragte er. »Was ist mir da entgangen?«

»Das weißt du ganz genau.«

»Ich habe keine Ahnung. Von was für einer Horde sprichst du?« Er musterte sie. »Kann es sein, dass du uns nicht alles er-zählt hast? Wäre es möglich, dass du genau weißt, mit wem du es zu tun hattest?«

»Mit der Horde meinte ich alle Männer, die da waren. Keine bestimmten. Sag mal, willst du mir unterstellen, dass ich gelogen habe?« Sie verzog wütend das Gesicht und ging auf ihn zu und schlug ihm mit der Faust auf die Brust. »Wer sagt mir denn, dass du nicht auch dabeigewesen bist?«

Michael starrte sie an. »Ich glaube einfach nicht, was ich da ge-rade höre. Das kannst du nicht ernstmeinen.«

Sie ging einen Schritt zurück, legte den Kopf schief und be-trachtete ihn.

»Na ja«, sagte sie. »Ich habe schon den Eindruck, dass du dich in mich verliebt hast, oder etwa nicht?«

»Was?«

»Alle haben das gemerkt«, säuselte sie. »Alfons hat mich auch schon gefragt, ob wir zusammen sind, und Mrs. Gordon meinte sogar, dass wir ein tolles Paar abgeben.«

»Mit dir stimmt doch etwas nicht«, sagte er und schüttelte den Kopf. »Irgendetwas läuft hier gerade ganz schräg.«

Sie sah ihn lächelnd an und er spürte, dass sie sich ihrer Sache sehr sicher war.

»Und dann, nach der Vergewaltigung, spielst du den Helfer und Beschützer und während ich Schutz suchend und schlafend neben dir liege, nutzt du die Gunst der Stunde.« Sie nahm seine Hand und legte sie auf ihre Brust. »Und dann tatschst du mich an.«

»Ich tue was?«, rief er.

»Du legst ganz aus Versehen deine Hand auf meine Brust. Völlig unbeabsichtigt im Schlaf. Siehst du? Du lässt sie auch noch jetzt einfach da.«

»Das wird mir jetzt langsam zu blöd«, rief er und zog die Hand weg. »Du scheinst den ganzen Schwachsinn wirklich zu glauben.«

»Es ist doch offensichtlich, dass du ein Problem mit Frauen hast«, fuhr sie ihn an. »Was weiß ich, was du für Mittel hast, um zum Zug zu kommen.«

Er spürte sein Blut kochen, doch er unterdrückte seine Wut.

»Ich glaube, so allmählich erkenne ich deine Masche«, zischte er. »Ich mag naiv sein, aber blöd bin ich nicht, und ich habe Augen im Kopf. Ich habe dich oft genug gesehen, wie du die Männer fixiert hast, wenn du auf der Jagd bist.« Er schlich um sie herum. »Du bist wie eine Schwarze Witwe«, flüsterte er. »Opfer anpeilen und mit deinen Duftstoffen anlocken. Und dann, wenn es sich in deinem Netz verfangen hat, hat es auch schon verloren.«

Er stellte sich wieder vor sie. »Und wenn du es erlegt hast, bist du weg und suchst dir das nächste Opfer. Ist es nicht so?«

»Du bist unverschämt«, schrie sie.

»Mag sein.« Er sah hinter ihr einen Reiter, der im gemächlichen Galopp auf sie zuritt.

»Da kommt ja das nächste Opfer«, sagte er breit grinsend.

Sie drehte sich um und sah ebenfalls zu dem Reiter.

»Alfons ist ein sehr guter Freund von mir.«

»Yep«, machte Michael, »so seht ihr morgens auch aus. Wie nach einer gut und intensiv gelebten Freundschaft.«

Sie funkelte ihn an. »Du bist wirklich kaum zu ertragen.«

»Gut«, antwortete er, »dann sind die Fronten ja geklärt.«

Er drehte sich um und ging zum Haus, holte tief Luft und stieß sie langsam wieder aus. Am liebsten hätte er vor Wut um sich geschlagen, doch er war es gewohnt, sich zu beherrschen und seine Wut zu unterdrücken. Er wollte niemanden sehen und mit niemandem reden, rannte in sein Zimmer und ließ die Tür ins Schloss fallen. Als er auf seinem Bett lag, spürte er, wie in ihm das Blut kochte.

»*Was bildet die sich ein?*«, dachte er. »*Poppt querbeet und meint, dass ich auf sie stehe, will mir einreden, dass nur sie Rechte hat und ich an allem Schuld bin. Die hat doch nicht alle Latten am Zaun.*«

Er hörte das Knarren der Treppe und das leise Reden von Eva und Alfons, konnte aber nichts verstehen. Eine Tür fiel ins Schloss und es war einen Moment leise. Plötzlich hörte er erst Evas Stöhnen, das immer lauter und schneller wurde, bis sie fast schrie, begleitet vom rhythmischen Knarren des Bettes.

»*Die Schwarze Witwe hat wieder zugeschlagen*«, dachte er.

Er zog Schuhe und Jacke an und lief aus dem Haus. Diese Geräuschkulisse konnte er beim besten Willen nicht ertragen.

Michael lief in den Stall, ging zu Wotan und betrachtete ihn.

»Ich muss hier weg«, sagte er und strich ihm über den Hals. »Camilla hat schon recht: Ich bin kein guter Reiter, aber du bist ein gutes Pferd und ich vertraue dir.«

Er nahm Halfter und Zaumzeug vom Haken und legte es Wotan an.

»Ich habe das noch nie alleine gemacht«, flüsterte er. »Camilla war immer dabei, aber ich habe gut aufgepasst.«

Er lächelte und Wotan ließ sich bereitwillig das Zaumzeug anlegen. Dann warf er ihm die Satteldecke und den Sattel auf den

Rücken und schnallte ihn fest. Auch hier hatte er genau aufgepasst, wie fest der Sattel geschnallt werden musste, fest genug, aber auch so, dass sich das Pferd wohlfühlte. Er prüfte noch einmal, ob er auch nichts vergessen hatte, öffnete die Stalltür und führte Wotan hinaus.

»Und jetzt, mein Freund, vertraue ich mich dir an.«

Er stieg auf Wotan, ritt langsam über das Gelände und sah in die Richtung, in der er morgens mit Camilla geritten war. Er klopfte Wotan auf den Hals.

»Du weißt, wo ich hin möchte, oder? Also dann.«

Er ging in den Trab und schließlich in den leichten Galopp, dann schneller und immer schneller.

»Zeig mir, was du drauf hast«, rief er plötzlich und Wotan ging in den vollen Galopp. »Ich vertraue dir«, schrie er.

Das Dröhnen der Hufe wirkte wie ein Trommelwirbel auf ihn, er spürte den Wind, der sich ihm entgegenstemmte, und wollte noch schneller reiten.

»Yeah – yeah – yeah«, rief er und Wotan holte alles aus sich heraus. Michael spürte die Kraft des Tieres, die sich auf ihn übertrug, spürte seine Wut und schrie sie mit einem lauten »Jaaaaaaaaaaaaa« aus sich heraus, bis ihm die Kehle brannte und die trockene Luft in seinem Hals kratzte, spürte seine Heiserkeit und schrie immer weiter ein »Jaaaaaa – jaaaaaa« aus seiner Kehle.

»Jaaaaaaaa – jaaaaaaaaa«. Je schneller Wotan rannte, je schneller sein Atem ging, umso mehr übertrug sich die Kraft des Pferdes auf Michael. Er spürte Wut, unbändige Wut. Wut auf was? Egal. Es war Energie, pure, gewaltige Energie, die über den Boden donnerte und sich aus seiner Kehle entlud.

»Jaaaaaa – jaaaaaaaaaaaa.«

Schließlich zog er sachte die Zügel an und Wotan wurde langsamer. Sie hatten den Platz erreicht, an dem er sich morgens mit Camilla den Sonnenaufgang angesehen hatte. Sie blieben stehen und Wotan schnaubte. Michael sah über die Hügel und ließ seinen Blick schweifen, ritt zu einem einsamen Baum, der sich dort verlor, und stieg aus dem Sattel, führte Wotan auf ein Stück Wiese und ließ ihn grasen. Er setzt sich, lehnte sich an den Baum und schaute sich um. Seine Wut war verraucht, war einem anderen, schweren Gefühl gewichen, das er nicht beschreiben konnte. Und plötzlich fühlte er eine gähnende Leere, hatte den Eindruck, gar nichts mehr zu fühlen. Er kannte diesen Zustand, doch diesmal war es anders. Michael vermisste etwas, wollte etwas fühlen. Er wusste nur nicht, was das sein sollte, doch er sehnte sich danach. Er betrachtete Wotan, der friedlich auf der Wiese stand und graste. Schließlich stand er auf und ging zu ihm.

»Es ist so weit«, sagte er. »Jetzt brauche ich die Hilfe, um die ich dich gebeten habe. Bitte lass mich jetzt nicht im Stich.«

Er strich mit seiner Hand über die Blesse, am Hals entlang, ließ seine Hand über das Pferd gleiten, bis sie am Sattel angekommen war. Er löste den Gurt und zog den Sattel sowie die Satteldecke vom Rücken.

»Den brauchen wir jetzt nicht«, flüsterte er, nahm die Zügel und führte ihn über die Wiese zum Baum und wieder über die Wiese. Immer wieder sah er das ruhig neben ihm gehende Pferd an und streichelte es, was Wotan mit einem wohligen Schnauben beantwortete.

»Ich glaube, ich bin so weit«, sagte Michael und legte seinen Arm um Wotans Hals. »Bist du es auch?«

Mr. Gordon lenkte den voll beladenen Pick-up auf das Gelände seiner Ranch und stieg schwungvoll aus dem Wagen.

»Wir sind wieder da«, rief er der verschlossenen Haustür zu.

Inzwischen war es Nachmittag und für diese Uhrzeit recht ruhig auf der Ranch.

»Wo sind die denn alle«, fragte er Mrs. Gordon, die in einer Decke gehüllt auf der Terrasse saß und Tee trank. Er hauchte ihr einen Kuss auf die Lippen.

»Wir könnten ein wenig Hilfe gebrauchen. Schließlich haben wir halb Hamilton leer gekauft.«

»Wahrscheinlich sind sie alle in ihren Zimmern«, überlegte sie. »Ich gehe mal gucken, wer euch helfen kann.«

Sie verschwand im Haus und Camilla und Mr. Gordon begannen den Pick-up abzuladen. Nach einer Weile kamen Alfons, Adam und Mickey dazu und schleppten die Einkäufe ins Haus, während Eva ihnen teilnahmslos auf der Terrasse zuschaute.

»Wo ist Michael?«, fragte Camilla.

Eva zuckte mit den Schultern. »Woher soll ich das wissen? Ist mir auch egal.«

»Der schläft bestimmt bei Wotan im Stall«, frotzelte Alfons, der hinter Eva herging.

Camilla drehte sich kurz zu Alfons um und sah dann Eva an, doch sie sah an ihr vorbei.

Sie spürte eine Kälte von Eva ausgehen, sodass es sie fröstelte, obwohl es noch recht warm war.

»*Was ist hier los?*«, dachte sie und trug einen Karton ins Haus.

»Kommt alle in die Küche«, rief Mrs. Gordon. »Jetzt gibt es erst einmal Kaffee und Kuchen.«

Sie versammelten sich in der Küche und setzten sich an den großen Tisch.

»Ich geh mal nach Michael sehen«, sagte Camilla.

»Mach das, Schatz«, sagte Mrs. Gordon.

Camilla sah wieder zu Eva und hielt inne, als sie Alfons süffisantes Grinsen bemerkte.

»Was ist?«, fragte sie. »Willst du mir etwas sagen?«

»Er ist nicht im Stall«, sagte er grinsend. »Er ist vorhin mit Wotan weggeritten. Der hatte ein ganz schönes Tempo drauf für einen Anfänger. Du hast ihn gut eingeritten.«

Eva gluckste und hielt sich die Hand vor den Mund, doch plötzlich herrschte eine merkwürdige Stille in der Küche. Mrs. Gordon stand am Herd und sah Eva irritiert an. Mr. Gordon starrte über den Tisch ebenfalls Eva an. Adam und Micky warfen sich verwirrte kurze Blicke zu.

»Was soll das?«, fragte Camilla. »Was ist hier los? Und warum hast du ihn alleine reiten lassen? Du weißt genau, dass Anfänger nie alleine reiten sollten.«

»Ich bin doch nicht sein Aufpasser«, sagte Alfons. »Wenn du deinen Boy nicht im Griff hast, habe ich doch nichts damit zu tun.«

Camilla musterte ihn, dann Eva und dann wieder ihn.

»Ich geh ihn suchen«, sagte sie. »Lasst euch den Kuchen schmecken.«

Sie verließ die Küche und eilte in den Stall.

»Was für eine Stimmung«, dachte sie. »Irgendetwas ist da passiert. Irgendetwas mit Eva, Alfons und Michael.«

Sie sattelte Mathilda, führte sie aus dem Stall und schwang sich in den Sattel.

»Hoffentlich ist ihm nichts passiert«, fuhr es ihr durch den Kopf, als sie die Ranch im Galopp verließ. »Und hoffentlich ist er da, wo ich ihn vermute.«

Sie galoppierte in die Richtung, in die sie morgens immer gemeinsam ritten. Als sie in einiger Entfernung Wotan und Michael erkannte, stoppte sie Mathilda und betrachtete die beiden. Wotan stand ganz ruhig auf der Wiese, graste nicht, was er sonst immer tat. Michael saß auf seinem Rücken und hatte sich nach vorne auf seinen Hals gelegt. Seine Arme hingen schlaff herunter. Camilla schrak zusammen und wollte Mathilda die Sporen geben, als sich die Arme bewegten und langsam über Wotans Schulter strichen. Dann richtete er sich auf und Wotan schritt langsam über die Wiese und drehte sich in ihre Richtung. Sie spürte, dass Michael sie nicht bemerkte, obwohl er genau in ihre Richtung sah. Er ließ die Zügel los und breitete die Arme aus und schien in den Himmel zu sehen. Wotan drehte langsam und schritt auf den Baum zu. Camilla blinzelte und bemerkte den Sattel, der unterm Baum lag.

»*Was macht ihr da?*«, fragte sie sich.

Ein Gefühl sagte ihr, dass sie nicht zu ihnen reiten sollte, dass Wotan und Michael mit sich alleine bleiben wollten und sie die beiden nur stören würde. Langsam stieg sie von Mathilda, setzte sich ins Gras und sah ihnen zu. Sie schloss ihre Augen und spürte in diesem Augenblick eine Wärme in ihrem Herzen, wie sie sie schon lange nicht mehr gespürt hatte. Ein Lächeln umspielte ihre Lippen.

***

Langsam ging Michael mit Wotan am Zügel über die Wiese. Er wunderte sich, dass das Pferd keine Anstalten machte zu grasen, was es sonst immer tat, wenn Michael ihn nicht mit liebevollem, manchmal aber auch energischem Druck daran hinderte. Stattdessen ging Wotan dicht neben ihm her, schnaubte ab und an ganz sanft und leise. Auch als Michael die Zügel nur noch leicht in der Hand hielt, ging Wotan neben ihm, wich ihm nicht von der Seite. Manchmal berührten sie sich an ihren Schultern und Michael spürte in diesem Moment einen leichten Schauer über seinen Rücken laufen. Als er schließlich stehen blieb, blieb auch Wotan stehen und scharrte leicht mit einem Vorderhuf, als wollte er sagen: »Nun steig endlich auf. Ich bin so weit, wenn du es bist.«

Michael strich ihm langsam über den Rücken, aber er traute es sich nicht zu, sich ohne Hilfe auf den Rücken dieses großen Pferdes zu schwingen. Er sah sich um und bemerkte einen umgekippten Baum, den er als Tritt benutzen konnte. Langsam ging er zu diesem Baum, stellte sich darauf und strich Wotan noch einmal über den Hals.

»Ich weiß nicht, ob du mich verstehen kannst, aber ich glaube, du weißt ganz genau, was ich von dir brauche.«

Er schwang sich auf Wotans Rücken und blieb ruhig sitzen, ließ die Zügel locker herunterhängen, spürte, wie sich die Wärme des Pferdes auf seine Oberschenkel übertrug, und spürte das Beben in Wotans Körper, als er schnaubte. Er legte seine Hände auf die Mähne und fuhr langsam durch die dichten Haare, ließ sie am Hals heruntergleiten und spürte die kurzen Haare seines Fells und die starken Muskeln, fühlte Wotans kurzes schnelles Zittern, als wolle er lästige Fliegen vertreiben. Langsam ließ er die Hände weiter hinuntergleiten und legte seinen Oberkörper auf seinen kräftigen Hals und schloss die Augen. Wotan schritt behutsam, bedächtig und Michael fühlte mit jeder Faser seines Körpers, seiner Seele, seines Herzens jeden einzelnen Schritt, fühlte sich sicher, geborgen und beschützt. Er spürte, wie ein Gefühl, dass er bis dahin kaum gekannt hatte, in ihm aufsteigen wollte, und zum ersten Mal seit vielen, vielen Jahren wollte er es zulassen, wollte es nicht verdrängen, wollte wissen, welche Gefühle es waren, die tief in ihm schlummerten und vor denen er in den vielen Jahren so viel Angst gehabt hatte. Er wusste, dass er sich diesem Tier anvertrauen konnte, dass Wotan seine tiefen Gefühle, die ihn so verletzbar werden ließen, nicht für seine Zwecke ausnutzen und missbrauchen würde und dass er ihnen freien Lauf lassen durfte. Er fühlte, wie sich sein Herz öffnete, seine tiefen Ängste zur Seite wichen und seiner Traurigkeit Platz machten, ihr freundlich zunickten und sie liebevoll einluden, sich zu zeigen und zu offenbaren. Seine Augen füllten sich mit Tränen, von denen er gar nicht gewusst hatte, dass er sie überhaupt noch besaß.

Mit jedem Schritt, mit jedem Muskel des Pferdes, den er unter seinen Händen, seinem Oberkörper und seinen Beinen spürte, fühlte er eine tiefe Verbundenheit zu Wotan und sich selbst, bis sich seine Traurigkeit mehr und mehr nach außen traute und schließlich in einem Strom aus Tränen entlud. Michael begann zu weinen. Erst nur ein wenig, dann immer heftiger, bis schließlich sein ganzer Körper unter seinem tiefen Schluchzen bebte. Währenddessen schritt Wotan andächtig und vorsichtig weiter.

Michael wusste nicht, wie lange er auf Wotans Rücken gelegen hatte, und es spielte auch überhaupt keine Rolle für ihn. Er fühlte nur diese große Erleichterung, eine Entlastung seiner Seele, so als wäre ein Ventil geöffnet worden, und ein großer angestauter Druck durfte langsam entweichen, der ihn lange gequält hatte. Schließlich richtete er sich auf und breitete seine Arme aus, sah mit geschlossenen Augen in die tief stehende Sonne, die seine Tränen trocknete, spürte ihre Wärme und lächelte glücklich. Wotan drehte sich und ging langsam auf den Baum zu. Schließlich ließ Michael seine Arme sinken und schaute vor sich hin. Als sie an dem Baum angelangt waren, ließ er sich von Wotan gleiten und umarmte ihn.

»Danke, mein Freund, kein Mensch hätte das für mich tun können, was du heute für mich getan hast.«

Er setzte sich unter den Baum und sah in die Ferne, mit offenem Herzen und erfüllt von tiefer Dankbarkeit.

»Heute war ein erster Schritt«, dachte er. *»Seit heute weiß ich, dass ich fühlen kann und was ich fühle.«*

In diesem Moment schloss er einen Pakt mit sich selbst: »Ich werde meine Gefühle zulassen und kennenlernen. Sie sind der Schlüssel zu meinem Leben und meinem Weg. Niemand wird sie mir mehr nehmen, und wenn ich mich noch so sehr von meiner verletzlichen Seite zeigen muss, um mich selbst zu erfahren. Ich will wissen, wer ich wirklich bin.«

***

Camilla war hin- und hergerissen. Sie wollte einerseits zu Michael reiten, hatte jedoch andererseits das Gefühl, dass er mit sich alleine bleiben sollte. Sie betrachtete den Mann, der jetzt mit dem Rücken zu ihr unter dem Baum saß und in die Ferne sah. Ein Lächeln zauberte sich auf ihr Gesicht, als Wotan zu ihm ging und mit seinem Maul anstubste. In diesem Moment erinnerte sie an das, was sie ihm gesagt hatte:

»Wenn du ihm nicht vertraust, dann spürt er das ganz genau. Das Gleiche gilt übrigens, wenn du dir selbst nicht vertraust. Wotan ist da ganz speziell. Er spiegelt dich.«

»*Heute seid ihr mehr als Pferd und Reiter gewesen. Heute wart ihr Eins.*«

Sie zuckte zusammen, als Michael aufstand, Wotan die Satteldecke auf den Rücken warf und ihr plötzlich zuwinkte. Sie stieg auf Mathilda und ritt zu ihm.

»Hey«, rief er ihr zu. »Hast du da schon lange gesessen?«

Sie nickte und stieg von Mathilda. »Ja, entschuldige. Ich hätte dich nicht beobachten sollen. Ich …«

Michael ging zu ihr, nahm sie in die Arme und drückte sie fest an sich. Sie wusste nicht, wie ihr geschah und wie sie sich verhalten sollte.

»Was ist los?«, fragte sie.

»Nichts ist los«, lachte er und lockerte seine Umarmung. »Es geht mir einfach nur gut. Ich fühle mich befreit, stark, voller Kraft und Energie. Ach, ich weiß auch nicht.«

Er ließ sie los und breitete die Arme aus.

»Ich könnte die ganze Welt umarmen«, rief er. »Ich bin einfach nur glücklich. Ich habe endlich verstanden, was du damit meintest, dass ich mich öffnen muss. Wotan hat es gespürt und ich habe es gespürt.«

Sie sah ihn verwirrt an, musste aber auch lachen.

»Ich verstehe kein Wort«, rief sie, »aber ich freue mich für dich.«

»Komm, setz dich«, sagte er und ließ sich unter dem Baum auf den Boden plumpsen.

Sie setzte sich neben ihn und betrachtete ihn, hörte ihm und seinem Redeschwall zu, der nicht enden wollte.

»Weißt du«, schloss er, »ich habe Dinge gespürt, die ich nie erlebt habe und doch kannte. Ich verstehe es nicht, aber das muss ich auch nicht. Hauptsache, sie sind da. Weiß du, was ich meine.«

Sie überlegte. »Ich glaube schon.«

»So? Dann erleuchte mich.«

Sie lehnte sich an seine Schulter.

»Liebe«, flüsterte sie. »Du hast alle Facetten der Liebe gespürt.«

»Wie kommst du darauf?«, fragte er erstaunt.

»Es war sehr viel, was du gesagt hast, und ich kann nicht alles einsortieren, aber ich musste die ganze Zeit an Liebe denken. Schutz, Geborgenheit, Traurigkeit, Glück, Wut, Kraft, Stärke und Mut. Ich glaube, dass du all das in dir trägst und gut versteckt hast, so gut, dass du es selbst nicht mehr wahrnehmen konntest. Ich weiß nicht, warum, aber es scheint mir fast so.«

»Aber ich kann doch nur das fühlen, was ich kenne«, sagte er leise. »Ich will dir jetzt nicht meine Geschichte erzählen, aber diese ganzen Gefühle habe ich nicht gekannt und doch waren sie mir so vertraut.«

»Ja, weil du sie in dir trägst. Aus welchen Gründen auch immer, aber du hast sie nie zugelassen. Vielleicht hast du nur ein Wesen gebraucht, dass dich niemals verletzten würde, um es zuzulassen.«

Michael drehte sich um und betrachtete das große schwarze Pferd, das jetzt friedlich auf der Wiese graste.

»Wotan?«, fragte er.

»Ja, Wotan.«

»Ein Pferd zeigt mir, wie es geht«, murmelte er. »Es ist schon verrückt.«

Sie schwiegen eine Weile und hingen ihren Gedanken nach.

»Liebe«, sagte er schließlich leise. »Du sagtest, dass du an Liebe denken musstest.«

»Ja.«

»Aber ich kann doch nur Liebe für irgendjemanden oder irgendetwas empfinden«, sinnierte er. »Wer oder was sollte das denn sein?«

»Zunächst ist Liebe nur ein Gefühl«, erklärte sie. »Nicht mehr, aber auch nicht weniger. Wenn du sagst, dass du jemanden liebst, dann projizierst du dieses Gefühl auf ihn.«

»Hm«, machte er. »Nur eine Projektion also. Das wäre aber doch doof.«

Sie lachte. »Nicht, wenn es ehrlich und selbstlos ist. Zunächst fängt Liebe bei dir selbst an. Es ist schließlich dein Gefühl.«

»Aha«, machte er, was für sie allerdings wenig überzeugend klang.

»Denk doch mal an die Bibel. Was sagt sie über die Liebe?«

»An die Bibel möchte ich jetzt aber nicht unbedingt denken.«

»Liebe deinen Nächsten wie dich selbst«, zitierte sie. »Da steckt doch alles drin; du musst zunächst dich selbst lieben, bevor du jemand anderen ehrlich lieben kannst.«

»Das ist mir jetzt doch zu hoch«, sagte er schmunzelnd. »Ich bin noch Liebender für Anfänger.«

»Eines Tages wirst du Profi sein«, sagte sie lächelnd und sah sich um. »Ich glaube, so allmählich wird es doch ziemlich dämmrig.«

Jetzt bemerkte auch Michael, dass sich die Sonne anschickte, den Tag zu verabschieden.

»Du hast recht«, sagte er. »Wir sollten uns langsam auf den Weg machen.«

Er sattelte Wotan und sie ritten schweigend nebeneinander her.

»Woher weißt du das alles?«, fragte er schließlich.

»Was meinst du?«

»Na ja, das mit der Liebe und so.«

»Mein Dad«, antwortete sie. »Er hat es mir erklärt.«

Michael lachte laut auf. »Dein Dad? Dieser Poltergeist? Ihm hätte ich das am wenigsten zugetraut, ganz ehrlich.«

»Das ist nur Fassade«, sagte sie. »Mein Dad hat einen ganz weichen und sanften Kern.«

»Das scheint fast so«, sagte Michael lächelnd.

»Los«, rief sie und gab Mathilda die Sporen. »Wer zuerst am Stall ist.«

Michael lachte und versuchte ihr zu folgen, wohl wissend, dass er sie niemals einholen konnte.

Auch am nächsten Morgen waren Michael und Camilla früh im Stall, misteten die Boxen aus und fütterten die Pferde. Michael war ausgelassen und fröhlich, spürte eine innere Veränderung und hatte das Gefühl, dass er sich auf dem für ihn richtigen Weg befand. Mit seiner guten Laune steckte er Camilla an und sie alberten und lachten, dass es bis weit außerhalb des Stalles zu hören war.

»Ich könnte die ganze Welt umarmen«, rief er wieder und wieder und breitete sein Arme aus. Camilla warf sich an seine Brust und schlang ihre Arme um seinen Hals.

»Ich freue mich für dich«, sagte sie und das Strahlen in ihren Augen machte Michael noch glücklicher, als er ohnehin schon war.

»Ja, das ist toll«, hörten sie plötzlich eine Stimme und fuhren erschreckt zusammen. Alfons lehnte mit verschränkten Armen an der Stalltür und funkelte sie an.

»Ich freue mich für euch, wirklich. Das ist ganz wunderbar … Und dennoch solltest du jetzt ins Haus gehen, Camilla. Ich habe mit deinem neuen Freund etwas zu bereden.«

Alfons stand unverändert, aber das Funkeln in seinen Augen war für beide unverkennbar.

»Wieso? Was ist denn los?«, fragte Camilla.

»Das sagte ich doch eben: Ich habe mit deinem neuen Freund etwas zu bereden.«

»Geh schon«, flüsterte Michael ihr zu. »Ich weiß auch nicht, was das soll, aber es wird sich bestimmt gleich klären.«

Camilla ging auf ihren älteren Bruder zu, doch er beachtete sie nicht und starrte Michael böse an.

»Alfons, bitte«, sagte sie leise. »Sag mir doch einfach, was los ist.«

»Geh endlich ins Haus«, schrie er sie an.

Verwirrt sah sie zu Michael, doch er nickte ihr nur zu. Langsam ging sie an Alfons vorbei und ins Haus. Alfons wartete noch eine Weile, bis sie tatsächlich verschwunden war, ließ Michael jedoch nicht aus den Augen.

»Gut«, sagte Michael schließlich. »Sie ist jetzt weg. Was hast du mit mir zu bereden?«

Alfons steckte seine Hände in die Hosentaschen und ging langsam auf Michael zu, bis er direkt vor ihm stand. Die beiden Männer sahen sich tief in die Augen. Michael klopfte das Herz bis zum Hals, aber er versuchte dennoch Alfons Blicken standzuhalten und selbstsicher und mutig zu wirken.

»Was willst du von mir?«, fragte er schließlich, um die quälende Stille zu durchbrechen.

»Ich will, dass du die Finger von meiner Schwester lässt«, zischte Alfons. »Ich will, dass du sobald als möglich diese Ranch verlässt und dich nie wieder hier blicken lässt.«

»Warum? Was habe ich getan?«

Es fiel ihm immer schwerer, diesem Mann, der ebenso wie Michael fast einen Meter neunzig groß, aber durch die harte Arbeit viel kräftiger war, in die Augen zu schauen, aber er versuchte es dennoch.

»Das wirst du wohl am besten wissen«, antwortete Alfons. »Hier laufen die Dinge etwas anders als in Deutschland oder Miami Beach. Hier beschützen wir unsere Frauen und ich warne dich. Wenn du meine Schwester auch nur ansatzweise anrührst, mache ich dich fertig. Hast du mich verstanden?«

»Das war ja klar und deutlich. Aber ich weiß immer noch nicht, was du gegen mich hast.«

Plötzlich packte Alfons ihn am Kragen und drückte ihn gegen die Stallwand.

»Tu nicht so unschuldig«, zischte er. »Typen wie dich kenne ich und du machst mir mit deiner Unschuldsmiene nichts vor. Ich weiß, was du für ein Arschloch bist, und ich schwöre dir: Ich zermalme deine Fresse bis zur Unkenntlichkeit.«

Michael verstand kein Wort, wusste nicht, was plötzlich mit Alfons los war, hatte aber das sichere Gefühl, dass es mit Eva zu tun haben musste.

»Was hat Eva dir erzählt?«, pokerte er schließlich.

Er wusste nicht, warum er das gefragt hatte, und im nächsten Moment bereute er es auch schon. Ein fester Faustschlag in die Magengrube zwang ihn in die Knie. Japsend und röchelnd hielt er sich den Bauch, doch durch diesen Faustschlag wurde aus seiner Angst Wut. Er versuchte sie zu zügeln, doch es gelang ihm kaum. Langsam richtete er sich wieder auf und sah Alfons fest und entschlossen in die Augen.

»Du sollst nicht sehen, wie es mir geht«, dachte er. *»Es geht dich nichts an, dass ich Angst habe. Und wenn du mich windelweich prügelst, du wirst es nicht sehen.«*

»Beeindruckend, aber keine Antwort auf meine Frage«, sagte er, noch immer nach Luft ringend. »Was hat sie dir erzählt?«

Erneut traf ihn ein Faustschlag in den Magen, doch diesmal ging Michael nicht zu Boden. Er packte Alfons am Kragen und drückte ihn an die andere Seite der Stallwand.

»Du gottverdammtes Arschloch«, rief er. »Was an meiner Frage hast du nicht verstanden?«

Er schubste ihn von sich und schrie ihn an: »Ich habe nichts gegen dich und ich will mich nicht ...«

Ehe Michael sich versah, lag er zusammengekrümmt am Boden. Alfons hatte eine Unaufmerksamkeit von ihm ausgenutzt und ihm sein Knie in den Magen gerammt. Michael japste, bekam kaum Luft, geschweige denn ein Wort heraus. Alfons zog ihn an den Haaren und drehte seinen Kopf dicht vor sein Gesicht. Michael konnte seinen Atem riechen und ihm wurde übel.

»Erst machst du sie gefügig und dann spielst du den Wohltäter und Beschützer«, flüsterte Alfons. »Und alle fallen auf dich herein. Wenn du meiner Schwester zu nahe kommst, breche ich dir alle Knochen. Hast du mich verstanden?«

Michael hörte seine Worte wie aus der Ferne, konnte kaum sein Gesicht erkennen, obwohl es direkt vor ihm war. Er hatte das Gefühl, sich jeden Moment übergeben zu müssen, schmeckte den sauren Geschmack in seinem Mund, doch das, was hochkam, schluckte er hinunter. Er wusste, dass er diesen Kampf gegen Alfons verloren hatte, aber er wusste jetzt auch, was Eva ihm erzählt haben musste: Nämlich dass er an ihrer Vergewaltigung beteiligt gewesen war. Er wollte ihm sagen, dass es Blödsinn war, dass er weder Eva noch irgendeiner anderen Frau jemals etwas antun würde, dass er Gewalt überhaupt verabscheute. Dafür hatte er in seiner Kindheit zu viel davon erfahren. Doch er bekam kein Wort heraus.

»Ich sehe, wir haben uns verstanden«, grinste Alfons und ließ ihn los. »Danke für das schöne Gespräch.«

Er ging aus dem Stall und ließ Michael liegen, den plötzlich die Übelkeit übermannte und der sich erbrach. Kalter Schweiß stand auf seiner Stirn und in seinem Bauch brannte es, als hätte er Feuer geschluckt. Er wollte sich aufrichten, doch es gelang ihm nicht. Langsam kroch er auf allen vieren zu einer Box. Er wollte sich an der Tür aufrichten, als er eine feuchte Nase und ein leichtes Schnauben an seinem Ohr spürte. Er drehte sich langsam zu Wotan, der sich zu ihm herunterbeugte und ihn sachte anstubste. Michael lächelte ihn an, zog sich am Gatter hoch und legte seine Arme um den Hals des Pferdes. Er erlaubte es sich zu weinen, Tränen des Schmerzes, der Angst und der Wut.

Als Michael sich gefangen hatte, ging er zu einem Brunnen und spritzte sich das kalte Wasser ins Gesicht, bis er sich frischer fühlte. Dann torkelte er ins Haus und schlich in die Küche. Er beachtete Camillas besorgtes Gesicht nicht, ebenso Alfons wütende Blicke, und setzte sich an den Küchentisch. Alle waren bereits versammelt und starrten ihn an.

»Was ist?«, fragte er schließlich und sah sich in der Runde um.

»Du siehst übel aus«, bemerkte Adam. »Ist alles in Ordnung mit dir?«

»Ja klar«, antwortete Michael. »Mir ist nur etwas übel. Das ist alles.«

»Möchten Sie vielleicht einen Tee?«, fragte Mrs. Gordon. »Der hilft bestimmt.«

»Ja danke, sehr gern.«

Er schielte zu Alfons, der ihn provokant ansah und registrierte sein schiefes Grinsen, bemerkte Evas »Das-hast-du-jetzt-davon-Blick« und spürte, wie die Wut in ihm aufstieg.

Dann sah er Camilla an und überlegte, wie er mit Alfons Drohung umgehen sollte. Schließlich lächelte er. »Etwas frische Luft würde mir guttun. Sollen wir gleich ausreiten, Camilla?«

Er beachtete ihr zögerndes Nicken nicht. Er sah nur, wie Alfons Grinsen sich in eine wütende Fratze verwandelte, und lächelte innerlich.

»*Was willst du jetzt tun?*«, dachte er. »*Mir hier vor allen Leuten die Knochen brechen?*«

»Ich werde euch begleiten«, zischte Alfons. »Ich komme mit.«

»Nein, wirst du nicht«, bestimmte Mr. Gordon. »Ich brauche dich heute an den Zäunen. Hast du das schon vergessen?«

»Das kann warten.«

»Noch bestimme ich, was warten kann«, polterte Mr. Gordon.

Alfons blickte auf seinen Teller. Michael glaubte, das Knirschen seiner Zähne zu hören.

Er quälte sich etwas Brot hinunter in seinen noch immer schmerzenden Magen und versuchte seinen trockenen Mund mit Tee anzufeuchten, was ihm jedoch kaum gelang.

»Ich geh schon mal Wotan satteln«, sagte er schließlich. »Bitte entschuldigen Sie mich, Mrs. Gordon.«

»Natürlich«, sagte sie. »Gehen Sie ruhig schon.«

»Ich komme mit«, sagte Camilla schnell und stand ebenfalls auf, um Michael zu folgen.

»Ich wünsche euch allen einen schönen Tag«, sagte er mit einem kläglichen Versuch zu lächeln. Alfons sah ihn wütend an, als wollte er sagen: »Ich mache dich platt«, doch Michaels Blick sagte ihm: »Ich habe keine Angst vor dir.«

Er drehte sich um und wollte gehen, als Mr. Gordons Stimme wieder lospolterte: »Moment einmal, Michael, bitte warten Sie.«

Er drehte sich verblüfft um und sah Mr. Gordon an. Auch Camilla, die Michael folgen wollte, blieb wie angewurzelt stehen.

»Ich möchte, dass alle die Küche verlassen«, forderte Mr. Gordon. »Und wenn ich sage ›Alle‹, dann meine ich auch alle.«

Camilla strich Michael kurz über seine Hand und verließ die Küche. Mrs. Gordon sowie Adam und Micky folgten ihr. Auch Michael wollte am liebsten gehen, doch eine innere Stimme sagte ihm, dass es richtig war zu bleiben. Auch Eva und Alfons blieben sitzen, doch ein Blick von Mr. Gordon genügte und auch Eva verließ die Küche.

»Setzen Sie sich«, forderte er Michael auf.

Er gehorchte und setzte sich gegenüber von Alfons, der ihn noch immer wütend anstarrte.

»Also«, begann Mr. Gordon. »Ich will wissen, was zwischen euch beiden los ist.«

»Was soll schon sein?«, sagte Alfons. »Ich mag ihn einfach nicht. Das ist alles.«

Mr. Gordon sah Michael ernst an. »Was ist passiert?«

Michael fühlte sich unwohl. Er wollte die Angelegenheit mit Alfons selbst klären, aber er spürte, dass Mr. Gordon hier eindeutig das Sagen hatte, dem sich alle anderen zu beugen hatten.

»Zwischen uns beiden ist alles in Ordnung«, sagte er schließlich.

»Das sehe ich aber anders«, sagte Mr. Gordon. »Michael, ich mag Sie, aber ich habe Augen im Kopf. Ich habe diese Familie mein ganzes Leben zusammengehalten und ich weiß, was ich sehe. Also noch einmal: Was ist zwischen Ihnen?«

»Mr. Gordon«, sagte Michael langsam, »ich pflege meine Dinge selbst zu klären und wenn etwas zwischen Alfons und mir sein sollte …«

»Aber nicht in meinem Haus«, brüllte Mr. Gordon und schlug mit der Faust auf den Tisch. »Hier bestimme ich, was geschieht, und ich dulde keine Zwistigkeiten in meiner Familie. Haben Sie das verstanden?«

Michael sah erst Mr. Gordon und dann Alfons an.

»*Blut ist dicker als Wasser*«, dachte er. »*Das war ja klar.*«

Erinnerungen schossen ihm durch den Kopf. Erinnerungen an seine Sehnsucht nach einer Familie, die er nicht hatte. Sehnsucht nach Zusammenhalt und Fürsorge, die er nicht kannte. Sehnsucht nach Liebe, die er nicht kannte. Er hatte bis zu diesem Augenblick das Gefühl gehabt, in einer Familie aufgenommen worden zu sein, gemocht und akzeptiert zu werden, doch er spürte in diesem Moment auch, dass Eva etwas erreicht hatte, was er nicht vermutet hätte: Sie hatte für Zwist zwischen Alfons und ihm gesorgt und ihn damit aus der Familie ausgeschlossen. Er wollte schreien: »Dieses Miststück hat einen Keil zwischen

Alfons und mich getrieben. Ich nehme es ihm nicht übel, aber er ist blind für das, was wirklich ist, für das, was sie mit Männern treibt. Sie ist gefährlich.« Doch er senkte den Kopf und schwieg. Schließlich sah er Mr. Gordon fest in die Augen.

»Wenn Sie das Gefühl haben, dass ich einen Keil in Ihre Familie treibe, dann werde ich gehen«, sagte er schließlich. »Ich werde morgen früh meine Sachen packen und die Ranch verlassen. Bitte glauben Sie mir, dass ein Zwist innerhalb Ihrer Familie das Letzte ist, was ich möchte.«

Er spürte Tränen in sich aufsteigen, doch er unterdrückte sie, so wie er es sein ganzes Leben lang getan hatte, und sah ihm fest in die Augen.

»Ich danke Ihnen für Ihre Gastfreundschaft. Ich danke Ihnen dafür, dass Sie mir das Gefühl gegeben haben, zu einer Familie zu gehören. Ich danke Ihnen einfach für alles, was Sie für mich getan haben. Ich habe nur noch eine letzte Bitte. Eine Bitte an Sie und an Alfons.«

Er sah Alfons an. »Ich bitte um ein kurzes Gespräch mit dir unter vier Augen. Hier, jetzt und gleich.«

Dann sah er Mr. Gordon an. »Und ich bitte Sie, dass ich mich von Camilla verabschieden darf.«

Mr. Gordon sah erst Alfons, dann Michael an.

»Gut«, sagte schließlich. »Aber zertrümmert mir nicht die Küche.«

Er stand auf, klopfte seinem Sohn auf die Schulter und ging hinaus. Michael und Alfons sahen sich an. Keiner von beiden verspürte in diesem Moment Wut. Sie sahen sich einfach nur einen Moment an.

»Alfons«, begann Michael, »ich werde gleich mit Camilla ausreiten. Ich werde mit ihr reden und mich von ihr verabschieden. Wenn du meinst, mir dafür die Knochen brechen zu müssen, dann nur zu. Aber du sollst wissen, dass ich ihr niemals etwas antun würde. Nicht, weil ich Angst vor dir habe, sondern einfach nur, weil ich es niemals tun würde. Übrigens keiner Frau.«

Die beiden Männer musterten sich. Schließlich nickte Alfons.

»Okay«, sagte er, »aber wenn sie nachts in ihre Kissen weint, wenn du ihr irgendetwas antun oder versprechen solltest, was du nicht halten kannst, wenn du ihr das Herz brichst, dann ist die Welt für dich nicht groß genug.«

Michael lächelte. »Du bist ein echter großer Bruder. Sie kann sich glücklich schätzen, einen solchen Bruder zu haben.«

Er stand auf und schickte sich an, die Küche zu verlassen, drehte sich dann aber nochmals um.

»Morgen nach dem Frühstück werde ich weg sein«, sagte er. »Vielleicht sehen wir uns nicht mehr. Ich möchte dir nur Eines noch mit auf den Weg geben. Pass auf dich auf.«

Dann drehte er sich um und verließ die Küche.

Langsam und schweigend ritten Camilla und Michael nebeneinander her. Fast schien es so, als würden sie ihre Blicke meiden, und doch schielte einer immer wieder zum anderen. Michael, der morgens noch so glücklich gewesen war, war in sich gekehrt und sah sehr ernst aus. Sie betrachtete ihn, sein Profil. Erst jetzt fiel ihr auf, dass seine schulterlangen mittelblonden Haare offensichtlich schon lange keinen Frisör mehr gesehen hatten. Sie kannte nur Jungs und Männer mit kurzen Haaren, aber sie fand, dass ihm die langen Haare gut standen.

»Blöd«, dachte sie. »Wieso fällt mir das jetzt gerade auf?«

Sie erreichten ihren gemeinsamen Baum, doch keiner von beiden machte Anstalten, vom Pferd zu steigen, und sie vermieden es auch jetzt noch, sich anzusehen.

»Was für ein Morgen«, sagte Michael schließlich.

»Ja, wunderschön.«

Sie sah ihn von der Seite an. »Was wollte Alfons von dir?«

»Nichts weiter, nur reden.«

»Ich kenne meinen Bruder. Er war sauer, stinksauer. Da war nicht ›Nichts‹.«

Michael holte tief Luft.

»Ich war im Begriff, mich in dich zu verlieben«, wollte er sagen. *»Er hat mir auf schmerzliche Weise klar gemacht, dass das nicht geht.«*

Doch er sah nur in die Ferne und schielte dann zu Camilla.

»Ich werde morgen die Ranch verlassen.«

»Morgen? Warum?«

»Weil es besser so ist.«

»Wieso? Wollte Alfons das?«

»Er will dich beschützen, sonst nichts. Er ist ein guter Junge und will nur, dass dir nichts passiert.«

»Beschützen? Vor dir? Michael, ich bin ein großes Mädchen und kann sehr gut selbst auf mich aufpassen.«

Sie musterte ihn, spürte seine Traurigkeit.

»Es hat mit Eva zu tun, stimmt's?«, fragte sie.

»Wie kommst du denn darauf?«

»Sie hat dich so merkwürdig angesehen.«

»Camilla, ich will nicht darüber reden«, sagte er und sah sie flehend an. »Ich habe nur eine Bitte an dich: Glaube nicht, was sie über mich erzählt. Nichts davon ist wahr, egal, was sie auch sagen mag.«

Sie sah auf den Boden und nickte.

»Klar«, sagte sie schließlich. »Alle beugen sich ihr. Das war schon immer so.«

Michael sah sie an, doch sie fixierte weiter den Boden.

»Nur mich fragt keiner«, fuhr sie fort. »Keiner fragt mich, was ich will.«

»Dann frage ich dich jetzt.«

»Ich will nicht, dass du gehst. Natürlich, irgendwann wirst du gehen müssen, aber nicht jetzt und nicht so.«

»Vielleicht ist es jetzt aber genau richtig«, flüsterte er. »Weißt du, ich bin jetzt sieben Monate von Zuhause weg. Ich habe gedacht, dass ich wegmuss, um zu mir selbst zu finden, aber jetzt ist mir klar geworden, dass ich immer nur vor mir weggelaufen bin.«

Er stieg aus dem Sattel und schlenderte zum Baum. Sie folgte ihm und hielt ihn am Arm fest.

»Und jetzt läufst du wieder davon«, sagte sie und sah zu ihm hoch.

Er versuchte ihrem Blick auszuweichen, doch sie nahm seinen Kopf in ihre Hände und küsste ihn. Er ließ es geschehen und nahm sie schließlich fest in seine Arme.

»Deshalb muss ich gehen, Camilla«, flüsterte er und strich über ihr Haar. »Ich kann und will dich nicht verletzen. In diesem einen Punkt hat Alfons recht: Über kurz oder lang werde ich ohnehin gehen müssen, also warum es noch schwieriger und schlimmer machen.«

Sie legte ihren Kopf an seine Brust.

»Wotan hat es mir klar gemacht«, flüsterte er. »Ich glaube, das war nur der Anfang, der erste Schritt. Jetzt muss ich meinen Weg weitergehen.«

Sie schluchzte leise vor sich hin. »Und mich vergessen? Meinst du das?«

»Wie könnte ich das. Ich bin mir sogar sicher, dass wir uns wiedersehen werden. Ich weiß nicht, wieso, aber ich glaube daran.«

Sie löste sich von ihm und zupfte seine Jacke zurecht.

»Willst du damit sagen, dass ich auf dich warten soll?«, sagte sie lächelnd.

»Das kann ich nicht. Es ist nur so ein Gefühl, kein Versprechen.«

»Soso. Ein Gefühl also. Wohin willst du denn gehen?«

Er zuckte mit den Schultern. »Ich werde mich wohl einfach treiben lassen und mal sehen, was passiert.«

Sie zog ein Bild aus ihrer Jackentasche und betrachtete es.

»Es ist schon komisch«, sagte sie. »Irgendwie habe ich gespürt, dass dies ein Abschied wird.« Sie sah wieder zu ihm hoch. »Ich möchte dir etwas geben.«

Sie drückte ihm das Bild in die Hand und lief zu Mathilda, schwang sich in den Sattel und galoppierte davon. Michael betrachtete das Bild und sah ihr nachdenklich hinterher. Es war ein Bild von Camilla. Sie lachte und sah glücklich aus. Ihre langen dunklen Locken umrahmten ihr Gesicht und er musste schlucken. Er sah der Silhouette von Pferd und Reiterin nach und führte das Bild an seine Lippen.

»Es tut mir leid«, flüsterte er, »so unendlich leid.«

Er ging zu Wotan und schwang sich in den Sattel. Langsam ritt er zur Ranch zurück.

***

Camilla schlug die Bettdecke zur Seite und schwang sich aus dem Bett, zupfte sich ihre Haare zurecht und zog sich an. Wie jeden Morgen wollte sie in den Stall und die Pferde versorgen. Sie wollte noch einmal Michael sehen, bevor er die Ranch verließ. Ein Blick auf die Uhr: fünf Uhr. Sie lächelte, denn vermutlich würde er noch schlafen. Er kam immer gegen sechs Uhr in den Stall, um ihr zu helfen und vor dem Frühstück in das Morgengrau zu reiten. Sie eilte in die Küche, wo Mrs. Gordon schon arbeitete. Alles war wie jeden Morgen.

»Guten Morgen, Mum«, sagte sie und hauchte ihrer Mutter einen Kuss auf die Wange. »Ich gehe schon mal in den Stall.«

»Guten Morgen, Camilla.«

Sie fuhr herum und sah erst jetzt Alfons am Tisch sitzen.

»Alfons? Wieso bist du noch hier? Müsstest du nicht schon weg sein?«

Er nickte. »Ja, eigentlich schon, aber heute reite ich etwas später.«

»Gut, dann sehen wir uns nachher beim Frühstück.«

Sie drehte sich um und wollte hinauseilen, doch dann hörte sie wieder die Stimme ihres Bruders:

»Er ist weg.«

Sie fuhr herum und starrte ihn an.

»Was heißt das: Er ist weg?«, fragte sie.

»Das heißt, dass er weg ist. Komm her und setz dich zu mir.«

Sie sah kurz zu ihrer Mutter, setzte sich dann ihrem Bruder gegenüber und schaute ihn verwirrt an.

»Dad ist schon gestern Abend mit ihm weggefahren«, sagte Alfons.

»Dad? Wohin?«

Er zuckte mit den Schultern. »Ich weiß es nicht. Er wollte es weder mir noch Michael sagen. Er tat schon sehr geheimnisvoll, was immer das auch sollte.«

»Einfach weg?«, stammelte Camilla. »Ohne sich von mir zu verabschieden?«

»Na ja«, sagte er und kratzte sich am Kopf, »wir haben vorher noch eine Weile miteinander geredet und dann hat er mir das hier für dich gegeben. Er wollte ausdrücklich, dass ICH dir das gebe.«

Er zog einen Brief aus der Tasche und schob ihn über den Tisch. Langsam nahm sie ihn in die Hand.

»Er ist offen?«, fragte sie und Alfons nickte.

»Ja. Er sagte mir, dass ich ihn lesen könne, wenn ich es wollte, aber ich habe ihn nicht gelesen. Das steht mir nicht zu.«

Sie zog den Brief heraus. Ihre Augen flogen über den Text und dann wieder zu Alfons.

»Es tut mir leid«, flüsterte Alfons. »Ich wollte dich nur beschützen. Ich hätte ihn nicht verprügeln sollen.«

Sie starrte ihn mit großen Augen an. »Du hast ihn verprügelt? Wann?«

Alfons nippte verlegen an seiner Kaffeetasse. »Na, gestern Morgen. Steht das nicht da drin?«

»Nein. Er spricht ganz liebevoll über dich. Das tat er gestern schon. Wieso?«

Er lehnte sich zurück und schüttelte den Kopf.

»Das ist schon ein komischer Vogel«, sagte er leise. »Ich hätte schwören können, dass er dir das erzählt hat.«

»Alfons, warum?«

Er beugte sich wieder über den Tisch und faltete seine Hände zusammen.

»Schwesterchen, ich habe euch zusammen gesehen und ich wollte nicht, dass er dir wehtut.«

»Ich bin nicht mehr dein kleines Schwesterchen«, rief sie. »Ich bin erwachsen und kann sehr gut auf mich selbst aufpassen.«

Tränen liefen ihr übers Gesicht. Sie konnte es nicht fassen, dass Andere Entscheidungen für sie getroffen hatten.

»Das kann doch alles nicht wahr sein«, schluchzte sie. »Was ist passiert? Wieso hast du ihn verprügelt und wie einen Hund von der Ranch gejagt? Kannst du mir das mal erklären?«

Sie sah ihn wütend an. Er schielte verlegen über den Tisch zu seiner Mutter, doch sie hatte ihnen den Rücken zugekehrt und rührte in den Töpfen herum. Camilla richtete sich auf und sah ihren Bruder an.

»Eva«, flüsterte sie. »Es hat mir ihr zu tun, oder?«

Alfons schwieg.

»Michael wollte es mir nicht sagen. Er sagte nur, dass ich nicht glauben soll, was sie über ihn erzählt. Was hat sie dir erzählt, dass du so wütend geworden bist? Sag es mir.«

»Ich weiß nicht mehr, was ich sagen soll«, sagte er und stand auf. »Und ich weiß nicht mehr, was ich glauben soll.«

Er nahm seinen Hut und verließ die Küche. Camilla starrte ihm noch hinterher, als er schon längst verschwunden war. Schließlich stand sie auf und warf sich in die Arme ihrer Mutter. Sie ließ ihren Tränen freien Lauf, fühlte sich wieder wie ein kleines Mädchen, das Schutz und Geborgenheit suchte und bei ihrer Mutter fand.

»Warum hat sie das getan, Mum«, schluchzte sie. »Warum hat sie einen Keil zwischen ihn und uns getrieben? Ich verstehe das nicht.«

Mrs. Gordon sagte nichts und strich ihr nur tröstend über die Haare.

»Ich geh in den Stall«, sagte Camilla schniefend. »Ich möchte diesen Brief noch einmal in Ruhe lesen.«

Sie ging in den Stall und setzte sich zu Wotan in die Box.

»Liebe Camilla,

wenn Du diesen Brief liest, werde ich schon weg sein. Dein Vater wollte mich in irgendeine Stadt, Kleinstadt oder ein Dorf fahren, wo ich arbeiten und etwas für mich tun kann. Er sagte mir nicht wohin, aber vielleicht ist das auch ganz gut so. Ich vertraue mich ihm da ganz an.

Es ist schon verrückt: Da war ich nur knapp zwei Monate auf der Ranch und es fühlt sich für mich wie eine Ewigkeit an, als sei ich schon immer hier gewesen. Du und Deine Familie habt es mir so einfach gemacht, dass ich mich schon als einen festen Bestandteil der Familie gesehen und gefühlt habe. Deine Mutter, die mit so viel Liebe und Leidenschaft für die Familie da ist. Dein Vater, der sich aufführt wie ein Holzfäller, der aber alles andere der Familie unterordnet, der seine Kinder liebt, wie kaum ein anderer Vater es tun kann. Dabei ist es ihm völlig egal, ob Adam nun homosexuell ist oder nicht. Hauptsache, er ist glücklich. Ich wünschte mir, dass alle Eltern so über ihre Kinder denken würden, weiß aber leider auch, dass das alles andere als selbstverständlich ist. Mit Alfons hast Du einen großen, starken Bruder, wie Du Dir keinen besseren wünschen kannst. Er ist in vielen

Dingen wie Dein Vater und er hat mir auf seine Art auch klar gemacht, dass ich jetzt meinen Weg weitergehen muss, und ich weiß, dass das richtig so ist.

Dir muss und möchte ich ganz besonders danken. Du kennst mich im Grunde genommen gar nicht, weißt nichts über mich und meine Geschichte und doch hatte ich von Anfang an das Gefühl, dass Du viel mehr über mich wusstest als ich selbst. Dank Dir und mit Wotans Hilfe habe ich etwas geschafft, dass mir so noch nie gelungen ist: Ich habe mich zum ersten Mal selbst wahrgenommen. Jetzt aber habe ich auch das Gefühl, dass dies nur ein erster Schritt gewesen ist, dem noch viele Schritte folgen werden. Ich weiß nicht, wo ich letztendlich sein werde, ich weiß nicht, was noch alles kommt, aber dank Dir habe ich zum ersten Mal keine Angst davor und freue mich sogar auf meinen Weg.

Und doch werde ich Dich vermissen, Dein herzhaftes Lachen, Deine Ernsthaftigkeit und Leichtigkeit, mit der ich mit Dir reden konnte. Ich weiß nicht, ob und unter welchen Bedingungen wir uns wiedersehen werden, aber Du hast einen festen Platz in meinem Herzen.

Dein Michael«

Sie faltete den Brief zusammen und steckte ihn in ihre Hosentasche. Dann vergrub sie ihr Gesicht in ihre Hände. Sie wollte weinen, doch es gelang ihr nicht.

Kapitel 6 – Der Weg

Michael saß mit geschlossenen Augen auf dem Beifahrersitz und lauschte der knisternden Western- und Countrymusik aus dem Radiorekorder. Mr. Gordon hatte eine alte Kassette von Willi Nelson eingelegt, die ihre besten Zeiten schon hinter sich zu haben schien. Michael kannte sich mit dieser Musik nicht so gut aus, aber das Band leierte, als wäre es inzwischen doppelt so lang wie ursprünglich.

Ihm ging noch einmal der gestrige Abend durch den Kopf. Er hatte seinen Abschied angekündigt ohne irgendeine Vorstellung, wo er überhaupt hinsollte. Nach seinem Gespräch mit Alfons war er in sein Zimmer gegangen und hatte angefangen seine Sachen zu packen, als es an der Tür klopfte:

»Ist offen.«

Er hatte mit Camilla gerechnet, doch zu seiner Verwunderung stand Mr. Gordon in seinem Zimmer.

»Hallo, Michael. Haben Sie sich mit Alfons ausgesprochen?«

»Ich denke schon.«

Mr. Gordon nickte. »Gut, gut. Sehr gut. Darf ich mich setzen?«

»Ja, sicher«, sagte er und räumte einige Sachen von seinem Bett. »Was kann ich für Sie tun, Mr. Gordon?«

»Wissen Sie schon, wohin Sie morgen fahren?«

Michael schüttelte den Kopf. »Nein, nicht wirklich. Der Abschied hat mich doch ziemlich unvorbereitet getroffen.«

Wieder nickte Mr. Gordon. »Das habe ich mir schon fast gedacht.«

»Vielleicht versuche ich irgendwie wieder an die Ostküste zu kommen.«

»Und dann?«

Michael zuckte mit den Schultern. »Ich könnte wieder nach Hause fahren.«

»Und dann?«

»Wie: ›und dann‹?«, fragte Michael. »Dann geht alles seinen Gang wie immer. Ich weiß es nicht.«

»Sie sollten noch nicht nach Hause fahren«, sagte Mr. Gordon. »Sie sind noch nicht so weit.«

Michael sah ihn irritiert an. »Ich verstehe nicht, was Sie meinen. Wann werde ich denn bereit sein? Irgendwann muss ich doch wieder zurück. Oder wollen Sie, dass ich bleibe?«

Mr. Gordon lachte. »Nein, aber ich weiß, wo Sie hinkönnten, und ich fahre Sie, wenn Sie es wollen.«

»So? Wohin denn?«

»Ein kleines Örtchen, gut ein, zwei Autostunden von hier. Dort könnten Sie etwas Arbeit finden und auf andere Gedanken kommen. Was meinen Sie?«

Er dachte kurz nach und stimmte schließlich achselzuckend zu.

»Gut«, rief Mr. Gordon und klatschte in die Hände. »Packen Sie Ihre Sachen und dann fahren wir.«

»Jetzt gleich?«

»Ja, jetzt gleich.«

Als er alles zusammengepackt hatte, schrieb er Camilla den Brief und gab ihn Alfons. Er wollte nicht einfach so verschwinden, ohne sich noch einmal zu verabschieden und vor allen Dingen bei ihr zu bedanken.

Ab und zu öffnete er die Augen und sah sich um, doch außer Dunkelheit war kaum etwas zu sehen. Er schloss die Augen wieder und dachte an Camilla. Er vermisste sie schon jetzt, aber auf der anderen Seite musste er Alfons recht geben. Über kurz oder lang hätte er die Ranch verlassen, wäre weitergezogen oder vielleicht sogar wieder nach Hause gefahren und er hätte eine traurige und verletzte Camilla zurückgelassen.

»*Es ist schon besser so*«, dachte er.

»Lieben Sie sie?«, hörte er Mr. Gordons dunkle kräftige Stimme.

»Was?«

»Sie haben mich schon verstanden. Lieben Sie Camilla?«

»Ich glaube schon«, sagte er.

»Das hört sich aber nicht sehr überzeugend an.«

»Mr. Gordon, ich weiß gerade gar nichts. Ich bin ziemlich verwirrt.«

»Das sind Sie schon die ganze Zeit, mein Lieber. Aber Sie haben etwas an sich, das Camilla an Ihnen mag.«

»So? Meinen Sie?«

»Sie ist ein sehr empathisches Mädchen. Sie spürt Dinge, die wir nicht wahrnehmen können. Das ist bei Pferden so und bei Menschen nicht anders. Sie weiß ganz genau, wie es ihnen geht und was mit ihnen los ist. Da ist sie wie ihre Mutter. Gott, wie liebe ich diese Frau.«

Er lachte polternd, sodass Michael hochschreckte.

»Das kann ich verstehen«, antwortete er. »Sie ist sehr herzlich.«

»Oh ja, das ist sie.« Er sah Michael wieder an.

»Ich glaube, dass sie sich in Sie verliebt hat«, sinnierte er. »Ich denke, das sollten Sie wissen, falls Sie es nicht bemerkt haben.«

Michael wollte es gerade nicht wissen. Er hatte sich in dieser Familie wohl und aufgenommen gefühlt. Jetzt hatte sich alles verändert und er war wieder draußen, alleine und auf sich selbst gestellt. Das schmerzte ihn in diesem Moment. Wieder fühlte er sich ausgestoßen und ungewollt wie schon so oft.

»*Vielleicht bin ich dafür bestimmt, ein Einsiedlerdasein zu führen*«, dachte er. »*Vielleicht gehöre ich tatsächlich nirgendwo wirklich hin.*«

Sie fuhren noch eine Weile und erreichten schließlich ein kleines Nest, das aus nur wenigen Häusern und einer Gaststätte bestand. Michael konnte noch nicht einmal erkennen, ob es eine Kneipe oder ein Motel war. Mr. Gordon fuhr direkt vor die Kneipe und parkte seinen Wagen.

»Ich komme noch auf ein Bier mit und fahre dann wieder.«

Michael nickte und holte seine Sachen aus dem Kofferraum. Sie gingen in die Kneipe, in der sie von einer dichten Rauchwolke empfangen wurden.

»*Ist das verqualmt hier*«, dachte Michael. »*Man kann ja kaum die Hand vor Augen sehen.*«

Sie setzten sich an den Tresen und bestellten zwei Bier. Nachdenklich betrachtete Michael den poltrigen Mann, der so viel Herz hatte.

»Sie haben mich wunderbar in Ihrer Familie aufgenommen«, sagte er. »Ich möchte mich dafür bei Ihnen bedanken.«

Mr. Gordon nickte. »Sehr gerne. Das hatten Sie sich aber auch verdient.« Er sah ihn an. »Es tut mir leid, was Alfons heute Morgen mit Ihnen angestellt hat. Das war nicht richtig.«

»Er hat es Ihnen erzählt?«, fragte Michael.

Mr. Gordon nickte. »Ja, hat er. Alfons ist ein guter Junge, auch wenn er sich nicht so aufgeführt hat.«

»Ich weiß. Ich bin ihm auch nicht böse.«

»Was war zwischen Eva und Ihnen?«

Michael erzählte ihm, dass er sich mit ihr angefreundet und viel Party gemacht hatte, verschwieg jedoch seinen Disput mit ihr.

»Irgendwie haben wir uns verkracht«, schloss er. »Es hat eben nicht mehr gepasst.«

»So so. Nicht mehr gepasst.« Mr. Gordon sah auf seine Armbanduhr. »Mein Junge, ich muss los. Ich wünsche Ihnen alles Gute. Sie sind jederzeit herzlich willkommen. Es ist mir wichtig, dass Sie das wissen.«

Michael reichte ihm die Hand und spürte einen mehr als kräftigen Händedruck.

»Danke für alles.«

Er sah Mr. Gordon hinterher und bestellte sich dann noch ein Bier. In diesem Moment fühlte er sich wieder einsam und verlassen.

»Wieso muss sich das alles immer wiederholen?«, fragte er sich. *»Bin ich denn so unwichtig, dass mich niemand wirklich will?«*

Er trank das Bier in einem Zug und bestellte sich ein weiteres.

***

Wie jeden Abend saß Jack in der äußersten Ecke dieser verkommenen und verrauchten Spelunke, um zu Abend zu essen. Die Küche war nicht sonderlich spektakulär, aber da er den ganzen Tag auf seiner Farm alleine war, genoss er zumindest die Anwesenheit von Menschen, auch wenn er wenig Kontakt mit ihnen hatte. Die Gäste kannten ihn zwar, beachteten ihn aber kaum. Wenn man über ihn sprach, dann nannten sie ihn nur den »Alten Jack«. Dass man ihn in Ruhe ließ, mochte auch an dem großen zotteligen Hund liegen, der unter dem Tisch lag und vor sich hindöste. Da er den Hund nie beim Namen rief, wusste auch niemand, dass er gar keinen hatte.

Jack hatte seine Farm schon lange und lebte seit Jahren mit sich alleine und man empfand ihn als kauzig und merkwürdig. Einige dichteten ihm unheimliche Geschichten an und betrachteten ihn mit Argwohn. Sie erzählten von dunklen und blutigen Ritualen, die er abhielt, von Hühnern, denen er den Kopf abschlug und deren Blut er trank. Das mochte daran liegen, dass sein Äußeres nicht sonderlich anziehend und ungepflegt war und er meist streng roch. Doch er bezahlte stets seine Rechnungen und gab großzügige Trinkgelder, was in dieser Kneipe eher die Ausnahme war. Man fragte sich schon, woher er das Geld hatte, was wiederum Anlass für weitere gruselige Geschichten gab. Die Meisten allerdings registrierten ihn kaum. Niemand wusste, wo er herkam und wer er wirklich war. Eines Tages war er einfach dagewesen und seit einiger Zeit wurde er von diesem großen Hund begleitet, der Vielen genauso suspekt war wie der Alte selbst.

An diesem Abend bestellte er sich ein großes T-Bone Steak mit Bohnen und trank ein Bier dazu. Er war gut gelaunt und schien sich über irgendetwas zu freuen, was nur sehr selten vorkam, und er beobachtete die ganze Zeit die Tür. Schließlich betrat ein junger Mann die Kneipe, der versuchte den dichten Qualm wegzuwedeln, gefolgt von einem etwas älteren großen Mann, der aussah wie ein Holzfäller. Jack aß in aller Ruhe sein Steak und beobachtete die beiden. Sie tranken ein Bier, sprachen miteinander und schließlich verabschiedete sich der Ältere und verließ die Kneipe. Beim Hinausgehen sah er Jack an und zwinkerte ihm zu. Der betrachtete den jungen Mann, der jetzt wieder gedankenverloren am Tresen saß und sich ein weiteres Bier bestellte. Der Mann stützte seinen Kopf in die Hände, trank das Bier aus, wischte sich über das Gesicht und bestellte ein weiteres. Auf Jack wirkte er suchend, verloren, unsicher.

»Komm, Hund«, sagte er. »Dann wollen wir uns den Knaben doch mal genauer ansehen.«

Er schlurfte zu ihm und setzte sich auf einen Barhocker neben ihn. Der junge Mann schien ihn gar nicht zu bemerken.

»Ich bräuchte ein Zimmer für ein paar Tage«, sagte er, als ihm der Wirt ein neues Bier hinstellte. »Gibt es hier irgendwo ein billiges Hotel?«

»Du kannst bei mir bleiben«, warf Jack ein.

Michael musterte ihn: »So? Unter welcher Brücke wohnen Sie denn?«

***

Michael musste innerlich schmunzeln, wenn er an seine erste Begegnung mit Jack zurückdachte. Er hatte ihm drei Wochen auf der Farm geholfen und sich dann Ende Mai mit Dakota und dem »Alten Zossen«, wie er das Pferd immer nannte, auf den Weg zur Hütte gemacht. Seine größte Sorge war gewesen, sich zu verirren, aber Jack hatte ihm den Weg so genau und gut beschrieben, dass sogar ein Blinder die Hütte gefunden hätte.

Am späten Nachmittag des Tages nach seiner Begegnung mit dem von Wilderern getöteten Wolf hatte er die Hütte erreicht. Sie befand sich auf einer kleinen Lichtung, eingerahmt von Bäumen, die Schutz vor Wind und Regen boten. Die Hütte bestand aus einem großen Raum mit einem in einer Nische versteckten Bett, einem großen Kamin sowie einem Ofen, auf dem einfache Mahlzeiten zubereitet werden konnten, und einem großen, aus schwerer Eiche gezimmerten Esstisch. Über dem Ofen hingen diverse Blechtassen und Kochbestecke an Haken. Michael lächelte, als er sich in der Hütte umsah. Alles war einfach und doch auch irgendwie wildromantisch und gemütlich eingerichtet. Hinter der Hütte entdeckte Michael einen Holzblock und sorgsam aufgeschichtete Holzscheite sowie einen kleinen Schuppen, in dem er die Toilette vermutete, der sich jedoch als Geräteschuppen entpuppte. Daneben befand sich ein kleines Gatter, das offensichtlich für die Pferde bestimmt war. Michael sattelte den »Alten Zossen« ab und schleppte Sattel und Zaumzeug in den Geräteschuppen, nahm zwei Holzeimer und begab sich auf den Weg zum Fluss, um Wasser zu holen. Jack hatte ihn darauf vorbereitet, dass er die Hütte nicht direkt am Fluss gebaut hatte, weil es nach der Schneeschmelze in den Bergen schon mal zu Überschwemmungen kommen konnte, und so musste er einige Minuten laufen und die Wassereimer zur Hütte schleppen.

In den ersten Nächten konnte Michael kaum schlafen. Er hatte das Gefühl, dass der Wind durch die Ritzen der Hütte pfiff und in dieser Gegend die nächtlichen Geräusche noch mal anders waren als in den Nächten zuvor unter freiem Himmel. Dakotas gleichmäßiges Schnorcheln neben dem Bett gab Michael das sichere Gefühl, dass alles in Ordnung war, und ließ ihn etwas zur Ruhe kommen, um in einen kurzen traumlosen Schlaf zu fallen.

In den ersten Tagen erkundete Michael die nähere Umgebung. Das Gewehr, das Jack ihm mitgegeben hatte, hatte er zu seiner eigenen Sicherheit immer dabei, hoffte aber, es nicht benutzen zu müssen. Am meisten Sorgen machten ihm nicht die Tiere, die in dieser Gegend ihre Heimat hatten, sondern die Wilderer, die offensichtlich sehr viel Spaß und Freude daran gehabt hatten, den alten Wolf nicht einfach nur zu töten, sondern ihn zum Sterben zurückzulassen.

Nach gut einer Woche hatte Michael sich an die nächtlichen Geräusche gewöhnt. Abends saß er auf der Terrasse und starrte in die Dunkelheit. Immer wieder erinnerte er sich an den tiefen Blick in die gelben Augen des sterbenden alten Wolfes und sein klagendes Lied in der Nacht vor seinem Tod. Michael hatte auch jetzt noch das Gefühl, als habe er einen guten Freund verloren, und noch immer verstand er nicht, weshalb ihm der Tod dieses Tieres so zusetzte.

In mancher Nacht erschien der Wolf in seinen Träumen. Michael saß dann regungslos auf dem Boden und langsam ging der Wolf auf ihn zu. Michael wartete, bis er direkt und ganz dicht vor ihm stand. Mensch und Tier sahen sich tief und fest in die Augen, öffneten ihre Herzen und gewährten einander tiefe Einblicke in ihre Seelen.

»Hast du mein Lied gehört?«, fragte der Wolf.

»Ja«, antwortete Michael, »aber ich habe es nicht verstanden.«

»Dann höre immer wieder hin, bis du es verstanden hast.«

Er konnte mit diesem Traum nichts anfangen, wunderte sich jedoch, dass er gerade diesen immer wieder träumte.

In den folgenden zweieinhalb Monaten hatte er sich zwar an die Einsamkeit gewöhnt, aber dann freute er sich doch über die Gesellschaft von Jack und Gironimo, wenn ihm der Indianer auch irgendwie suspekt war. Dabei ging es nicht um die Frage, ob Michael ihn nun mochte oder nicht. Er fand ihn durchaus spannend und interessant und ihm gefiel seine Art, die so anders war als das, was er bis dahin gekannt hatte, er mochte das Geheimnisvolle an ihm und die Ruhe, die er ausstrahlte. Aber gerade diese Eigenschaften waren es auch, die ihm Angst machten, ohne dass er sich erklären konnte, weshalb das so war. Vielleicht lag es daran, dass er kaum sprach. Und – wenn doch – dann zeigte er kaum Gefühlsregungen. Er schien über keinerlei Mimik zu verfügen.

Sie waren jetzt eine Woche zusammen und Michael erinnerte sich noch genau an jedes einzelne Wort des Indianers. Sie fielen direkt bei ihrer ersten Begegnung:

»Er hat keine Grenzen. Er hatte nie eine Grenze. Er verteidigt etwas, das er nicht kennt.«

Michael war sich nicht sicher, ob es ihn störte, dass Gironimo kaum etwas sagte, oder ob es das war, was er sagte. Schließlich hatte Jack ihn noch vorgewarnt:

»Höre ihm zu, was er dir zu sagen hat.«

»Wie denn, wenn er nicht redet?«

»Hör einfach nur hin.«

***

Gironimo, Jack und Michael saßen abends vor der Hütte und unterhielten sich, wobei sich das Gespräch in erster Linie zwischen Jack und Michael abspielte. Michaels Blick wanderte immer wieder zu Gironimo, der scheinbar unbeteiligt dem Gespräch folgte.

»Sie sind also ein Bedonkohe-Apache«, sagte er schließlich, um ihn mit in das Gespräch einzubinden, doch Gironimo schwieg.

»Gut aufgepasst, Jungchen«, sagte Jack. »Aber nein, er ist kein Bedonkohe-Apache. Er ist ein Crow. Ihr Reservat ist im Süden Montanas.«

»Aha«, sagte Michael. »Das ist bestimmt der Stamm der Sprachlosen, oder?«

Jack sah Michael an. »Jungchen, ein bisschen mehr Respekt wäre angebracht. Du hast keine Ahnung von Indianern, ihren Gebräuchen und ihrem Denken. Du hast keinen Grund, dich so über sie zu erheben. Du bist nichts Besseres als sie. Im Gegenteil: Du kannst ihnen nicht im Geringsten das Wasser reichen.«

Michael sah erst Jack an, dann Gironimo, der aber weiter in die Dunkelheit starrte, als habe er von dem Gespräch nichts mitbekommen.

»Es tut mir leid, Gironimo«, sagte er schließlich. »Ich wollte Sie nicht beleidigen.«

Gironimo sah ihn kurz an und in diesem Moment hatte Michael das Gefühl, als würden Blitze aus seinen Augen schießen. Dann sah er wieder in die Dunkelheit, als ginge ihn das alles nichts an.

»Doch, Jungchen«, sagte Jack, »du wolltest ihn beleidigen und deshalb hast du es ja auch getan. Du musst dir schon sehr gut überlegen, was du sagst.«

»Ich … Ich kann mit seinem Schweigen nicht umgehen«, gestand Michael. »Ich weiß nicht, was er denkt und wie er tickt. Mich verunsichert das total.«

»Das verstehe ich«, sagte Jack, »aber wüsstest du denn, was er denkt und wie er tickt, wenn er mit dir reden würde? Nein. Du wüsstest nur, was er sagt, und das kann vollkommen inhaltsleer sein. Du hast nur Angst vor der Stille, die du nicht kennst. Wir Menschen müssen immer reden, uns immer beschallen, brauchen permanenten Small Talk. Aber die Stille zwingt uns zuzuhören. Hast du das nicht gelernt in der Zeit, wo du hier alleine warst?«

Michael dachte nach. Die Stille war es, die ihn fast in den Wahnsinn getrieben hatte. Deshalb hatte er permanent mit Dakota, dem Pferd und auch mit sich selbst gesprochen.

»Ach so ist das«, lächelte Jack. »Das hätte ich mir ja fast denken können.«

»Was meinen Sie?«

»Du wirst morgen den lieben langen Tag einfach mal das Maul halten. Du wirst weder mit uns noch mit dem Hund noch mit dir selbst irgendein Wort wechseln. Morgen wirst du lernen, einfach nur zu hören. Nimm dir ein Beispiel an Gironimo. Er weiß, wie das geht.« Jack nickte ihm grinsend zu. »Das wird ein Spaß, Jungchen.«

Michael senkte den Blick. Ein mulmiges Gefühl machte sich breit und er konnte sich das nicht erklären. Was um alles in der Welt sollte denn daran so schwer sein, einfach mal nicht zu reden?

»Wie haben Sie sich kennengelernt?«, fragte er. »Sie und Gironimo?«

Jack lachte laut auf: »Ha, siehst du, wie schwer das ist? Du hättest doch jetzt schon mal üben können, den Mund zu halten, aber dann könnte ja diese peinliche Stille entstehen.«

Jack klopfte sich auf die Schenkel. »Das wird lustig morgen.«

Michael wurde wütend.

»Ich habe eine einfache Frage gestellt und Sie kloppen sich die Schenkel wund«, rief er. »Darf ich auch um etwas mehr Respekt bitten?«

»Wofür ist es denn wichtig, wie wir uns kennengelernt haben? Würde es irgendetwas ändern?«

»Ich habe eine einfache Frage gestellt«, wiederholte Michael. »Sonst nichts.«

»Also denn«, sagte Jack und lehnte sich in seinem Stuhl zurück. »Ich war den ersten Sommer hier und hatte diese Hütte gebaut. Der Winter stand vor der Tür und ich beschloss, ihn hier zu
verbringen. Blöderweise hatte ich aber keine Ahnung, worauf ich
mich da überhaupt einließ. Ich wusste nur, dass im Winter reichlich Schnee fällt und dass es mächtig kalt werden würde. Also
beschloss ich, Holz zu hacken. Ich sammelte und hackte und
sammelte und hackte, aber ich wusste nicht, ob meine Holzvor-
räte reichen würden. Ich hatte vorher von einem schlauen Indianer gehört, der gar nicht so weit weg von hier wohnte. Na, der
sollte es ja wissen, wie lange die Winter hier so gehen. Also ritt
ich zu ihm und fragte ihn: ›Sag mir, wie streng und wie lang
wird der Winter?‹, und er antwortete: ›Sehr langer und sehr
strenger Winter.‹

Also ritt ich wieder zurück, sammelte Holz und hackte, sammelte Holz und hackte es. Ich war mir jetzt aber immer noch
nicht sicher, ob es reichen würde, und ritt wieder zu diesem Indianer und fragte ihn, wie lang und streng der Winter werden
würde, und wieder antwortete er: ›Sehr langer und sehr strenger
Winter.‹

Okay, also sammelte ich noch mehr Holz und hackte es, bis ich
langsam nicht mehr wusste, wohin mit dem ganzen Holz. Ich ritt
wieder zu ihm und fragte ihn ein drittes Mal und wieder sagte
er: ›Sehr langer und sehr strenger Winter.‹

›Verdammt noch mal‹, rief ich. ›Das sagst du mir jedes Mal,
aber woher weißt du das eigentlich? Wie kann ich das sehen?‹

Und er sagte: ›Wird ein langer strenger Winter. Weißer Mann
hackt viiiiiel Holz.‹

So haben wir uns kennengelernt.«

Michael lachte. »Das war jetzt nicht wirklich so, oder?«

Jack sah ihn ernst an. »Und wenn doch? Was sagt dir das
dann?«

»Dass auch ein weiser Medizinmann nicht alles wissen kann«, sagte Michael.

»Nein, kann er nicht«, bestätigte Jack. »Aber er hört dir die ganze Zeit zu und kann dir sagen, wer du wirklich bist. Und das nur, indem er seine Sinne nutzt, während du deinen Sinnen mit mehr oder weniger unsinnigen Fragen und Gerede keine Chance gibst.«

Michael nickte nachdenklich.

»Okay«, sagte er schließlich. »Ich glaube, das habe ich verstanden.« Er lachte. »Das könnte morgen tatsächlich ein Spaß werden. Ich danke Ihnen, Jack.«

Er stand auf und drehte sich noch einmal zu Gironimo um: »Ich glaube, meine Ausbildung fängt jetzt erst an. Bitte haben Sie etwas Geduld mit mir.«

War das tatsächlich ein Lächeln auf dem Gesicht des alten Crow?

***

Schwerfällig drehte sich Michael auf seinem Bett aus alten Decken auf einem Strohballen um und blinzelte verschlafen in den Raum. Das Bett hatte er schweren Herzens wieder an den »Alten Jack« nach seiner Ankunft abtreten müssen. Er versuchte, seinen schmerzenden Rücken zu ignorieren, zumal sich Jacks Mitgefühl dafür in Grenzen halten dürfte. Jack und Gironimo saßen bereits am Frühstückstisch und tranken schweigend Kaffee. Michael streckte sich in seinem Bett lang aus, gähnte herzhaft und schlug die schwere Bettdecke zurück.

»Guten Morgen zusammen«, sagte er fröhlich und setzte sich zu den beiden Männern an den Tisch, goss sich Kaffee in eine Blechtasse und schnitt sich eine dicke Scheibe Brot ab. Er sah erst Gironimo an, der ihm gegenüber saß, ihn aber keines Blickes würdigte, und dann Jack, der neben ihm saß und ihn breit angrinste.

»Was ist?«, fragte Michael. »Habe ich Stroh im Haar oder eine Nudel im Gesicht?«

Jack grinste noch immer und schüttelte schließlich schweigend den Kopf. Er führte seine Blechtasse an die Lippen und schlürfte seinen Kaffee. Wieder sah Michael von Einem zum Anderen.

»Kann mir mal jemand sagen, was hier los ist?«, fragte er schließlich. »Hat es jetzt Ihnen beiden die Sprache verschlagen?«

Jack setzte langsam seinen Kaffeebecher ab und führte seinen Zeigefinger wie in Zeitlupe an seine Lippen.

»*Stille*«, fuhr es Michael durch den Kopf. »*Ein Tag des Schweigens.*«

»Entschuldigung«, sagte er leise, »Das hatte ich total vergessen.«

Wieder schüttelte Jack den Kopf und grinste vor sich hin.

»*Der Junge begreift gar nichts*«, dachte er. »*Mal sehen, wie lange er das aushält.*«

Sie frühstückten schweigend zu Ende. Michael störte die Stille, die die beiden alten Männer jedoch sichtlich zu genießen schienen. Irritiert sah er von einem zum anderen, dann betreten auf den Tisch, dann wieder zu den Männern. Die Stille schien ihm in den Ohren zu dröhnen und er spürte diesen unwiderstehlichen Drang, irgendetwas zu sagen, nur um sie zu durchbrechen. Längst waren die Teller leer gegessen und der Kaffee ausgetrunken.

»*Wir müssen doch irgendetwas tun*«, dachte Michael. »*Egal was.*«

Doch die beiden Männer saßen einfach nur da und starrten Löcher in die Wand. Schließlich hielt Michael es nicht mehr aus, stand auf und wollte das Geschirr abräumen.

»Ich spül mal eben«, murmelte er, doch plötzlich spürte er Jacks Hand an seinem Handgelenk. Langsam schüttelte er den Kopf und Michael setzte sich wieder. Jack tätschelte seine Hand, als wollte er sagen: »Du machst das schon, Jungchen. Genieß die Stille. Es gibt jetzt nichts zu tun als einfach nur dazusitzen und zu schweigen.«

Michael hallten die ungesagten Worte durch seinen Kopf. Er hatte in den letzten Wochen und Monaten oft alleine gefrühstückt, aber er erinnerte sich jetzt daran, dass er immer unruhig gewesen war, permanent den Impuls gehabt hatte, mit irgendjemandem zu reden, nur um die eigene Stille nicht ertragen zu müssen. Er hatte mit Dakota oder mit sich selbst gesprochen und das Gefühl gehabt, dass es das Normalste von der Welt war. Seine Gedanken waren immer um irgendwelche Erinnerungen gekreist und manchmal völlig unsortiert durch seinen Kopf geschwirrt. Und jetzt saß er am Tisch mit den beiden Männern, die dieses Schweigen sichtlich genossen, während ihm der Kopf schier zu platzen drohte. Er spürte, wie sein Herz immer schneller pochte, sein Puls zu rasen begann und sein Atem immer hektischer wurde, als er plötzlich die Hand des Crow auf seiner spürte. Erst jetzt bemerkte Michael, dass die Hand des Indianers viel größer war als seine und diese fast völlig bedeckte. Sie fühlte sich warm und sanft an und ohne Worte schien er ihm zu sagen: »Habe keine Angst. Dir wird nichts geschehen. Ich passe auf dich auf.«

Michael betrachtete die Hand des Mannes und er spürte, wie sich sein Puls- und Herzschlag allmählich beruhigte. Schließlich nahm Gironimo seine Hand wieder weg und sah ihn an. Auch Michael sah ihn an und er spürte eine Sanftmut in den Augen des Crow, die er so noch nie wahrgenommen hatte. Er kannte dieses Anstarren, sodass man den Blick abwenden und woanders hinsehen wollte, doch dieser warme Blick war anders und er empfand ihn wie eine Einladung, Gironimo ebenfalls in die Augen zu sehen.

»Ich gestatte dir einen Blick in mein Herz, in meine Seele«, sagten ihm die dunklen Augen. »Gestatte du mir einen Blick in dein Herz und in deine Seele und du wirst völlig neue Welten sehen.«

Michael dachte diese Worte nicht. Er spürte sie und er wollte diese Einladung annehmen. Schweigend saßen sie sich gegenüber und Michael fühlte die Welt um sich herum immer kleiner werden. Nichts war gefährlich. Nichts war wichtig. Nichts war zu tun. Er verlor mit dem Blick in diese ruhigen, friedlichen Augen jedes Zeitgefühl, alle Ängste, fühlte Frieden, eine tiefe Traurigkeit und Sehnsucht nach Schutz und Geborgenheit. Er schien in der schwarzen Iris des Indianers zu versinken, betrachtete Farben, die er so noch nie wahrgenommen hatte, spürte Verständnis, Mitgefühl, Vertrauen und – Liebe. Offene und ehrliche Liebe, die ihn niemals verletzen würde. Michael spürte, dass ihm nichts geschehen konnte, und ließ sich mehr und mehr in die Augen des alten Crow fallen, gestattete sich Tränen, die sich in seinen Augen sammelten, und hörte die ungesagten Worte: »Ich sehe deine Trauer. Ich sehe deinen Schmerz. Ich sehe deine ganze Verletzlichkeit. Ich sehe dich so, wie du bist.«

Michael spürte nicht, wie ihm die Tränen an den Wangen hinunterliefen. Er spürte nur ein tiefes Vertrauen und den innigen Wunsch, sich einfach nur fallen zu lassen, nicht mehr vor seinen eigenen Gefühlen wegzulaufen.

»Ich möchte wissen, wer ich bin«, sagte er mit seinen Augen.

»Ich weiß«, antwortete Gironimo. »Und du wirst es erfahren, wenn du es zulässt.«

Michael erkannte ein Lächeln auf Gironimos Gesicht, als sich dieser erhob und die Hütte verließ. Erst jetzt bemerkte Michael, dass Jack nicht mehr neben ihm saß, dass der Tisch abgeräumt und das Geschirr gespült war.

»Wie lange haben wir uns so angesehen?«, fragte er sich, doch dann lächelte er. *»Als ob das nun gerade wichtig wäre.«*

Er verließ die Hütte und setzte sich neben Jack und Gironimo auf eine Bank, sah in die Büsche, betrachtete die Bäume, die sich im Wind bewegten, betrachtete den Zug der Wolken, hörte die verschiedenartigen Stimmen des Waldes und lächelte.

***

»Guten Morgen, Jungchen«, begrüßte Jack Michael, der verschlafen zum Tisch wankte, an dem er bereits mit Gironimo saß.

»Guten Morgen«, sagte auch Gironimo.

Michael nickte ihnen zu und setzte sich schweigend hin. Er schüttete sich einen Kaffee ein und nippte an der Tasse.

»So schweigsam heute?«, neckte Jack.

»Ich habe noch keine Lust zu reden. Das ist alles.«

Jack lächelte und nickte ihm zu.

»Wir sollten nächste Woche wieder aufbrechen«, sagte Gironimo. »Der Winter könnte früh hereinbrechen.«

»Wie kommst du denn darauf. Ich habe doch gar kein Holz gehackt«, sagte Jack und schlug sich vor Lachen auf die Schenkel.

»Ich trinke meinen Kaffee auf der Terrasse«, sagte Michael und stand auf.

»Zieh dir eine Jacke über«, rief Jack ihm zu. »Es ist saukalt heute Morgen.«

»Ja, Dad.«

Michael warf sich seine Jacke über und ging auf die Terrasse. Ein kalter Wind mit kräftigem Regen schlug ihm entgegen. Er zog den Reißverschluss seiner Jacke zu, krempelte den Kragen hoch und setzte sich auf die Bank. Er sah dem Regen zu, der sich mit dem Wind bewegte und wie eine Staubwolke über die Bäume zu fegen schien. Sein Gesicht war klatschnass, doch es störte ihn nicht. Er spürte jeden einzelnen Regentropfen, der ihm aufs Gesicht schlug und genoss es. Langsam sammelte sich das Wasser in seinen Haaren und lief ihm über das Gesicht. Er hörte das Knarren der Holztür und sah Gironimo, der zu ihm auf die Terrasse trat.

»Darf ich mich zu Ihnen setzen, Michael?«, fragte er.

»Ich hatte gehofft, dass Sie das tun würden«, antwortete er lächelnd.

Gironimo setzte sich neben ihn und gemeinsam sahen sie dem Regen und den sich im Wind biegenden Baumwipfeln zu.

»Darf ich Sie etwas fragen?«, sagte Michael schließlich und Gironimo nickte ohne ihn anzusehen.

»Was ist da gestern passiert zwischen uns?«

»Was meinen Sie?«

»Als wir uns angesehen haben. Was ist da passiert?«

»Wir haben uns angesehen. Das ist passiert.«

»Nein«, sagte Michael. »Da ist viel mehr passiert und Sie wissen das auch.«

Der alte Crow nickte. »Sie haben vertraut.«

»Ja«, flüsterte Michael. »Ich glaube, das war das erste Mal seit Langem, dass ich wieder einem Menschen vertraut habe.«

»Nein«, sagte Gironimo. »Sie haben sich vertraut.«

Michael sah ihn irritiert an. »Ihr Blick sagte mir: ›Ich gestatte dir einen Blick in mein Herz, in meine Seele. Gestatte du mir einen Blick in dein Herz und in deine Seele und du wirst völlig neue Welten sehen.‹ Das sagten mir Ihre Augen.«

Gironimo sah ihn an und nickte langsam. »Und doch haben Sie nicht in meine, sondern in Ihre Seele gesehen, Michael.«

»Aber Ihre Augen sagten mir auch: ›Ich sehe deine Trauer. Ich sehe deinen Schmerz. Ich sehe deine ganze Verletzlichkeit. Ich sehe dich so, wie du bist.‹ Ich konnte es sehen.«

»Ich habe gesehen, dass Sie leiden. Ich habe gesehen, dass Sie fühlen, aber ich kann Ihre Gefühle nicht fühlen. Das können nur Sie alleine.«

»Sie meinen also, dass ich meine Trauer, meinen Schmerz und meine eigene Verletzlichkeit gesehen habe und nicht Sie?«

Gironimo nickte. »Sie haben sich so gesehen, wie Sie in diesem Moment gewesen sind. Ja.«

Michael sah dem Regen und dem Wind zu.

»Ich habe Ihnen vertraut«, sagte er schließlich. »War das auch ein Trugschluss? Ich meine, dass ich nicht Ihnen, sondern mir selbst vertraut habe?«

Wieder nickte Gironimo. »Auch Vertrauen ist ein Gefühl und Sie können einem Menschen erst dann vertrauen, wenn Sie sich selbst vertrauen. Sie allein entscheiden über Ihre Gefühle. Niemand sonst. Sie haben gestern entschieden, Ihre Gefühle zu spüren und wahrzunehmen. Nicht ich habe das getan.«

»Ich habe das getan?«, flüsterte Michael. »Nicht Sie?«

»Sie haben entschieden, dass ich Ihr Schlüssel sein sollte.« Gironimo sah ihn an und lächelte. »Ich bin sehr gern Ihr Schlüssel gewesen, aber jetzt wissen Sie, dass Sie ihn in sich haben, und Sie brauchen mich nicht mehr.«

»Immer nur lächeln und immer vergnügt«, fuhr es Michael durch den Kopf. *»Immer zufrieden, wie's immer sich fügt. Lächeln trotz Weh und tausend Schmerzen. Doch wie's da drin aussieht, geht niemand etwas an.«*

Er lächelte vor sich hin. *»Natürlich. Ich hatte entschieden, dass niemand meine Gefühle bemerken darf. Ich hatte entschieden, dass sie keine Rolle spielen und mich nur angreifbar und verletzlich machen. Doch irgendwann war ich darin so gut, dass ich sie selbst nicht mehr wahrnehmen konnte.«*

»Da muss es noch mehr geben«, sagte Michael leise. »Ich meine: Da muss es doch noch viel mehr Gefühle geben als Trauer und Schmerz.«

»Eine Menge«, pflichtete ihm der Crow bei. »Eine ganze Menge sogar.«

»Helfen Sie mir bei der Suche danach?«

»Sie müssen mit ihnen reden.«

»Mit meinen Gefühlen reden?«, fragte Michael. »Wie soll das denn gehen?«

»Das müssen Sie schon selbst herausfinden. Wie schon gesagt: Sie haben den Schlüssel dazu. Niemand sonst.«

»Sie helfen mir also nicht dabei?«

Gironimo sah ihn ernst an. »Das kann ich nicht, aber Sie können heute Nachmittag etwas für Jack tun.«

»Und das wäre?«

»Holz hacken«, sagte er und grinste ihn an. »Dann muss Jack das nicht im Frühjahr machen.«

Michael lachte. »Bei diesem Wetter? Das ist nicht Ihr ernst, oder?«

»Mein Instinkt sagt mir, dass ab mittags der Regen aufhört und die Sonne herauskommt.«

»Okay«, grinste Michael. »Wenn das so ist, dann hacken wir nachher Holz.«

»Nicht wir. Sie.«

»Gut, dann eben ich, aber Sie werden mich anleiten, damit ich mir die Axt nicht in die Beine ramme.«

Sie lachten gemeinsam. Michael freute sich, den alten Crow endlich einmal herzhaft lachen zu sehen.

Der Crow hatte sich geirrt. Der Regen machte keinerlei Anstalten, der Sonne Platz zu machen. Auch nachts hämmerten die dicken Tropfen auf das Dach der Holzhütte und hinderten Michael am Einschlafen, doch irgendwann wirkte das Prasseln wie ein eintöniger Trommelschlag und er duselte ein. Dafür zeigte sich der Himmel am nächsten Morgen von seiner schönsten Seite und ließ das allmählich bunt werdende Blätterdach der Bäume in den schillerndsten Farben erscheinen. Die Männer genossen ihren Kaffee auf der Terrasse und ließen sich die noch warme Septembersonne auf die Gesichter scheinen, bis Gironimo Michael mit seiner Bemerkung »Es ist ein guter Zeitpunkt, Holz zu hacken« aus seiner Lethargie weckte.

»Och nö«, stöhnte er, »muss das jetzt sein?«

»Großer Regen fällt nachher auf uns nieder«, sagte Gironimo ohne eine Miene zu verziehen und Jack prustete den Kaffee, den er gerade in seinen Mund befördert hatte, auf die Terrasse. Michael grinste den Crow an.

»Sicher. So wie sich die Sonne gestern Nachmittag durch die Wolken gekämpft hat, oder?«

Gironimo sah ihn ernst an. »Glaube mir, jetzt ist ein guter Zeitpunkt.«

Michael war irritiert. Meinte er das jetzt ernst oder nahm ihn der Indianer auf die Schippe? Und wieso duzte er ihn plötzlich?

»Na gut«, sagte er und schlug sich mit gespieltem Tatendrang die Hände auf die Oberschenkel. »Dann bringen wir es hinter uns, bevor die Welt untergeht.«

Er stand auf und auch Gironimo erhob sich.

»Geh schon mal hinter die Hütte«, sagte er. »Ich komme gleich nach.«

Er verschwand in der Hütte und Michael ging zum Werkzeugschuppen, um nach einer Axt zu suchen. Als er fündig wurde und den Schuppen verließ, kam Gironimo mit einem Stuhl unterm Arm um die Ecke.

»Was wird das denn jetzt?«, fragte Michael. »Wollen Sie mir bei der Arbeit zusehen?«

»Ich werde dich anleiten«, antwortete Gironimo, platzierte den Stuhl und setzte sich. »Damit allein wirst du allerdings nicht weit kommen. Im Schuppen muss noch eine Säge sein.«

»Eine Säge? Wozu?«

»Um die Stämme dort zurecht zu sägen, bevor sie geviertelt werden.«

Er deutete auf einen Stapel Baumstämme, die Michael noch gar nicht bemerkt hatte.

»Soll ich die etwa alle zerlegen?«, fragte er.

Gironimo nickte und verschränkte seine Arme vor der Brust.

»Wieso soll ich das alles alleine machen?«, rief Michael. »Wieso helfen Sie mir nicht? Das kann doch wohl nicht Ihr Ernst sein, mir bei der Arbeit zuzusehen.«

»Doch, ist es«, rief Jack von der Terrasse. »Du solltest tun, was er sagt.«

»Sonst was?«, rief Michael.

»Das wirst du dann schon sehen. Tu es einfach.«

Michael stapfte in den Schuppen und kam mit einer großen Säge wieder raus.

»Das werden Sie mir erklären müssen«, sagte er. »Und auf die Erklärung bin ich gespannt.«

Er ging zum ersten Baumstamm und begann zu sägen. Es war eine gute Säge und er hatte den ersten Stamm relativ schnell zersägt, doch beim zweiten begann sein Arm allmählich zu schmerzen.

»Ich brauche eine Pause«, stöhnte er. »Mir fällt gleich der Arm ab.«

Doch Gironimo schüttelte den Kopf. Michael wusste nicht, weshalb er ihm gehorchte, doch er tat es und zersägte auch den dritten und vierten Stamm, bis er die Säge vor sich auf den Boden warf.

»Pause«, rief er. »Ich kann nicht mehr.«

Doch wieder schüttelte Gironimo den Kopf und so sägte er weiter. Michael wusste nicht, wie lange er bereits arbeitete, doch er wunderte sich, dass ihm der Arm entgegen seiner Prognose nicht abfiel, sondern dass er noch genug Kraft hatte. Irgendwann hatte er einen Punkt erreicht, wo es ihm sogar Spaß machte, ihn der Arm nicht mehr schmerzte und er immer weiter sägte, bis er alle Stämme zerlegt hatte. Schweiß tropfte ihm von der Stirn und er war klatschnass geschwitzt.

»Ich glaube, das war's«, sagte er schließlich. Er sah Gironimo an und stutzte. Der Kopf war dem Indianer auf seine Brust gefallen und er schnorchelte leise vor sich hin. Michael musste lachen und schüttelte ihn an der Schulter.

»Das darf doch wohl nicht wahr sein«, lachte er. »Ich säge mir einen Wolf und der Häuptling der Crow schläft friedlich vor sich hin.«

Gironimo öffnete die Augen, betrachtete die zerlegten Baumstämme, sah dann wieder Michael an und lächelte. »Das wollte ich dir zeigen.«

»Was wollten Sie mir zeigen?«

»Wie oft in deinem Leben hast du geglaubt, dass du am Ende bist und keine Kraft mehr hast?«

Michael drehte sich zu den aufgebauten Holzscheiten um, die darauf warteten, mit der Axt gespalten zu werden, und sah dann wieder den selbstzufrieden dreinblickenden Indianer an.

»Sie …«, sagte er stockend und sah wieder das Holz an. »Sie lassen mich das ganze Holz zersägen, um mir das zu zeigen? Sie hätten es mir auch sagen können.«

Gironimo nickte. »Das hätte ich sicherlich können, aber hättest du es dann auch verstanden?«

»Ich … Nein. Wahrscheinlich nicht«, räumte Michael ein. »Ich sollte erfahren, dass ich die Grenzen meiner Fähigkeiten noch lange nicht erreicht habe, auch wenn ich es glaube. Meinten Sie das?«

Gironimo nickte und stand auf.

»Ich bin müde«, sagte er. »Ich werde jetzt etwas schlafen.«

Er klemmte sich den Stuhl unter den Arm und ging in die Hütte, während Michael nicht wusste, ob er lachen oder fluchen sollte. Er entschied sich dafür zu lächeln.

»Ich glaube, das werde ich so schnell nicht vergessen«, dachte er.

»Soll ich das Holz noch hacken?«, rief er Gironimo hinterher.

»Nein. Fürs Erste ist es genug.«

»*Schade*«, dachte er. »*Ich hätte noch genug Power für ein paar Axthiebe.*«

Er räumte die Säge wieder in den Schuppen und setzte sich zu Jack auf die Bank.

»Sie haben es gewusst, oder?«, fragte er.

»Ich weiß nicht, was du meinst, Jungchen.«

»Oh doch«, sagte Michael grinsend. »Das wissen Sie ganz genau.«

»Wie fühlst du dich jetzt?«

»Stark«, sagte Michael. »Mir tun alle Knochen weh, aber ich fühle mich unendlich stark.«

»Das ist gut«, sagte Jack, lehnte sich an die Wand und schob seinen Hut über die Augen. »Das ist sogar sehr gut.«

Michael verschränkte seine Arme vor der Brust und lehnte sich ebenfalls an die Wand. Er hatte die Augen noch nicht ganz geschlossen, als er auch schon eingeschlafen war.

Am Abend saßen die Männer schweigend auf der Terrasse und tranken ein Bier. Entgegen Gironimos Prophezeiungen fiel kein großes Wasser vom Himmel. Vielmehr tauchte die Abendsonne den Himmel in ein wunderschönes Rot. Michael dachte über den Vormittag nach, an dem er die Stämme zersägt hatte, und lächelte in sich hinein.

»*Da denkst du, dass du am Ende bist, und weißt gar nicht, was alles in dir steckt*«, dachte er. »*Das ist ja schon verrückt.*« Er atmete tief durch. »*Was werde ich wohl noch über mich erfahren? Ich werde dem alten Crow vertrauen. Er weiß zwar nicht, wie das Wetter wird, aber er weiß dennoch sehr viel mehr als ich.*«

Er schloss die Augen. Plötzlich hörte er im Geist das Heulen des alten Wolfes, als er sich auf dem Weg zur Hütte befunden hatte, und fühlte wieder diese tiefe Traurigkeit, die er beim Blick in Gironimos Augen verspürt hatte. Es fühlte sich an, als läge ein schweres Gewicht auf seiner Brust, das ihm die Luft zum Atmen nahm.

»Was ist los, Jungchen?«, hörte er Jacks Stimme und öffnete die Augen. Er sah in das besorgte Gesicht von Jack.

»Es ist nichts«, sagte er knapp.

»Das sehe ich«, antwortete Jack. »Also, was beschäftigt dich?«

»Habe ich Ihnen von dem alten Wolf erzählt?«

»Nein, hast du nicht.«

»Als ich auf dem Weg zur Hütte war, hörte ich eines Nachts das lang gezogene und wehklagende Heulen eines Wolfes. Ich konnte nicht anders, ich musste ihm einfach zuhören. Erst hatte ich Angst, doch dann hatte ich das Gefühl, als würde er für mich singen. Ist das nicht verrückt?«

»Nein«, sagte Jack. »Ganz und gar nicht.«

»Am nächsten Tag ritt ich weiter, als ich plötzlich zwei Schüsse hörte«, fuhr Michael fort. »Ich folgte den Schüssen und sah zwei Wilderer, die um einen Wolf herumritten, der am Boden lag. Er lebte noch, aber statt ihm den Gnadenschuss zu geben, lachten sie und ritten immer wieder um ihn herum. Wissen Sie, ich konnte zunächst gar nicht sehen, dass es ein Wolf war. Erst als die beiden Typen weg waren, ritt ich zum ihm und sah ihn am Boden liegen.«

Michael schniefte.

»Er … Er lebte tatsächlich noch und ich sprach mit ihm, streichelte ihn, fühlte ihn und es geschah etwas ganz Merkwürdiges.«

Er sah Jack durch einen Schleier aus Tränen an. »Ich sah ihm in diese wunderschönen gelben Augen und fühlte mich mit ihm verbunden. Es war, als würde ein Teil von mir sterben. Ich habe es nicht verstanden und verstehe es auch jetzt noch nicht.«

Er blickte über die Baumwipfel in die Dämmerung.

»Später erinnerte ich mich an eine andere Begegnung mit einem Wolf. Damals war ich noch Kind und es war in einem Zoo. Drei Wölfe lagen einfach nur da, aber ein Wolf stand am Gitter und sah mich an. Ein alter Mann erzählte mir, dass er ihn einfach nur ›Wolf‹ genannt habe, weil er in Freiheit geboren und nie wirklich gefangen war. Wir haben uns einfach nur angesehen und ich fühlte mich damals wie dieser Wolf. Ich fühlte mich unbezähmbar und wild. Wie er war auch ich ein Gefangener, der nie wirklich gefangen sein wollte. Eines Tages aber habe ich mich aufgegeben. Mein eigenes Ich verleugnet, vergessen, wer ich war und bin. Und dann traf ich diesen sterbenden Wolf, mit dem ich mehr verbunden war, als ich es jemals mit einem Menschen hätte sein können.«

Gironimo sah ausdruckslos in die Ferne. Jack blickte auf den Boden und Michael betrachtete die ersten Sterne, die sich am Himmel zeigten. Er wollte noch etwas sagen, doch er wusste nicht was. Er spürte in diesem Moment, dass es keiner weiteren Worte bedurfte, dass er verstanden worden war und jedes weitere Wort von ihm fehl am Platze gewesen wäre.

»Du hast dem Wolf in die Augen gesehen«, sagte Gironimo. »Damals als Kind und jetzt wieder.«

»Ja«, sagte Michael leise und blickte ins Leere. »Es war unbeschreiblich.«

Gironimo nickte. »Blickst du einem Wolf in die Augen, siehst du deine eigene Seele.«

Michael sah ihn von der Seite an. »Ich verstehe nicht, was Sie meinen.«

»Deshalb ist ein Teil von dir mit ihm gestorben.«

Gironimo schloss die Augen und begann zu singen. Es waren kehlige Laute in einer Sprache, die Michael nicht verstand. Der alte Crow stand auf und begann zu tanzen, im Kreis, wippend, mal seine Stimme erhebend, mal ganz leise. Auch Jack und Michael schlossen die Augen. Plötzlich hörte Michael Jacks flüsternde Stimme. Er übersetzte den Gesang des Indianers:

»Ich weihe dich ein in die Führerschaft vom Sein,
   passe dich an, an Sippe, Land und Clan.
   Ist deine Zeit gekommen, hörst du den Ruf in dir,
   so folge mir.
   Ich führe dich ein in die Gesetze
   ohne Hast und ohne Hetze;
   fordere dich auf, zu führen den Verlauf.
   Erkenne deine Kraft, deine Stärke, deinen Mut,
   sei jedoch dabei stets auf der Hut!
   Bleib frei, unabhängig und ungezähmt in dir,
   nur dann kannst du führen jetzt und hier.
   Folge deinem Instinkt, der Kraft im Mond,
   dort findest du die Antwort, die sich lohnt.
   Such auf die Gipfel, sing deiner Kraft Lied,
   fühle die Macht, die mit dir ist, in jedem Glied.
   So gewinnst du Stärke aus deinem Sein,
   die Führerschaft
   verlangt die Kraft
   aus deinem Seelenheim.« [1]

Gironimo hörte auf zu singen und setzte sich wieder auf die Bank. Michael wischte sich die Tränen aus den Augen. Jack legte seinen Arm um ihn und er lehnte sich an die Schulter des alten Mannes. Er weinte hemmungslos, schämte sich seiner Tränen nicht. Jack tat nichts, hielt nur den Arm um seine Schulter.

»Warum haben sie ihn erschossen?«, schluchzte Michael. »Das war doch völlig unnötig, so ohne Sinn und Verstand. Wieso haben sie das getan? Ich verstehe das nicht. Jack, warum tun Menschen so etwas?«

---

[1] Aus: Jeanne Ruland, »Krafttiere begleiten dein Leben«

»Damit du ihm begegnest«, sagte Gironimo, »damit du deinem Seelentier begegnest und etwas Neues entstehen kann.«

Es war früh morgens und noch dunkel, als Michael die Bettdecke zur Seite schlug und aufstand. Das Lied des alten Indianers, seine kehligen Laute hallten noch immer durch seinen Kopf. Doch da war noch etwas anderes: Da war Wut. Jede Menge Wut und er wusste nicht, worauf er wütend war. Er hätte um sich schlagen können, aber da war niemand, den er hätte schlagen können. Er war wütend, dass Jack und Gironimo schliefen, dass sie überhaupt noch schlafen konnten, während er innerlich aufgewühlt war. Er wollte Kaffee, doch das Feuer war aus und er hätte es entfachen müssen. Er wollte mit jemanden reden, die beiden Männer wecken, aber er wollte sie auch schlafen lassen.

»Ich muss etwas tun«, dachte er. *»Sonst platze ich.«*

Dakota hob seinen Kopf und beobachtete ihn. Normalerweise war er jeden Morgen bei ihm, doch jetzt blieb er auf seinem Nachtlager liegen und legte die Schnauze auf den Boden.

»Was sollte das?«, schrie Michael in die Stille. *»Wie könnte ich denn schuld sein? Und schuld woran?«*

Die Gedanken hämmerten durch seinen Kopf. Er ging in der dunklen Hütte auf und ab, wollte irgendetwas tun und wusste nicht was.

»Komm mit«, hörte er plötzlich eine Stimme.

Er fuhr herum und sah in die ruhigen Augen des Indianers.

»Komm mit«, wiederholte er. »Ich weiß, was du brauchst.«

»Ich weiß, was du brauchst«, schoss es Michael durch den Kopf. *»Dieser Klugscheißer glaubt, alles zu wissen.«*

Gironimo ging aus der Hütte und Michael folgte ihm, widerwillig, wütend. Es wurde langsam hell, als die Sonne schüchtern ihre ersten Strahlen hinaussandte. Gironimo ging hinter die Hütte und nahm einen kurzen abgesägten Holzstamm, stellte ihn auf einen Block und ging in den Schuppen. Nach kurzer Zeit kam er mit einer Axt zurück.

»Pass auf«, sagte er. »Du legst die Axt auf das Holzscheit und schlägst leicht drauf, sodass die Axt in das Holz eindringen kann. Dann …«

Er hob die Axt, die in dem Holzscheit steckte, und schlug ihn auf den Holzblock, sodass die beiden gespaltenen Holzscheite auseinandersprangen.

»Siehst du? So einfach geht das. Du musst gar nicht mit Kraft schlagen. Das macht die Axt für dich. Und dann nimmst du eine Hälfte und spaltest diese noch einmal und hast das Scheit geviertelt. Diese Viertel passen dann genau in den Ofen. Und jetzt du.«

Er reichte ihm die Axt. Michael nahm sie mit einem Gesicht, als wollte er eher Gironimo den Schädel spalten statt die Holzscheite, doch er riss sich zusammen, stellte einen Holzklotz auf den Block und schlug leicht mit der Axt in seine Mitte. Dann hob er die Axt samt Holz und schlug ihn auf den Block. Die Scheite fielen zur Seite; er nahm einen halbierten Block und viertelte ihn.

»Was wollen Sie mir jetzt zeigen?«, fragte er schließlich.

»Du wirst sehen. Mach weiter.«

Michael halbierte und viertelte Klotz für Klotz, Scheit für Scheit und er spürte die fast vergangene Wut wieder in sich aufsteigen, mehr und mehr. Er versuchte sie zu kontrollieren, sie zu unterdrücken, doch mit jedem Schlag auf einen der Blöcke stieg sie an. Plötzlich hob er die Axt und hieb mit aller Wut, die er in sich spürte, auf den Block.

»Was wolltest du mir gestern sagen«, rief er. »Was hast du damit gemeint: ›Sie haben ihn getötet, damit er mir begegnet?‹ Ist er etwa wegen mir gestorben? Bin ich schuld an seinem Tod?«

Gironimo sah ihn ausdruckslos an. Wieder hob Michael die Axt und drosch auf einen Holzklotz. Die Hälften flogen auseinander. Er nahm einen neuen Holzklotz und drosch die Axt hinein.

»Soll das heißen, ich bin schuld?«

Die Hälften flogen auseinander und er stellte ein Scheit auf den Block.

»Bin ich eigentlich an allem schuld?«, schrie er und ließ die Axt hinabsausen.

»Bin ich schuld, dass meine Eltern ihr Leben nicht leben durften, dass sie mich verleugnet haben, nur weil ich existiere?«

Zwei weitere Hälften eines Blockes flogen auseinander.

»Bin ich schuld, dass meine Pflegemutter mich malträtiert hat?«

Ein Holzscheit sprang in seinen Hälften auseinander und flog über das Gelände.

»Bin ich schuld, dass sich Jasmin von mir getrennt hat, dass mich Angelika verarscht hat, dass mir Christiane und Eva irgendeine Scheiße unterstellt haben?«

Holzscheit um Holzscheit flog quer und unkontrolliert durch die Gegend.

»Maria, Inge, Jasmin, Angelika, Christiane, Eva«, brüllte er. »Bin ich immer an allem schuld? Schuld, dass der Wolf starb?«

Michael spaltete, halbierte, viertelte Holzscheit um Holzscheit, brüllte, schrie, schlug. Schweiß rann ihm übers Gesicht. Er spürte nichts um sich herum, nur diese kalte, quälende Wut, in die er sich ergab.

»Schuld«, schrie er. »Schuld – Schuld – Schuld. Verdammte Scheiße. Verdammte Schuld.«

Holzscheite flogen durch die Luft. Hieb um Hieb wurde der Stapel der Holzklötze kleiner und kleiner, bis Michael auf die Knie sank und die Axt fallen ließ.

»Das kann doch nicht sein«, flüsterte er. »Das kann doch alles nicht wahr sein. So viel Schuld kann doch kein Mensch ertragen.«

Gironimo kniete sich neben ihn.

»Nein, das ist auch nicht so«, sagte er. »Du bist an nichts schuld.«

»Aber warum fühlt sich das dann so an?«

Gironimo sah ihn sanft an und legte seinen Arm um seine Schulter.

»Deine Eltern haben dich geboren«, flüsterte er. »Ohne sie wärst du nicht am Leben. Das hat nichts mit Schuld zu tun, nur mit Dankbarkeit.«

»Aber es ging ihnen schlecht wegen mir«, stammelte Michael. »Nur, weil es mich gab.«

»Weil sie dich geliebt haben, nicht wegen deiner Existenz. Aber was ich dir eigentlich zeigen wollte …«

Gironimo stand auf und deutete ihm, es ebenfalls zu tun.

»Du hast so viel Angst vor deiner Wut und weißt gar nicht, was sie für dich bedeutet.«

»Was bedeutet sie denn?«

»Kraft. Stärke. Energie. Du hast jede Menge davon. Nutze deine Kraft und deine Stärke für dein Leben und vergeude sie nicht in Fragen um Schuld und sinnlose Energien. Du bist viel freier, als du glaubst.«

»Frei? Du meinst, ich bin frei?«

»Es ist deine Entscheidung«, sagte Gironimo. »Entweder bist du gefangen in deiner Schuld und deinen Ängsten oder du bist frei.«

Michael sah ihn verblüfft an. »Ich verstehe das nicht.«

»Schau dich um«, sagte Gironimo und drehte sich im Kreis. »Schau dich doch einfach mal um und sieh es dir an.«

Michael drehte sich um. Das Holz lag weit verstreut um sie herum.

»Siehst du, wie viel Kraft und wie viel Energie du hast?«

Er hatte es tatsächlich nicht gemerkt. Die Holzscheite lagen nicht neben dem Holzblock. Sie lagen weit verstreut. Sie waren auseinandergeflogen und Michael hatte es nicht gemerkt.

»Die Holzscheite hätten mich treffen können, so wie sie geflogen sind«, bemerkte Gironimo schmunzelnd. »Du hast so viel Kraft und Energie und keine Ahnung, was alles in dir steckt.«

Die nächsten Tage verbrachte Michael die meiste Zeit mit sich alleine im Wald oder am Fluss. Selbst Dakota wollte er nicht bei sich haben. Er wollte einfach nur seine Ruhe haben und das Erlebte sacken lassen.

»Dieser Indianer hat ja Einiges mit mir angestellt«, dachte er. *»Und er hat mich voll erwischt. Wie hat er das bloß gemacht?«*

Tatsächlich fühlte er sich befreiter, frei von den Ängsten, die ihn immer wieder geplagt hatten. Er spürte Gefühle, die er zuvor nie wahrgenommen hatte: Glück, Freude, Trauer, Wut, Vertrauen, Schutz, Geborgenheit, Verletzlichkeit, Liebe und vieles mehr. All diese Gefühle musste es immer gegeben haben, denn wie hätte er sie sonst jetzt spüren können?

»Über allem steht die Angst«, dachte er. *»Sie lag wie ein großer Deckel über all meinen Gefühlen und hielt sie darunter verborgen.«*

Ihm wurde klar, dass Angst das einzige Gefühl gewesen war, das er wirklich gekannt hatte. Er war damit aufgewachsen. Angst vor Bestrafung, Angst vor Verlust, Angst vor seiner eigenen Wut, Angst, seine Erfahrungen an seine Kinder weiterzugeben. Er hätte es sich nie gestattet, wütend zu sein. Es war etwas Schlechtes, Böses, Verbotenes. Auf den Gedanken, dass Wut auch Kraft und Energie bedeuten konnte, war er nie gekommen.

Selbst die negativ bewerteten Gefühle wie die Traurigkeit fühlten sich plötzlich schön an.

»Wenn ich meine Gefühle aus Angst wegdrücke«, überlegte er weiter, *»schütze ich mich zwar vor Verletzungen, kann aber auch die schönen Dinge des Lebens nicht wahrnehmen.«*

»Ich hatte die Kraft und die Stärke, das alles zu überstehen und zu überleben«, sagte er laut. »Aber ich hatte nie wirklich den Mut, um zu leben und meine Gefühle zuzulassen?«

Er lächelte, holte tief Luft und breitete seine Arme aus.

»Heute schließe ich einen Pakt mit mir«, rief er in die Wildnis. »Ich möchte endlich fühlen, spüren, wahrnehmen. Ich möchte all das, was ich jetzt erfahren habe, nicht mehr hergeben. Wenn ich Angst spüre, dann werde ich sie annehmen und fragen, vor was sie mich warnen will, und dann schauen, was sich darunter verbirgt. Das ist mein Bündnis mit mir selbst.«

Er atmete tief aus.

»Tja, und dann sollte ich vielleicht langsam nach Hause und mein Leben sortieren.«

Aber wo war sein Zuhause? Er dachte an Camilla, in die er sich verliebt hatte. War sein Zuhause auf der Ranch? Oder war es in Hamburg? Er schüttelte den Kopf.

»*Nein, Hamburg ist es sicherlich nicht*«, dachte er. »*Jasmin lebt ihr neues Leben und als Rechtsanwalt will ich nicht mehr arbeiten. Also, was soll ich da? Dort wartet niemand auf mich.*«

Er machte sich wieder auf den Weg zur Hütte und dachte nach.

»*Na ja, vielleicht doch Hamburg. Dort ist mein Chaos entstanden und dort könnte ich mein Leben wieder in ein ruhiges Fahrwasser bringen. Weggelaufen bin ich ja lange genug.*«

Er beschloss, sich mit der Entscheidung Zeit zu lassen.

Als er die Hütte betrat, war irgendetwas anders als sonst. Gironimo und Jack saßen am Tisch und tranken ein Bier, aber die Hütte wirkte merkwürdig aufgeräumt.

»Ach, der edle Herr gibt sich auch mal wieder die Ehre«, frotzelte Jack. »Willkommen in der Hütte.«

»Was ist los?«, fragte Michael und öffnete sich ebenfalls ein Bier. »Es sieht hier so merkwürdig geleckt aus.«

»So hörst du uns also zu«, sagte Jack grinsend. »Morgen reisen wir ab, schon vergessen?«

»Nein«, sagte Michael, »das hat der edle Herr gar nicht mitbekommen. Wieso?«

»Unser indianischer Wetterfrosch hat einen frühen Wintereinbruch vorhergesagt«, unkte Jack.

»Na, wenn wir nach Gironimos Wetterprognosen gehen, dürfte der Winter in diesem Jahr ausfallen«, neckte Michael, doch Gironimo beachtete ihn nicht. Er wirkte wieder gewohnt stoisch. Michael betrachtete den alten Crow und spürte eine tiefe Wärme in seinem Herzen.

»Gironimo«, sagte er leise. »Danke für alles. Das ist mir wichtig, bevor ich es vergesse.«

Der Indianer sah ihn mit gewohnt ausdrucksloser Miene an, doch Michael meinte, ein Zucken seiner Mundwinkel bemerkt zu haben, das er als Lächeln deutete.

»Er hat etwas von einem Westfalen«, dachte er und musste über seinen eigenen Gedanken schmunzeln. *»Oder sind die noch stoischer?«*

»Was wirst du tun?«, fragte Jack.

»Wer? Ich?«, fragte Michael. »Ich weiß noch nicht genau. Aber es ist schon merkwürdig. Genau darüber habe ich vorhin auch schon nachgedacht.«

Jack nickte. »Du kannst über den Winter gern bei mir bleiben. Ich könnte eine helfende Hand gebrauchen.«

»Gib es zu«, grinste Michael, »du magst meine Gesellschaft.«

»Das auch, mein Junge, aber irgendwie habe ich das Gefühl, dass du nicht bleiben wirst.«

Michael zuckte mit den Schultern. »Keine Ahnung, aber nach Hamburg zieht es mich so schnell nicht.«

»Ich weiß«, meinte Jack. »Dort wartet niemand auf dich.«

»Irgendjemand wartet immer auf dich«, sagte Gironimo.

Michael starrte ihn an. »Nein. Wie kommst du darauf?«

»Ich habe es in deinen Augen gesehen. Irgendjemand wartet auf dich.«

»Wer?«

»Wenn du das nicht weißt. Ich weiß es nicht.«

»Nein … Ich …« Plötzlich stockte Michael und schlug die Hände über seinen Kopf zusammen.

»Oh mein Gott«, stammelte er. Er erinnerte sich an das Gespräch mit Angelika, als sie ihm eröffnet hatte, dass sie schwanger war. Er erinnerte sich an jedes Wort von ihr:

»Ich wünsche mir, dass du deinem Kind eines Tages der Vater bist, den du nie hattest. Ich habe gesehen, dass du das kannst. Du musst nur deine Mauer um dich herum einreißen und deine Gefühle zulassen. Eines Tages wirst du das für dich tun müssen.«

»Oh Mann«, stammelte er und ließ sich auf einen Stuhl fallen. »Gironimo, du hast recht. Da wartet tatsächlich jemand auf mich. Wie konnte ich das nur vergessen?«

Er sah die beiden Männer an und hielt sich mit beiden Händen den Kopf. »Ich müsste schon längst Vater eines Kindes sein. Ich sollte jetzt nicht hier sein.«

Tränen liefen über sein Gesicht.

»Ich habe das Schlimmste getan, was ein Vater nur tun kann. Ich habe mein eigenes Kind vergessen. Ich weiß nicht, ob es ihm gut geht. Ich weiß noch nicht einmal, ob es ein Junge oder ein Mädchen ist und wie es heißt.«

Gironimo stand auf und legte seine Hände auf seine Schultern.

»Jetzt singst du das Lied des Wolfes«, sagte er. »Du solltest nach Hause gehen. Dort gehörst du hin.«

Michael wischte sich die Tränen aus seinem Gesicht und sah Gironimo an.

»Morgen«, sagte Gironimo lächelnd. »Morgen brechen wir auf.«

Michael nickte. »Okay, aber ich würde gern noch mal zur Pferderanch. Ich muss mich von jemandem verabschieden.«

»Natürlich«, antwortete Jack. »Ich werde dich in den nächsten Tagen hinfahren.«

Michael sah ihn dankbar an. »Du hast die ganze Zeit gewusst, wer ich bin, oder? Du hast es schon in dieser Gaststätte gewusst. Woher?«

»Richi ist ein alter und sehr guter Freund von mir«, antwortete Jack.

»Richi?«, fragte Michael.

»Richard Gordon. Er rief mich am selben Tag an, an dem ihr in der Gaststätte aufgekreuzt seid, und bat mich, mich um dich zu kümmern.«

Michael schüttelte grinsend den Kopf. »Aber wieso?«

»Weil er dich mag, Jungchen. Sehr sogar. Und weil er wusste, dass du dein Leben nicht im Griff hattest und auf der Suche warst. Er weiß, wie es mir damals gegangen ist, und hoffte, dass ich dir helfen könnte.« Er sah ihn augenzwinkernd an. »Aber ohne meinen Freund Gironimo wäre auch ich verloren gewesen. Ich glaube, dass du auf einem guten Weg bist.«

Er beugte sich vor und legte seine Hand auf Michaels Schulter. Michael spürte die Wärme seiner Hand und wusste, dass dieser alte Mann es ehrlich mit ihm meinte.

»Ich wünsche mir sehr, dass du deinen Weg gehen wirst. Ich glaube an dich und ich wünsche mir, dass du den ›Alten Jack‹ und Gironimo nicht vergessen wirst.«

»Wie könnte ich das?«, sagte Michael und umarmte Jack. »Ich werde euch niemals vergessen. Das geht gar nicht.«

Michael saß auf der Beifahrerseite des alten Dogde Coronet und tätschelte Dakota, der vor ihm im Fußraum saß und seinen Kopf auf seinen Schoß gelegt hatte. Er sah ihn wehmütig an.

»Bald werde ich mich von dir verabschieden müssen, mein Freund«, dachte er und hatte das Gefühl, als könne der Hund seine Gedanken erahnen. Michael war schon der Abschied von Gironimo schwergefallen, der noch zwei Wochen auf Jacks Ranch bleiben und sich dann auf den Weg zur Crow Reservation machen woll-

te, einem Indianerreservat der Absarokee im Süden von Montana. Michael hatte diesen alten Medizinmann mit seiner Ruhe und Geduld fest in sein Herz geschlossen und hoffte, dass er ihn eines Tages wiedersehen würde.

Jack lenkte das große Auto ruhig und sicher durch die Dunkelheit. Michael wunderte sich, dass der alte Mann offensichtlich überhaupt keine Müdigkeit kannte.

»Jack, darf ich dich etwas fragen?«, unterbrach er schließlich die Stille.

»Klar. Nur zu.«

»Woher kennst du Mr. Gordon? Wie seid ihr euch begegnet?«

»Wir haben uns vor Jahren in New York kennengelernt. Ich war damals noch Banker und er brauchte Geld für seine Ranch. Ich habe ihn sofort gemocht und wollte ihm unbedingt helfen, aber ich konnte es nicht. Ihm wurde kein Darlehen bewilligt und ich hatte die unehrenhafte Aufgabe, es ihm sagen zu müssen. Seine Frau war damals gerade mit Alfons schwanger und er wusste nicht, wie er die Ranch am Leben erhalten sollte. Er war sehr verzweifelt. Weißt du, Jungchen, ich habe tagtäglich gesehen, in was für Projekte Millionen von Dollar in den Schornstein verpulvert wurden, aber ihm wollte die Bank kein Geld geben. Ein paar Monate später war ich dann raus. Ich habe alle Zelte abgebrochen und bin zu seiner Ranch nach Montana gefahren und habe ihn besucht. Ich hatte genug Geld verdient und es ihm geliehen.«

Jack sah Michael lächelnd an. »Wir haben alles per Handschlag geregelt, kein Vertrag, kein Papier irgendwo in irgendeinem Safe. Mir genügte sein Wort und er hat es gehalten.«

Michael betrachtete den zufrieden lächelnden Mann. »Er hat alles zurückgezahlt?«

»Jeden verdammten Cent mit Zins und Zinseszins und noch viel mehr.«

Michael streichelte Dakota und betrachtete ihn. »Was meinst du mit ›Und noch viel mehr‹?«

Jack lächelte ihn an. »Was meinst du denn?«

»Na ja. Du hättest alles verlieren können, oder?«

»Ja, Jungchen. Ich hätte mein Geld verlieren können, aber das war mir völlig egal. Ich habe viel mehr von ihm bekommen, etwas das nicht mit Geld zu bezahlen ist. Und so hat er mich buchstäblich gerettet. Verstehst du das?«

»Ach so. Ich glaube, ich verstehe, was du meinst«, sagte er leise. »Es geht um Freundschaft, um Vertrauen.«

»Genau. Um nichts anderes geht es. Vertrauen, füreinander da sein, Freundschaft.«

»Und was hat dir Mr. Gordon über mich erzählt?«, forschte Michael.

»Er rief mich an und erzählte mir von dir. Er hat mir erzählt, dass du die Farm verlassen musstest und auch, wieso.«

»So?«, fragte Michael. »Und was hat er so erzählt?«

»Dass du auf der Suche warst. Er sagte mir, dass du ihn an mich erinnert hast, als ich damals zu ihm auf die Farm kam. Er sagte, dass du ebenso orientierungslos auf ihn gewirkt hast. Weißt du, wie er dich genannt hat?«

»Nein. Woher?«

»Er sagte, du seist wie Peter Pan, der Junge, der nie erwachsen werden wollte.«

Jack lachte laut auf.

»Peter Pan«, wiederholte Michael grinsend. »Auch nicht schlecht.«

Sie fuhren eine Weile schweigend durch die Morgendämmerung und Michael versuchte sich zu orientieren und zu erkunden, wo sie gerade waren.

»Und Gironimo?«, fragte er schließlich. »Wie hast du ihn kennengelernt? Jetzt erzähl mir nicht wieder die Geschichte vom Holzhacken und dem Winter.«

Jack lachte auf. »Aber genauso ist es gewesen.«

Er sah Michael an. »Okay, nicht genauso, aber er hatte tatsächlich eine Hütte in der Nähe und hat mich in die Wildnis eingewiesen. Ohne ihn hätte ich dort keine zwei Wochen überlebt.«

»Aber mich hast du dort zwei Monate schmoren lassen«, lachte Michael.

»Dir habe ich das auch zugetraut. Außerdem warst du bewaffnet.«

»Ja, ganz toll«, rief Michael und schlug sich auf den Schenkel. »Eher hätte ich mir mit dem Ding in den Fuß geschossen.«

Jack grinste ihn breit an.

»Wie weit ist es noch?«, fragte Michael, doch in diesem Moment sah er die Ranch auch schon.

***

Wie jeden Morgen ritt Alfons auf die Weide zu den Pferden, um nach dem Rechten zu sehen, und wie jeden Morgen versuchte er so früh wie möglich wieder auf der Ranch zu sein, um mit Camilla zu sprechen. Es war inzwischen kühl so früh morgens und er krempelte den Kragen seiner dicken Jacke hoch. Er sah in die aufgehende Sonne und beobachtete die Herde von zwanzig Tieren, die friedlich grasten. Zwar genoss er diese Zeiten der Einsamkeit mit sich und der Natur, doch in den letzten Wochen hielt er es dort nicht lange aus. Es trieb ihn zurück zur Ranch, um seine Schwester im Stall aufzusuchen. Seit Michael fort war, war sie nicht mehr dieselbe. Sie sprach kaum mit ihm und wenn doch, dann machte sie ihm bittere Vorwürfe.

»Ich bin kein kleines Mädchen mehr«, schalt sie ihn.

»Für mich schon. Für mich wirst du immer meine kleine Schwester bleiben.«

»Von mir aus«, rief sie, »aber das gibt dir nicht das Recht, andere Menschen zu verprügeln.«

Sie war wütend auf ihn. Sehr wütend sogar, und das traf ihn tief. Alfons liebte seine Schwester. Er hatte sie immer schon beschützt, jetzt aber erkannt, dass sie eine erwachsene junge Frau war, die sehr genau wusste, was sie wollte und was nicht. Es erschien ihm schon fast merkwürdig, dass er diesen Mann aus Deutschland sogar mochte, obwohl er ihn verprügelte hatte. Dennoch hatte er das Gefühl, nicht anders gekonnt zu haben.

Er zog seinen Hut tiefer ins Gesicht und sah auf die Armbanduhr. Sechs Uhr, doch heute zog ihn nichts zurück zur Ranch, nichts in den Stall, um mit Camilla zu sprechen. Heute wollte er diesen schönen kühlen Morgen genießen und betrachtete die Herde. Es waren ausgewählt schöne Tiere, die er hütete, und er war stolz auf das, was sein Vater aufgebaut hatte, stolz auf seine Mutter, die die Familie mit ihrer sanftmütigen Art zusammenhielt, stolz auf seine Schwester, die in den letzten Monaten erwachsen geworden war. Nur auf sich selbst war er nicht stolz. Er wollte Camilla beschützen, doch diesmal war er übers Ziel hinausgeschossen und hatte es zu weit getrieben.

»Vielleicht musste das irgendwann einmal passieren, damit ich merke, dass sie kein Kind mehr ist«, dachte er. »Aber muss ich sie deshalb als meine kleine Schwester gleich verlieren?«

Hier war alles in Ordnung und so galoppierte er gemächlich zur Ranch zurück. Er hatte die Ranch fast erreicht, als er eine Staubwolke bemerkte. Ein Auto näherte sich, was um diese Zeit sehr ungewöhnlich war, doch als er den alten Dogde Coronet erkannte, grinste er.

»Der ›Alte Jack‹«, dachte er. »Den habe ich ja schon ewig nicht mehr gesehen.«

Er sprang aus dem Sattel und ging auf Jack zu, der aus dem Auto stieg. Die Beifahrertür wurde geöffnet und ein Ungetüm von Hund sprang aus dem Wagen. Als auch Michael aus dem Auto ausstieg und Alfons ansah, lächelte er. Der Hund sprang um Michael herum, rannte dann wieder zu Jack und dann auf das Haus zu und blieb schwanzwedelnd vor der Tür stehen. Alfons nickte Jack kurz zu und ging dann langsam auf Michael zu.

»Du hier?«, fragte er grinsend. »Mit dir habe ich echt nicht gerechnet. Was willst du hier?«

»Deiner Schwester das Herz brechen«, sagte Michael und sah ihn ernst an.

»Du bist ein toter Mann«, antwortete Alfons lachend und ging auf ihn zu, breitete seine Arme aus und drückte Michael fest an sich.

»Ich freue mich, dich zu sehen«, sagte er.

Michael bekam von der kräftigen Umarmung kaum Luft und verfluchte in diesem Moment, dass Alfons die Kraft seines Vaters geerbt hatte.

»Camilla wird sich freuen, dich zu sehen«, sagte er. »Sie dürfte noch im Stall sein. Sie alle werden sich freuen.«

»Wer sind ›sie alle‹?«, fragte Michael.

»Mum und Dad. Eva, Adam und Micky sind wieder in Boston.«

Michael atmete erleichtert auf. Adam und Micky hätte er sehr gerne wiedergesehen, aber er war froh, dass ihm Eva nicht über den Weg laufen konnte.

»Kommt mit ins Haus«, sagte Alfons. »Es sollte bald Frühstück geben.« Er deutete auf Dakota. »Ich hoffe nur, dass uns dieses Ungetüm noch etwas übrig lässt. Was ist das für eine Bestie?«

Michael lachte. »Keine Ahnung. Ich glaube, das ist ein gedoggter Schäferpudel oder irgend so was. Ich habe ihn Dakota genannt.«

»Dakota? Ein interessanter Name.«

»Er hat darauf gehört, also bin ich dabei geblieben.«

»Er ist also dein neuer Begleiter?«, fragte Alfons grinsend. »Ihr seht euch irgendwie ähnlich.«

»Er war mein Begleiter, ja, aber er wird bei Jack bleiben. Er gehört ihm auch.«

Michael blieb stehen und hielt Alfons am Arm fest.

»Alfons, ich bin gekommen, um mich zu verabschieden«, sagte er. »Das solltet ihr wissen, bevor ihr mich willkommen heißt.«

Alfons klopfte ihm kräftig auf die Schulter.

»Ich bin echt mal gespannt, wie dein Abschied aussieht«, lachte er. »So einfach wie beim letzten Mal machen wir es dir diesmal bestimmt nicht.«

»Ich gehe schon mal ins Haus«, warf Jack ein. »Ich glaube, hier störe ich nur.«

Er ging mit einem »Hallo, Richi, hier kommt der ›Alte Jack‹« ins Haus ohne anzuklopfen.

»Komm mit«, sagte Alfons. »Jetzt gehen wir erst einmal zu Camilla. Sie ist seit deinem Verschwinden sehr schlecht auf mich zu sprechen.«

»Auf dich? Wieso? Ich bin doch abgehauen, ohne mich zu verabschieden.«

»Na ja, aber mir gibt sie die Schuld dafür, weil ich dich verprügelt habe. Das tut mir übrigens sehr leid.«

»Ist schon gut«, lachte Michael. »Vielleicht habe ich das gebraucht, um wachgerüttelt zu werden.«

»Wenn du meinst, dann stehe ich dir weiterhin gern zur Verfügung«, schmunzelte Alfons.

»Och nö, das muss nun nicht gerade sein. Schon bei dem Gedanken bekomme ich wieder Bauchschmerzen.«

Alfons grinste ihn an. »Warte hier. Ich gehe erst einmal alleine zu ihr. Im schlimmsten Fall erwischt sie dann mich mit der Heugabel.«

»Das ist ein Wort«, stimmte ihm Michael zu.

Alfons öffnet das Tor und huschte in den Stall.

***

Wie jeden Morgen mistete Camilla den Stall aus und versorgte die Pferde und wie fast jeden Morgen seit Michaels Verschwinden war sie wütend. Weder sein Brief hatte daran etwas ändern können noch die inzwischen vergangenen fast drei Monate. Sie war wütend auf Michael, wütend auf Alfons, wütend auf Eva, weil sie auf Alfons überhaupt so viel Einfluss gehabt hatte. Doch in erster Linie war sie wütend auf sich selbst. Sie hatte sich in diesen Mann verliebt, obwohl er von der anderen Seite der Welt gekommen war. Ihr war von Beginn an klar, dass er eines Tages ebenso schnell wieder verschwinden würde, wie er aufgetaucht war, doch sie konnte sich gegen ihre eigenen Gefühle nun einmal nicht wehren.

Alfons besuchte sie fast jeden Morgen und versuchte sich mit ihr zu vertragen, aber sie konnte es nicht. Sie bestrafte ihn mit wütenden Kommentaren, Beschuldigungen oder Missachtung. Sie wusste, wie sehr er unter ihrer Ignoranz litt und genau deshalb bestrafte sie ihn auch immer wieder damit.

Als sie das Knarren der Stalltür hörte, ignorierte sie es. Sie wusste auch so, wer da in der Tür stand.

»Lass mich doch einfach in Frieden«, dachte sie.

»Guten Morgen, Schwesterchen«, hörte sie ihn sagen.

»Schwesterchen! Wann hört er endlich auf damit?« Sie wuchtete einen Heuballen in ein Gatter.

»Camilla, hör mir bitte einfach nur zu. Ich weiß nicht, wie oft ich dir gesagt habe, dass es mir leidtut. Irgendwann muss es doch auch mal wieder gut sein, oder?«

Sie hörte, dass er langsam auf sie zuging, doch sie drehte sich nicht zu ihm um.

»Ich liebe dich«, fuhr er fort. »Ich liebe dich wirklich über alles und ich würde mir eine Hand abhacken lassen, wenn es dir hilft, mir zu verzeihen.«

»Das weiß ich«, dachte sie. »Aber das gibt dir nicht das Recht, über mich zu bestimmen.«

Sie spürte, dass er jetzt direkt hinter ihr stand.

»Bitte«, flüsterte er, »lass mich nicht so stehen. Ich weiß, dass ich nicht auf Eva hätte hören sollen, aber ich kann es jetzt nicht mehr ändern.«

Sie hielt mit ihrer Arbeit inne und stützte sich auf die Heugabel.

»Eva«, dachte sie. »Diese Frau hat alles zerstört.«

Alfons hatte ihr von Evas Andeutungen erzählt, dass möglicherweise Michael selbst ihr die K. O.-Tropfen ins Getränk geschüttet haben könnte. Keine Anschuldigungen, aber eben doch Andeutungen.

»Deshalb wollte ich, dass er verschwindet, und deshalb habe ich ihn verprügelt«, war seine Erklärung gewesen. »Sie hat mir erst viel später erzählt, dass Michael mit der ganzen Geschichte nichts zu tun hatte.«

Camilla war froh, dass Eva kurz nach Michaels Weggang ebenfalls die Ranch verlassen hatte. Sie würde sie sicherlich nicht vermissen.

»Weißt du noch, was ich dir gesagte habe? Dass er wiederkommen würde, wenn er dich wirklich liebt?«, hörte sie ihn sagen. »Erst dann weißt du, ob er deine Gefühle überhaupt verdient.«

»Ja und? Gibt dir das das Recht, Gott zu spielen?«, fragte sie leise. »Ich muss meine eigenen Erfahrungen sammeln. Niemand hat sich da einzumischen. Auch du nicht, egal, was das für Gründe gewesen sein mögen.«

Sie drehte sich zu ihm um und sah ihm in die Augen. Sie bemerkte ein Funkeln, dass sie sich nicht erklären konnte.

»Ich hatte noch nicht einmal den Hauch einer Chance, mich von ihm zu verabschieden«, sagte sie stockend. »Meinst du nicht auch, dass ich wenigstens das verdient hätte?«

Er nickte und lächelte. »Darf der große Trottel seine kleine Schwester einmal in die Arme nehmen?«

Sie sah ihn an. Irgendetwas war heute Morgen anders. Zögernd legte sie ihre Arme um seinen Hals und ihren Kopf an seine Schulter. Sie spürte seinen kräftigen Druck, den sie so sehr an ihm liebte und der ihr immer gesagt hatte: »Ich werde immer für dich da sein, dich beschützen, egal warum und gegen wen.«

»Du bist ein großer, zotteliger Bär«, flüsterte sie. »So liebenswert und manchmal so unbeschreiblich dämlich.«

Sie löste sich aus seinen Armen und strich ihm über sein Gesicht. »Ich liebe dich doch auch.«

Er ging langsam rückwärts, drehte sich um und öffnete die Stalltür. Dann drehte er sich wieder zu ihr und grinste.

»Tu mir einen Gefallen und sei gnädig zu ihm.«

Er verließ den Stall und ließ eine verwirrte Camilla zurück. Sie wunderte sich noch, dass er die Tür nicht geschlossen hatte, als sie den Schatten eines Mannes erkannte, der jetzt in der Tür stand und langsam auf sie zuging.

»*Michael*«, fuhr es ihr durch den Kopf. »*Du bist zurückgekehrt.*«

Ihr Herz schlug ihr bis zum Hals, sie wollte auf ihn zulaufen, doch sie konnte sich kaum bewegen. Erst blieb er stehen und sah sie an, wirkte unsicher, so als hätte er Angst vor dieser Begegnung, doch als er ihr Lächeln bemerkte, beschleunigte er seine Schritte und lief auf sie zu. Sie schlang ihre Arme um seinen Hals und drückte sich fest an ihn, vergrub ihr Gesicht an seiner Brust.

»Wo bist du nur gewesen?«, flüsterte sie. »Warum bist du so plötzlich abgehauen?«

»Ich musste es tun«, flüsterte er, »auch wenn ich es im Grunde gar nicht wollte.«

Sie musterte ihn.

»Du hast dich verändert«, stellte sie lächelnd fest. »Irgendetwas ist mit dir passiert.«

»Kennst du den ›Alten Jack‹?«, fragte er.

»Klar. Das ist ein sehr guter Freund meines Vaters. Die kennen sich schon ewig.«

»Dieser Mann und Gironimo haben mich gerettet, wie man einen Menschen nur retten kann.«

»Gironimo?«, fragte sie lachend. »Den habe ich zuletzt als Kind gesehen. Ich dachte schon, er sei tot.«

»Oh nein«, sagte Michael. »Er ist ein großer Schamane und Medizinmann. Ich werde dir alles in Ruhe erzählen.«

Er senkte den Kopf und schluckte. »Aber ich muss dir auch etwas anderes erzählen.«

Kaum, dass er angekommen war, musste er ihr erzählen, dass er Abschied nehmen würde. »Ich muss wieder nach Deutschland zurück.«

»Das weiß ich«, flüsterte sie. »Aber nicht heute und auch nicht morgen.«

»Nein. Nicht heute und auch nicht morgen«, sagte er lächelnd.

Er legte seinen Arm um sie und sie verließen den Stall. Alfons saß auf der Terrasse und erwartete sie mit einem breiten Grinsen im Gesicht.

»Ich denke, Jack hat dein Erscheinen bereits angekündigt«, rief er lachend. »Nach ersten Ermittlungen freuen sich tatsächlich alle, dich zu sehen.«

Michael sackte ein Stück ihn die Knie, als Alfons ihm einen kräftigen Schlag auf die Schulter verpasste.

Der Empfang in der Familie Gordon war riesig. Richard Gordon hatte bewiesen, dass er noch mehr Kraft als sein Sohn besaß und ließ Michael in seinen Armen aufstöhnen. Alle umarmten ihn und hießen ihn willkommen. Er musste von seiner Reise und seinen Erfahrungen berichten, was er nur zu bereitwillig tat, während ihm die anderen lauschten. Ab und an wurde er von Jack unterbrochen, der eine Anekdote zum Besten geben musste.

»Und jetzt zieht es Sie wieder nach Hause, oder?«, fragte Mrs. Gordon.

Michael hörte ein wenig Wehmut in ihrer Stimme.

»Ja«, sagte er und nickte. »Ich habe wichtige Gründe, aber die möchte ich jetzt nicht hier erklären.«

Er sah Camilla von der Seite an, die neben ihm saß und schluckte.

»Du hast ein Recht darauf, es als Erste zu erfahren«, flüsterte er.

»Sie sind verheiratet, stimmt´s?«, johlte Richard Gordon. »Sie alter Schwerenöter.«

»Ja, das auch, aber ich lebe von meiner Frau getrennt. Nein, da ist noch etwas anderes, aber ich bitte euch alle, mich nicht zu bedrängen.«

»Niemand wird Sie bedrängen, Michael«, sagte Mrs. Gordon. »Sie werden gute Gründe haben.«

Richard schlug mit der Faust auf den Tisch. »Gut, so soll es sein, aber jetzt lässt du erst einmal das alberne Mr. und Mrs. Gordon weg. Ich heiße Richard und meine liebreizende Gattin Alma. So. Und wann und wie gedenkst du also wieder abzureisen?«

Michael zuckte mit den Schultern.

»Keine Ahnung«, gestand er. »Ich werde wohl zunächst wieder nach Boston fahren und hoffen, dass ich auf einem Schiff anheuern kann und …«

»Nichts da«, unterbrach Richard. »Willst du dann einfach wieder in deiner Heimat aufkreuzen, bei deinen Leuten klingeln und rufen: ›Hallo, da bin ich wieder. Habt ihr mich vermisst?‹ So läuft das nicht, mein Junge. Du musst dich schon ankündigen und dann auch einen genauen Zeitplan haben. So macht man das.«

Michael sah ihn mit großen Augen an. Daran hatte er noch gar nicht gedacht. Er hatte sich monatelang nicht mehr bei Ulli, Jasmin oder gar Angelika gemeldet. Sie wussten im Grunde genommen gar nicht, dass er noch am Leben war.

»Okay«, sagte er, »und wie stellst du dir so eine Rückkehr vor?«

»Mit Plan. Also: Warum willst du auf einem Schiff anheuern? Warum nicht fliegen? Das geht erst einmal schneller und du weißt auch eine genaue Ankunftszeit.«

»Hm, das stimmt schon.« Michael kratzte sich verlegen am Hinterkopf. »Aber wenn ich ehrlich bin, fehlt mir dafür allmählich das nötige Kleingeld. Auf einem Schiff bezahle ich nichts und verdiene noch etwas. Außerdem habe ich es nicht so mit dem Fliegen.«

»Haha«, grölte Richard. »So etwas in der Art dachte ich mir schon.«

Er lehnte sich nach vorne und sah ihn ernst an. »Dann wirst du dich eben deiner Flugangst stellen. Wir machen das so, mein Junge: Es wird bald Winter, verstehst du?«

»Ja klar. Das bringt die Jahreszeit nun mal so mit sich.«

»Genau. Die Ranch muss noch winterfest gemacht werden. Es müssen noch Zäune repariert und einige Arbeiten in den Stallungen erledigt werden, damit die Pferde hier auf der Ranch überwintern können. Das schafft Alfons nicht alleine.«

»Och doch«, sagte Alfons. »So viel ist das nicht mehr und …«

»Halt's Maul«, sagte Richard und Alfons saß sofort stocksteif auf seinem Stuhl. »Also: Alfons kann noch eine helfende Hand gebrauchen. Du wirst dir also deinen Rückflug mit harter Arbeit verdienen. Ist das ein Wort?«

Michael sah sich in der Runde um und hatte das Gefühl, dass nur eine Antwort geduldet wurde.

»Vier Wochen harte Arbeit und Anfang Oktober fliegst du wieder nach Hause«, bestärkte Richard grinsend noch einmal.

Michael lächelte. »Sehr gerne. Was muss ich tun?«

»Alles, was dir aufgetragen wird. Morgens beginnst du zusammen mit Camilla in den Stallungen, dann reitest du mit Alfons auf die Weide und sichtest die Zäune mit allem, was dazu gehört, und ihr plant die weiteren Arbeiten für den Tag. Nach dem Frühstück gehst du Alfons und mir zur Hand und abends spülst du für Alma das Geschirr, verstanden?«

»Gut«, sagte Michael erfreut. »Ich … Ich … Ich weiß gar nicht, wie ich euch allen danken soll.«

»Oh, du wirst uns noch verfluchen«, rief Richard lachend.

»Das kann ich mir nicht vorstellen.«

»Camilla, du kümmerst dich um den Flug, ja?«

Sie schluckte. »Ja, Dad. Das mache ich.«

Richard lehnte sich zufrieden zurück. »So sei es dann.«

Michael konnte es nicht fassen. Er fühlte sich wieder in einer Familie aufgenommen, mit dem einzigen Wermutstropfen, den es in diesem glücklichen Moment für ihn gab: Abschied.

Jack blieb noch zwei Tage bei den Gordons, doch dann zog es ihn wieder auf seine kleine Farm. Am Abend vor seiner Abreise spazierte er mit Michael über die Ranch. Dakota trottete vor ihnen her und fand überall Interessantes zu schnüffeln.

»Ich würde dir Dakota ja gerne überlassen«, sagte Jack, »aber ich glaube, für eine Großstadt ist er einfach zu wild.«

»Ich befürchte auch«, stimmte Michael ihm zu. »Außerdem bellt er mit amerikanischem Dialekt. Den versteht doch keiner.«

Er lachte über seinen eigenen Witz, doch Jack sah ihn ernst an.

»Wie wird es für dich sein, Jungchen? Glaubst du, dass du jetzt noch in einer Stadt wie Hamburg klarkommst?«

Michael zuckte mit den Schultern. »Ich weiß es nicht. Spannend wird es allemal, aber auf der anderen Seite will ich mich meiner Verantwortung stellen. Allmählich wird es Zeit, oder?«

Jack musterte ihn eine Weile. »Das hast du doch die ganze Zeit schon getan.«

»Ich? Ich bin doch nur weggelaufen.«

»Nein«, sagte Jack. »Du hast gesucht und eine ganze Menge gefunden. Jetzt kannst du weitergehen.«

»*Was immer das heißen mag*«, dachte Michael.

»Ich würde mich freuen, wenn wir uns irgendwann wiedersehen«, fuhr Jack fort. »Du bist mir sehr ans Herz gewachsen.«

»Das bist du mir auch«, sagte Michael lächelnd. »Und Dakota. Ihn werde ich auch sehr vermissen. Wann wirst du morgen fahren?«

»Noch vorm Frühstück. Ich mag diese ganzen Abschiedszeremonien nicht.«

»Das kann ich verstehen. Mir graut auch schon davor.«

»Du hast ja noch etwas Zeit, aber vielleicht bist du schneller wieder hier, als du Piep sagen kannst.«

»Ich habe keine Ahnung«, sagte Michael, »aber wer weiß das schon.«

»Jungchen, lass uns noch ein Bier auf der Terrasse trinken. Ich muss dann aber auch ins Bett.«

Michael nickte. Sie holten Bier aus der Küche und setzten sich auf die Terrasse. Schweigend betrachteten sie zufrieden lächelnd den Nachthimmel, so wie sie es viele Male gemeinsam mit Gironimo vor der Hütte getan hatten.

***

Direkt nach dem Abendessen war Camilla in ihr Zimmer gegangen und hatte sich auf ihr Bett gelegt. Sie wollte lesen, doch ihre Augen flogen über die Buchstaben, ohne sie zu registrieren. In zwei Wochen sollte Michael abreisen. Schon in zwei Wochen und sie hatte das Gefühl, dass noch so vieles zu sagen war. Sie wollte ihm sagen, dass sie ihn liebte, dass er bleiben könnte, solange er wollte, doch dann hörte sie wieder seine leisen Worte: »Du hast ein Recht, es als Erste zu erfahren.«

Sie sprachen seitdem meistens über belanglose Dinge oder schwiegen. Morgens misteten sie den Stall aus und versorgten die Pferde. So wie immer, doch sie schwiegen. Nachmittags hatten sie Zeit füreinander, denn Alfons hatte die meiste Arbeit schon längst erledigt, doch sie schwiegen. Wie lange wollte Michael warten, um ihr zu erzählen, was er erzählen wollte? Bis zum letzten Abend? In diesem Moment wusste sie nicht, ob sie schon jetzt um ihn trauern oder wütend auf ihn sein sollte.

»*Ich muss mit ihm reden*«, dachte sie. »*Jetzt und gleich.*«

Sie ging wieder in die Küche, doch bis auf Alma waren alle verschwunden.

»Wo sind sie alle hin?«, fragte sie ihre Mutter, die noch in der Küche herumräumte.

»Hast du mal auf die Uhr gesehen, Schatz? Sie sind alle schon im Bett. Nur Michael und Jack sind noch mit dem Hund draußen. Ich glaube, sie verabschieden sich, weil Jack morgen ganz früh fährt.«

Camilla setzte sich an den Küchentisch, vergrub ihr Gesicht in ihre Hände und begann zu weinen.

»Mum, ich halte es nicht mehr aus«, schniefte sie. »In zwei Wochen ist er weg und … und … ich möchte ihm noch so vieles sagen und kann es nicht.«

Alma betrachtete sie.

»*Ach so ist das*«, dachte sie.

»Wenn er sagt, dass er gehen muss, dann muss er gehen, und ich kann und darf ihn nicht aufhalten. Egal warum«, schluchzte sie.

Noch ehe Alma reagieren konnte, sprang sie auf und lief wieder in ihr Zimmer. Sie warf sich aufs Bett und verbrachte eine lange, schlaflose Nacht.

»*Warum muss das alles so kompliziert sein?*«, dachte sie weinend. »*Ich will nicht, dass es kompliziert ist.*«

***

Am nächsten Morgen stand Michael früher als gewohnt auf und ging in die Küche, wo Alma bereits mit Kochen beschäftigt war. Sie lächelte ihm freundlich zu.

»Du bist aber früh dran heute«, fragte sie. »Konntest du nicht mehr schlafen?«

»Nein. Ich habe gehofft, dass ich Jack noch mal sehe, bevor er fährt.«

»Der war schon weg, als ich aufgestanden bin. Das hat er schon immer so gemacht. Magst du Kaffee?«

»Ja, gern. Danke.«

Er setzte sich an den Küchentisch und schlürfte seinen Kaffee.

»Camilla schläft auch noch, oder?«, fragte er, nur um etwas zu sagen.

»Es ist doch noch dunkel«, antwortete sie. »Viel zu früh für Stallarbeiten. In einer halben Stunde wird sie auch hier sein.«

Michael nickte. Sie setzte sich zu ihm und musterte ihn.

»Was ist los? Bist du traurig, dass Jack und der Hund weg sind?«

»Ja, auch. Aber bald werde ich auch weg sein.«

»Ja, ich weiß«, sagte sie. »Camilla hat eine Flugroute für dich gefunden. Sie wird nachher nach Hamilton fahren und für dich buchen.«

»Wann?«

»In zwei Wochen.«

Michael sah sie an. »In zwei Wochen schon? So bald?«

Sie nickte. Er senkte den Blick und starrte auf den Tisch.

»Michael, du bist jederzeit willkommen«, sagte sie und nahm seine Hand. »Hörst du? Du kannst, wann immer du willst, wiederkommen. Das sage nicht nur ich. Das haben gestern Abend alle gesagt. Du gehörst quasi zur Familie.«

Er sah sie an und spürte, wie sich seine Augen mit Tränen füllten. Familie. Das sagten ihm im Grunde genommen fremde Menschen, die ihn kaum kannten.

»Du hattest keine Familie, oder?«

»Doch. Irgendwie schon, aber irgendwie auch wieder nicht«, sagte er leise. »Jedenfalls habe ich mich noch nie so willkommen gefühlt wie bei euch oder bei Jack.« Er sah sie traurig an. »Das macht es mir so unglaublich schwer zu gehen.«

Er konnte ihren liebevollen Blick kaum ertragen. Noch immer lag ihre Hand auf seiner und er zog sie sachte heraus.

»Ich gehe etwas frische Luft schnappen«, flüsterte er und stand auf.

»Warte, Michael«, sagte sie. »Du musst etwas wissen.«

Er setzte sich wieder und sah sie an.

»Es geht um Camilla.«

»Was ist mit ihr?«

»Sie hat mir gestern gesagt, dass sie dich liebt, es dir aber nicht sagen will. Ich finde nur, dass du das wissen solltest.«

»Warum will sie mir das nicht sagen?«, fragte er.

»Aus dem gleichen Grund wie du.«

»Ich verstehe nicht ...«

»Doch, du verstehst sehr gut. Ich bin eine Frau und ich habe Augen im Kopf. Weißt du, wenn ihr es euch nicht eingesteht, bleibt es für immer ungesagt, und da ihr es euch nicht traut, sage ich es. Und du sollst auch wissen, dass du nicht gehen musst.«

»Doch. Genau das muss ich tun«, sagte er leise. »Ich ... Ich kann nicht bleiben, Alma. Es geht beim besten Willen nicht, so gern ich es möchte.«

Sie nickte und sah ihn liebevoll an. »Ich weiß es. Ich weiß nicht warum und es geht mich auch nichts an, aber ich weiß, dass du gehen musst. Und Camilla weiß es auch und respektiert es.«

»Was respektiere ich?«

Ihre Köpfe fuhren herum und sie sahen Camilla an, die in der Tür stand. Alma stand auf und begann orientierungslos in einem der Töpfe zu rühren.

»Was respektiere ich?«, wiederholte sie und setzte sich an den Tisch. Sie sah Michael und ihre Mutter abwechselnd an, doch sie bekam keine Antwort.

»Komm mit«, sagte Michael nach einer Weile und reichte ihr seine Hand. »Lass uns in den Stall gehen. Ich muss mit dir reden.«

Er nahm ihre Hand und zog sie aus dem Haus. Der Morgen dämmerte bereits und die ersten Sonnenstrahlen sagten der Nacht zaghaft den Kampf an. Michael ging mit ihr in den Stall und schloss die Tür hinter sich zu.

»Hör mir zu, Camilla«, sagte er. »Und bitte unterbrich mich nicht, egal was ich auch sage. Wenn ich es jetzt nicht tue, dann tue ich es nie.«

Sie lehnte sich an die Stallwand und sah ihn an. Er legte seinen Arm um sie und zog sie an sich.

»Ich will dir alles sagen«, flüsterte er. »Du sollst alles über mich wissen. Keine Geheimnisse, aber das Wichtigste vorweg.«

Er löste seine Umarmung und sah sie fest an, strich ihr über die Haare, das Gesicht, suchte verzweifelt nach den richtigen Worten und sagte schließlich das, was er in diesem Moment fühlte:

»Ich liebe dich und ich möchte bleiben, aber ich kann es nicht. Ich bin schon viel zu lange weg und habe mich vor meiner Verantwortung gedrückt. Ich …«

»Warte«, flüsterte sie und legte ihren Zeigefinger auf seine Lippen. »Ich höre dir gleich aufmerksam zu und werde dich auch nicht mehr unterbrechen, aber eines muss auch ich dir sagen.«

Er sah sie an und schluckte.

»Ich liebe dich auch. Egal, warum du gehen musst. Mum hat recht: Ich werde es respektieren.«

Sie nahm ihren Finger von seinen Lippen und näherte sich ihnen mit ihrem Mund. Zaghaft, sanft küsste sie ihn, und zurückhaltend, fast schüchtern beantwortete er ihre Küsse, spürte ihre warmen, weichen Lippen und drückte sie schließlich fest an sich. Sie küssten sich leidenschaftlich, dann zärtlich, sahen sich an, lächelten und küssten weiter, hörten nicht das Quietschen der Stalltür, das »Oh, Entschuldigung. Ich will nicht stören, aber ich muss den Gaul präparieren« von Alfons, bemerkten nicht, dass er sein Pferd sattelte und aus dem Stall führte und auch nicht sein »Dann reite ich heute mal alleine raus. Ihr habt ja zu tun.« Erst als er Michael auf die Schulter klopfte, fuhr er herum und starrte überrascht in Alfons breit grinsendes Gesicht.

»Keine Sorge, Mann« sagte er lächelnd, »ich töte dich dann später.«

Er tippte mit zwei Fingern an seinen Hut, schwang sich in den Sattel und ritt davon.

Michael und Camilla sahen sich an.

»Na prima«, sagte sie lachend. »Dann haben wir ja Zeit. Komm mit, wir machen bei mir weiter.«

»Aber ich wollte dir noch etwas sagen«, protestierte Michael schwach.

»Ja, aber nicht jetzt. Das kann warten.«

Sie nahm seine Hand und zog ihn hinter sich her. In diesem Moment wusste er, dass er verloren hatte.

Kapitel 7 – Das Ziel

Kurz vor Weihnachten brachte Angelika den kleinen Kai zur Welt. Sie rief Ulli an, um ihn zu informieren, falls sich Michael bei ihm melden sollte. Von da an telefonierten sie häufiger und seit Frühjahr trafen sie sich regelmäßig. Anfangs sprachen sie viel über Michael, doch mit der Zeit stellten sie fest, dass sie darüber hinaus viele Gemeinsamkeiten und Interessen teilten, sodass sich schließlich eine Freundschaft entwickelte. Dabei verschwendeten beide keinerlei Gedanken an eine Paarbeziehung, denn Ulli hatte sich in eine Kollegin verguckt und für Angelika stand ihr kleiner Sohn im Mittelpunkt.

Beide hatten seit Monaten nichts mehr von Michael gehört und mussten letztendlich feststellen, dass sie weder seinen Aufenthaltsort kannten noch wussten, ob er überhaupt noch am Leben war. Anfangs machten sie sich noch Sorgen, doch im Laufe der Zeit gewöhnten sie sich an das Gefühl der Unwissenheit. Wenn ihm etwas passiert sein sollte, würden sie es schon erfahren. Ulli musste allerdings feststellen, dass sich Michaels finanziellen Reserven langsam aber sicher dem Ende neigten und er hätte schon gern gewusst, wie es in den nächsten Wochen weitergehen sollte, denn spätestens im November würde das Konto leer sein.

Es war kühl in Hamburg an diesem späten Septemberabend und es goss in Strömen. Ulli hatte die Scheibenwischer seines alten Opel Kadett auf die höchste Stufe gestellt, obwohl die Sicht dadurch nicht wesentlich besser wurde und ihn das Quietschen der alten Wischer gehörig nervte.

»*Es wird Zeit, diese alten Dinger mal auszutauschen*«, dachte er wie bei jedem Regenguss.

Eigentlich wollte er bei Angelika nur einen schnellen Kaffee trinken, doch wie so oft hatten sie beim Quatschen die Zeit vergessen. Er parkte das Auto vor seiner Haustür und überlegte, ob er den Starkregen abwarten oder riskieren sollte, dass er die paar Meter bis zu seiner Haustür völlig durchnässt wurde. Schließlich beschloss er, das Risiko einzugehen, und sprang aus dem Auto, fand jedoch das Schlüsselloch nicht. Er stocherte an der Autotür herum. Als er es erfolgreich abgeschlossen hatte, ging er gemütlich zur Haustür. Er hatte keine Eile mehr, da er ohnehin nass bis auf die Knochen war. Er hörte sein Telefon schon schellen, als er die Tür aufschloss, verspürte jedoch keine Lust zu telefonieren.

»*Wer mich erreichen will, ruft schon wieder an*«, dachte er.

Er ging tropfend in den Flur und verschloss die Tür. Noch immer schellte das Telefon.

»*Vielleicht Angelika*«, dachte er und hob den Hörer ab.

»Ja? Wer stört?«

»Hey«, schnarrte eine Männerstimme.

»Ja, hey. Wer ist ›Hey‹?«

»›Hey‹ ist Michael.«

»Michael«, rief Ulli. »Alte Socke. Was machst du? Wo bist du?«

»Du, Ulli, ich muss es kurz machen. Es sei denn, du nimmst ein R-Gespräch an. Dann können wir von mir aus stundenlang plaudern.«

»Du kannst mir den Buckel runterrutschen«, lachte Ulli. »Also, wo bist du?«

»In Montana. Ich fahre morgen nach Helena, fliege von dort nach New York und lande am dreiundzwanzigsten um sechs Uhr morgens in Hamburg-Fuhlsbüttel.«

»Der verlorene Sohn kommt endlich nach Hause«, freute sich Ulli. »Du wirst bestimmt viel zu erzählen haben.«

»Das kann ich dir sagen«, lachte Michael. »Sind meine Untermieter noch in der Wohnung oder haben sie schon das Weite gesucht?«

»Die sind schon seit zwei Monaten raus. Du kannst also in deine Bude.«

»Da habe ich aber Glück. Holst du mich ab?«

»Auf keinen Fall. Das ist mir zu früh.«

Michael lachte. »Das dachte ich mir schon. Ich muss nur irgendwie in meine Wohnung kommen oder soll ich zu dir kommen?«

»Nein, nein. Ich hole dich schon ab.«

»Das wäre echt super. Ich halte ein Schild hoch, damit du mich erkennst.«

»Wieso? Trägst du Federschmuck und Lendenschurz?«

»So in etwa. Nein, ich habe die Haare ziemlich lang. Hier gibt es keine Frisöre.«

»So habe ich mir Amerika vorgestellt«, rief Ulli vergnügt.

»Gut, mein Lieber, ich muss jetzt Schluss machen. Das wird zu teuer.«

»Warte«, rief Ulli. »Eines solltest du wissen: Du bist Vater eines Jungen mit Namen Kai und er fängt schon an zu krabbeln.«

»Was? Ich? Wow«, rief Michael. »Alle gesund und munter?«

»Alle gesund und munter.«

»Aber woher weißt du das?«, fragte Michael jetzt doch verblüfft.

»Das ist wiederrum etwas, was ich dir zu erzählen habe«, lachte Ulli. »Jetzt komm du erst einmal gut nach Hause.«

»Da ich nicht selber fliege, sollte das klappen.«

»Schön, schön, mein Lieber. Ich freue mich auf dich.«

»Ich freue mich auch ... Na ja, einen Wermutstropfen gibt es, aber das alles später.«

Nach einem Klick hörte das Schnarren auf. Ulli grinste.

»*Ich brauche jetzt ein Bier*«, dachte er und lief zum Kühlschrank, holte ein Pils mit Bügelverschluss heraus und nahm einen kräftigen Schluck. Dann nahm er den Hörer wieder in die Hand und wählte Angelikas Nummer.

»Michael kommt am dreiundzwanzigsten September nach Hamburg«, sagte er. »Ich habe ihm gesagt, dass er Vater eines Sohnes ist.«

»Okay«, sagte sie. »Hat er sonst noch etwas gesagt?«

»Nein. Nichts weiter.«

Ulli hörte ihren schweren Atem.

»Ist alles in Ordnung?«, fragte er.

»Ja ja, alles gut«, sagte sie leise. »Es ist nur … Ach, ich weiß auch nicht.«

»Was denn?«

»Es ist irgendwie komisch.«

»Ja, das ist es.«

»Ich weiß gar nicht, ob ich mich so richtig freuen soll«, flüsterte sie. »Irgendwie kann ich es gar nicht, glaube ich.«

»Mhm«, machte Ulli. »Lass ihm Zeit.«

»Zeit? Wie viel denn noch?«

Er holte tief Luft.

»*Ja, wie viel Zeit noch?*«, dachte er.

»Ich wollte nur, dass du Bescheid weißt«, sagte er.

»Ja, das ist auch ganz lieb von dir. Ich hätte mir nur gewünscht, dass er sich auch bei mir mal gemeldet hätte.«

»Vielleicht macht er das ja noch«, tröstete Ulli.

»Vielleicht, aber ich glaube es nicht. Danke, Ulli. Ich geh jetzt schlafen.«

»Dann schlaf schön.«

»Danke. Du auch.«

Er wollte gerade auflegen, als er sie etwas sagen hörte.

»Ja? Hast du noch etwas gesagt?«

»Hast du morgen Abend Zeit? Es wäre schön, wenn ich jemanden zum Quatschen hätte.«

Ulli holte tief Luft. »Warte mal. Ich habe morgen Sport. Ich glaube, das wird mir zu spät«, gestand er. »Übermorgen?«

»Okay«, antwortete sie. »Dann bis übermorgen.«

Ulli legte den Hörer auf die Gabel und nahm einen weiteren Schluck aus seiner Bierflasche.

»*Was habe ich eigentlich erwartet?*«, dachte er. »*Dass sie vor Freude aus dem Hemd springt?*«

Er wollte eigentlich Jasmin noch anrufen, beschloss dann aber, dies auf den nächsten Tag zu verschieben.

»*Eine frustrierte Frau am Abend reicht vollkommen*«, dachte er, stellte die leere Bierflasche in die Kammer und holte sich ein neues Bier aus dem Kühlschrank. Nach einem weiteren tiefen Schluck zeigte der Alkohol seine erste Wirkung und ihm wurde etwas schummerig. Sein Blick auf die Küchenuhr verriet ihm, dass es inzwischen zweiundzwanzig Uhr war. Sollte er Jasmin doch noch anrufen?

»*Egal. Ich will es hinter mir haben*«, dachte er und wählte ihre Nummer.

»Dr. Larsson«, meldete sich eine müde Männerstimme.

»N'Abend. Ulli hier. Kannst du dich mal ohne diesen Doktor melden?«

»Hallo, Ulli. Wieso sollte ich? Ich bin nun mal Doktor und wenn ich die Professur habe, werde ich mich auch mit Professor melden.«

»Gut, Prof«, sagte Ulli. »Wenn du meinst, dass du dich damit schmücken musst.«

Er mochte Malte nicht sonderlich, obwohl sie sich kaum kannten, aber das beruhte auf Gegenseitigkeit. Ulli wusste auch, dass Malte Michael nicht mochte, obwohl er ihn gar nicht kannte, was damit zusammenhängen konnte, dass Jasmin noch mit ihm ver-

heiratet war. Er überlegte einen Moment, ob er das Gespräch be-
enden und Jasmin am nächsten Tag anrufen sollte.

»Jasmin schläft bestimmt schon, oder?«

»Du machst mir Spaß. Natürlich schläft sie schon. Isabell übrigens auch. Was gibt es denn?«

»Bestell ihre liebe Grüße von mir. Ihr zukünftiger Exmann
kommt am dreiundzwanzigsten September zurück. Das wollte
ich nur sagen.«

Malte holte tief Luft.

»Na wunderbar«, presste er hervor.

Vor diesem Moment hatte es Malte gegraut. Er wusste, dass
Jasmin Michael noch immer sehr mochte, und er wusste auch,
dass sie wieder Kontakt haben würden, und wenn es nur war,
um die Scheidung einzuleiten. Natürlich wollte Malte die Scheidung, obwohl er selbst gar nicht die Absicht hatte, Jasmin zu heiraten. Er konnte sich ein Zusammenleben mit ihr auch ohne
Trauschein sehr gut vorstellen, doch diese letzte Bindung zwischen Jasmin und Michael störte ihn ungemein und er wollte sie
unterbrochen wissen. Das aber musste auch zwangsläufig Gespräche und Kontakte bedeuten, die ihm widerstrebten.

»Du bist immer noch nicht von diesem Kerl los«, hatte er vor
einigen Wochen geschimpft, als das Gespräch wieder auf ihn gefallen war. Michael war immer wieder mal ein Streitpunkt zwischen den beiden. »Manchmal glaube ich, dass du mich nur als
Versorger für Isabell und dich brauchst.«

»Du hast ja auch nur deine Arbeit und die Professur im Kopf«,
hatte sie geschimpft. »Du interessierst dich doch kaum für uns.«

»Der ist doch schon seit Monaten verschollen. Wer weiß, ob er
überhaupt noch lebt. Am liebsten würde ich diesen Vogel für tot
erklären lassen, damit endlich Ruhe einkehrt.«

»Ist gut«, sagte er schließlich, »ich sag's ihr morgen.«

Langsam legte Ulli den Hörer auf die Gabel und setzte die
Bierflasche an die Lippen.

»Wieso habe ich gerade das Gefühl, dass das für alle ein schwieriger Start werden könnte?«, dachte er.

***

Michael sah aus dem Fenster der Boeing 747 in die Dunkelheit. Im Gegensatz zum Flug von Helena nach New York war dieser sehr ruhig und weitgehend ohne große Turbulenzen. Wenn die Maschine mal rappelte, sah er in die gelangweilten Gesichter der anderen Fluggäste und Flugbegleiter und wusste, dass sie jetzt nicht abstürzen würden.

Er hatte die letzten Tage mit Camilla verbracht, obwohl er es im Grunde genommen gar nicht wollte. Nicht, weil er sie nicht liebte, sondern gerade weil er sie liebte.

»Ich weiß nicht, was mich erwartet«, versuchte er ihr zu erklären. »Keine Ahnung, ob und wann ich wiederkomme und wie es mit uns weitergehen soll.«

Doch sie kuschelte sich an ihn.

»Lass uns doch einfach den Moment genießen«, flüsterte sie. »Alles Weitere findet sich. Es gibt immer eine Lösung.«

Als er ihr von Angelika erzählt hatte und dass er jetzt Vater eines Kindes war, das er nicht kannte, von dem er nichts wusste, hatte sie ihn angelächelt und über sein Gesicht gestrichen.

»Dann musst du gehen. Das bist du dir und dem Kind schuldig und ich hoffe, dass diese Frau ihr Versprechen hält und dich Vater sein lässt.«

Der Abschied, nicht nur von Camilla, war ihm schwergefallen. Sie alle hatten es ihm schwergemacht.

»Ich glaube, ich habe jetzt einen Sohn in Deutschland«, flüsterte ihm Alma bei der Verabschiedung in Helena ins Ohr und Richard und Alfons hatten ihm gewohnheitsgemäß bei der letzten Umarmung fast die Rippen gebrochen.

Er sah auf die Armbanduhr. In gut zwei Stunden sollte er in Hamburg landen. Er erinnerte sich an seine Ankunft und die ersten Tage in Boston, dachte daran, dass er keine Ahnung gehabt hatte, was auf ihn zukommen würde und was er überhaupt in diesem fremden Land wollte. In diesem Moment ging es ihm ganz ähnlich: Seit einem Jahr war er unterwegs, hatte sich bei niemandem gemeldet und versucht, seine Vergangenheit hinter sich zu lassen. Nun fühlte er sich ebenso fremd und verloren wie damals in Boston. Alles würde jetzt anders sein. Die Menschen und ihre Lebensumstände dürften sich ebenso verändert haben wie er sich selbst. Er betrachtete das Foto von Camilla, das er mit in die Berge genommen hatte und inzwischen zerknittert war.

»Nachhausekommen sollte sich irgendwie anders anfühlen«, dachte er und steckte es wieder in die Jackentasche.

Er hörte die Ansage des Flugkapitäns, der den Landeanflug ankündigte, sah aus dem Fenster, doch es war bewölkt und nichts außer den vorbeifliegenden Wolken zu sehen. Die Maschine ruckelte und er spürte, dass sie in den Sinkflug ging. Er spürte, wie die Aufregung in ihm aufstieg und sich sein Herzschlag beschleunigte.

»Oh mein Gott, fühlt sich das alles komisch an.«

Noch immer war nichts außer Wolken zu sehen.

»Zumindest hat sich das Wetter in Hamburg nicht verändert.«

Als ihm die Wolken endlich etwas mehr Blick gönnten, war Michael überrascht, wie tief sie schon waren. Er konnte die Häuser, ihre Vorgärten und sogar die Autos erkennen, die sich über die Straßen bewegten. In diesem Moment spürte er, wie die Aufregung in ihm wuchs. Oder war es Angst?

Es ging ein Ruck durch das Flugzeug, als die Räder auf der Landebahn aufsetzten.

»Hamburg hat dich wieder, alter Junge.«

Als das Flugzeug zum Stillstand gekommen war, sprangen die Passagiere auf und drängten zum Ausgang. Michael blieb sitzen und ließ sich von der Hektik nicht anstecken. Er wartete, bis sie alle an ihm vorbei waren, und verließ erst dann das Flugzeug, ging die Gangway hinunter und stieg in den überfüllten Bus, der die Passagiere zum Terminal fuhr. Als er nach einer gefühlten Ewigkeit sein Gepäck an der Gepäckausgabe in Empfang genommen hatte, schlenderte er langsam zum Ausgang.

»Was willst du hier eigentlich?«, dachte er.

Plötzlich riss ihn ein lautes »Huhuuuu« aus seiner Lethargie. Er hob den Kopf und bemerkte den mit beiden Armen wild winkenden Ulli und musste lachen.

»Wie schön, Ulli scheint noch der Alte zu sein.«

»Du siehst ja ganz schön wild aus«, lachte Ulli nach einer ersten festen Umarmung. »Wir sollten dich erst mal beim Frisör abliefern.«

»Kommt gar nicht in Frage«, grinste Michael. »Die Haare sollen noch wachsen.«

Michael betrachtete Ullis alten Kadett.

»Ich fass es nicht«, lachte er, »du hast die alte Mühle immer noch.«

»Was heißt hier ›alte Mühle‹? Der ist gerade mal dreizehn Jahre jung.«

Lachend stiegen sie in das Auto und nach einigen vergeblichen Versuchen sprang der Motor schließlich an.

»Wir fahren erst einmal zu dir«, sagte Ulli. »Ich habe deine Wohnung für meine Verhältnisse grundgereinigt und etwas eingekauft.«

»Was hast du denn eingekauft außer Bier?«, frotzelte Michael.

»Alles, was dein Herz begehrt.«

»Na, da bin ich ja mal gespannt.«

»Ravioli, Mirácoli, Dosenfutter, Cola, Wasser – also alles überlebenswichtige Dinge. Sogar an Shampoo für deine Mähne habe ich gedacht. Nur Lockenwickler musst du dir noch besorgen.

Ach ja, und Bier für heute Abend ist natürlich auch im Kühlschrank.«

Michael lachte. »Genauso habe ich mir das vorgestellt.«

Ulli fuhr aus dem Parkhaus auf die Fuhlsbüttler Straße. Das diesige, wach werdende Hamburg wirkte fremd und unwirklich, laut und hektisch.

»Du meine Güte, was für ein Verkehr«, murmelte Michael.

»Das ist doch normal um diese Zeit«, antwortete Ulli. »Genaugenommen ist das noch harmlos.«

Michael nickte. »Wenn du das sagst.«

»Du hast bestimmt viel zu erzählen. Wann machen wir denn eine Diashow?«

Michael sah ihn von der Seite an. »Du wirst es nicht glauben, aber ich habe nur ein einziges Foto dabei.«

»Was?«, rief Ulli. »Keine Fotos von den ganzen Sehenswürdigkeiten? Wo warst du überhaupt überall?«

»Das erzähl ich dir in Ruhe. Ich glaube, ich muss mich hier erst mal sortieren.«

»Okay«, grinste Ulli. »Dann wird das eben eine kurze Diashow.«

Michael holte das zerknitterte Foto von Camilla aus seiner Jackentasche und reichte es ihm. Ulli betrachtete es aus dem Augenwinkel.

»Na gut, großzügig betrachtet geht das als Sehenswürdigkeit durch. Wer ist das?«

»Das ist Camilla«, antwortete Michael lächelnd. »Ich habe sie in Montana kennengelernt.«

Ulli betrachtete ihn nachdenklich von der Seite. Ein Gefühl sagte ihm, dass Michael sich verändert hatte, nicht mehr derselbe war wie vor einem Jahr.

»*Was habe ich auch erwartet?*«, dachte er.

»Was Ernstes?«, fragte er.

»Wir werden sehen«, antwortete Michael. »Weihnachten kommt sie nach Hamburg.«

Ulli sah in seinem strahlenden Gesicht, wie sehr er sich darauf freute.

»Oha«, bemerkte er. »Das wird spannend.«

Michael lachte. »Das könnte gut sein.«

Ulli parkte vor Michaels Haustür. Michael stieg aus dem Auto und sah sich um. Alles war so vertraut und doch so fremd.

Mit einem Blick in den Kühlschrank bemerkte Michael, dass Ulli reichlich und gut eingekauft hatte und er sich in den nächsten Tagen um nichts kümmern musste. Die Post lag gut sortiert auf dem Wohnzimmertisch.

»Das, was mir wichtig schien, habe ich aufgemacht und erledigt«, erklärte Ulli. »Das, was privat aussah, habe ich ungeöffnet gelassen. Aber das war auch nicht so viel.«

»So hatten wir das ja auch besprochen«, antwortete Michael und nahm drei verschlossene Briefe in die Hand. Sie waren alle von Christiane.

»Was sagen denn meine Finanzen?«

»Hm«, machte Ulli. »Vermögend bist du nicht gerade, aber nach meinen Planungen sollte es noch bis November reichen. Dann allerdings wird es eng.«

»Gut. Dann habe ich noch genug Zeit, alles zu regeln«, bemerkte Michael lächelnd und sah Ulli dankbar an. »Du bist schon ein Finanzjongleur.«

Tatsächlich konnte Ulli schon immer gut mit Geld umgehen.

»Woher kennst du eigentlich Angelika?«, fragte Michael bei Kaffee und Brötchen.

»Wir haben uns zufällig vor deiner Haustür getroffen«, erzählte Ulli. »Sie war damals hochschwanger. Da du ja vollständig abgetaucht warst, haben wir vereinbart, dass wir uns gegenseitig informieren, sobald wir was von dir hören. Aber das war ja recht überschaubar. Na ja, und im Laufe der Zeit wurden wir so etwas wie Freunde.«

»Sie hat auch ihre guten Seiten«, sagte Michael und starrte in seine Kaffeetasse. »Und wie geht es dem Kleinen?«

»Kai wächst und gedeiht«, sagte Ulli lachend. »Ein echt aufgewecktes Kerlchen. Da hast du ja mal etwas mit Hand und Fuß zustande gebracht.«

Michael warf ihm einen kurzen Seitenblick zu und sah dann wieder in die Kaffeetasse.

»Ich sollte Angelika bald anrufen«, sagte er. »Meinst du, ich kann das tun?«

»Im Moment nicht«, sagte Ulli.

»Wieso nicht?«

»Weil dein Telefon abgemeldet ist.«

Michael grinste. »Das ist allerdings ein Argument. Gibt es sonst irgendwelche Gründe?«

»Sie ist sauer, weil sie nichts von dir gehört hat«, sagte Ulli. »Vor allen Dingen, dass du nicht nach dem Kleinen gefragt hast.«

»Ja, das ist noch ein besonderes Thema für mich.«

»Wieso?«

»Das ist eine lange Geschichte. Du hast ja keine Ahnung, was zwischen Angelika und mir passiert ist.«

»Oh, das stimmt nicht. Du hast mir deine und Angelika mir ihre Version erzählt.«

»Dann lassen wir es auch dabei. Das will ich nun wirklich nicht wieder aufwühlen. Es geht mir um den Kleinen.«

Ulli musterte ihn. »Wie ist das für dich, Vater zu sein?«

»Ich fühle mich nicht so. Das ist ja mein Problem. Ich habe mich die ganze Zeit nicht so gefühlt, aber vielleicht kommt das noch, wenn sie mich lässt.«

Er starrte in die Kaffeetasse. »Ulli, ich habe in den letzten Monaten viel über mich erfahren.« Er sah ihn an. »Wir beide sind zusammen aufgewachsen, du bist bei uns ein- und ausgegangen und trotzdem weißt du sehr wenig über meine Vergangenheit.«

»Was meinst du?«

»Über meine Pflegemutter und mich.«

»Inge? Das war eine tolle Frau. Schräg und durchgeknallt, aber ich habe sie gemocht. Es war immer lustig mit ihr.«

»Lustig war es manchmal, das stimmt. Aber du hast keine Ahnung, wie durchgeknallt sie wirklich war.«

Ulli beugte sich zu ihm und legte seine Hand auf die seine. »Mein Lieber, dann erzähl es mir. Meinst du nicht, dass es Zeit wird, das alles endlich einmal loszuwerden?«

Michael sah ihn an und Ulli bemerkte eine tiefe Traurigkeit in seinen Augen.

»Bist du sicher, dass du das wirklich hören willst?«, flüsterte Michael.

Ulli nickte. »Ich bin dein Freund und ja, ich will es hören, wenn du es mir erlaubst.«

»Wie viel Zeit hast du?«, fragte Michael lächelnd.

»Den ganzen Tag«, sagte Ulli und lächelte ebenfalls. »Und wenn das nicht reicht, dann nehmen wir die Nacht dazu.«

»Okay«, flüsterte Michael und begann zu erzählen.

Michael begann von Anfang an, erzählte von seiner Zeit im Kinderheim, den Anfängen seiner Erinnerungen als er vier Jahre alt gewesen war, wie allein und einsam er sich gefühlt hatte, wenn die anderen Heimkinder Besuch von ihren Eltern bekamen, nur er nicht. Er erzählte von Inges Wutausbrüchen und den Misshandlungen, die sie ihm zugefügt, ihn fast ertränkt und ihn als Polacken und minderwertigen Menschen beschimpft und kein gutes Haar an ihm gelassen hatte. Er erklärte ihm, dass er seine eigenen Traumwelten aufgebaut hatte, um sich und seine Seele zu schützen. Erst durch seine Reisen konnte er verstehen, dass er sich selbst von seiner Außenwelt abgeschottet und niemandem

Einblick in seine Gefühlswelt gewährt hatte. Und das so gut und so perfekt, dass er selbst keinen Einblick mehr gehabt hatte.

Ausgerechnet ein Pferd hatte ihm geholfen, sich erstmals zu öffnen, sich und seine Gefühle endlich wahrzunehmen und zu spüren. Ein alter Aussteiger und ein Indianer zeigten ihm Wege auf, zu erkennen, was wirklich in ihm steckte.

»Ich habe geglaubt, dass ich alles im Griff habe«, erzählte er. »Ich war verheiratet mit einer wunderbaren Frau, hatte mein Studium abgeschlossen und war in einer bekannten Anwaltskanzlei untergekommen. Alles war gut, dachte ich. Und dann verlässt mich Jasmin, ich verliere durch Angelika meine Arbeit. Ich lerne ein junges Pärchen kennen, fühle mich in ihre Kreise aufgenommen und werde plötzlich wieder rausgekickt, wieder ohne Familie und wieder allein.«

Er nahm die drei noch ungeöffneten Briefumschläge von Christiane und warf sie über den Tisch.

»Ich habe keine Ahnung, was sie von mir will, aber ich weiß, dass ich nichts mehr mit ihr zu tun haben will«, fuhr er fort und holte tief Luft. »Als ich angeheuert habe und nach Boston fuhr, hatte ich keine Ahnung, was ich überhaupt wollte. Ich fühlte mich von Gott und der Welt verlassen, verarscht und sonstwo hingetreten. Alle anderen waren Schuld an meinem Elend, nur ich nicht.«

Er zuckte mit den Schultern und schüttelte den Kopf. »Tja, und so ging es dann in Miami Beach zunächst weiter, doch dann habe ich Camilla kennengelernt. Am Arsch der Welt in Montana. Sie hat irgendwie durch mich hindurchgesehen. Ich weiß auch nicht, wie sie das gemacht hat, aber sie hat durch meine dicke, massive und unüberwindliche innere Mauer hindurchgesehen.«

Er strich sich durch die Haare und stützte den Kopf auf seine Hände.

»Es ist schon komisch«, sinnierte er. »Ich bin gut ein Jahr durch die USA getingelt, aber ich habe nichts gesehen. Mich haben die ganzen Sehenswürdigkeiten nicht interessiert. Ich war nicht bei den Niagarafällen, nicht im Yellowstone, habe mir weder Gebäude noch Museen angesehen. Nichts. Es hat mich alles nicht interessiert.« Er lächelte Ulli an. »Es ist doch schon komisch, dass ich nach einer einjährigen Reise mit nur einem einzigen Foto zurückkomme, oder?« Er lachte. »Ein einziges Foto, und das habe ich noch nicht einmal selbst geschossen.«

Er hielt Camillas Foto in der Hand und betrachtete es. Ulli beobachtete ihn und hörte ihm aufmerksam zu. Er hatte Fragen, doch er stellte sie nicht. Michael würde schon erzählen, was er erzählen wollte.

»Ulli, abgesehen von dir, gibt es nur einen einzigen Grund, weshalb ich wieder zurückgekommen bin«, sagte er. »Es geht um den Kleinen. Ich möchte nicht, dass er nichts von seinem Vater weiß, so wie es bei mir gewesen ist. Ich möchte, dass er sich eines Tages ein Urteil über mich bilden kann. Ich möchte, dass er weiß, wer sein Vater ist.« Er lächelte. »Und wer weiß: Vielleicht können wir sogar eine Beziehung aufbauen. Das wäre wirklich schön.« Er musterte Ulli. »Meinst du, Angelika wird mir das erlauben?«

Ulli überlegte, dachte nach, wie er antworten sollte, und schließlich tat er es auf seine Art: »Vielleicht wird sie dich verfluchen, beschimpfen, schreien, kreischen, mit Geschirr bewerfen«, sagte er, »aber letztendlich wird sie es dir nicht verbieten. Sie ist ein gutes Mädchen, auch wenn du es nicht glauben kannst.«

»Ach, doch«, machte Michael. »Das habe ich doch schon gesagt und das meine ich auch so. Sie hatte mich ja sogar aufgefordert, dem Kind ein Vater zu sein, aber Frauen sind manchmal so merkwürdig wankelmütig.«

»Ja, das ist uns Männern natürlich total fremd«, lachte Ulli.

Michael betrachtete seinen Freund. »Hattet ihr eigentlich was miteinander?«

»Wer? Angelika und ich? Nee, sie passt genauso wenig in mein Beuteschema wie ich in ihres. Ich habe da gerade jemand ganz anderes im Blick. Eine Kollegin.«

»Oha«, lachte Michael. »Dann pass mal gut auf. Wie weit seid ihr miteinander?«

»Och, ganz am Anfang. Wir haben uns ein paarmal getroffen, aber diese Frau hat was. Vielleicht lernst du sie ja auch mal kennen.«

»Das hoffe ich doch. Schließlich muss ich mein Urteil abgeben.«

»Wenn es so weit ist, werde ich bei dir um ihre Hand anhalten.«

Die beiden Männer lachten und klopften sich gegenseitig auf die Schulter.

Sie tranken ein paar Bier zusammen, erzählten, lachten und ganz allmählich begann auch Michael, sich auf Hamburg und seine neue alte Umgebung zu freuen. Als Ulli spät abends gegangen war, lag er noch lange wach und betrachtete die verschlossenen Briefe von Christiane.

»Will ich euch nun lesen oder nicht?«, fragte er. »Und wenn ja, warum nicht?«

Er legte sie wieder auf den Nachtschrank und dachte nach. Gerade Matthias hatte ihn damals vor dem totalen Verfall bewahrt und das hatte er ihm nie vergessen. Auch nicht, dass Christiane für ihn da gewesen war. Er richtete sich auf und nahm die Briefe in die Hand.

»Ich danke euch beiden für die Zeit, die ihr mir geschenkt habt«, sagte er. »Ich hoffe, dass es euch gut geht, aber damit soll es auch gut sein.«

Er ging ins Wohnzimmer und legte die Briefe in eine Schrankschublade.

»*Vielleicht lese ich euch irgendwann*«, dachte er. »*Vielleicht aber auch nicht.*«

Dann legte er sich wieder ins Bett und dachte an Kai, Angelika und Jasmin.

»*Was wird da noch auf uns alle zukommen?*«, dachte er. »*Jasmin wird die Scheidung wollen und Angelika hoffentlich ihr Versprechen halten. Ach ja: Irgendein Job wäre nicht schlecht.*« Er lächelte vor sich hin. »*Es wird bestimmt nicht einfach, aber bekanntlich wächst man ja an seinen Aufgaben.*«

***

Nach den vielen Regentagen zeigte sich der September auf seiner Schlussgeraden endlich wieder von seiner sonnigen Seite und Angelika freute sich auf einen langen, schönen Spaziergang durch den Stadtpark. Kai schlummerte friedlich in seinem Kinderwagen und sie schlenderte an der großen Stadtparkwiese entlang zum Stadtparksee. Sie suchte sich eine leere Bank aus, die in der Sonne stand, und holte ein Buch aus ihrer Tasche. Sie sah sich um und genoss die wärmende Sonne auf ihrem Gesicht. Einige Spaziergänger gingen an ihr vorbei und schenkten ihr ein Lächeln, das sie sehr gerne beantwortete. Sie schlug das Buch auf und begann zu lesen, während sie mit ihrer freien Hand den Kinderwagen hin und her schob. Sie hatte schon immer sehr gerne und viel gelesen. Insbesondere für Thriller und historische Romane konnte sie sich begeistern, doch seit ihrer Schwangerschaft ertappte sie sich immer wieder dabei, dass sie sich mehr und mehr für Liebesromane begeistern konnte.

»Diese Liebesschmonzetten machen mich rasend«, hatte sie immer gesagt, doch jetzt verschlang sie sie. Ein leises Wimmern erklang aus dem Kinderwagen und sie sah auf. Ein älteres Ehepaar ging vorbei und warf einen Blick auf Kai, der sich anschickte, mit mehr Nachdruck die Aufmerksamkeit seiner Mutter einzufordern. Angelika mochte es nicht, wenn sich fremde Menschen ungefragt über den Kinderwagen beugten. Sie stand auf und schob sich an der älteren Dame vorbei.

»Entschuldigen Sie«, sagte sie freundlich, aber mit Nachdruck, und die Dame machte ihr bereitwillig Platz. Sie hob Kai aus dem Kinderwagen und setzte sich wieder auf die Bank. Kai strahlte sie an, strampelte und warf seine kleinen Fäuste lachend hin und her.

»Ach, wie süß«, schmolz die Dame dahin, während ihr Gatte ungeniert Angelika anstarrte. Er schien sich mehr für die attraktive junge Frau zu interessieren.

»Wie heißt sie denn?«

»Er heißt Kai.«

»Ach, ein Junge«, krähte die Dame. »Wie süß. Und der Mama wie aus dem Gesicht geschnitten.«

»Ja, das sagen alle«, antwortete Angelika lächelnd.

»So ein Humbug«, dachte sie. *»Die Augen, der Mund und die Kinnpartie sind ganz Michael. Der hat sich voll durchgesetzt.«*

»Wo ist denn der Papa?«, fragte die Dame.

»Auf Reisen«, sagte Angelika.

»Ach, da verdient er aber sicher gut.«

»Das geht dich einen Scheißdreck an«, schrie sie innerlich.

»Wir kommen zurecht, danke.« Sie lächelte die Dame an und öffnete den obersten Knopf ihrer Bluse. »Ich müsste ihn jetzt stillen. Er hat Hunger.«

Die Mundwinkel des Herrn zogen sich hoffnungsvoll nach oben, während die Dame ihn weiterschob.

»Ja ja, natürlich«, rief sie schnell. »Er muss ja groß und stark werden.«

»Ja eben.«

Enttäuscht trabte der Herr seiner Gattin hinterher, nicht ohne noch einen schnellen Blick auf Angelika zu riskieren. Als das

Pärchen außer Sichtweite war, schloss sie ihre Bluse wieder und stellte Kai auf ihre Knie.

»Na, die haben wir aber verschaukelt, was?«

Kai krähte vor Vergnügen. Sie freute sich, wenn er so fröhlich lachte. Als er vor ein paar Tagen das erste Mal »Mama« gesagt hatte, war ihr das Herz aufgegangen und sie hätte schreien können vor Glück. Er war von Beginn an ein sehr agiles und neugieriges Kind gewesen, begann inzwischen zu krabbeln und sich an den Schränken aufzurichten.

»Du bist offensichtlich ganz der Papa«, hatte sie gesagt. »Hoffentlich bist du nicht auch so schnell weg wie er.«

Sie betrachtete ihn und lachte mit ihm, doch plötzlich spürte sie Wehmut. Sie musste an Michael denken, der vor ein paar Tagen wieder nach Hamburg zurückgekehrt war, und ein paar Tränen verloren sich in ihren Augen.

»Du hast so viel von ihm, mein Schatz«, flüsterte sie dem Kleinen zu, »und ich weiß gar nicht, ob er dich überhaupt sehen will.«

Sie erinnerte sich an ihr letztes Gespräch, das für sie so verletzend gewesen war, an die knappen und emotionslosen Weihnachtsgrüße ohne auch nur ein Wort über seinen noch ungeborenen Sohn zu verlieren. Ihre Gemütslage hatte damals zwischen Wut, Enttäuschung und Traurigkeit hin- und hergewechselt.

»Vielleicht kann er nicht anders«, hatte sie sich getröstet. *»Er hat ja schließlich nichts Anderes gelernt.«*

Zu ihrem großen Glück hatte sie Ulli getroffen und in ihm einen guten Freund gefunden, der ihr zuhörte und ihr half, sich in der ersten Zeit nach der Geburt zurechtzufinden, über die Zeit einer Kindbettdepression hinwegzukommen und sich wieder zu stabilisieren. Durch ihn hatte sie sich nicht ganz so alleine gefühlt.

Plötzlich riss sie Kais verständnisloser Blick aus ihren Gedanken und sie merkte, dass sie aufgehört hatte, mit den Beinen zu wippen. Er sah sie mit seinen großen Kinderaugen an, als wolle er sagen: »Was ist los, Mama? Wieso machst du nicht weiter?« Sie musste wieder lachen und drückte ihn an sich.

»Du bist schon ein Wonneproppen«, flüsterte sie. »Dein Vater weiß gar nicht, was er bis jetzt schon verpasst hat.«

In seinen Papieren stand »Vater unbekannt«. Warum sie sich geweigert hatte, Michael als Vater anzugeben, wusste sie selbst nicht so genau, aber es schien ihr richtig zu sein. Zumindest hatte es sich für sie so angefühlt.

»Wir sollten jetzt nach Hause gehen«, flüsterte sie schließlich und legte Kai wieder in den Kinderwagen. Er ließ dies bereitwillig geschehen und schlief sofort wieder ein. Sie schob den Kinderwagen vor sich her, ohne das Drumherum zu registrieren, und wunderte sich, als sie plötzlich vor ihrer Haustür stand. Nach längerem Suchen in ihrer Handtasche fand sie schließlich ihren Schlüssel und schloss den Briefkasten auf. Ein Zettel segelte auf den Boden. Sie hob ihn auf und bemerkte eine krakelige, kaum leserliche Notiz:

»Hallo Angelika,

sicherlich weißt du schon von Ulli, dass ich wieder im Lande bin. Ich wollte dich eigentlich anrufen. Ulli hat mir auch deine Telefonnummer gegeben, aber irgendwie habe ich sie verschlampt und dich auch nicht im Telefonbuch gefunden. Es tut mir leid, dass ich so unangemeldet bei dir aufkreuze. Ich versuche es in den nächsten Tagen noch einmal.

Lieben Gruß,
   Michael«

Sie steckte den Zettel in die Tasche und ging in ihre Wohnung, versorgte Kai und legte ihn in seinen Laufstall, wo er friedlich weiter schlummerte. Dann las sie den Zettel noch einmal, nahm den Telefonhörer in die Hand und wählte Ullis Nummer.

»Du wirst nicht glauben, wer hier aufgekreuzt ist«, sagte sie, als sich Ulli meldete.

»Doch, das weiß ich«, antwortete er. »Michael hat mir gesagt, dass er sich unbedingt bei dir melden wollte. Er hatte nur noch einige dringende Angelegenheiten zu erledigen. Ich bin heute Abend bei ihm. Soll ich ihm sagen, wann er kommen kann?«

Sie zögerte. Sie war wütend, dass er sich nicht bei ihr gemeldet hatte, doch jetzt, wo er einfach aufgekreuzt war, hatte sie Angst.

»Ich weiß nicht. Ich ... Sag ihm, morgen Nachmittag bin ich Zuhause.«

»Okay, da sollte er können. Sonst rufe ich dich an.«

»Ja, ist gut, danke. Sag ihm fünfzehn Uhr.«

Sie senkte die Hand mit dem Hörer und riss sie wieder hoch.

»Ach, Ulli«, rief sie in den Hörer.

»Ja?«

»Gib ihm besser meine Nummer und sag ihm, er soll sie nicht wieder verbummeln. Es ist mir lieber, wenn er mich vorher anruft, ja?«

»Na klar, ist kein Thema. Mach's gut.«

»Danke. Tschüss.«

Sie legte den Hörer auf die Gabel und setzte sich auf die Couch. Sie zitterte und verstand nicht, weshalb.

***

Die ersten Tage nutzte Michael für zahlreiche Erledigungen und Behördengänge sowie das Sichten von Arbeitsgesuchen in der Tagespresse.

»Das ist alles irgendwie wie vorher«, dachte er beim Studieren der Zeitungen. *»Ohne Arbeit gegangen und ohne Arbeit wieder hier.«*

Ihm war egal, was er für eine Arbeit aufnehmen würde. Er wollte einfach nur irgendeinen Job. Bevor er sich bei Jasmin oder Angelika meldete, wollte er wenigsten schon irgendetwas in Aussicht haben.

Als beim Einkauf im Supermarkt sein Blick auf einen Aushang »Freundliche Aushilfe gesucht« fiel, erkundigte er sich nach dem Filialleiter und klopfte an dessen Bürotür. Ohne auf Antwort zu warten, öffnete er die Tür und stand vor dem irritiert dreinblickenden, dicken Mann im weißen Kittel mit ebenso dicker Hornbrille.

»Ich habe Sie nicht hereingebeten«, sagte er.

Michael nickte ihm freundlich zu. »Guten Tag. Michael Kowalczyk mein Name. Ich komme wegen Ihres Aushangs. Ist die Stelle noch zu haben?«

Der Filialleiter nickte.

»Gut, wann kann ich anfangen?«

»Wie bitte?«

»Ich fragte, wann ich anfangen kann?«

»Wer sagt denn, dass ich Sie einstellen will?«

»Das sage ich«, antwortete Michael und lächelte. »Ich weiß, dass Sie mich brauchen können.«

»So? Ich dachte eher an eine Frau.«

»Zur Not ziehe ich ein Röckchen an und verkleide mich als Frau, wenn Sie es wollen. Hören Sie. Ich brauche die Arbeit. Mir ist egal, was Sie von mir verlangen. Ich mache alles.«

»Was haben Sie denn bisher beruflich gemacht?«

»Ich bin Jurist, kenne mich aber auch in der Versicherungsbranche aus.«

»Jurist? Und was wollen Sie dann hier im Supermarkt?«

»Das sagte ich doch schon: Ich will arbeiten.«

»Ich stelle keine Juristen ein. Die machen mir nur Ärger.«

Michael lachte auf. »Ich werde Sie schon nicht verklagen. Das Weihnachtsgeschäft steht bald vor der Tür und Sie werden jemanden wie mich brauchen. Ich fange sofort an, wenn Sie wollen.«

»Ich kann nicht viel bezahlen. Normalerweise stelle ich Hausfrauen oder Schüler ein.«

»Gut, dann stellen Sie halt mal einen Juristen ein, Herr ...« Michael schielte auf das Namensschild, das am Kittel des Filialleiters steckte, »... Herr Schneider.«

»Sie arbeiten heute Nachmittag Probe, also umsonst. Wenn ich mit Ihnen zufrieden bin, stelle ich Sie ab morgen bis einunddreißigsten Zwölften ein«, sagte Herr Schneider.

»Ich mache Ihnen noch einen anderen Vorschlag«, sagte Michael. »Heute ist Dienstag. Ich arbeite bis Donnerstag umsonst und wenn Sie zufrieden sind, stellen Sie mich ab Freitag für sechs Monate ein. Das wäre dann vom ersten Oktober bis einunddreißigsten März, also eine runde Sache. Wenn Sie nicht zufrieden sind, hatten Sie zweieinhalb Tage eine kostenlose Arbeitskraft. Einverstanden?« Michael sah Herrn Schneider herausfordernd an. »Also: Wann soll ich hier sein?«

»Sie scheinen ja sehr von sich überzeugt zu sein. Also gut. Wir haben von dreizehn bis fünfzehn Uhr geschlossen. Seien Sie um fünfzehn Uhr hier.«

Michael sah auf seine Uhr. Es war zehn Uhr, also noch genug Zeit.

»Alles klar, Chef«, sagte er und streckte Herrn Schneider strahlend seine Hand entgegen. Zögernd nahm Herr Schneider diese, was er nach Michaels kräftigem Druck schon fast bereute.

»Dann bis nachher, Chef.«

Michael verließ das Büro des Filialleiters und erledigte seine Einkäufe. Beim Verlassen des Supermarktes riss er den Aushang ab, strahlte eine irritierte Verkäuferin an und winkte ihr zu. »Bis nachher, Kollegin.«

»*Das war ja schon dreist von mir*«, dachte er grinsend. »*Wenigstens erspart mir das den Weg zum Arbeitsamt und ich habe sechs Monate Ruhe.*«

Auf dem Nachhauseweg fiel ihm eine Telefonzelle ins Auge und er beschloss, Jasmin anzurufen. Als Mutter eines kleinen Kindes sollte sie jetzt zuhause sein. Er warf zehn Zehnpfennigstücke in den Automaten und wählte die Nummer, die Ulli ihm gegeben hatte.

»Dr. Larsson«, hörte er eine tiefe, sonore Stimme. In diesem Moment fielen die ersten drei Zehnpfennigstücke in den Geldbehälter.

»Oh, Entschuldigung«, sagte Michael. »Da habe ich mich wohl verwählt. In welcher Arztpraxis bin ich denn da gelandet?«

»Keine Arztpraxis«, sagte die sonore Stimme. »Hier ist Dr. Malte Larsson. Wen wollen Sie denn sprechen?«

»*Ach du Scheiße*«, fuhr es Michael durch den Kopf, »*den wollte ich gerade nicht haben.*«

»Ich suche Jasmin Kowalczyk. Wohnt sie bei Ihnen?«

»Wer will das wissen?«

»Hier ist Michael Kowalczyk.«

Nur das Rauschen in der Leitung verriet ihm, dass das Gespräch nicht unterbrochen war.

Noch sechzig Pfennige.

»Hallo?«, sagte er.

»Ja, einen Moment. Ich hole sie«, sagte eine jetzt unfreundliche Stimme.

Es dauerte eine gefühlte Ewigkeit, bis er Jasmins Stimme hörte.

»Ja, hallo?«, meldete sie sich.

Noch dreißig Pfennige.

»Hallo, hier ist Michael. Ich wollte mich mal bei dir melden und dich fragen, wie es dir geht.«

»Gut, danke. Und dir?«

»Danke, auch gut so weit. Du, mein Geld ist gleich weg. Ich wollte dich nur fragen, ob wir uns mal treffen können. Ich würde dich gerne wiedersehen.«

Es herrschte Stille.

»Natürlich nur, wenn du möchtest und dein Doktor nichts dagegen hat.«

Noch zwanzig Pfennige.

»Ja, können wir machen. Wann meinst du?«

»Ich weiß noch nicht, wann ich arbeiten muss. Ich hätte jetzt noch bis fünfzehn Uhr Zeit.«

»Jetzt?«

»Ja, jetzt.«

»Ich weiß nicht. Moment.«

Noch zehn Pfennige.

»Jasmin, ich bin gleich weg.«

Plötzlich fiel auch das letzte Zehnpfennigstück in den Geldbehälter.

»Okay, Michael«, hörte er Jasmins Stimme. »Ich habe gerade mit Malte …«

Plötzlich war die Leitung unterbrochen und Michael hängte den Hörer in die Gabel. Ein erneuter Blick in sein Portemonnaie verriet ihm, dass er kein Kleingeld mehr hatte.

»Es wird Zeit, dass ich endlich wieder einen Telefonanschluss habe«, dachte er zähneknirschend und überlegte, was er jetzt tun sollte.

»Ich könnte zu Angelika fahren«, überlegte er. *»Ich kann es ja nicht ewig vor mir herschieben.«*

Er brachte die Einkäufe nach Hause, steckte sicherheitshalber Zettel und Stift in seine Jackentasche, um ihr nötigenfalls eine Nachricht zu hinterlassen, und holte sein Fahrrad aus dem Keller. Von Ulli wusste er, dass sie noch keinen neuen Partner hatte, was ihn irgendwie beruhigte. Es war ihm schon unangenehm genug, dass er sich mit ihr auseinandersetzen musste, und hoffte auf ein ruhiges und friedliches Gespräch. Nach ihrem letzten Aufeinandertreffen schien ihm das nicht selbstverständlich. Und er hatte Angst. Angst vor der ersten Begegnung mit seinem Sohn.

Als er in ihre Straße einbog, war er nassgeschwitzt und außer Atem. Er wunderte sich selbst, dass er so kräftig in die Pedale getreten hatte, sodass er mit weichen Beinen vom Fahrrad stieg.

»Ich hätte das auch gemütlicher haben können«, dachte er und wischte sich mit dem Ärmel den Schweiß von der Stirn. Mit zitterndem Finger drückte er die Klingel neben dem Namensschild »A. Baumann«. Das Herz schlug ihm bis zum Hals und plötzlich erinnerte er sich, wie er gemeinsam mit Jasmin vor der Haustür seiner leiblichen Mutter gestanden hatte und ihr das erste Mal begegnet war:

»Sie wohnt ganz oben«, stellte Michael fest, als er das Namenschild von Maria Bachmann-Kowalczyk entdeckt hatte. »Das war ja klar.«

Sie klingelten und nach kurzer Zeit summte der Türöffner. Michael und Jasmin gingen in das Treppenhaus. Er lugte zwischen den Treppengeländern nach oben. Eine Frau mittleren Alters mit kurzen dunklen Haaren blickte zu ihm herunter. Nervös sah er Jasmin an. Auch sie wirkte aufgeregt.

»Jetzt gilt es«, flüsterte er und drückte sie. Dann ließ er sie wieder los und nahm zwei Treppenstufen auf einmal. Rasch erreichte er den dritten Stock, wo Maria ihn erwartete. Er blieb stehen und betrachtete sie.

Sie war schlank und groß für eine Frau, gerade einen halben Kopf kleiner als Michael. Er blickte in blau-grüne Augen. Seine Augen. Sie hatte die gleichen Gesichtszüge wie er. Sie hatte das gleiche Lächeln wie er. Sie war das weibliche Gegenstück von ihm. Michael wusste mit dem ersten Blick in ihr Gesicht, dass sie seine Mutter war. Langsam ging er auf sie zu. Sie blieb stehen, schien zu zittern. Auch sie sah ihm in die Augen. Sie spürte das Gleiche wie er: die gleichen Augen; die gleichen Gesichtszüge; das gleiche Lächeln. Das männliche Gegenüber von ihr. Sie wusste nicht, wie sie sich verhalten sollte. So blieb sie einfach stehen und sah ihm in die Augen. Als Michael kurz vor ihr stand, breitete er wortlos seine Arme aus und sie fiel in sie hinein, schlang ihre Arme um seinen Hals und drückte sich an ihn. Sie vergrub ihr Gesicht in seine Schultern und schloss die Augen. Beide holten tief Luft.

Langsam löste sie sich von ihm, hielt ihn an seinen Händen und sah ihn mit einem Blick an, als wollte sie sagen: »Ich hätte nie geglaubt, dass ich dich jemals wiedersehen würde.«

»Hoffentlich muss ich das meinem Sohn eines Tages nicht auch sagen«, dachte er.

Michael wusste nicht, wie lange er vor Angelikas Haustür stand und darauf wartete, dass sie den Summer bedienen würde. Er drückte erneut auf die Klingel und wartete, doch da der Türsummer keinen Ton von sich gab, holte er den Zettel aus seiner Jackentasche, schrieb ein paar Zeilen und warf ihn in den Briefkasten. Er stieg aufs Fahrrad und fuhr wieder nach Hause. Die Erinnerungen an die Begegnung mit seiner Mutter zauberte ihm ein Lächeln ins Gesicht.

***

Michael wartete kurz vor fünfzehn Uhr vor dem Supermarkt, bis Herr Schneider die Tür aufschloss und ihn sowie die ersten Kunden hineinließ. Er betrachtete die Öffnungszeiten: »Montags bis donnerstags von neun bis achtzehn Uhr, freitags bis achtzehn Uhr dreißig und samstags bis vierzehn Uhr.«

»Sehen Sie sich schon mal um, wo hier was steht«, sagte Herr Schneider. »Ich schicke Ihnen gleich jemanden, der Sie einweist und mit Arbeit versorgt.«

Michael nickte und ging durch die Regale, versuchte sich zu orientieren und sich zu merken, wo welche Produkte aufgefüllt werden mussten, betrachtete die Gemüseabteilung und sortierte gedanklich das unschön aussehende Obst und Gemüse aus.

»Hallo, ich bin Ingrid.«

Michael sah in die freundlichen Augen einer kleinen, rundlichen Frau und begrüßte sie mit einem strahlenden Lächeln.

»Wir duzen uns hier alle«, lachte sie. »Bis auf den Chef natürlich.«

»Passt«, sagte Michael. »Hallo, Ingrid, ich bin Michael. Dann zeig mir mal alles.«

Sie führte ihn durch die Regale, erklärte die Arbeitsabläufe, zeigte ihm die Lagerräume und erklärte die Kassen.

»Da kommst du aber noch nicht hin«, erläuterte sie. »Für den Chef ist das eine Vertrauenssache.«

»Das versteht sich von selbst«, sagte er lächelnd. »Ich habe aber auch nicht vor, mich selbst zu bezahlen.«

Das rundliche Gesicht lachte und sah sich um.

»Im Moment gibt es hier nicht viel zu tun«, sagte sie schließlich. »Es ist soweit alles eingeräumt. Es müssten im Lager vielleicht die Kartons zusammengepackt und wegsortiert werden. Würdest du das tun?«

»Alles, was du willst«, antwortete er. »Darf ich dir ein paar Vorschläge machen? Ich will mich aber nicht aufdrängen.«

»*Bitte nicht wieder so einen Weltverbesserer*«, dachte sie, nickte jedoch.

»Mir ist da etwas aufgefallen«, fuhr er fort. »Was meinst du, wenn wir das besser aussehende Obst und Gemüse etwas in den Vordergrund legen, sodass das gesehen wird? Angekatschte Äpfel locken die Kunden nicht sehr an, oder?«

Sie gingen zur Obst- und Gemüseabteilung und betrachteten die Äpfel. Michael nahm ein paar Äpfel aus der Kiste heraus.

»Schau mal«, sagte er zu Ingrid und zeigte einen angefaulten Apfel. »Wenn wir den aussortieren, sieht es gleich viel besser aus. Kaufen tut den sowieso keiner, aber so haben wir eine Chance, dass die anderen gekauft werden.« Er sortierte die Äpfel. »So etwa dachte ich«, sagte er.

Er sah sie an und bemerkte ihren mürrischen Gesichtsausdruck.

»War nur so ein Gedanke. Ich mache gerade den Eindruck, als wolle ich den Laden auf links drehen, oder?«

»Schon.«

»Okay, betrachte das Gesagte als nie gesagt«, sagte er lächelnd.

»Mich ärgert nur, dass du recht hast«, gestand sie. »Darauf sollten wir tatsächlich achten, aber übertreib es nicht, ja?«

Michael hob Zeige- und Mittelfinger hoch. »Versprochen. Ich bin dein Diener.«

Sie schüttelte lachend den Kopf. »Ich glaube, es wird sehr schwer, dir lange böse zu sein.«

»Gut. Dann werde ich mal die Kartons malträtieren.«

Michael erledigte die Arbeiten, die ihm aufgetragen wurden, schnell und zuverlässig, fragte nach weiteren Arbeiten, half hier und dort. Als das Geschäft geschlossen und die Mitarbeiter bereits gegangen waren, fragte er bei Herrn Schneider nach, ob er noch etwas für ihn tun könne. Michael zeigte sich auch in den beiden folgenden Tagen von seiner besten Seite, gönnte sich keine Pausen und sprang überall ein, wo er gebraucht wurde. Dabei verbreitete er bei den Kolleginnen und Kollegen gute Laune und sorgte für viel Heiterkeit, half desorientierten Kunden, bis sie zufrieden zur Kasse gingen, und schaffte es auch, unzufriedene und mürrische Kunden zum Lachen zu bringen.

Am Freitagabend legte ihm Herr Schneider einen unbefristeten Arbeitsvertrag mit Beginn achtundzwanzigster September vor.

»Ich sehe nicht ein, warum Sie umsonst arbeiten sollten«, erklärte er dem verdutzten Michael. »Sie haben gut gearbeitet und ich bin mir sicher, dass Sie es ernst meinten, als Sie in mein Büro geschneit kamen. Wir haben sechs Wochen Probezeit und ich kann Sie in dieser Zeit jederzeit vor die Tür setzen, wenn Sie mir Anlass dazu geben.«

Michael grinste. »Und zwar ohne Angabe von Gründen.«

Herr Schneider lachte. »Stimmt.«

Michael unterschrieb den Vertrag und sah Herrn Schneider ernst an.

»Ich danke Ihnen«, sagte er. »Im Vertrag steht, dass ich bis einunddreißigsten März keinen Urlaub nehmen darf. Das ist grundsätzlich auch in Ordnung. Es könnte nur sein, dass ich im März für eine Woche in die USA fliege. Darf ich Sie darauf ansprechen, wenn es so weit ist?«

»Schauen wir mal.«

In der Zwischenzeit hatte er bei Angelika angerufen und sich mit ihr für Sonntag zu einem gemeinsamen Spaziergang verabredet. Das Telefonat war nur kurz, aber lange genug, um sich einig zu werden, dass für dieses erste Treffen ein neutraler Ort besser war als bei Michael oder Angelika zuhause. Er hatte sich vorgenommen, Jasmin Samstag nach der Arbeit noch einmal anzurufen. Da er sein neues Telefon erst Mitte Oktober bekommen sollte, ging er wieder, diesmal mit ausreichend Zehnpfennigstücken bewaffnet, zur Telefonzelle.

»Hallo, Jasmin, hier ist Michael«, sagte er leise, als sie sich mit »Hier bei Dr. Larsson gemeldet« hatte.

»Hallo«, antwortete sie.

»Wie geht's dir? Wie geht's der Kleinen? Wie heißt sie noch?«

»Mir geht's gut. Der Kleinen geht's gut und sie heißt Isabell.«

»Ach ja, richtig. Bist du noch zuhause oder arbeitest du wieder?«

»Ich fange im Januar stundenweise an.«

»Aha.«

Sie schwiegen eine Weile und Michael empfand diese Stille als unangenehm. Er drehte sich in der Telefonzelle um und sah eine ungeduldige ältere Dame warten.

»Warte mal, Jasmin.«

Er hielt die Muschel des Hörers zu und öffnete die Tür. »Gnädige Frau, es könnte etwas dauern.«

»Die Telefonzelle gehört Ihnen nicht alleine. Ich habe nicht ewig Zeit, also beeilen Sie sich gefälligst.«

»Sehr gerne«, sagte Michael. »Ich weiß nur nicht, ob Sie noch am Leben sind, wenn ich hier fertig bin. Ich wollte Ihnen nur Gelegenheit geben, sich eine andere Telefonzelle zu suchen, solange Sie das noch können.«

»Sie sind ein respektloser Flegel«, schimpfte die Dame. »Ich hoffe, dass man Ihnen mehr Achtung entgegenbringt, wenn Sie in meinem Alter sind.«

»Ja, ich weiß. Ich bin ein respektloses Arschloch«, sagte er und schloss die Tür wieder.

»Da bin ich wieder«, sagte er zu Jasmin.

»Michael, was war das denn?«, fragte sie. »Wie kannst du so mit einem alten Menschen umgehen? So kenne ich dich nicht.«

»Du hast es gehört?«

»Ich bin nicht taub.«

Michael drehte sich um und sah die ältere Dame weggehen. Er schloss die Augen und atmete tief durch.

»Jasmin, du hast recht. Kann ich dich in zehn Minuten noch einmal anrufen?«

»Von mir aus.«

»Bis gleich.«

Er hängte den Hörer ein und lief der Dame hinterher.

»Warten Sie«, sagte er, als er sie eingeholt hatte. »Bitte warten Sie einen Moment.«

Sie sah ihn wütend an. »Haben Sie noch mehr Unverschämtheiten, die Sie mir an den Kopf werfen wollen?«

»Nein … Ich … Es tut mir Leid, was ich gesagt habe.«

»Das hätten Sie sich früher überlegen müssen«, rief sie und schob sich an ihm vorbei.

»Warten Sie, warten Sie. Ich habe mit meiner Frau telefoniert. Na ja, wir sind getrennt, aber es ist für mich im Moment nicht leicht.«

»Das entschuldigt nichts.«

»Nein, das tut es nicht, aber es erklärt es vielleicht. Ich möchte, dass Sie zur Telefonzelle gehen und Ihr Telefonat führen. Ich werde solange warten, bis Sie fertig sind, und andere ungeduldige Menschen von Ihnen fernhalten. Das ist das Mindeste, das ich tun kann.«

Sie holte einen kleinen Plastikbeutel aus ihrer Tasche heraus, der offensichtlich voller Münzen war.

»Ich wollte eine Freundin anrufen und habe viel Kleingeld dabei.«

Michael lachte. »Und wenn Sie jeden Pfennig vertelefonieren wollen: Ich werde warten.«

Sie musterte ihn. »Haben Sie alles mit Ihrer Frau klären können?«

»Nein. Ich muss sie noch mal anrufen.«

»Dann mache ich Ihnen einen anderen Vorschlag, junger Mann.«

»Und der wäre?«

»Wir gehen gemeinsam zur Telefonzelle, Sie rufen Ihre Frau an und dann begleiten Sie mich.«

»Wohin«

»Dahin, wo ich hin möchte.«

Der liebenswürdige Blick der alten Dame ließ ihm keine andere Wahl und er lächelte.

»Solange es in Hamburg ist, sehr gerne.«

»Oh, das ist es. Da kann ich Sie beruhigen.«

Sie gingen zur Telefonzelle zurück und Michael rief erneut bei Jasmin an.

»Da bin ich wieder«, sagte er. »Tut mir leid.«

»Das muss es nicht. Mich hast du ja nicht beleidigt.«

»Jasmin, du hörst dich sehr abweisend an.«

»Was erwartest du von mir? Du hast dich über ein Jahr nicht gemeldet, warst wie vom Erdboden verschluckt. Meinst du wirklich, dass ich jetzt laut ›Hurra‹ schreie, weil du anrufst?«

»Ich dachte, wenn es jemand verstehen kann, dann du«, sagte er leise. »Aber offensichtlich habe ich da zu viel erwartet.«

»Du meine Güte«, rief sie. »Michael. Ich habe ein völlig neues Leben, eine Tochter, lebe mit einem anderen Mann zusammen, mit dem ich sehr glücklich bin. Und jetzt tauchst du aus der Versenkung auf und alles soll wie früher sein?«

»Nein, wohl nicht. Ich dachte nur, dass wir normal miteinander reden und umgehen können.«

»Ich will keinen Kontakt mit dir. Ich kann das nicht, hörst du?«, rief sie. »Wir … Wir sind über zwei Jahre auseinander, haben uns verändert, leben völlig unterschiedliche Leben.«

»Ja, da hast du wohl recht.« Er holte tief Luft. »Ich werde dich nicht mehr behelligen, mich nicht mehr bei dir melden, okay?«

»Das ist wohl besser so«, sagte sie mit unterdrückter Stimme.

»Dann … Dann mach es gut. Ich wünsche dir alles Liebe und … «

»Michael, warte. Die Scheidungsfolgevereinbarung liegt noch beim Anwalt.«

»Was? Ach so, ja klar.« Er schloss die Augen. »Die Scheidung. Natürlich. Du hast sie noch nicht eingereicht?«

»Nein. Ich wollte warten, bis du wieder zurück bist, aber jetzt …«

»Natürlich. Gib dem Anwalt grünes Licht, ich bin einverstanden.«

»Okay, ich melde mich dann.«

Michael hängte den Hörer in die Gabel und stützte seinen Kopf auf den Münzapparat.

»Es ist schon verrückt«, dachte er. *»Sie hat ein neues Leben, ich liebe eine andere Frau und dennoch tut es höllisch weh.«*

Er ging langsam aus der Telefonzelle. Die alte Dame sah ihn mitfühlend an.

»Oha«, sagte sie. »Das lief aber nicht sehr gut, oder?«

Michael schüttelte den Kopf. »Lassen Sie uns hingehen, wohin Sie möchten.«

Schweigend gingen sie die Straße entlang. Die alte Dame konnte nur langsam gehen, was Michael in diesem Moment auch sehr recht war. Das Gespräch mit Jasmin hallte schwer in ihm nach.

»Ich heiße übrigens Wilma«, sagte sie nach einer Weile des Schweigens. »Wir können uns auch gerne duzen.«

Michael sah sie lächelnd an. »Sehr gerne. Ich heiße Michael.«

»Was machst du so? Beruflich, meine ich.«

»Studiert habe ich Jura, aber arbeiten tue ich im Supermarkt. Ich habe tatsächlich eine ganz steile Karriere hingelegt.« Er lachte verlegen.

»Jede Arbeit ist ehrenhaft«, sagte sie lächelnd. »Es ist doch völlig egal, was du tust. Hauptsache, du bist glücklich und zufrieden.«

»Na ja, daran arbeite ich noch.«

»Wie lange bist du schon von deiner Frau getrennt.«

»Zwei Jahre, wurde mir gerade offenbart. Das kam mir gar nicht so lange vor, aber auf der anderen Seite ist ja auch viel passiert inzwischen.«

»So? Was denn?«

»Du bist ganz schön neugierig«, grinste er.

»Da bin ich ganz Mädchen«, schmunzelte sie. »Wenn auch ein altes Mädchen.«

»Das mit dem Alter trägst du mir doch hoffentlich nicht nach, oder?«

»Oh nein. Ich bin nicht nachtragend. Hat sie sich von dir getrennt?«

»Nach außen ja, aber wenn ich es mir richtig überlege, bin ich es gewesen.«

»Wie meinst du das?«

»Sie wollte gern Kinder, aber ich war vehement dagegen. Irgendwie habe ich sie so zur Trennung genötigt.«

»So kann man das natürlich auch sehen«, sagte Wilma. »Aber im Grunde ist es doch egal, wer sich getrennt hat. Irgendwie sind es doch immer beide.« Sie sah ihn prüfend an. »Fühlst du dich schuldig?«

»Tja, irgendwie schon.«

»Das musst du nicht, aber du musst sie loslassen.«

»Loslassen? Wie meinst du das?«

»Ich versuche es mal so: Als mein Mann vor einigen Jahren starb, war ich von Trauer zerfressen. Jeden Tag, jede Minute, jeden Moment habe ich gedacht, dass er doch gleich putzmunter um die Ecke kommen müsste. Aber er tat es nicht. Tagtäglich ging ich zu seinem Grab, war wütend, machte ihm Vorwürfe, weil er einfach krank geworden war, ohne mich zu fragen, ob ich das wollte, weil er einfach gestorben war und mich in dieser Welt zurückgelassen hatte. Verstehst du, was ich meine?«

»Offen gestanden, nicht so ganz.«

»Eines abends hatte ich einen Film gesehen. Es ging um eine verstorbene Frau, die im Fegefeuer gefangen war und nicht in den Himmel aufsteigen konnte, weil ihr Mann sie so abgöttisch geliebt hatte, dass er sie nicht gehen lassen wollte. Erst als er sie in Liebe losgelassen hatte, konnte sie aufsteigen und ihren Frieden finden. Aber nicht nur sie konnte das, sondern auch er. Verstehst du jetzt, was ich meine?«

»So langsam«, gestand Michael, »aber noch nicht so richtig. Damit konnte seine Frau in Frieden gehen, aber er war doch immer noch da und litt in seiner Trauer, oder?«

Sie lächelte. »Nein, sie waren beide frei. Als ich meinen Walter in Liebe losgelassen habe, hatte ich das Gefühl, als sähe ich eine von der Sonne beschienene Wolke. Ich stellte ihn mir auf dieser Wolke vor und fand meinen Frieden. Seitdem geht es mir gut und plötzlich war ich offen für Neues, fing wieder nach und nach an zu leben.« Sie blieb stehen und sah verträumt zu den Wolken. »Es wird ein anderes Leben kommen, in dem ich ihn wiedersehen werde.« Sie sah Michael milde an. »Jeder Abschied ist ein kleiner Tod. Verstehst du das?«

Michael dachte nach und nickte.

»Du meinst«, sinnierte er, »wenn ich Jasmin in Liebe loslasse, kann sie ihren Frieden finden und ich meinen?«

»Ja, so in etwa.«

»Aber wie lasse ich in Liebe los? Wie hast du das gemacht?«

»Ach, Michael. Dafür gibt es kein Patentrezept«, sagte sie. »Das ist ein Prozess. Aber vielleicht kannst du ihr einfach nur alles Liebe wünschen. Wünschen, dass es ihr gutgeht mit dem, was sie tut, ganz egal, ob du etwas davon hast oder nicht. Vielleicht hilft das.«

»Jetzt sag nicht, dass ich ihrem neuen Lover auch alles Liebe wünschen soll, nur damit es ihr gutgeht.«

»Doch, vielleicht auch das.«

Michael blieb stehen und lachte laut. »Da habe ich ein Problem.«

»Warum?«

»Weil ich ihm die Pest an den Leib gewünscht habe. Das war nicht sehr milde, denke ich.«

»Oh, das könnte in der Tat schwierig werden«, lachte sie.

»Vielleicht könnte ich ihm im ersten Schritt eine harmlose Pest an den Leib wünschen«, grinste er, doch in diesem Moment bemerkte er Wilmas ernsten, fast vorwurfsvollen Blick und wurde wieder ernst.

»Aber verstehst du jetzt?«, fuhr sie fort. »Damit kannst du sie nicht loslassen. So geht es sicherlich nicht.«

»Nein, das ist mir schon klar, aber das ist eine echte Herausforderung.« Er senkte den Kopf. »Das Bekloppte an der ganzen Sache ist ja noch, dass ich mich in eine andere Frau verliebt habe.

Und trotzdem fällt es mir schwer zu akzeptieren, dass Jasmin weg ist und einen anderen Mann hat. Hast du dafür auch eine Erklärung?«

»Nur, dass du nicht loslassen kannst. Warum auch immer, aber das wird deine Aufgabe sein. So, wir sind da.«

»Wo?«

»Hier. Ich muss zur Bank und das Geld einwerfen.«

Michael sah sie verwirrt an. »Was für Geld?«

»Ach, weißt du, als ich meinen Walter losgelassen hatte, war ich plötzlich offen für etwas Neues und habe einen kleinen Laden aufgemacht. Eigentlich so einen Kiosk. Und jetzt werfe ich die Einnahmen hier ein.«

Sie zog ein paar Geldbomben aus ihrer Tasche und warf sie in die dafür vorgesehene Vorrichtung ein. Die Blechboxen verschwanden mit einem lauten »Rumms«.

»Moment«, sagte Michael. »Du rennst mit den ganzen Tageseinnahmen durch die Gegend?«

»Nein, es sind die Wocheneinnahmen.«

»Wie bitte?«

Sie lächelte. »Eigentlich wollte ich meinen Enkel anrufen und ihn fragen, ob er mich begleitet. Aber mit dir habe ich mich sicher genug gefühlt.«

Michael lachte laut auf. »Das ist jetzt nicht dein Ernst, oder? Machst du das jeden Samstag so?«

»Ach, um Gottes Willen«, schmunzelte sie. »Ich mache das unregelmäßig, damit niemand auf dumme Gedanken kommt.«

»Und wo lässt du die Einnahmen, wenn du sie nicht zur Bank bringst?«

»Im Laden, gut versteckt. Aber ich gehe jeden Tag den gleichen Weg. Wenn mich jemand überfallen sollte, weiß er nicht, ob ich Geld dabei habe oder nicht. Das ist doch schlau, oder?«

»Bitte? Du lässt die ganze Kohle im Laden?«

»Natürlich. Niemand weiß doch, wo ich es versteckt habe und ob ich es dabeihabe oder nicht.«

»Okaaaaaaaay«, rief Michael lachend. »Dann haben wir ab sofort einen Deal. Wenn ich von der Arbeit komme, werden wir immer gemeinsam gehen und du wirst niemals allein diesen Weg machen und die zukünftige Beute irgendwelcher Ganoven spazieren tragen.«

»Wir haben einen Deal?«, fragte sie lächelnd. »Dann hast du für heute noch etwas gelernt.«

»So? Was denn?«

»Alles, was passiert, ist für irgendetwas gut.«

»Das musst du mir jetzt erklären.«

»Du hast mich beschimpft und beleidigt und jetzt bist du mein Beschützer. Das wäre doch nie passiert, wenn du mich nicht beleidigt hättest.«

Michael betrachtete sie. »Von dir kann ich wirklich noch etwas lernen: ›In Liebe loslassen‹ und ›Alles ist für etwas gut‹.«

»Bringst du mich noch nach Hause?«, fragte sie.

»Auf jedem Fall«, sagte er. »Aber hör auf, mir heute noch mehr beizubringen. Das reicht für einen Tag.«

»Du hast mir auch etwas beigebracht«, sagte sie und sah ihn liebevoll an.

»Was sollte das denn schon sein?«

»Zu Vertrauen, wo du es am wenigsten erwartest.«

In diesem Moment liebte er sie und er spürte, dass sie ihm sehr viel mehr geholfen hatte, als ihr bewusst war.

***

»Moment, ich komme runter«, schnarrte Angelikas Stimme aus der Gegensprechanlage.

»Alles gut«, sagte Michael. »Ich lauf nicht weg.«

Er war nervös, wusste nicht, wie er sie begrüßen und auf den Kleinen reagieren sollte.

»*Wie sollte ich mich fühlen?*«, fragte er sich. »*Müsste ich mich nicht freuen, ganz so, wie es ein Vater tun sollte?*«

Doch er freute sich nicht und das irritierte ihn. Die Haustür wurde aufgerissen und Angelika schob den Kinderwagen heraus.

»Hallo«, sagte sie und umarmte Michael flüchtig. »Wie geht's dir?«

»Gut soweit. Und dir?«

»Auch.«

Er warf einen Blick in den Kinderwagen und betrachtete Kai, der ihn mit großen Augen ansah, kurz auflachte und seine Fäustchen ballte und ihn dann wieder neugierig anstarrte.

»Das ist er«, sagte sie und zupfte das Deckchen zurecht.

»Ja. Das ist er also«, flüsterte Michael.

Er überlegte, ob es angemessen war, den erfreuten Papa zu spielen und den Kleinen auf den Arm zu nehmen, beschloss jedoch, zunächst einmal gar nichts zu tun.

»*Wer nichts tut, macht keine Fehler*«, dachte er.

»Wo sollen wir hin?«, fragte sie.

»Stadtpark?«

»Okay.«

Schweigend gingen sie nebeneinander her. Angelika schob den Kinderwagen vor sich her und sah ab und an flüchtig Michael an, was er mit einem kurzen Lächeln beantwortete.

»Wie läuft es bei Beckstein?«, fragte er schließlich. »Bist du immer noch die ungekrönte Königin dort?«

Sie lachte verbittert auf. »Ach, schon lange nicht mehr. Er hat mich vor die Tür gesetzt, als ich ihm den Mutterpass vorgelegt habe.«

Sie sah ihn von der Seite an.

»Das passt ins Bild«, sagte er. »Ich habe nichts anderes erwartet.«

Sie nickte. »Ja, du hattest wohl recht mit ihm.«

»Du hast die Kündigung akzeptiert? Du weißt schon, dass …«

»Ja ja, ich weiß, aber ich hatte keine Nerven auf einen Streit mit ihm. Ich wollte einfach nur meine Ruhe haben.«

»Klar.«

Sie schlenderten durch den Stadtpark, vorbei an kunstvoll angelegten Blumenbeeten und Rhododendren. Michael sog die frische Luft ein. Er erinnerte sich daran, dass er als Kind immer das Gefühl gehabt hatte, durch einen Wald zu laufen, wenn er durch den Stadtpark ging.

»Wie ist es dir denn ergangen?«, fragte sie schließlich. »Erzähl doch mal, was du in der ganzen Zeit getrieben hast.«

Michael erzählte von seiner Reise in die USA, seiner Zeit auf der Ranch und in der Wildnis, von Camilla und der Familie Gordon, die ihn so herzlich aufgenommen hatte, dem Telefonat mit Jasmin und seiner neuen Arbeit im Supermarkt.

»Ja, und gestern habe ich eine Frau kennengelernt«, schloss er lächelnd.

»Oha, das ging aber schnell«, schmunzelte Angelika und Michael lachte.

»Na ja, sie ist gefühlte hundert Jahre älter als ich, aber wir hatten ein sehr nettes Gespräch.«

Er betrachtete den Kinderwagen. »Darf ich ihn mal schieben?«

»Natürlich.«

Schüchtern schob er den Kinderwagen vor sich her, fast so, als könnte er zerbrechen. Kai schlummerte vor sich hin. Ihm schien es völlig gleichgültig zu sein, wer ihn vor sich herschob. Hauptsache, irgendjemand tat es.

»Sollen wir uns einen Moment auf die Bank setzen«, fragte Michael und deutete auf einen sonnigen Platz. Angelika nickte und sie setzten sich. Michael warf immer wieder einen neugierigen Blick in den Kinderwagen und betrachtete Kai, der im Schlaf schmatzte.

»Kann es sein, dass er Hunger hat?«, fragte er und Angelika lachte.

»Du meinst sein Schmatzen? Der hat immer Hunger.«

»Von mir hat er das aber nicht«, behauptete Michael. »Das muss er von dir haben.«

»Ja, sicher.«

Sie beugte sich über den Kinderwagen und hob Kai heraus, der das unkommentiert geschehen ließ und weiter schlummerte. Sie nahm ihn in die Arme und betrachtete ihn liebevoll.

»Magst du ihn mal halten?«, fragte sie plötzlich und Michael schreckte zusammen.

»Ich habe Angst, ihn fallen zu lassen.«

»Das wirst du nicht. Komm, nimm ihn mal.«

Sie legte ihn in seine Arme und er spürte die Wärme des kleinen Knäuels. Kai blinzelte und sah ihn kurz an, um sofort weiterzuschlafen. Michael konnte sein Gefühl kaum beschreiben. War er bewegt, gerührt, traurig, glücklich? Es war wohl von Allem etwas. Was ihn am meisten berührte, war dieses Urvertrauen, das Kai ihm schenkte, ein Gefühl, dass er selbst schon vor langer Zeit verloren geglaubt hatte. Jetzt, in diesem Moment, in dem er Kai in seinen Armen spürte, war es wieder da. Er dachte an seinen Vater, den er nie kennengelernt hatte und der dieses Gefühl selbst nie erleben durfte.

»Mein Gott, was ist das für ein schönes Geschenk«, flüsterte er und lächelte Angelika an. »Und ich hätte es fast weggeworfen.«

»Du kannst ihn sehen, wann immer du willst«, sagte sie leise. »Ich habe es dir und ihm versprochen. Weißt du noch? Daran hat sich nichts geändert.«

Er sah sie dankbar an und nickte, betrachtete dann wieder Kai und strich ihm über die Wangen.

»Ich werde vieles falsch machen, vielleicht sogar alles«, flüsterte er. »Vielleicht wirst du mich auch eines Tages verfluchen, aber ich verspreche dir das Eine: Ich werde dir ein Vater sein. Keine Ahnung, wie ich das anstelle, aber ich werde es sein.«

Es fiel ihm schwer, ihn wieder in den Kinderwagen zu legen, und es fiel ihm schon gar nicht ein, Angelika den Kinderwagen schieben zu lassen.

»Es tut mir leid, was damals zwischen Beckstein und mir passiert ist«, sagte sie, doch Michael schüttelte den Kopf.

»Das muss es nicht. Ich habe damit meinen Frieden geschlossen. Außerdem hat mich die alte Dame gestern etwas gelehrt: Alles ist für irgendetwas gut und das gilt auch dafür.«

»Wie meinst du das?«, fragte sie.

»Ich konnte mich damals einfach nicht anpassen und meinte, dass alles nach meiner Fasson laufen müsste« erklärte er. »Ich hätte immer so weiter gemacht. Ich hätte so lange versucht, Becksteins Laden auf links zu drehen, bis es sowieso irgendwann passiert wäre. Ich habe immer gedacht, dass ich das alles im Interesse der Kunden und Menschen gemacht habe, alles nur für sie. Doch das stimmte nicht. Tatsächlich war da nichts Selbstloses bei. Ich habe das alles für mich gemacht.« Er sah sie ernst an. »Es musste irgendwann so kommen und es war auch gut so. Also lass es gut sein.«

»Ich bin trotzdem nicht stolz darauf«, sagte sie. »Ich würde mir wünschen, dass dieser fürchterliche Mensch eines Tages bezahlt für das, was er getan hat.«

»Das wird er bestimmt auch, selbst dann, wenn er im Reichtum leben sollte. Was nützt es ihm, wenn er eines Tages auf dem Sterbebett feststellen muss, dass ihn niemand liebt und ihm niemand auch nur eine Träne nachweinen wird. Auf der anderen Seite betrachte es doch mal so: Es gab einige Mitarbeiter, die schon viele Jahre für ihn arbeiteten und gutes Geld verdienten. Wir waren eben nicht dafür bestimmt. Ob das nun gut ist oder schlecht, will ich nicht beurteilen, aber ich für meinen Teil bin froh und dankbar, dass ich nicht mehr dazugehöre und einen anderen Weg gehe. Soll er in seiner Welt leben.«

Sie blieb stehen und betrachtete ihn. »Du meinst Verzeihen und Vergeben? Das kannst du? Hast du deiner Stiefmutter auch verziehen?«

»Nein, das kann und das muss ich auch nicht.« Er sah sie lächelnd an. »Aber ich kann mit dem, was passiert ist, meinen Frieden schließen. Vielleicht nennt sich das Versöhnung, aber dann Versöhnung mit mir selbst. Es sei denn, ich will in Wut, Hass und Verbitterung leben.«

»Vielleicht hast du recht«, murmelte sie. »Ich muss das mal sacken lassen.«

»Wenn es dich beruhigt: Verziehen habe ich dir auch nicht, aber ich habe damit abgeschlossen und dafür erlaubst du mir, Vater zu sein. Viele können das nicht zulassen und tragen lieber Kämpfe auf den Rücken der Kinder aus. Du tust das nicht.«

Sie lächelte. »Es ist schön, dass du das so siehst. Du bist schon ein guter Mensch, weißt du das eigentlich?«

»Oh, so ein guter Mensch bin ich gar nicht«, lachte er. »Diese ganze Versöhnungsgeschichte dient vor allen Dingen mir selbst, es ist also im Grunde genommen sogar höchst egoistisch.«

Sie lachte und schüttelte den Kopf. »Ich bin mal gespannt, was ich noch so über dich erfahre.«

»Ich auch«, schmunzelte er. »Ups, wir sind schon da.«

»Stimmt«, bestätigte Angelika. Sie waren so sehr in ihr Gespräch vertieft, dass sie ihre Umgebung kaum wahrgenommen hatten.

»Du kannst gern noch auf einen Kaffee mit raufkommen«, sagte sie, doch Michael schüttelte den Kopf.

»Nein, danke. Ich muss das jetzt auch erst einmal alles sacken lassen.«

Er beugte sich über den Kinderwagen und strich dem schlafenden Jungen über den Kopf.

»Wir sehen uns ganz bald wieder.«

Angelika umarmte und drückte ihn.

»Wann kommt deine Freundin denn nach Hamburg?«, fragte sie. »Ich glaube, ich würde sie gerne kennenlernen.«

»Das wirst du. Sie kommt kurz vor Weihnachten und bleibt für drei Wochen. Ich werde dann wohl im Frühjahr rüberfliegen, je nachdem, wann ich Urlaub bekomme.«

»Wie soll das mit euch laufen über so eine große Entfernung?«

Michael zuckte mit den Schultern. »Das ist im Moment nicht wichtig. Ich weiß nicht, ob sie irgendwann nach Hamburg kommt oder ob ich übersiedele. Das lassen wir alles auf uns zukommen.«

Sie löste sich aus seiner Umarmung und sah ihn an.

»Du hast dich ganz schön verändert«, flüsterte sie.

»Na, das hoffe ich doch«, sagte er lächelnd.

Nachdenklich sah sie ihm hinterher, bis er um die nächste Straßenecke verschwunden war, nahm Kai aus dem Wagen und schloss die Haustür auf.

***

Michael lebte sich in den folgenden Monaten in Hamburg gut ein und fühlte sich zunehmend wohler. Im Supermarkt war er ein gern gesehener Mitarbeiter und Kollege und sogar der Filialleiter war mittlerweile froh, dass er sich mit seiner dreisten Art aufgedrängt hatte.

Wann immer es ihm möglich war, besuchte er Angelika und Kai, und es fiel ihm immer leichter, sich mit seiner Vaterrolle anzufreunden. Er freute sich, wenn sich Kai an seinem Hosenbein hochzog und ihn anstrahlte, doch am meisten genoss er es, wenn er sich in seinen Armen einfach einkuschelte und einschlief. In diesen Momenten hätte er schreien können vor Glück. Alle zwei Wochen durfte er ihn zu sich nehmen.

Wilma war Michael inzwischen eine gute Freundin geworden und half ihm, wenn er sich mit dem kleinen Jungen überfordert fühlte. Immerhin hatte sie drei Kinder großgezogen und wusste, was zu tun war. Sie war für Kai so etwas wie eine Oma geworden, was auch Angelika sehr gut gefiel. Am meisten allerdings freute sich Michael auf Wilmas selbst gebackenen Kuchen, den er in größeren Mengen vertilgte, als es ein gesundheitsbewusster Mensch gutgeheißen hätte. Er traf sich regelmäßig mit Ulli, der zu einem ihrer Treffen seine Kollegin Angela mitbrachte. Ihr irritierter Gesichtsausdruck, als sich Ulli vor Michael hinkniete und ganz formell um ihre Hand anhielt, würde ihm wohl immer im Gedächtnis bleiben.

Im Sommer hatten Jasmin und Michael ihren Scheidungstermin. An diesem heißen Tag war es fast unerträglich stickig im Gerichtsgebäude. Michael war viel zu früh und saß gedankenverloren im Wartebereich und sah sich um. Ihm gegenüber war ein Mann mit seinem Rechtsanwalt in ein Gespräch vertieft. Als eine Frau mit ihrer Rechtsanwältin in den Wartebereich kam, funkelte der Mann sie böse an. Sie jedoch ging achtlos an ihm vorbei und würdigte ihn keines Blickes.

»Guten Morgen beim Familiengericht«, dachte Michael.

Sein Scheidungstermin dagegen sollte problemlos über die Bühne gehen, weil schon alles geregelt und geklärt war.

Als sich die Tür zum Wartebereich erneut öffnete und Jasmin erschien, stand er auf und nahm sie in die Arme.

»Guten Morgen«, sagte er. »Ein ›Schön-dich-zu-sehen‹ erscheint mir gerade nicht sehr angebracht, aber es ist trotzdem schön, dich zu sehen.«

Sie lächelte ein wenig gequält. »Ebenfalls.«

»Wo ist Malte?«

»Ach, der hat heute wieder eine Begutachtung.«

Michael schüttelte den Kopf. »Heute sollte er eigentlich an deiner Seite sein, oder?«

»Du weißt doch, wie er ist. Sein Beruf hat oberste Priorität.«

Michael nickte. »Ja, ich weiß. Gib ihm einen freundschaftlichen Rat von mir und sag ihm, dass er auf sich aufpassen soll. Beruf ist nicht alles.«

»Lass es gut sein, Michael. Malte ist ein guter Mann und auch ein guter Vater. Wie geht es dir denn so? Was macht die Liebe und wie geht's Kai?«

»Danke, gut … Alles super … Auch super.«

Jasmin lachte. »Na gut, das waren zu viele Fragen. Fang mit Nummer Eins an.«

»Du, mir geht's wirklich gut. Ich habe alle zwei Wochen den Kleinen bei mir. Der wächst und gedeiht und sagt inzwischen sogar Papa zu mir.«

Jasmin sah den Glanz eines stolzen Vaters in seinen Augen und lächelte. Sie freute sich für ihn, doch sie spürte auch Wehmut in ihrem Herzen.

»Aber ich habe auch manchmal Angst, etwas falsch zu machen«, fuhr er fort. »Ich weiß doch im Grunde gar nicht, wie das geht. Ich habe das nie erfahren und gelernt.«

»Du wirst alles richtig machen und ein guter Vater sein«, sagte sie. »Das habe ich immer gewusst. Sie sah verlegen zu Boden. »Und wie läuft es mit Camilla?«

»Auch sehr gut, auch wenn die Entfernung eine echte Herausforderung ist. Weihnachten war sie bei mir und hat auch Angelika kennengelernt.«

»Und wie geht das?«

»Na ja, das ist schon etwas schwieriger«, sagte er und lächelte. »Immerhin hat Camilla die Frau kennengelernt, die mich häufiger sieht als sie selbst. Kein Wunder, dass sie sie etwas kritisch beäugt, aber sie scheinen sich zu arrangieren. Camilla hat mich sogar mit ein paar Deutschkenntnissen überrascht.« Er lachte. »Grammatikalisch lag sie meist total daneben, aber mit ihrem amerikanischen Dialekt klingt das wieder süß.«

»Wirst du wieder fortgehen? Ich meine, so richtig und endgültig?«

Michael zuckte mit den Schultern und sah sie lächelnd an. »Ich habe keine Ahnung und es ist im Moment auch nicht wichtig. Ich plane das nicht. Wir planen es nicht. Wir genießen den Moment, wenn wir uns haben, und freuen uns auf das nächste Treffen, wenn wir auseinandergehen. Aber wer weiß das schon. Vielleicht bin ich irgendwann tatsächlich bei ihr und werde Rancher.«

»Oh Gott«, lachte Jasmin, »da hätte ich dich nun wirklich niemals gesehen.«

»Siehst du«, sagte er ernst, »es ist doch auch gut zu wissen, dass das Leben immer Überraschungen für uns bereithält. Man kann doch nicht alles planen, oder?«

»Aber in den Tag hineinleben geht doch auch nicht«, warf sie ein.

»Nein, natürlich nicht. Absicherung und Vorsorge ist schon wichtig. Aber wenn ich bedenke, wie ich früher war … Ich habe Jura studiert, um abgesichert zu sein. Schließlich gibt es immer wieder Menschen, die selbst Gott und den Teufel verklagen würden, wenn sie könnten. Und was ist jetzt? Ich arbeite im Supermarkt, bin glücklich und zufrieden und habe keine Ahnung, ob ich in einem Jahr in Hamburg oder sonst wo lebe. Wir haben so viel Angst vor Veränderungen und versuchen, sie mit aller Macht zu verhindern. Warum? Sie kommen doch sowieso. Also warum nicht einfach mal neugierig sein statt ängstlich?«

Sie sah ihn an. »Aber du musst dich doch irgendwo zuhause fühlen. Du bist hier geboren, also warum nicht hier in Hamburg?«

»Wie du schon sagst«, antwortete er. »Zuhause sein ist ein Gefühl und das kannst du überall auf der Welt haben.« Er sah sie liebevoll an. »Ich habe mal geglaubt, wenn ich ganz weit weglaufe, lasse ich all meine Schwierigkeiten hinter mir, aber tatsächlich hatte ich sie immer im Schlepptau. Da musste mir erst ein alter Mann wie Jack begegnen, der mir das klarmacht.«

Er sah auf die Uhr im Wartebereich. Zehn Uhr.

»Hm«, machte er. »Eigentlich wären wir jetzt dran, aber wahrscheinlich haben die da drinnen noch nicht alle Eierlöffel aufgeteilt.«

Jasmin lachte. »Wahrscheinlich nicht, aber mein Anwalt ist auch noch nicht da.«

Sie schwiegen einen Moment und hingen ihren Gedanken nach.

»Weißt du, woran ich gerade denken muss«, sagte er plötzlich.

»Nein. Woran?«

»Erinnerst du dich noch an unser Gespräch damals? Ich hatte dich vom Lernen abgehalten.«

»Das hast du andauernd«, schmunzelte sie und er lachte.

»Stimmt, aber das war ein ganz spezieller Tag.« Er sah sie ernst an. »Es waren Was-wäre-wenn-Gedanken. Ich hatte dir erzählt, dass ich schon vor dem Abi eine Ausbildungsstelle im Öffentlichen Dienst sicher hatte und kurz vor einer Beamtenlaufbahn stand.«

»Ja, ich erinnere mich an die Vorstellung, wie du mit Schirmmütze und Ärmelschonern am Schreibtisch sitzt«, lachte sie.

»Und bürokratischem Blick«, ergänzte Michael. »Der war ganz besonders wichtig.«

»Ja, genau«, rief sie und sie lachten schallend.

Michael wurde wieder ernst. »Ja, genau. Wir haben darüber sinniert, wie sich unser Leben wohl entwickelt hätte, wenn auch nur eine Entscheidung anders ausgefallen wäre.« Er holte tief Luft. »Egal, welche Entscheidungen ich getroffen hätte: Meine Geschichte hätte mich immer eingeholt. Egal, wie weit ich weggelaufen wäre und wo ich mich versteckt hätte.«

Er sah in Jasmins fragende Augen. »Ich habe Gott und der Welt die Schuld an meinem Leid gegeben. Ob es nun meine Eltern oder Pflegeltern waren, Beckstein, Angelika, Eva und so weiter.« Er sah sie liebevoll an. »Oder dir und selbst mir. Verstehst du?«

Sie schüttelte den Kopf. »Aber sie haben dir doch mehr oder weniger Schlimmes angetan, oder? Gerade in deiner Kindheit.«

»Ja, schon. Meine Kindheit konnte ich sicherlich nicht verhindern«, antwortete er, »aber ich war nicht immer Kind und hatte es selbst in der Hand, aber ich habe Muster bedient, ganz alte Muster. Solange ich das getan habe, musste mich meine Vergangenheit eines Tages einholen. Verstehst du jetzt, was ich meine?«

»Ja«, sagte sie leise. »Alles musste wohl so oder so ähnlich passieren.«

Sie betrachtete ihn, wie er nachdenklich auf den Boden und dann wieder sie ansah. »Aber du hast dein Leben in die Hand genommen. Wieder und wieder.«

Er lächelte sie dankbar an.

»Mir schwirrt da noch etwas durch den Kopf«, sagte er. »Meinst du, dass zwei Menschen, die auseinander und getrennte Wege gehen, Freunde bleiben können?«

Sie schüttelte den Kopf. »Michael, das ist doch naiv.«

»Ja und? Kinder sind naiv und fahren doch ganz gut damit.«

»Aber wir sind erwachsen«, sagte sie.

»Ich bin gerne naiv«, flüsterte er lächelnd und stieß sie mit der Schulter an. »Wann hat die Vernunft Ihre Kindlichkeit besiegt, Frau Doktor?«

»Du bist blöd«, lachte sie. »Vielleicht hast du recht. Erhalte dir deine Naivität und deinen Glauben an das Gute. Vielleicht hat dich das sogar dahin gebracht, wo du heute stehst. Und vielleicht können wir tatsächlich Freunde werden. Wer weiß das schon?«

»Sehr gern«, sagte er.

Plötzlich wurde die Tür aufgerissen und Jasmins Rechtsanwalt schoss in den Wartebereich.

»Guten Morgen, Frau Kowalczyk, guten Morgen Herr Kowalczyk. Oh mein Gott, war das ein Verkehr. Tut mir leid, dass ich zu spät komme. Jetzt können wir uns ja kaum noch absprechen. Ach herrje, na ja, der andere Termin läuft ja noch. Also: Was müssen wir noch klären?«

»Nichts«, sagten Jasmin und Michael einstimmig. »Es ist alles besprochen.«

»Ach so, ja«, rief der Rechtsanwalt aufgeregt. »Ja ja, alles geklärt.«

»Wissen Sie«, sagte Michael lächelnd, »als ich noch Rechtsverdreher war, habe ich auch den Fehler gemacht, mit dem Auto durch Hamburg zu fahren. Seit ich Bus und Bahn fahre, habe ich mich noch nie verspätet. Meistens komme ich sogar zu früh«, und flüsterte Jasmin ins Ohr: »Jedenfalls hast du das immer behauptet.«

»Du bist unmöglich« lachte sie. »Das reicht jetzt aber.«

»Es wird die Sache Kowalczyk gegen Kowalczyk aufgerufen«, rief der Gerichtsdiener.

Michael legte den Arm um Jasmin und sie schlang ihren Arm um seine Hüfte.

»Eines sollst du noch wissen, Jasmin«, flüsterte er ihr ins Ohr.

»Was denn noch?«

»Bei allen Entscheidungen, die ich in meinem Leben getroffen habe, habe ich eine niemals bereut.«

»Und die wäre?«

»Dass ich dich im besoffenen Kopf in der U-Bahn so prollig angegraben habe.«

Arm in Arm und laut lachend gingen sie in den Gerichtssaal und begaben sich auf ihre Plätze.

Der Richter betrachtete sie über seine Lesebrille und sah dann die Protokollführerin an.

»Ich glaube, diese Verhandlung wird anders als das, was wir sonst so erleben.«

Epilog

»Spielst du mit mir Cowboy und Indianer?«

Gironimo saß in einem Schaukelstuhl auf der Terrasse vor Richard Gordons Haus und blinzelte in die Sonne. Es war heiß an diesem Sommertag und ihm fiel jede Bewegung schwer. Er sah den blonden achtjährigen Jungen an, der ihn auffordernd anstrahlte. Der Junge trug eine Jeans, eine Lederweste über einem karierten Hemd und einen viel zu großen Hut, der immer wieder vor seine Augen rutschte und ihm die Sicht nahm. Gironimo sah den Jungen mit ausdrucksloser Miene an, blickte langsam nach rechts und betrachtete Jack. Dieser saß ebenfalls in einem Schaukelstuhl, hatte den Kopf in den Nacken gelegt und seine Augen mit einem Hut verdeckt. Ein lang gezogenes Schnarchen durchdrang die Stille.

»Weißer Mann röhrt wie Hirsch im Wald«, bemerkte Gironimo mit tiefer, sonorer Stimme.

Jack hob seinen Hut ein Stück hoch und sah Gironimo an.

»Mein roter Bruder hat Ohren nur zur Zierde«, sagte er. »Hört nicht, dass Hund so schnarcht.«

Die beiden Männer senkten schmunzelnd die Köpfe und betrachteten Dakota, der laut schnarchend zwischen ihren Stühlen lag. Das Gesicht des Hundes war im Laufe seines Alters komplett grau geworden, was ihn jedoch nicht daran hinderte, so wild und aktiv zu träumen, dass er immer wieder mit seinen Hinterläufen zuckte. Gironimo und Jack sahen sich an.

»Alter Crow hat Hund im Traum gesehen«, sagte Gironimo. »War im früheren Leben Motorsäge erster Generation.«

Der Junge kicherte.

»Ihr seid bescheuert«, sagte eine Männerstimme.

Gironimo und Jack fuhren mit ihren Köpfen hoch und sahen Michael an, der grinsend mit verschränkten Armen an einem Holzpfosten lehnte. Gironimo schüttelte langsam den Kopf.

»Alter Häuptling der Crow nicht bescheuert«, sagte er betont langsam. »Alter Häuptling der Crow weise. Altes Bleichgesicht weise, nicht ganz so wie alter Häuptling der Crow, aber weise. Sogar alter motorsägender Hund weise. Halten Siesta in Mittagssonne. Weiser Häuptling der Crow spielt heute Abend mit kleinem Greenhorn von jenseits des großen Wassers Cowboy und Indianer.«

»Na komm, Kai«, sagte Michael grinsend. »Dann wollen wir die alten Herrschaften nicht weiter bei ihrer Siesta stören.«

Gironimo und Jack lehnten sich lächelnd zurück und bedeckten mit den Hüten ihre Augen.

Kai sprang auf Michael zu. »Spielst du mit mir, Papa?«

»Was möchtest du denn spielen?«

»Reiten«, rief Kai. »Ich habe extra Reitunterricht genommen. Ich kann schon richtig gut reiten.«

»Davon bin ich überzeugt«, lachte Michael. »Mama hat es mir schon erzählt. Jetzt gehen wir aber erst einmal ins Haus. Mir ist es jetzt zu heiß zum Reiten.«

»Na gut, dann aber später. Ich, du, Mama, Andreas und Camilla.«

»Mama und Andreas wollen wir den armen Pferden lieber nicht antun, aber wir können ja Camilla fragen, ob sie nachher Lust hat.«

»Jaaaaaa«, krähte die Kinderstimme und Dakota blickte kurz auf, um zu erkunden, woher die störenden Geräusche kamen. Michael klemmte den Jungen unter seinen Arm, was dieser mit einem lauten Lachen quittierte, und trug ihn ins Haus.

Am Küchentisch saßen Alma, Richard, Camilla, Angelika sowie Andreas und tranken Kaffee. Kai rannte sofort zu Andreas und kletterte auf seinen Schoß.

Angelika hatte Andreas vor einigen Jahren kennengelernt und vor zwei Jahren geheiratet. Anfangs war es ihm schwergefallen zu akzeptieren, dass Michael immer wieder auftauchte, um Kai zu besuchen oder zu sich zu holen, aber im Laufe der Zeit hatten sich die beiden Männer angefreundet, gingen ab und an gemeinsam Joggen oder verabredeten sich zum Tennisspielen. Sie sprachen oft über Kai und tauschten sich gemeinsam mit Angelika über Erziehungsfragen aus, damit alle eine gemeinsame Sprache sprachen und der Junge gar nicht erst auf die Idee kam, den einen gegen den anderen auszuspielen. Kai hatte gelernt, in Michael seinen Vater zu sehen und in Andreas seinen Stiefvater. Er liebte beide Männer und prahlte in der Schule damit, was er für tolle Väter hätte.

Michael arbeitete seit seiner Rückkehr über all die Jahre im Supermarkt und war rasch stellvertretender Filialleiter geworden.

Wann immer er Zeit hatte, besuchte er Wilma und begleitete sie – solange sie im Kiosk noch arbeiten konnte – auf ihren abendlichen Wegen zur Bank und nach Hause. Als sie starb, zerriss es ihn fast, doch bei ihrer Beerdigung ging er lächelnd hinter ihrem Sarg her und stellte sich vor, dass sie auf eine von der Sonne beleuchteten Wolke kletterte und ihren Mann in die Arme nahm.

»Grüß deinen Walter unbekannterweise von mir«, flüsterte er und warf eine Schaufel Erde in das offene Grab.

Ab und zu fielen ihm die drei Briefe von Christiane in die Hände, doch er legte sie immer wieder ungeöffnet in die Schublade zurück. Matthias hatte eines Tages angerufen und ihm erzählt, dass sich Christiane von ihm getrennt hatte und inzwischen mit ihrem neuen Lebensgefährten nach Berlin gezogen war. Michael und Matthias trafen sich noch einige Male, verloren sich dann jedoch aus den Augen. Von Christiane hörte Michael nie wieder etwas.

Ganz gleich, wie viele Menschen in Michaels Leben kamen und gingen, einer war immer da: Ulli, sein Freund aus Kindertagen. Mit ihm verband ihn eine Freundschaft, die Raum und Zeit zu überdauern schien.

Dreimal im Jahr besuchte er Camilla in Montana und er wurde zu einem festen Bestandteil ihrer Familie. Bei einigen seiner Besuche traf er Eva wieder, die noch immer eng mit Adam und Mickey befreundet war. Sie redeten zwar miteinander und gingen respektvoll miteinander um, sprachen sich jedoch niemals aus. Zwischen ihnen blieb eine sichere und für beide gesunde Distanz. Alfons hingegen war ihm ein guter Freund geworden. Manchmal saßen sie abends auf der Terrasse und unterhielten sich, sinnierten über die Anfänge ihrer Bekanntschaft, den Sinn des Lebens oder alberten einfach nur herum.

Häufig wurden sowohl Camilla als auch Michael gefragt, wie ihre Beziehung über eine so große Entfernung funktionieren könne; irgendwann müsse es doch zwangsläufig auseinandergehen, doch beide gaben stets die gleichen Antworten:

»Es spielt keine Rolle, wo der eine oder der andere gerade ist. Wichtig ist, dass wir uns lieben und jeder den anderen so sein lässt, wie er ist, mit all seinen Ecken und Kanten. Es gibt Beziehungen, die leben wie in einer Symbiose zusammen und sind dennoch gemeinsam einsam. Wir dagegen sind zusammen, egal wo der andere ist. Vielleicht leben wir morgen in Montana. Vielleicht leben wir morgen in Hamburg. Vielleicht leben wir morgen in Kanada, Australien, Neuseeland oder sonst wo. Vielleicht endet unsere gemeinsame Zukunft aber auch irgendwann. Wichtig ist dieser eine Moment im Hier und Jetzt und den genießen wir mit allem, was wir haben.«

Gemeinsam besuchten sie Jack und Gironimo in der Hütte, doch manchmal zog es Michael für einige Tage in die Einsamkeit. Dann paddelte er am liebsten zum See, blinzelte in die Sonne und beobachtete die Silhouette des am Himmel kreisenden Seeadlers. Er erinnerte sich an die tiefe Verbundenheit, die er vor vielen Jahren zu dem sterbenden Wolf empfunden hatte, einer Begegnung, die ihm helfen sollte, seinen Weg zu finden. In diesen Augenblicken schloss er die Augen und lauschte in Gedanken dem Lied des Wolfes, dankte allen Menschen und Wesen, denen er in seinem Leben begegnet war und noch begegnen sollte.

»Ich bin zuhause«, sagte er und lächelte in die Sonne. »Odysseus ist in Ithaka angekommen.«

Ende

Über den Autor

Der gelernte Reha-Manager Frank Bergmann wurde 1960 in Hamburg geboren und lebt heute in Köln. In seiner Freizeit schreibt der Hobby-Fußballer und Sportinteressierte Gedichte, kurze Texte und Impressionen. Eine Auswahl ist auf seiner Homepage www.frank-d-bergmann.de zu finden.

Sein Erstlingswerk, der biografische Roman »Stärke und Mut« ist im Oktober 2015 im Franzius Verlag erschienen und sowohl als Printausgabe als auch als eBook erhältlich. Der Roman wurde in der Nominierung für den Leserpreis bei Lovelybooks in der Kategorie »Bester biografischer Roman 2016« auf Platz 1 gewählt.

Mit dem Fortsetzungsroman »Freiheit und Mut« ist zwar die Geschichte von Michael Kowalczyk abgeschlossen, nicht jedoch das schöpferische Schaffen des Autors. Derzeit sind das Fantasymärchen »Im Kreis des Drachen« und der Roman »Männerfreundschaft« in Arbeit sowie weitere Projekte in Planung.

Veröffentlichungen des Franzius Verlages:

<u>Romane</u>

»Rich & Mysterious – Der Niagara-Fall«
Band 1 der »Rich & Mysterious« -Reihe
(Kriminalroman)
Von Neal Skye
ISBN 978-3-96050-002-5

»Rich & Mysterious – Sie ist dein Ruin«
Band 2 der »Rich & Mysterious« -Reihe
(Kriminalroman)
Von Neal Skye
ISBN 978-3-96050-103-9

»Eine fast unanständige Frau«
Von Andi LaPatt
ISBN 978-3-945509-56-2

»Seelenverwandt – und warum sie IHN haben muss«
Von Andi LaPatt
ISBN 978-3-96050-015-5

»Seniorentango«
Von Andi LaPatt
ISBN 978-3-96050-021-6

»Lebensgeflüster«
Von Andi LaPatt
ISBN 978-3-96050-081-0

»Das Lied des Wüstenvogels – Eine wahre Lebensgeschichte«
Von Michael Krause-Blassl
ISBN 978-3-96050-035-3

»Der Götter Wahnsinn«, Band 1 der Vitágua Trilogie
Von Marie L. Vitágua
ISBN 978-3-945509-68-5

»Die verbotene Macht«, Band 2 der Vitágua Trilogie
Von Marie L. Vitágua
ISBN 978-3-945509-72-2

»Interdimensional – Die Hohepriesterin«
Von Marie L. Vitágua
ISBN 978-3-945509-74-6

»Reptiloide – Die Zefirayn«
Von Marie L. Vitágua
ISBN 978-3-960500-11-7

»Die Codices der Liebe«
Herausgegeben von Marie L. Vitágua
ISBN 978-3-945509-77-7

»Die verschwundene Welt des James Barkley«
Von Uwe Woitzig
ISBN 978-3-945509-37-1

»Herbstregen – Aufzeichnung einer Nicht-Sesshaften«
Von Uschi Hammes,
ISBN 978-3-945509-84-5

»Liebe und Ruhm – Love and Glory«
Von Uwe Woitzig
ISBN 978-3-945509-34-0

»Wind in ihren Haaren«
Von Petra Liermann
ISBN 978-3-96050-013-1

»Liebe und Gewalt – Wahre Begebenheiten der Leser von ›Sand in ihren Schuhen‹«
Von Petra Liermann
ISBN 978-3-96050-038-4 (eBook)

»Der Lärm der Stille und der Wunsch nach Freiheit«
Von Paul Fenzl
ISBN 978-3-96050-029-2

»Wie ein weißes Blatt Papier«
Von Hanne Sinn
ISBN 978-3-96050-027-8

»Das Vermächtnis der Bücher«
Von Harald Kugler
ISBN 978-3-96050-043-8

»Kate – Eine Göttin auf Erden«, Band 1 der »Kate«-Reihe
Von Perry Payne
ISBN 978-3-96050-049-0

»Kate – Die letzte Göttin, Teil 2«, Band 2 der »Kate«-Reihe
Von Perry Payne
ISBN 978-3-96050-057-5

»Louise & Alexandre«
Von Rita Embalo
ISBN 978-3-96050-055-1

»Und tschüss – Auf nach Kreta«
Von Sigrid Wohlgemuth
ISBN 978-3-96050-041-4

»Die Weltverbesserinnen® – Eine Geschichte aus Neuseeland«
Von Hans-Jürgen Geese
ISBN 978-3-96050-063-6

»Ruhm ist meine Droge –
Der Maler der Revolution: Jacques Louis David«
Historischer Roman
Von Lothar Komos
ISBN 978-3-96050-059-9

»Der dunkle Baron«
Von Mirjam Wyser
ISBN 978-3-96050-079-7

»Geschichten für die Seele – Band 1« (Illustriert)
Ein Geschenkband für Erwachsene und Kinder
Von Helga Koster
ISBN 978-3-96050-045-2

Biografien

»Manchmal ist das Leben echt zum Kotzen –
Wie ich meine Essstörung besiegte«
Von Nina Federlein
ISBN 978-3-945509-10-4

»Sand in ihren Schuhen«
Von Petra Liermann
ISBN 978-3-945509-30-2

»Die Schatten des Glücks –
Liebe, Sex und sonstige Katastrophen«
Von Uwe Woitzig
ISBN 978-3-945509-33-3

Kinder- und Jugendbücher

»Die Siegel Asinjas: Darya-ye Noor – Ozean des Lichts – Teil 1«
Von Andi LaPatt
ISBN 978-3-945509-66-1

»Die Siegel Asinjas: Im Auge des Drachen – Teil 2«
Von Andi LaPatt
ISBN 978-3-96050-101-5

»Nela und der weiße Falke«, Band 1 der »Nela«-Reihe
Von Yngra Wieland
ISBN 978-3-945509-88-3

»Nela und das blaue Amulett«, Band 2 der »Nela«-Reihe
Von Yngra Wieland
ISBN 978-3-96050-019-3

»Kikibu – Der kleine Affe aus dem Regenwald« (Illustriert)
Von Mirjam Wyser
ISBN 978-3-945509-24-1

»Das Krugelmonster« (Illustriert)
Von Mirjam Wyser
ISBN 978-3-945509-38-8

»Pamelo und die alte Lokomotive« (Illustriert)
Von Mirjam Wyser
ISBN 978-3-945509-48-7

»Der goldene Schwan und das verzauberte Schloss« (Illustriert)
Von Mirjam Wyser
ISBN 978-3-945509-61-6

»Der weise Zauberer: Traumreise ins Zauberland« (Illustriert)
Von Mirjam Wyser
ISBN 978-3-96050-031-5

»Meister Bakumi und sein Wolkenschiff« (Illustriert)
Von Mirjam Wyser
ISBN 978-3-96050-025-4

»Im Traumland mit den Feen Serafina und Viola« (Illustriert)
Von Mirjam Wyser
ISBN 978-3-96050-051-3

»Acello und sein geflügeltes Pferd«, Band 1 der »Acello«-Reihe
Von Mirjam Wyser
ISBN 978-3-96050-083-4

»Acello und die Mistelbande«, Band 2 der »Acello«-Reihe
Von Mirjam Wyser
ISBN 978-3-96050-097-1

»Die Kristallkinder und das Geheimnis der goldenen Nuss«
Band 1 der »Kristallkinder«-Reihe
Von Mirjam Wyser
ISBN 978-3-96050-105-3

»Wo sind die Farben – Eine schwarz-weiße Welt wird bunt«
(Hardcover, vollständig Illustriert)
Von Anita von Ah und Katrin von Ah-Tschirky
ISBN 978-3-96050-069-8

»Der Gulp« (Illustriert), Band 1 der "Gulp"-Geschichten
Von Heinz Flischikowski
ISBN 978-3-96050-004-9

»Der Gulp trifft Trox, den bösen Gnom« (Illustriert), Band 2 der
"Gulp"-Geschichten
Von Heinz Flischikowski
ISBN 978-3-96050-073-5

»Das verwünschte Känguru«
Von Simone Weber
ISBN 978-3-945509-63-0

»Kalte Liebe Teil 1 – Dimensionen«
Von Olcay Iren Dinc
ISBN 978-3-945509-17-3

»Elternratgeber – Kinder selbstbewusst begleiten – Wie Eltern die ›copy-paste-Falle‹ vermeiden«
Von Yngra Wieland
ISBN 978-3-96050-017-9

»Das Handbuch der ketogenen Ernährung«
Von Fabrizio P. Calderaro
ISBN 978-3-96050-071-1

»2015 – Wer wir sind, wo wir stehen und wohin wir gehen«
Von Petra Liermann
ISBN 978-3-945509-31-9

»Weiblichkeit leben – Zurück in die Steinzeit oder vorwärts in ein neues Leben?«
Von Petra Liermann
ISBN 978-3-96050-067-4

»Auf Glückskurs: Die Reise zum Glück«
Von Pascale Jossi
ISBN 978-3-945509-93-7

»Dein Einstieg ins Übersinnliche: Trance Healing Teil 1«
Von Hans Peter van de Velde
ISBN 978-3-945509-40-1

»Deine Entwicklung im Übersinnlichen: Trance Healing Teil 2«
Von Hans Peter Van de Velde
ISBN 978-3-945509-52-4

»Der Weg - Gabe, Mut und Kraft«
Von Sophie Opal
ISBN 978-3-945509-20-3

»Emotionale Freiheit: Teil 1: Das Rumpelstilzchenprinzip«
Von Biggi Berchtold
ISBN 978-3-945509-80-7

»Grundlagen der Weltenphilosophie«
Von Andreas Herteux
ISBN 978-3-945509-02-9